MARION
HERZOG

TERRA NOVA

Roman

WILHELM HEYNE VERLAG
MÜNCHEN

MIX
Papier | Fördert gute Waldnutzung
FSC® C083411

Penguin Random House Verlagsgruppe FSC® N001967

Originalausgabe 12/2022
Redaktion: Catherine Beck

Printed in the Czech Republic
Umschlaggestaltung: Das Illustrat GbR, München
Satz: KCFG-Medienagentur, Neuss
Druck und Bindung: CPI books GmbH, Leck

ISBN: 978-3-453-42452-4

www.diezukunft.de

Erster Teil

Der Exit – Sechs Monate später

1

Als Kind hatte Sandra vor nichts mehr Angst gehabt als vor der Finsternis. Hunderte Meter unter der Erde, in einer gigantischen Bunkeranlage geboren zu sein, bedeutet früh zu begreifen, dass Energie lebenswichtig ist: Licht ist gleich Leben, Dunkelheit ist der Tod. Doch dieser Glaube hatte sich als trügerisch erwiesen. Alles hätte Sandra jetzt dafür gegeben, für immer im Dunkel verharren zu dürfen. Ihre Augen waren weit aufgerissen, doch sie konnte nichts sehen. Ihre krächzende Stimme war kaum zu hören, leise zählte sie: »Neunhundertsiebenundneunzig, neunhundertachtundneunzig, neunhundertneunundneunzig«, dann schloss sie die Lider. Wie lange konnte man einen Menschen auf diese Weise quälen, bevor er verrückt wurde? »Eintausend.«

Grelles Licht erfüllte plötzlich die kleine Zelle. Sandra schlug die Hände vors Gesicht, sie wimmerte wie ein verletztes Tier. Auf keinen Fall durfte sie die Augen öffnen. Diesen Fehler hatte sie zu oft gemacht. Ein weiteres Mal würde sie es nicht ertragen, die Leichen zu sehen. *Du bist in einem Hologramm, das hier ist nicht die Wirklichkeit*, flüsterte die Stimme der Hoffnung in ihrem Kopf. Sie wollte es glauben, klammerte sich mit aller Kraft an diesen Gedanken. Doch die Bilder, die sie sehen würde, sollte sie es wagen, die Hände vom Gesicht zu nehmen, brannten auf den geschlossenen Lidern. Die leeren, glasigen Augen ihrer Mutter, ihr vom Schmerz der Folter weit aufgerissener Mund, für immer eingefroren in kalter Totenstarre. Neben ihr auf dem Boden, die Glieder unnatürlich verrenkt, Arme und Beine gebrochen, lag ihr gemeinsamer Freund Thore. Weiße Knochensplitter hatten die dünne Membran seines Biose-Suits zerschnitten, die Ränder des Stoffs waren dunkel von getrocknetem Blut. Tage, Wochen, vielleicht sogar Monate hatte Sandra damit verbracht, die Details der Verwesung an den Körpern der geliebten Menschen zu studieren. Eintausend Sekunden lang würde sie nun wieder Gelegenheit haben, ihre früheren Mitgefangenen zu betrachten, bis das Licht erneut ausging. Eintausend Sekunden konnte sie in der dann folgenden Dunkelheit versuchen, das Gesehene zu vergessen. Ein immer gleicher Rhythmus, der nur unterbrochen wurde, wenn die Folterknechte des Rats der Zehn der Meinung waren, es wäre an der Zeit, Sandra einer weiteren Befragung zu unterziehen. Die Schmerzen, die sie in diesen Sitzungen erleiden musste, waren völlig anderer Art. Unzählige Narben und Wunden bedeckten ihren Körper als Beweis dafür, wie lange sie schon schwieg. Wie oft es ihr gelungen war, die geflohenen Darksurfer nicht zu verraten. Vorsichtig tasteten ihre Finger über die geschundenen Stellen an ihren Beinen. Die jüngsten Erinnerungen an ihren Folterknecht: Dort, wo sich der glühende Stahl in ihr Fleisch gefressen hatte, konnte sie nichts mehr spüren. Ein schwacher Trost, verglichen mit dem beißenden Brennen, das die Wunden umrahmte. Wie lange würde sie noch durchhalten? Wie viel Vorsprung konnte sie Liam verschaffen? Liam.

Der Gedanke an den verlorenen Freund schmerzte mehr als alle Verletzungen. Irgendwo dort oben war er jetzt mit Kaja zusammen, während sie selbst gefangen und einsam in diesem Bunker ausharren musste. Sie wusste nicht, was schlimmer war, die Eifersucht, die immer noch in ihrem Herzen brannte, oder die Sehnsucht. Vielleicht sollte sie ihren Peinigern einfach alles verraten. Vielleicht hätten diese Qualen dann endlich ein Ende, und man würde sie in Frieden lassen? Ergab ihr Leid noch Sinn? Wer konnte schon sagen, ob die Flucht tatsächlich von Erfolg gekrönt gewesen war? Hätte nicht längst ein Zeichen, irgendein Signal, dass Liam und die anderen noch am Leben waren, die Arche erreichen müssen? Was, wenn die Geflohenen längst tot waren? Oder sie ihre Pläne geändert hatten und die Archianer gar nicht befreien würden? Gab es überhaupt noch Darksurfer oder Widerstand gegen die Regierung in ihrer Arche, der *Hope of Tomorrow*? Oder war sie die Letzte ihrer Art? Warum kam ihr niemand zu Hilfe? Hatte man sie in dieser Zelle vergessen? Als Antwort auf ihre Fragen hörte sie genau in diesem Moment das Schloss der schweren Bunkertür. Ihr Herz setzte einen Schlag aus, blankes Entsetzen machte sich in ihr breit. Sie wusste, ihre Folterknechte waren gekommen, um sie ein weiteres Mal zu holen. »Das ist nur ein Traum, nur ein Hologramm, ich lebe, mein Körper ist unversehrt«, wimmerte sie leise. Doch ihre Gedanken konnten die Tränen nicht aufhalten. Warm und salzig liefen sie ihr in Strömen übers Gesicht, als die Tür geöffnet wurde. Sie hob den Kopf, zwang sich, den Blick nicht auf die beiden Leichen zu richten, sondern fixierte mit harter Miene die Soldaten, die gemeinsam den Raum betraten. Sie presste die Lippen fest aufeinander. Sie würde Liam nicht verraten. Eher würde sie sterben. Doch sterben lassen würde man sie hier unten nicht. So viel stand fest. Wenigstens nicht, bevor sie all das preisgegeben hätte, was der LifeChip in ihrem Kopf nicht aufzeichnen konnte. Dank den digitalen Mauern, die ihre Darksurfer-Freunde Smith Young und Victoria Silver zu ihrem Schutz bei allen wichtigen Meetings errichtet hatten, hatte ihre Regierung kaum etwas über den geheimen Widerstand innerhalb der *Hope* aus den Daten in ihrem Kopf auslesen können. Die Revolution gegen den Rat war lange ein Geheimnis geblieben. Bis zu dem Tag, als die Darksurfer einen Auserwählten und die Tochter des obersten Ratsherrn entführt hatten. Seitdem wusste die ganze Arche darüber Bescheid, dass die Darksurfer ihrer Regierung den Krieg erklärt hatten und vorhatten, die Archen zu zerstören. Wollte man ELSA, dem staatlichen Nachrichtendienst, weiter Glauben schenken, dann waren sie zudem schuld an den gehäuften Energieausfällen der letzten Monate und den damit verbundenen Engpässen, was die Grundversorgung der Bürger betraf. Sandra selbst hatte die Welle der falschen Beschuldigungen nur für einen kurzen Moment aus dem *Parentes Paradisum* verfolgen können. Ein paar Stunden, während Präsidentin Anna Smith, der Rat und seine Soldaten mit den Nachwehen des Ausbruchs beschäftigt gewesen waren, hatte sie in dem Homeholo der neuen Elterngeneration als Liams Avatar seinen Platz eingenommen, bevor man sie enttarnt und festgenommen hatte. Seitdem hielt man sie in dieser Zelle gefangen. Trotz ihres jahrelangen Trainings, was digitale Welten betraf, konnte sie nicht mit Sicherheit sagen, ob sie sich gerade in einem Hologramm oder der Wirklichkeit befand. Die beiden Soldaten in schwarzer Uniform, die ohne zu zögern auf sie zusteuerten, waren beängstigend real. Wortlos packten sie Sandras Arme und zerrten sie auf die Beine. Sie versuchte gar nicht erst, Widerstand zu leisten. Ob Hologramm oder nicht, machte keinen Unterschied. Hier unten gab es kein Entrinnen.

»Du solltest reden, Kleines«, brummte der ältere der beiden Männer. Sein Ton war nicht freundlich, aber auch nicht feindselig. Vielleicht hatte der Mann selbst eine Tochter. Aber die Wahrscheinlichkeit, dass man einem einfachen Soldaten irgendwann im letzten Jahrzehnt die Freigabe zur Reproduktion erteilt hatte, war sehr gering. Womöglich hatte er nur Mitleid mit dem halb verhungerten, verletzten Mädchen. Einen Staatsfeind stellte man sich Furcht einflößender vor. Sandra reagierte nicht auf die Worte des Soldaten. Sein Kamerad hingegen schon. »Halt die Klappe, Ansgar. Wir haben Anweisung, nicht mit ihr zu sprechen.«

»Ach Anweisung, Anweisung«, knurrte der Ältere. »Glaubst du tatsächlich, dieses armselige Ding könnte uns gefährlich werden?«

»Hast du ELSA nicht zugehört?«, erwiderte der andere scharf. »Wir dürfen uns nicht von Aussehen und Verhalten täuschen lassen; jeder und jede könnte einer von ihnen sein.«

»Von ihnen? Wer sind denn diese ›ihnen‹ eigentlich? Das klingt gerade so, als würde sich hier unten eine ganze Armee verstecken, die es auf die Arche abgesehen hat. Das ist doch Unfug.«

»Vorsicht, was du sagst«, zischte der Jüngere zornig. »Oder ich muss dich wegen Hochverrats anzeigen, wenn es deine ELSA nicht ohnehin schon längst getan hat.«

Seine Worte verfehlten ihren Zweck nicht. Der Ältere wurde plötzlich blass, und seine Stimme bekam einen unsicheren Unterton. »Hey, hey, immer langsam. Ich wollte damit nur sagen …«

»Ich will nichts mehr hören«, fiel ihm der Kollege ins Wort. »Lass uns die Schlampe zum Verhör bringen, und dann ab nach Hause. Verstanden?«

Der Alte nickte stumm. Alles an dieser Konversation deutete darauf hin, dass sie sich tatsächlich in der Arche und nicht in einer digitalen Kopie bewegten. Trotzdem konnte Sandra nicht davon ausgehen, dass es auch so war. Sie selbst hatte mehrfach ebenso perfekt konstruierte Hologramme besucht. Ohne die Hilfe ihrer ELSA, dem digitalen Assistenten, den alle Bewohner der Arche bei der Geburt implantiert bekamen, war es nahezu unmöglich, den Unterschied zu erkennen. Ihre eigene ELSA war Sandra in der Nacht des Ausbruchs von ihrer Mutter extrahiert worden. Stattdessen hatte man ihr den Lifechip von Liam Turner eingesetzt, um sein Verschwinden so lange wie möglich vor dem Rat geheim zu halten. Warum sie so schnell entdeckt worden war, wusste Sandra nicht. Eigentlich hätte die Technik ihre wahre Identität wenigstens ein paar Stunden, vielleicht sogar Tage verschleiern sollen. Aber irgendetwas war schiefgelaufen. Kaum hatte sich das Holovit nach dem forcierten Blackout wieder hochgefahren, waren die Wachen zur Stelle gewesen und hatten die Auserwählten im *Parentes Paradisum* zusammengetrieben. Zwar war es ihr für ein paar Minuten gelungen, Lora Bonnet, Liams per künstlicher Intelligenz zugeteilte Partnerin, zu täuschen, aber irgendjemand musste sie verraten haben. Wie sonst war es zu erklären, dass die Wachen gezielt Liams Avatar und niemanden sonst verhaftet hatten?

Sie war auf der Krankenstation der *Hope of Tomorrow* aufgewacht, wo, diesmal in der realen Welt, weitere Soldaten das medizinische Personal und ihre Mutter Dr. Rebecca Goldstein bereits in Gewahrsam genommen hatten. Die entsetzten Blicke ihrer Verbündeten waren Beweis genug dafür, dass irgendetwas an ihrem ohnehin riskanten Plan nicht funktioniert hatte. Todesangst war allen ins Gesicht geschrieben gewesen. Doch was genau passiert war, wusste niemand. Und es gab auch keine Möglichkeit mehr, sich auszutauschen. Allesamt waren sie abgeführt worden, ihre Lifechips standen seitdem unter der Kontrolle des Rats. ELSA war kein persönlicher Assistent mehr, sondern Wächter im eigenen Kopf. Von ihr würde Sandra niemals erfahren, ob sie sich in einem Code befand. Umgekehrt aber zeichnete Liams ELSA weiterhin jede Reaktion ihres Körpers haargenau auf. Hatte sie Angst, verspürte sie Schmerz, Trauer oder Hass? Sprach sie die Wahrheit, oder versuchte sie, etwas zu verbergen? Die biochemischen Prozesse ihres Körpers verrieten mehr über Sandra, als ihr lieb war. Sie bemühte sich, ruhig zu bleiben, während sie zwischen den beiden Soldaten durch die Bunkeranlage schritt. Atmete bewusst ein und aus, und versuchte nicht an das zu denken, was sie am Ende des Wegs erwarten würde. So sehr sie sich auch anstrengte, es gelang ihr nicht, die Panik zu unterdrücken. Ihre Hände, Avatar hin oder her, waren nass vor Schweiß und zitterten.

»Du könntest dir das alles hier ersparen.« Mit einem knappen Nicken deutete ihre Wache auf die schwere Eisentür vor ihnen. Sie hatten ihr Ziel erreicht. »Oder es wenigstens schnell beenden.«

Sandra antwortete nicht.

Der Mann zuckte mit den Schultern. »Wie du meinst.« Er tippte seinen Passcode in das Zahlenschloss neben dem Durchgang, und die Tür öffnete sich. Es war immer derselbe Raum, der hier auf sie wartete, und immer derselbe Mann, dessen Gesicht sie noch nie gesehen hatte, aber dessen Stimme sie nie mehr vergessen könnte, egal, wie lange dieses Leben noch dauern würde.

»Hallo, Sandra«, begrüßte er sie freundlich. Sie konnte das Lächeln, das sich hinter der schwarzen Maske versteckte, in seiner Stimme hören. »Schön, dich wiederzusehen. Hast du mich vermisst?«

Ein eiskalter Schauer lief Sandra den Rücken hinab. Instinktiv machte sie einen Schritt zurück, aber die beiden

Wachen versperrten den Ausgang. »Tut mir leid, Mädchen, falsche Richtung.« Der Blick, den der Alte ihr zuwarf, war voller Mitleid. Trotzdem schob er sie sanft, aber fest weiter in den Raum hinein.

Mitten in der Zelle stand ein Stuhl aus Eisen auf dem Betonboden fixiert. Sandra wusste, wie sich das kalte Metall durch den dünnen Stoff ihres Suits anfühlte, noch bevor die Soldaten sie mit Armen und Beinen darauf fixierten, je eine Metallfessel an den Oberarmen, Handgelenken, Schenkeln und Waden. Sie schlossen einen Ring aus Eisen um ihre Stirn, der verhinderte, dass sie den Kopf drehen konnte. Nach getaner Arbeit verließen die beiden Männer die Folterkammer. Keine unnötigen Zeugen sollten sehen, was als Nächstes geschah. Sandra war ein weiteres Mal allein mit dem Monster.

Ihr Peiniger war nicht viel größer als sie selbst und von schmaler Statur. Die Uniform des Rats und seine Maske machten es unmöglich, sein Alter zu bestimmen. Langsam, beinahe als würde er jeden Schritt genießen, näherte er sich dem Folterstuhl.

Sandra begann am ganzen Körper zu zittern. Sie konnte nichts dagegen tun.

»Aber, aber, du hast doch nicht etwa Angst vor mir?«, fragte er mit zärtlicher Stimme. »Wir haben doch gerade erst begonnen, uns näher kennenzulernen.« Mit seinen Fingern, die in schwarzen Handschuhen steckten, streichelte er die offenen Wunden an ihren Oberschenkeln.

Sandra zuckte unter der Berührung zusammen. Sie konnte spüren, wie der Mann dabei hinter der Maske lächelte. Im übergroßen Spiegel an der gegenüberliegenden Wand war ihr eigenes, vor Angst verzerrtes Gesicht zu sehen. Ihr blondes Haar, auf das sie früher einmal stolz gewesen war, war verfilzt und blutverkrustet. An mehreren faustgroßen Stellen war dunkelrote Haut zu sehen. Dicke Strähnen hatte der Inquisitor ihr während der letzten Befragung mit bloßen Händen vom Kopf gerissen. Ihr Gesicht war bleich, die Augen von roten Adern durchzogen, ihre Lippen trocken und aufgesprungen. Sie hatte schon besser ausgesehen. Erneut fragte sich Sandra, ob ihr zerschundener Körper mehr Eindruck auf Liam machen würde als der alte, nahezu perfekte, auch wenn das keine Rolle mehr spielte. Er hatte sich für Kaja entschieden. Er war unerreichbar weit entfernt und hatte sie hier unten zurückgelassen.

»Sie werden nicht zurückkommen«, flüsterte der Maskenmann an ihrem Ohr, als hätte er ihre Gedanken gelesen. Vielleicht hatte er das. »Niemand wird dich retten. Die Einzige, die das hier beenden kann, bist du selbst.«

Lag es an den nicht enden wollenden Schmerzen oder an der Zeit, die seit dem Ausbruch vergangen war? Langsam begann Sandra den Worten des Soldaten Glauben zu schenken. Niemand in der ganzen *Hope* war einsamer als sie. Und keiner würde sie je aus diesem Loch befreien.

»Du musst uns nur sagen, was du über den Ausbruch weißt. Wer gehört noch zu den Darksurfern? Wo trefft ihr euch? Was habt ihr vor?« Wie eine Spinne wanderten die Handschuhe an ihrem Hals entlang. »Wo sind Liam Turner und Kaja Andersson?«

Sie wissen es immer noch nicht, dachte Sandra und konnte ihre Freude nicht verbergen. Ihre zersprungenen Lippen formten sich zu einem Lächeln.

Als Antwort schlug ihr die Hand mit einem lauten Klatschen ins Gesicht. Ihr Kopf dröhnte, und sie konnte das Blut in ihrem Mund schmecken. Aber der Schmerz war es wert. Liam war nicht entdeckt worden, weder tot noch lebendig.

Die Hoffnung, dass ihre Freunde ein sicheres Versteck an der Oberfläche gefunden hatten, gab ihr erneut Kraft. Die würde sie auch brauchen. Der Folterknecht machte sich daran, sein Werkzeug zu wählen. Auf einem metallenen Tisch neben ihrem Stuhl reihten sich diverse Messer, Haken, Nadeln und Zangen. Mit den meisten davon hatte Sandra in den letzten Monaten Bekanntschaft gemacht. Keine der Begegnungen war gut verlaufen, aber sie hatte durchgehalten. Sie würde es auch diesmal schaffen. Nach kurzem Zögern griff der Teufel nach einem kleinen, handlichen Skalpell. Die dünne Klinge blitzte im Licht der Neonröhre, als er damit zu ihr trat.

»Eigentlich schade um dieses hübsche Gesicht«, flüsterte er und setzte die kalte Stahlspitze an ihrer rechten Schläfe an. Sandra verspürte einen leichten Druck, gefolgt von heißem Brennen, als er das Messer vorbei an ihrem Ohr über die Wange bis zum Hals nach unten zog. Sofort trat warmes Blut aus der Wunde und folgte der schmerzenden Spur in einem dünnen Rinnsal. Sie zog scharf die Luft ein, gab aber ansonsten keinen Laut von sich.

Der Teufel nickte anerkennend. »Du wirst besser und besser, Sandra. Ich werde mir wohl bald neue Dinge für dich einfallen lassen müssen. Aber keine Sorge, noch habe ich ein paar Tricks auf Lager.« Er wandte sich von ihr ab und suchte auf seinem Tisch nach einem anderen Werkzeug.

Der Spiegel zeigte Sandra ihr Gesicht, die linke Hälfte war von der Stirn abwärts dunkel vor Blut. Rote Tropfen liefen über ihr Kinn und färbten den verdreckten Suit an neuen Stellen. Während sie ihr Spiegelbild betrachtete, fuhr plötzlich eine wellenartige Bewegung durch das Glas. Keine Sekunde später wiederholte sich das schwingende Zittern auf der glatten Oberfläche. Sandra kniff die Augen zusammen, versuchte, Blut und Tränen wegzublinzeln. Die Scheibe bebte ein drittes Mal, als hätte jemand von der anderen Seite mit großer Wucht dagegen geschlagen.

»Keine Sorge, deine Augen spielen dir keinen Streich«, erklärte der Teufel und kicherte leise. »Wir haben heute Zuschauer auf der anderen Seite. Unsere Show scheint den gewünschten Effekt zu haben.«

»Wer ist hinter der Scheibe?«, fragte Sandra, ohne nachzudenken. Eine kalte Angst legte sich um ihr Herz. Wen hatte der Rat gefangen genommen?

»Ah, du kannst also doch reden. Vielleicht ist unser kleines Experiment tatsächlich der Schlüssel zum Erfolg.«

Sandra presste die Lippen fest zusammen. Sie musste sich besser in den Griff bekommen. Durfte der Angst in ihrem Kopf nicht das Kommando überlassen.

»Nur verständlich, dass du dein Publikum kennen willst. Und es spricht auch wirklich gar nichts dagegen, unsere Überraschung zu präsentieren.« Im selben Moment verwandelte sich der venezianische Spiegel in reguläres Glas. Sandras Gesicht verschwand, stattdessen konnte sie durch die Scheibe hindurch in den Raum neben ihrer Zelle blicken. Das Blut gefror in ihren Adern. Es war immer noch ihr eigenes Gesicht, in das sie blickte. Ohne Blut, dennoch vor Schrecken und Angst zu einer Fratze verzerrt, die Hände gegen die Scheiben gepresst, brüllte ihre eigene Mutter Rebecca ihren Schmerz über die Folter der Tochter lautlos gegen das Glas. In ihrem Kopf überschlugen sich die Gedanken: Ihre Mutter lebte, ihr Kerker und die Leichen darin waren also nur Projektionen gewesen. War dies hier dann die Realität? Oder nur eine weitere Illusion, um ihr den Verstand zu rauben? Wann hatte man sie ausgeloggt? Oder eingeloggt? Ihr Kopf schmerzte. Sie wollte so sehr glauben, dass ihre Mutter noch am Leben war, aber zugleich wusste sie, was für unerträgliche Pein es sein musste, dabei zuzusehen, wie man ihrer Tochter Schmerzen zufügte.

»Freust du dich, sie zu sehen?«, flüsterte der Teufel in ihr Ohr. Er war hinter sie getreten, hatte die Hände auf ihre Schultern gelegt. Gemeinsam beobachteten sie Rebeccas Verzweiflung. »Freust du dich, dass sie noch am Leben ist?«

»Lasst sie gehen«, erwiderte Sandra kaum hörbar. »Bitte.«

Der Mann in ihrem Rücken gluckste amüsiert. »Aber sie will gar nicht gehen. Sie will bei dir bleiben, koste es, was es wolle. Das hat sie mir selbst gesagt. Und wer könnte einer liebenden Mutter den Wunsch verwehren, bei ihrem Kind zu sein? Du etwa? Ich nicht. Ich bin doch kein Unmensch.«

Sandra schloss für einen Moment die Augen. Verzweiflung machte sich in ihr breit. Was sollte sie tun? Wie sollte sie das hier ertragen? Sie ließ den Kopf auf die Brust sinken. Hatte plötzlich nicht mal mehr die Kraft, ihren eigenen Körper zu kontrollieren.

»Das kann ich gern tun, Sandra. Ich kann sie gehen lassen. Und weil ich dich so sehr ins Herz geschlossen habe, kann ich sogar noch mehr tun: Ich kann euch beide gehen lassen. Was meinst du? Wäre das nicht wunderbar? Du und deine Mutter, frei wie die Vögel am Himmel. Vereint und ohne eine einzige Sorge. Ich kann das alles für euch in die Wege leiten. Ich will nur eine kleine Sache von dir, Sandra, nur einen winzigen Gefallen als Gegenleistung: Erzähl mir, was du über den Ausbruch weißt. Wohin sind die Darksurfer geflohen? Wer gehört noch zu euch hier in der Arche? Sag es mir, und du bist frei. Sag es mir, und ihr seid beide frei.«

Sandra schluchzte, sie ballte die Hände zu Fäusten und presste die Lider so fest zusammen, dass weiße Sterne auf ihren Augen tanzten. Sie wusste, dass jedes Wort gelogen war, dass weder sie noch ihre Mutter dieses Loch jemals lebend verlassen würden. Sie wusste nur nicht, wie lange sie das alles hier noch ertragen würde. Ohne die Augen zu öffnen, schüttelte sie den Kopf. »Ich weiß nicht, wovon Sie sprechen. Ich kenne keine Darksurfer, ich weiß nichts von einem Ausbruch.«

Derselbe Satz, den sie dem Teufel seit ihrer ersten Begegnung antwortete. Auch Rebeccas vermeintliche Anwesenheit konnte daran nichts ändern.

»Schade, Sandra, wirklich schade. Ich glaube, deine Mutter wäre gern heute mit dir nach Hause gegangen. Sieh dir an, wie sehr sie weint. Sieh nur…«

Sandra hielt die Augen fest geschlossen. Auf keinen Fall würde sie sich dazu verleiten lassen, Rebeccas Verzweiflung ein weiteres Mal anzusehen.

»Nun gut, wenn du deine Augen nicht freiwillig öffnen willst, werde ich wohl oder übel nachhelfen müssen.«

Sie hörte metallisches Klimpern, als der Teufel sich ein weiteres Mal an seinem Werkzeugtisch bediente. Wenig später spürte sie die Lederhandschuhe an ihrem Gesicht. Unsanft riss er ihr den Kopf nach hinten und hielt ihr Kinn in einem eisernen Griff. Ein schneller Schnitt, ein Riss, und das Lid ihres rechten Auges war verschwunden. Diesmal konnte Sandra die Schmerzensschreie nicht unterdrücken. Sie kreischte und versuchte vergebens, die fixierten Hände vors Gesicht zu schlagen. Der Schmerz war unbeschreiblich, das noch vorhandene Lid blinzelte panisch.

Hinter der Scheibe konnte sie sehen, wie ihre Mutter fester und fester gegen die Scheibe schlug, bis zwei Wachen sie schließlich an beiden Armen festhielten. Eine blonde Frau in Uniform trat zu ihr und sagte einige Worte. Unter Tränen schüttelte Rebecca den Kopf. Auch sie schlug das falsche Angebot ihrer Peiniger aus. Die Soldatin zuckte mit den

Schultern, und die beiden Männer drehten Rebecca wieder zur Scheibe, ohne aber ihre Arme loszulassen.

»Deiner Mutter liegt offenbar nicht viel an deinem Augenlicht«, kommentierte der Teufel. Mit einer schnellen Bewegung, die Sandra nur aus dem Augenwinkel erhaschte, trennte er auch das zweite Lid ab. Der Schmerz raubte ihr beinahe den Verstand, sie heulte wie ein Tier. Ihre Mutter wand sich verzweifelt im Griff der Wachen.

»Was für ein Drama«, seufzte der Teufel. »Besser, du siehst dir das nicht mehr länger mit an.«

Er beugte sich über sie und drückte die Spitze des Skalpells mitten in ihr ungeschütztes Auge. Sandra verspürte einen unerträglichen Druck in ihrem Vorderkopf, dann verschwand alles Licht aus ihrem linken Auge. Eine tiefe Ruhe ergriff plötzlich Besitz von ihr. Das war es also. Sie würde sterben, hier und jetzt. Traurigkeit mischte sich mit Erleichterung – es war geschafft, sie hatte ihren Teil erfüllt. Sie hatte geschwiegen bis zum Schluss. Vielleicht würde sie tatsächlich irgendwo in einem nächsten Leben auf ihre Mutter treffen. Vielleicht könnten sie dem Rat mit dem Tod ein Schnippchen schlagen. Ihr verbliebenes Auge suchte nach ihrer Mutter.

»Nein!«, schrie sie aus Leibeskräften, als sie sah, wie sich Rebecca flehend an die Frau neben ihr wandte, ihre Lippen bewegten sich schnell, sie redete hektisch auf die Fremde ein. »Nein! Mum, du darfst nicht reden, du darfst uns nicht verraten…«

Doch Rebecca konnte sie nicht hören. Erschöpft, mit tränenüberströmtem Gesicht und auf den Arm eines Wächters gestützt, erzählte sie der Soldatin eine Geschichte. Die uniformierte Frau lächelte, nickte immer wieder und strich Rebecca beruhigend über den Arm.

In diesem Moment wusste Sandra, dass ihr eigenes Leid

völlig umsonst gewesen war. Ihre Mutter hatte sie verraten, hatte Liam verraten und alles, wofür sie in den letzten Jahren gekämpft hatten. Und nun würden sie alle sterben.

2

Kaja rannte durch den langen, engen Stollen. Wenn sie sich nicht beeilte, würde sie zu spät zum Treffpunkt kommen. Sie war müde und bekam nur schwer Luft. Ihre Lunge kämpfte wie der Rest ihres Körpers immer noch mit der Anpassung an das Leben hier oben. Trotzdem versuchte sie, schneller zu laufen. Morgen würden ihre Muskeln von der Anstrengung schmerzen, aber hier und jetzt erfüllten sie zuverlässig ihren Dienst. Selbst nach sechs Monaten in Freiheit war sie fasziniert, wie schnell ihr Körper gelernt hatte, genau das zu tun, wofür er gemacht war. Das Muskelgedächtnis funktionierte, ohne auch nur eine Erinnerung an Bewegung, auf die es hätte zugreifen können. Der Preis aber waren schlimme Muskelkater und unzählige blaue Flecken vom ständigen Stolpern und Hinfallen. Doch sie lebte, sie konnte tatsächlich essen und trinken, hören, riechen und sehen, sie konnte schlafen und träumen, in einer realen Welt. Der neue Rhythmus von Tag und Nacht war vermutlich die größte Umstellung gewesen. Ihr analoger Körper brauchte deutlich mehr Ruhephasen als der Avatar im Holovit der *Hope of Tomorrow*. Acht bis zehn Stunden musste sie täglich schlafen, um etwa die gleiche Zeit wach verbringen zu können. Im Holovit hatte eine Stunde Charching für etwa vierzig Stunden Aktivitätsphase ausgereicht. Die ersten realen Tage hatte Kaja beinahe panisch auf diese biologischen Blackouts ihres

Körpers reagiert. Schweißgebadet war sie mitten in der Nacht aufgewacht. Träume, die sie nicht kontrollieren konnte, hatten sie immer wieder zurück in die Arche gebracht. Meist waren es Erinnerungen aus ihrer Kindheit, an ihre Eltern, Agnes und Björn Andersson, und an ihre Freundin Lora, die ihr Unterbewusstsein nach oben gespült hatte. Oft aber brachte der Schlaf auch Bilder einer vermeintlichen Gegenwart: Lora, die im *Parentes Paradisum* auf Rache sann, ihre Mutter, die vor Kummer und Enttäuschung verrückt geworden war, wie Marie Bonnet in einem früheren Leben. Es gab keine ELSA mehr in ihrem Kopf, die solche Visionen hätte verhindern können, keine Shots, die ihre Angst eindämmten. Dafür aber gab es Liam, dessen warme Arme um ihren Körper eine völlig andere Wirkung hatten.

Liam. Ihr schlechtes Gewissen hätte sie um ein Haar umkehren lassen. Wenn Liam wüsste, wohin sie unterwegs war und wen sie hier mitten in der Nacht treffen würde, dann wären seine Umarmungen erst mal Vergangenheit. Hoffentlich würde er nicht aufwachen und ihre Abwesenheit bemerken. Sollte sie vielleicht doch lieber umkehren? Aber es stand zu viel auf dem Spiel. Die Gefahr, in der sie sich befanden, in die sie sich erneut begeben würden, war zu groß. Dafür Liams Zorn auf sich zu ziehen war ein Risiko, das sie bewusst einging. Für einen Moment war sie dermaßen in Gedanken versunken gewesen, dass sie nicht mehr auf die vielen verzweigten Biegungen und Gänge geachtet hatte. Erschrocken hielt sie an und sah sich um. In der Dunkelheit war es noch schwieriger als sonst, sich in dem Tunnelsystem der Outlaws zurechtzufinden. Wie konnten sich diese Menschen ohne eine ELSA hier unten orientieren?

Kaja bezweifelte, dass es ihr in diesem Leben noch gelingen würde, sich den Irrgarten aus Stollen und Gängen einzuprägen. In regelmäßigen Abständen verirrte sie sich und musste dann peinlich berührt darauf warten, dass irgendjemand sie fand und ihr den Weg zu einem der Meetingpoints zeigte. Die meisten Outlaws waren den Neuen, wie man die Archianer selbst ein halbes Jahr nach ihrer Ankunft immer noch nannte, freundlich und hilfsbereit gesinnt. Aber es gab auch Menschen, die weniger erfreut über ihre Ankunft und die Konsequenzen daraus gewesen waren. Die Ereignisse der jüngsten Zeit hatten die Fronten zusätzlich verhärtet. Nicht jeder in diesem Stollen wollte eine verloren gegangene Archianerin wohlbehalten nach Hause bringen. Und selbst der besondere Schutz, unter dem Kaja und ihre Freunde standen, würde ihr dann nicht mehr helfen.

Sie konnte ihr Herz rasen hören, während sie sich ratlos um die eigene Achse drehte. Links, rechts, wieder links? Oder war sie an der Abbiegung, die zum Ostteil der Anlage führte, schon vorbeigelaufen? Sollte sie nochmals ein paar Minuten in die Richtung laufen, aus der sie gerade gekommen war? Dann würde sie aber in jedem Fall zu spät kommen. Es konnte nicht mehr weit sein. Unsicher machte sie ein paar Schritte in den nächsten dunklen Tunnel hinein. Winzige Dioden leuchteten auf dem Boden und verhinderten gerade so, dass man gegen eine Wand rannte, mehr aber auch nicht. Eine kleine Taschenlampe hatte Kaja für den Notfall eingesteckt, doch bis jetzt hatte sie es nicht gewagt, sie zu benutzen. Sie würde dann zwar besser sehen, aber auch gesehen werden, und mit dieser Kostbarkeit durfte sie sich auf keinen Fall erwischen lassen. Es war streng verboten, nachts in den Stollen unterwegs zu sein. Ebenso verboten war es, sich eigenmächtig aus dem Techniklager zu bedienen. Zum wiederholten Male fragte sie sich, warum sie sich auf dieses Treffen eingelassen hatte.

»Kaja«, zischte plötzlich eine leise Stimme aus der Dunkelheit. »Kaja, ich bin hier.«

Eine warme Hand legte sich fest um ihren Oberarm und zog sie aus dem Tunnel, den sie eben betreten hatte. »Kannst du mir bitte sagen, wo um Himmels willen du hinwillst?«

Kaja spürte, wie sie rot anlief. Ein Vorteil der ewigen Dunkelheit: Ihr Körper konnte sie nicht so einfach verraten. »Ich …« Sie hatte keine Antwort auf seine Frage, es lag klar auf der Hand, dass sie wieder einmal kurz davor gewesen war, sich heillos zu verlaufen. Im Zwielicht konnte sie Nathaniels weiße Zähne sehen, der Schalk blitzte in seinen Augen. Trotz der hundert Regeln, die sie gerade brachen, schien er sich köstlich zu amüsieren.

»Wir dürften gar nicht hier sein«, fuhr sie ihn erbost an.

Er grinste unverändert weiter. »Und doch sind wir es.«

»Weil du mich dazu überredet hast.«

»Überredet, nicht gezwungen. Du hättest nicht kommen müssen, Kaja, aber du bist hier.«

Den Triumph in seinem Gesicht konnte sie sogar in der Dunkelheit des Stollens erkennen. Für einen Moment wünschte sie, sie wäre nicht zu diesem Treffen erschienen, dann aber fiel ihr ein, warum sie sich hatte überreden lassen.

»Du hast gesagt, unser Leben hängt davon ab, dass ich dich heute hier treffe.«

»Und das hat dir vor mir noch kein Typ erzählt?« Sein Schmunzeln war nicht zu überhören.

»Nathaniel!«

»So nennt mich nur meine Mutter. Und nur, wenn ich was ausgefressen habe.«

»Na, dann hast du diesen Namen sicher öfter gehört, als die Sonne aufgegangen ist. Was willst du, Nate? Was ist so wichtig, dass du uns beide in Gefahr bringst?«

Plötzlich war seine Stimme ernst. »Ich würde dich nie in Gefahr bringen, Kaja, das schwöre ich. Ich würde mein Leben dafür geben, dich zu schützen … im Gegensatz zu anderen.«

»Nate, ich bitte dich, fang nicht wieder damit an. Liam würde mich niemals absichtlich in Gefahr bringen, das weißt du so gut wie ich.«

»Nein, das weiß ich nicht. Ganz im Gegenteil, Kaja. Was ich weiß, ist, dass euer Vorhaben reiner Selbstmord ist. Es wird niemals gut gehen. Ihr werdet alle sterben, und das bedeutet, früher oder später auch wir.«

»Nate …«

»Nein, Kaja, du verstehst nicht. Ihr habt die Armee der Citizens nicht gesehen, ihr wisst nicht, wozu sie in der Lage sind. Ich schon …« Für einen Moment war aller Schalk, aller Leichtsinn aus seiner Stimme verschwunden. Sein Gesicht wurde hart, der Griff an Kajas Arm fester.

»Nate, du tust mir weh.« Sofort ließ er sie los und trat einen Schritt zurück.

»Wir sind hierhergekommen, um ein neues Leben zu beginnen, Kaja, ebenso wie ihr. Was ihr jetzt plant, zerstört jede Hoffnung auf eine Zukunft, für uns alle. Selbst wenn ihr davonkommt und es zurückschafft, was dann? Glaubt ihr tatsächlich, ihr habt eine Chance gegen die Townships und alle Archen zusammen?«

»Wir, wir zusammen haben eine Chance«, erwiderte sie mit fester Stimme.

Nate lachte nur höhnisch als Antwort. »Wir? Das ist doch nicht dein Ernst, Kaja, weißt du, was du redest? Das *Wir* von dem du sprichst, sind ein paar Tausend Menschen, verstreut über den Kontinent, die seit Jahren unter der Erde vegetieren. Sieh uns doch an. Wir haben kaum genug zu essen, keine Waffen, keine Technik. Wie sollen wir es mit den Soldaten eurer Präsidentin und den Truppen der Townships aufnehmen? Du weißt so gut wie ich, dass sie uns einfach abschlachten werden.«

»Nicht, wenn wir vorher die Archianer befreien.«

»Ha, die Archianer, dass ich nicht lache. Du bist eine Archianerin, Kaja, wie lange hast du gebraucht, um länger als dreißig Minuten auf den Beinen zu stehen, zu laufen, zu essen und zu trinken? Du bist heute noch blinder als ein Maulwurf, allein würdest du dich hier unten niemals zurechtfinden. Glaubst du wirklich, wir öffnen einfach die Tore, und die Zombies steigen aus ihren Särgen und eilen uns mit Waffen in den Händen zu Hilfe? Ich hätte dich für intelligenter gehalten.«

Kaja kaute auf ihrer Unterlippe. Sie wusste, dass Nate nicht unrecht hatte, sie wusste aber ebenfalls, dass sie wenige Möglichkeiten hatten, wenn sie am Leben bleiben wollten.

»Du hast die Soldaten der Townships gesehen, du hast geliebte Menschen an sie verloren, du weißt, wozu sie in der Lage sind und dass wir nicht mehr viel Zeit haben. Und keine Alternative. Selbst deine Mutter hat sich für den Einbruch ausgesprochen«, antwortete sie zögernd.

»Meine Mutter würde sich für alles aussprechen, was Liam Turner vorhat«, antwortete Nate bitter. »Sie würde ihm sehenden Auges in den sicheren Tod folgen. Genau wie du.«

»Nate …« Kaja streckte den Arm nach ihm aus und berührte vorsichtig seine Schulter.

Er zuckte unter ihrer Hand zusammen, als hätte sie ihm einen Stromschlag versetzt.

»Ist es nicht so?«

Er lachte, doch diesmal fehlte jede Spur der üblichen Leichtigkeit, und Kajas Herz zog sich schmerzhaft zusammen. Sie schwieg und senkte den Kopf. Ihr Verhältnis zu Nathaniel hätte nicht komplizierter sein können. Sie wollte ihm mindestens ebenso häufig den Hals umdrehen, wie er sie zum Lachen brachte. Sie würde ihn niemals in Gefahr bringen, aber würde sie ihr Leben für ihn geben? Sie hoffte, diese Frage niemals beantworten zu müssen. Liam aber … ihm würde sie in den Tod folgen, wieder und wieder.

»Kaja, ich habe kapiert, dass du ihn liebst. Wenn ich es auch nicht verstehe, denn der Typ ist ein arroganter Besserwisser, der dich nicht verdient hat. Trotzdem, sein Plan ist Wahnsinn, und er wird damit scheitern. Und du solltest für einen Moment deine Gefühle zur Seite schieben und an den Rest von uns denken. Wenn Kayne Cole den Weg nach Beartooth findet, sind wir verloren.«

Kaja verdrängte die Bilder, die Nates Worte in ihrem Kopf hervorriefen: Frauen, Kinder, alte Menschen, ein blutiges Massaker unter der Erde. »Wir werden nicht scheitern«, erwiderte sie mit fester Stimme. »Wir werden es schaffen, Nate, vertrau mir, bitte.« Ihre Worte hatten einen wunden Punkt getroffen. Sie konnte spüren, wie er sie in der Dunkelheit beobachtete, und dass er mit seinen eigenen Gefühlen rang.

»Kaja, du weißt nicht, was du von mir verlangst.«

»Doch, das weiß ich. Nate, du sagst, du würdest mich nie in Gefahr bringen, du würdest dein Leben für mich geben. Dann beweis es mir.« Sie schluckte. Die Ungerechtigkeit dieses Schachzugs war ihr mehr als bewusst, aber sie hatte keine Wahl, sie brauchten Nate auf ihrer Seite. »Wenn du wirklich mein Freund bist, wenn du meinst, was du sagst, dann vertrau mir. Nicht Liam, sondern mir. Dann sei an meiner Seite und hilf mir, uns alle zu retten. Das ist es, was ich von dir verlange. Beweis mir, dass das alles nicht nur leere Worte sind. Vergiss Liam, tu es für mich!«

Mit diesen Worten machte sie auf dem Absatz kehrt und

rannte durch den leeren Tunnel davon. Weg von Nathaniel und der ausweglosen Situation, in die sie ihn gebracht hatte. Übelkeit stieg in ihr hoch, und sie konnte die Tränen der Scham nur mit Mühe unterdrücken. Sie hatte getan, was sie tun musste. Nun war es an Liam, dafür zu sorgen, dass ihr aller Einsatz nicht umsonst war. Er würde den Einbruch in die Townships verantworten, auf seinen Schultern lag die Verantwortung für alles, was jetzt geschehen würde.

Zweiter Teil

Die Ankunft – Sechs Monate zuvor

1

Kaja hatte Durst. Im Lauf der letzten Stunden war ihr Mund erst trocken, dann pelzig geworden. Ihre Zunge fühlte sich riesig und unangenehm rau an, ihr Hals kratzte. Müde lehnte sie den Kopf gegen das Wrack des abgestürzten Flugzeugs. Der Schatten, den die Überreste des Flügels spendeten, bot wenig Schutz gegen die Hitze. Sie schloss die Augen und fuhr mit dem Handrücken über den Schweißfilm, der ihre Stirn bedeckte. Wasser, das ihr Körper dringend benötigte. Im Rumpf hörte sie Jasper leise wimmern. Seine Schmerzen hatten sie die letzte Nacht hindurch bis in den Morgen begleitet. Mittlerweile war er ruhiger geworden – kein gutes Zeichen. Sie hatten keine Medikamente mehr, um seine Wunden zu versorgen oder ihn zu betäuben. Immer wieder verlor er das Bewusstsein und konnte nur mit Mühe geweckt werden. Wenn ihnen nicht bald etwas einfiel, würde er diesen Tag nicht überleben. Aber was sollten sie tun, um ihm zu helfen? Ratlos blickte Kaja auf den Trümmerhaufen, der ihre Absturzstelle markierte. Überall lagen Überreste ihrer Ausrüstung im Sand verteilt. Kaum etwas davon war noch zu gebrauchen. Bis zum letzten Sonnenstrahl hatten sie am Vortag nach brauchbaren Dingen gesucht, ihre Arbeit mit dem ersten Tageslicht wieder aufgenommen. Dennoch war ihre Ausbeute kaum der Rede wert: ein paar Flaschen Sauerstoff, die sie nicht benötigten, ein medizinisches Notfall-Kit, das sie beinahe komplett aufgebraucht hatten, und ein paar nutzlose Solardecken. Die Nutri-Reserven waren nicht mehr brauchbar, ebenso wenig ihre kostbaren Wasservorräte. Versickert im Sand der roten Erde. Sie hatten noch einen einzigen Ersatz-Suit, in dessen Membran sich ihre letzte Nahrung befand. Alles Übrige war restlos zerstört.

Kaja konnte Allison leise reden hören, sie versuchte, Jasper wach zu halten. In ein paar Minuten würde sie die Technikerin ablösen müssen. Dann war es für weitere zwei Stunden ihre Aufgabe, ihn vor dem Einschlafen zu bewahren. Plötzlich tauchten am Horizont schemenhaft zwei Figuren auf. Liam und Samuel. Erleichtert atmete Kaja auf. Es war ihnen nichts zugestoßen, und vielleicht hatten sie etwas gefunden. Wasser oder sogar Nahrung? Mühsam stemmte sie sich auf die Beine, die unter ihrem Gewicht sofort wieder zu zittern anfingen. Mit beiden Händen an das Flugzeug gestützt, stapfte sie in Richtung Nase und des Einstiegs, jeder Schritt erforderte höchste Konzentration. Ohne die elektrischen Impulse, die der Biose-Suit an ihre Muskeln sendete, war das Gehen eine echte Herausforderung. Sam hatte ihnen geraten, diese Unterstützung zu deaktivieren, um die Energie des Anzugs so lange wie möglich zu erhalten. Kaja war zum ersten Mal in ihrem Leben auf die analogen Fähigkeiten ihres Körpers angewiesen und stellte sich dabei um einiges schlechter an als der Rest ihrer Crew. Sam, Allison und Jasper waren in der Arche, aufgrund ihrer Berufe regelmäßig in der Bunkeranlage unterwegs gewesen und beherrschten ihre Körper auch außerhalb des Holovits ausreichend gut. Liam hatte seit Monaten für den Exit trainiert. Kaja gab sich alle Mühe, den Vorsprung der anderen aufzuholen, aber Durst und Hunger machten die Sache nicht leichter. Ihr Körper wollte ihr nicht gehorchen.

»Kaja?« Allison war an die Türöffnung des Flugzeugs getreten, sie sah müde aus und verzweifelt.

Kaja wusste, wie eng ihre Verbindung zu Jasper war, wie groß ihre Angst, ihn zu verlieren.

»Irgendeine Spur von Liam und Sam?«

Kaja nickte und hob den Arm in Richtung der beiden langsam näherkommenden Gestalten. »Da vorne, siehst du?«

Allison nickte stumm, ihre Miene verhärtete sich. Kaja konnte sich denken, warum. Mittlerweile war auch auf die Distanz zu erkennen, dass die beiden mit leeren Händen zurückkehrten. Voller Tatendrang hatten sie bei Sonnenaufgang aus einem abgerissenen Trägerteil und zusammengeknoteten Sitzgurten einen behelfsmäßigen Schlitten gebaut, in der Hoffnung, irgendwo irgendetwas zu finden, das sie damit transportieren konnten. Aber der Schlitten war leer. Aus der Ferne blitzte das silberne Metall beinahe höhnisch in der Sonne. Die Frauen wechselten besorgte Blicke, sie wussten, welche Entscheidung nun bevorstand. Einer von ihnen würde den letzten unbenutzten Suit bekommen und sich in die entgegengesetzte Richtung aufmachen, um erneut nach Hilfe zu suchen. Kaja war klar, dass sie als Einzige nicht für den gefährlichen Job infrage kam. Samuel oder Liam, einen der beiden würde das Los treffen. Trotz stechender Gewissensbisse hoffte Kaja, dass Liam bei ihr bleiben würde.

»Wie geht es Jasper?«, fragte sie Allison, doch die schüttelte traurig den Kopf.

»Es wird schlimmer. Die Wunde an seinem Bein hat sich entzündet, sein Fieber steigt. Ich konnte ihn nicht mehr länger wach halten. Er muss zu Kräften kommen, sonst hat er keine Chance. Und vielleicht spürt er im Schlaf die Schmerzen nicht so schlimm.«

Und was, wenn wir ihn nicht mehr wecken können, wollte

Kaja fragen, schwieg aber. Allison hatte darauf genauso wenig eine Antwort wie sie selbst. Sie nickte nur stumm und setzte sich zurück in den heißen Sand. Schweigend warteten sie zusammen auf die beiden Rückkehrer, jede in ihre eigenen Gedanken versunken, beide mit der gleichen Frage im Kopf: Würden sie dieses Abenteuer überleben?

»Nichts«, schnaubte Liam, als die beiden Männer ihre provisorische Lagerstätte endlich wieder erreicht hatten. »Da draußen gibt es weit und breit nichts.« Sein ganzer Körper war mit rotem Staub überzogen. Die Kontrolllampen an seinem Suit blinkten warnend, wie bei Samuel. Fluchend zog der sich die Pilotenbrille vom Kopf und versuchte vergeblich, das Visier zu säubern. »Dieser verdammte Sand, diese verfluchte Wüste, das da draußen ist die Hölle. Wir werden da niemanden finden, weil dort nichts und niemand überleben kann.«

»Lasst mich mal sehen.« Allison war aus dem Wrack geklettert und überprüfte die Verkabelung an Liams Anzug. Mit geschickten Fingern steckte sie die Verbindung neu und murmelte dabei leise vor sich hin. Nach zwei, drei Versuchen schüttelte sie wütend den Kopf, schob Liam von sich und machte sich an Sams Kleidung zu schaffen. Es dauerte nicht lange, und sie seufzte verzweifelt auf.

»Nichts mehr zu machen, es tut mir leid.« Sie zuckte mit den Schultern. »Diese Dinger sind einfach nicht für hier draußen gemacht. Ebenso wenig wie wir selbst. Die halten dem Sand nicht stand. Ich kann das nicht reparieren, und ohne nötiges Werkzeug schon gar nicht.«

Für einen Moment herrschte betretenes Schweigen.

Liam fasste sich als Erster ein Herz: »Die Suits waren ohnehin leer und nicht nützlicher als stinknormale Kleidung. So oder so, wir müssen hier weg und irgendwo Wasser finden.«

Allison nickte gefasst. »Habt ihr entschieden, wer den letzten Anzug bekommt? Wenn einer von euch noch mal aufbrechen will, sollte er vorher eine Pause machen. Wenn ihr zu erschöpft seid, dann kann auch ich?«

Kaja hielt den Atem an. Wer von ihnen würde erneut ins Ungewisse ziehen?

»Wir werden alle gehen«, antwortete Liam stattdessen, und Allison sog scharf die Luft durch die Nase.

»Was meinst du damit?«, fragte sie.

»Ich meine, dass wir alle gehen – etwas anderes bleibt uns nicht übrig. Sam und ich waren fast sieben Stunden unterwegs und haben nichts gefunden. Jeden Schritt, den wir in eine Richtung gehen, müssen wir auch wieder zurück. So kommen wir nicht weit genug, um es aus dieser Wüste zu schaffen. Wir würden uns völlig sinnlos verausgaben.«

»Liam hat recht, Allison«, unterstützte Sam Liams Argumentation. »Wir haben keine Zeit und keine Kraft mehr. Wir müssen hier weg, und zwar alle zusammen.«

Kaja versuchte, das Zittern in ihren Händen und Beinen zu ignorieren. Panik stieg in ihr auf. Sie konnte kaum das Flugzeug umrunden, ohne eine Pause einzulegen. Wie sollte sie den anderen durch diese Sandwüste folgen?

»Und Jasper? Wollt ihr ihn einfach hier zurücklassen?«, fragte Allison wütend. »Das ist sein Todesurteil. Und Kaja? Sie kann nicht allein laufen. Willst du sie auch hierlassen, Liam?«

Liam schüttelte den Kopf. »Nein, Allison, wir werden niemanden zurücklassen. Wir gehen gemeinsam, alle zusammen. Wir haben nicht die geringste Ahnung, wie weit wir von dem Reservat entfernt sind. Die Chance, dass wir es rechtzeitig hierher zurückschaffen, wenn wir Hilfe gefunden haben, ist zu gering. Wir müssen Jasper mitnehmen.«

»Falls wir Hilfe finden, Liam. Falls … Du sagst selbst, wir haben keine Ahnung, wo wir sind. Wir haben auch keine Ahnung, in welche Richtung wir laufen sollen. Diese verdammte Wüste könnte sich noch meilenweit um uns ziehen. Was, wenn wir niemanden finden, dann laufen wir in den sicheren Tod.«

»Der wartet auch hier«, fiel ihr Sam ins Wort. »Wenn wir noch länger hierbleiben, finden uns die Drohnen der Arche, bevor uns irgendjemand anderes findet. Der Sturm hat sich gelegt. Mittlerweile ist vermutlich die halbe *Hope* hinter uns her, und ich habe keine Ahnung, wie gut Riley uns schützen kann. Im schlimmsten Fall sitzt er mittlerweile selbst in einer Zelle.« Die Sorge um seinen Freund und Co-Piloten stand Samuel ins Gesicht geschrieben. Allisons Züge wurden weicher, aber ihre Skepsis blieb bestehen.

»Können wir nicht wenigstens versuchen, uns zu orientieren? Vielleicht kann ich aus den Resten der Ausrüstung etwas bauen?«

»Allison, versteh doch, wir haben keine Zeit«, flehte Liam. »Unsere Anzüge sind leer und defekt, ihr beide habt kaum noch Reserven, und für Jasper zählt jede Minute. Wir sind auf uns gestellt und haben nur diese eine Chance, Hilfe zu finden, bevor uns der Rat findet. Kaja …« Sein Blick wanderte zu ihr. »… glaubst du, du kannst laufen? Wir werden den Schlitten für Jasper brauchen. Mit seinem Gewicht müssen wir zu zweit ziehen, um ihn zu bewegen. Einer von uns kann dich stützen, so gut es geht, aber den Großteil wirst du laufen müssen.«

Kaja hatte keinen blassen Schimmer, ob sie es wirklich schaffen würde, bezweifelte stark, dass sie mit ihren schwachen Muskeln weit kommen würde, trotzdem nickte sie tapfer. »Ich werde es irgendwie schaffen.«

Liam nickte lächelnd. »Also gut, dann lasst es uns versuchen. Allison, schnapp dir den letzten Suit, du wirst Kaja helfen müssen, dafür brauchst du Energie aus dem Anzug. Sam und ich versuchen diesen Schlitten noch etwas gemütlicher zu machen, dann holen wir Jasper und brechen auf.« Er winkte ab, bevor Allison widersprechen konnte. »Wir haben keine Zeit mehr, lange zu diskutieren. Wir schaffen das gemeinsam oder gar nicht.«

Es dauerte keine halbe Stunde, bis sie aufbruchsbereit waren. Die Sonne hatte ihren Höchststand überschritten, brannte aber immer noch gnadenlos auf sie herab. Liam und Sam waren schweißgebadet. Gemeinsam hatten sie den Schlitten zum Krankentransporter umgebaut. Ein Flugzeugsitz war nun mit den restlichen Gurten auf der Metallplatte fixiert, aus herumliegenden Stangen und einer Plane aus dem Laderaum hatten sie eine Art Baldachin gespannt, um Jasper vor der Sonne zu schützen. Hoffentlich war die Arbeit nicht umsonst gewesen, dachte Kaja, als die beiden Männer den Verletzten mit vereinten Kräften aus dem Flugzeug holten, um ihn auf die Bahre zu schnallen. Jasper hatte bei jeder Bewegung vor Schmerzen gestöhnt, war aber nicht mehr aus seinem Delirium erwacht. Selbst Allison, die ihm eindringlich erklärte, was gerade geschah, war es nicht mehr gelungen, ihn aus seinem komatösen Zustand zu holen. Liam hatte nicht übertrieben: Für Jasper zählte jede Minute.

»Seid ihr bereit?«, fragte Samuel mit ernstem Blick in die kleine Runde.

Alle nickten.

»Alles klar, dann auf zu unbekannten Abenteuern.« Er rang sich ein Grinsen ab, und gemeinsam mit Liam packte er die Gurte des Schlittens. Tiefe Sorgenfalten erschienen auf

Allisons Stirn, und Kaja schluckte beim Anblick der beiden. Mit aller Kraft stemmten sie sich nach vorne in ihre Zügel. Aber das Gewicht des Schlittens zusammen mit Jasper war einfach zu schwer. Nach wenigen Schritten stolperte Samuel über einen Sandhaufen und ging in die Knie. Sofort zog Liam ihn auf die Beine, und die beiden kämpften sich weiter. Im Schneckentempo, die Zähne zusammengebissen, war deutlich zu sehen, was für ein Kampf jeder Schritt sein musste. Die beiden Frauen gingen schweigend hinterher. Kaja stützte sich fest auf Allisons Arm. Beide atmeten schwer, aber sprachen kein Wort. Alle vier wussten, dass sie keine Chance hatten, doch niemand von ihnen wollte es aussprechen. Zentimeter für Zentimeter mühten sie sich weiter. Kaja konnte sehen, wie stumme Tränen über Allisons Wangen liefen, doch es fehlten ihr die Worte, die Frau an ihrer Seite zu trösten. Zehn Schritte, zwanzig Schritte, dreißig Schritte, dann gaben Kajas Beine nach, und sie stürzte in den heißen Sand. Allison half ihr aufzustehen, aber nach einigen Metern stolperte Kaja erneut.

»Das ist Irrsinn«, rief Allison verzweifelt. »Seht ihr nicht, dass wir in den sicheren Tod marschieren?«

Sam und Liam stoppten den Schlitten und ließen die Gurte sinken.

»Was sollen wir deiner Meinung nach machen?«, fragte Liam entnervt und ratlos. »Sollen wir den Weg wieder zurück? Oder willst du dich einfach hier auf den Boden legen und warten, bis es vorbei ist?«

»Ich ...«, setzte Allison zu einer Antwort an. »Ich ...«

Doch sie konnte den Satz nicht beenden. Ein weißer Lichtkegel erschien plötzlich mitten auf ihrem Gesicht und blendete sie. Von Allison sprang er zu Liam, Samuel und Kaja, verweilte einen Moment auf dem schlafenden Jasper und verschwand. Die vier wechselten verwirrte Blicke und drehten sich im Kreis, doch sie fanden nichts, was auf den Ursprung des Lichts hätte schließen lassen.

»Was war das?«, fragte Kaja.

»Sah aus wie ein Schweinwerfer«, antwortete Samuel, und im selben Moment hüpfte der grelle Schein ein weiteres Mal in schneller Folge über die fünf Archianer. Ratlos starrten die vier in die Ferne, sich im Kreis drehend, auf der Suche nach der Quelle.

»Dort! Da hinten, am Horizont, seht doch«, rief Liam plötzlich und zeigte aufgeregt in ihre Marschrichtung.

Kaja kniff die Augen zusammen und blinzelte gegen die Sonne. Tatsächlich, am Horizont konnte sie mehrere dunkle Punkte ausmachen, die sich in hohem Tempo näherten. Ihr Herz begann schneller zu schlagen. War das ihre Rettung oder eine neue Bedrohung? Ihr Blick suchte Liam. In seinem Gesicht war dieselbe Mischung aus Hoffnung und Sorge zu sehen.

»Was ist das?« Allison war näher an den Schlitten getreten und hatte wie zum Schutz ihre Hand auf Jaspers Schulter gelegt.

»Keine Ahnung«, antwortete Sam, »aber sie sind verdammt schnell.«

Die Punkte waren größer geworden. Kaja konnte sechs Stück zählen, die über den Sand auf sie zuschossen. Je näher sie kamen, desto deutlicher konnte man sie identifizieren.

»Sind das Motorräder?«, fragte Samuel. Mit der Hand schirmte er die Sonne ab, um besser sehen zu können. »Aber wie können sie auf dem Sand so schnell vorankommen?«

»Kufen«, vermutete Liam. Auch er hatte die Augen gegen das Sonnenlicht zusammengekniffen. »Das sind Schlitten, die Dinger haben Kufen.«

Nun konnte Kaja sie ebenfalls erkennen. Immer wieder blitzte Metall aus dem Sand, wenn einer der Jets über eine Anhöhe schoss. Die Fahrer hatten Übung, sie beherrschten ihre Gefährte selbst auf dem schwierigen Untergrund perfekt. Der Widerstand in den Archen hatte recht behalten: Hier oben gab es Leben. Aber war es ihnen freundlich oder feindlich gesinnt?

Die Chronik des Untergangs LXIII/12

Etwa zwei Monate, nachdem der UN-Klimabericht von 2050 durch mehrere unabhängige Fachausschüsse bestätigt worden war, bezogen die ersten Regierungen Stellung. Die Vereinigten Staaten von Amerika, Indien und Russland gehörten zu den hartnäckigsten Zweiflern, was Timing und Ausmaß der Katastrophe anging. Selbst Wissenschaftlern aus den eigenen Reihen gelang es zunächst nicht, ihre Führung von den notwendigen Konsequenzen zu überzeugen.

In Europa hatte die Verkündung der bevorstehenden Umweltkatastrophe völlig andere Auswirkungen: Präsidenten, Minister, aber auch Religionsführer und CEOs von großen Unternehmen legten ihr Amt nieder. Sie fühlten sich der Aufgabe, die Menschheit zu retten, nicht gewachsen. Konfrontiert mit dem bevorstehenden Ende, war ein Großteil schlichtweg geflüchtet, um die verbleibende Zeit bestmöglich zu nutzen. Berichterstattungen von damals dokumentierten überdurchschnittlich viele Vermisstenanzeigen, aufsehenerregendes Verhalten von öffentlichen Amts- und Würdenträgern, einen enormen Konsumanstieg sowie eine Vielzahl an Wiederaufnahmeanträgen in den Großkirchen.

Wie vorhergesagt kam es im Spätsommer 2055 zu einer nie dagewesenen Hitzeperiode in Mitteleuropa, Südafrika und Südamerika. Trotz aller Bemühungen war es in den Jahren seit 2030 nicht gelungen, die Klimaerwärmung zu stoppen. Der ungebremste Fortschritt von Digitalisierung und Alltagstechnologie hatte die Energiebilanz stetig nach oben getrieben. Jeder Haushalt, der sich zum Smart-Home rüstete, wurde zum eigenen kleinen Kraftwerk. Die steigenden Mieten in den Metropolen führten zu einer breiten Landflucht der Mittel- und Unterschichten und hatten ein deutlich höheres Verkehrsaufkommen zur Folge. Die Massen an Pendlern verbrachten mehr und mehr Zeit in Autos, Zügen und in Flugzeugen. Mitte der Dreißigerjahre hatte der globale CO_2-Ausstoß ein absolutes Hoch erreicht. In Vorbereitung ihres Berichts schlugen Klimaforscher weltweit Alarm, korrigierten die Zahlen der Erderwärmung deutlich nach oben, wurden aber kaum beachtet. 2051 hatte sich die Temperatur der Erdatmosphäre bereits um acht Grad erhöht; ein Vielfaches mehr als erwartet. Während in den Äquator-Regionen endlose Dürre zu verheerender Wasserknappheit führte, bedeuteten die steigenden Meeresspiegel für viele Insel- und Küstenregionen das Ende aller Vegetation. Überall auf der Erde setzten sich Ströme von Klimaflüchtlingen in Bewegung, in der Hoffnung, in den letzten bewohnbaren Ländern eine neue Heimat zu finden.

Die Frage nach dem Umgang mit den Scharen von Hilfesuchenden konnte in den sogenannten Safe States niemand beantworten.

2

Angespannt blickten die vier Archianer auf die Wolke aus Sand und Staub, die sich ihnen näherte. Schützend hoben alle die Arme vors Gesicht, Kaja schloss die Augen. Das Dröhnen der Motoren wurde lauter und lauter, bis es plötzlich verstummte. Die Fahrzeuge waren zum Stehen gekommen. Kaja blinzelte, um in der trüben Luft besser sehen zu können. Die sechs Jets standen dicht vor ihnen. Bei den Fahrern handelte es sich um Menschen, das war trotz der schweren Vermummung zu erkennen. Schmutzige Anzüge, die Kaja entfernt an ihre eigenen Biose-Suits erinnerten, blitzten unter dunklen, bodenlangen Capes hervor. Alle sechs hatten die Kapuzen tief in die Gesichter gezogen. Ihre Hände steckten in Handschuhen, an den Füßen trugen sie schwere Stiefel. Es war nicht zu erkennen, ob sich Frauen oder Männer unter der Kleidung verbargen. Kaja konnte ihr eigenes Herz in ihrer Brust schlagen hören. Niemand bewegte sich, bis sich plötzlich der vorderste Jet-Fahrer von seinem Gefährt schwang und die letzten Meter zwischen ihnen und seiner Crew zu Fuß zurücklegte. Liam, der sich an ihrer Spitze positioniert hatte, überragte er um gut eine Kopflänge. Der Hüne schob seinen Umhang zurück, ein verspiegeltes Visier verdeckte die Augen. Unter seiner Nase war ein kleines Ventil befestigt, von dem aus ein dünner schwarzer Schlauch über seinen Hals bis in die Kleidung führte. Sauerstoff, dachte

Kaja, die Luft hier oben war vielleicht doch nicht so sauber, wie sie gehofft hatten. Ein dichter grauer Bart verdeckte den Rest des Gesichts. Das einzige Anzeichen, das auf Geschlecht und Alter schließen ließ. Plötzlich begannen die schmalen, stark ausgetrockneten Lippen unter den Haaren zu sprechen:

»Was ist der Preis für die Freiheit?«

Tief und klar schallten seine Worte in die Weite der Wüste hinaus. Angestrengt rätselte Kaja, was er von ihnen wollte. Was ist der Preis für die Freiheit? Was meinte er damit? Sollte das eine tatsächliche Frage sein? Sie klang wie eine Art Orakelspruch. Ratlos blickte sie zu den anderen. Allison hatte die Stirn in Falten gelegt, Samuels Mund stand offen vor Staunen. Keiner wusste, wie sie reagieren sollten oder was der Mann von ihnen erwartete.

»Was ist der Preis für die Freiheit?«, wiederholte der Fremde seine Frage mit genau derselben Betonung.

»Ich weiß es nicht«, gab Liam zu.

Kaja konnte an seiner Stimme hören, wie nervös er war.

»Wir sind noch nicht lange frei. Ich befürchte, wir kennen den Preis noch nicht. Aber egal, wie hoch er ist, wir sind bereit, ihn zu bezahlen.«

Ein Raunen ging durch die fünf Jet-Fahrer hinter ihrem Anführer, kaum dass Liam seinen Satz beendet hatte. Dem aufgeregten Flüstern war zu entnehmen, dass seine Antwort, wenn nicht falsch, zumindest nicht richtig gewesen war. Der Bärtige lauschte dem Gemurmel in seinem Rücken für einen Moment, dann hob er die rechte Hand. Sofort verstummten seine Begleiter. Einen Moment lang musterte er ihre armselige Formation schweigend. Kaja spürte seinen vom Visier verdeckten Blick. Länger als sie alle betrachtete er den verletzten Jasper auf ihrem notdürftigen Schlitten, blickte in die Ferne, hin zu dem, was von ihrem Flugzeug noch übrig war, dann wandte er sich wieder an Liam, den er offensichtlich als ihren Anführer akzeptiert hatte.

»Archianer«, stellte er trocken fest.

Liam nickte, schüttelte aber gleich darauf den Kopf. »Du hast recht, das waren wir in unserem alten Leben. Jetzt sind wir freie Menschen, so frei wie ihr selbst, und diese Freiheit werden wir nie wieder aufgeben.«

Der Riese sog scharf die Luft ein, seine Gefährten verfielen in eine zischende Diskussion. Kaja konnte zwar nicht verstehen, was gesprochen wurde, aber sie spürte, dass man ihnen nicht freundlich gesinnt war. Wieder brauchte es nur eine Geste des Sprechers, um für Ruhe zu sorgen. »Wie lange seid ihr schon hier draußen?«

Liam zuckte mit den Schultern. »Einen Tageslauf? Vierundzwanzig Stunden vielleicht. Schwierig zu sagen, unsere Ausrüstung ist beim Absturz zerstört worden. Wir haben die Sonne einmal auf- und einmal untergehen sehen.«

»Ihr kommt aus der *Hope of Tomorrow*?«

Liam nickte.

»Warum seid ihr hier?«

»Wir sind geflohen. Seit vielen Monaten planen wir diesen Exit. Wir glauben nicht mehr an die Lügen des Rats. Es gibt Widerstand in den Archen, nicht nur in der *Hope*. Dort unten sind Menschen, die zurück an die Oberfläche wollen. Die ein neues Leben führen wollen, ein freies Leben.«

»Hier gibt es kein freies Leben«, sprach ein weiterer Fahrer oder eine Fahrerin. Die Stimme hinter dem schwarzen Stoff war hell und feindselig. Die zugehörige Gestalt war die kleinste und zierlichste von allen.

»Hier an der Oberfläche gibt es keine Freiheit und keinen Platz für Archianer«, wiederholte sie ihre Worte mit Nachdruck.

»Elisa«, herrschte sie der Riese an. »Nicht hier und nicht jetzt.« Ohne ihr Gesicht sehen zu müssen, konnte Kaja spüren, wie die Frau mit sich rang, kein zweites Mal zu widersprechen. Letztlich reichte die Autorität des Mannes, um sie zum Schweigen zu bringen.

»Widerstand in den Archen«, richtete er seine Worte wieder an Liam. »Was bedeutet das konkret?«

»Schon lange hat unsere Präsidentin nicht mehr die komplette Arche in ihrer Gewalt«, begann Liam zu erklären. »Darksurfer, wie wir uns in den Archen nennen, haben vor Jahren angefangen, das Holovit zu untergraben und sich eigene, sichere Orte im Netz geschaffen. Es ist uns gelungen, einen Großteil der Überwachung zu umgehen und verborgen vor den Augen des Rats Informationen über die Oberfläche zu sammeln.«

»Informationen? Was für Informationen?«

»Bilder, Daten, Veränderungen in Gesteinsformationen«, mischte sich Samuel ein. »Wann immer es ging, haben wir die Drohnenflüge dazu genutzt, unsere eigenen Augen nach oben zu richten.«

»Und was habt ihr entdeckt?« Kaja konnte sich täuschen, aber der Riese wirkte plötzlich nicht mehr ganz so ruhig und souverän.

»Wie ich eben sagte, Veränderungen in der Umgebung, mal kleiner, mal größer, aber immer so systematisch und gewollt, dass irgendwann klar war, das kann kein Zufall sein. Hier oben muss es intelligentes Leben geben.«

»Wie weit seid ihr geflogen, wie groß war euer Radius?«

»Vierhundert Meilen, für mehr hat unser Treibstoff nicht gereicht.«

»Vierhundert Meilen rund um die *Hope.*« Der Fremde dachte nach. »Konntet ihr das ganze Gebiet abdecken?«

»Nein.« Samuel schüttelte den Kopf. »Es gibt – es gab – nur zwei Schiffe, die wir unter Kontrolle hatten. Nur mich und einen weiteren Piloten unter den Darksurfern, und unsere Flugmöglichkeiten waren begrenzt, wir hatten nicht die Möglichkeit, unsere Routen zu ändern, das wäre sofort aufgefallen.«

Der andere nickte. »Wo sind diese Daten jetzt?«

»Sie sind sicher versteckt vor dem Rat. Verschlüsselt auf den Servern, die wir Darksurfer kontrollieren. Niemand, der nicht weiß, wonach er suchen muss, wird sie je finden.«

»Und jeder, der das weiß, kann sie finden?« Der Mann klang nicht beruhigt.

Liam schüttelte den Kopf. »Selbst wenn. Es sind immer nur einzelne Bilder, ohne Koordinaten, ohne Metadaten, mit nur einem Bild lässt sich weder der Ort noch ein Lebenszeichen erkennen. Ihr habt nichts zu befürchten.«

»Von wegen nichts zu befürchten. Seid ihr tatsächlich so dumm?« Wieder mischte sich die Frau namens Elisa in das Gespräch ein. »Glaubt ihr denn, der Rat würde euch einfach so aus der Arche entwischen lassen und euch ein schönes Leben wünschen? Ihr seid eine wandelnde Zielscheibe. Vermutlich sind längst Hunderte Suchdrohnen auf euch angesetzt. Es wird nicht lange dauern, und sie haben euch gefunden. So oder so seid ihr dem Tode geweiht.«

»Nicht, wenn ihr uns mitnehmt.« Liam ignorierte die Frau und sprach ihren Anführer direkt an. »Ja, sicher werden wir bereits verfolgt, während wir hier sprechen. Unsere Ausrüstung ist zerstört, unser Freund schwer verletzt. Ohne Hilfe werden wir diesen Tag vermutlich nicht überleben. Aber unsere Hoffnung, hier oben Menschen zu finden, wurde bestätigt.«

»Das heißt nicht, dass wir euch auch retten können, es war voreilig, davon auszugehen.«

»Wir hatten unsere Gründe«, warf Sam ein. »Die Bilder unserer Drohnen lassen darauf schließen, dass jemand hier oben uns ein Zeichen geben wollte.«

»Unmöglich«, schnappte Elisa, doch der Fahrer neben ihr packte sie fest am Arm und flüsterte ihr ein paar Worte ins Ohr, die sie offensichtlich fürs Erste beruhigten.

»Ein Zeichen, sagt ihr«, fragte der Riese mit ruhiger Stimme.

Samuel und Liam nickten.

»Kein Zweifel. Es wurden Steine bewegt, immer wieder neu und bewusst geometrisch angeordnet. Das kann kein Zufall gewesen sein.«

Damit hatte ihr Gegenüber nicht gerechnet. Kaja konnte sehen, wie er unter dem dichten Bart auf seinen Lippen kaute, während er nachdachte.

»Dieser Widerstand, von dem ihr erzählt«, fragte er nach ein paar endlosen Augenblicken. »Von wie vielen Menschen sprechen wir? Was ist euer Plan? Ich vermute mal, ihr wolltet nicht nur einen kleinen Ausflug machen, um euch selbst von den Lügen eurer Regierung zu überzeugen? Was habt ihr vor?«

»Wir wollen die Archen befreien.« Überrascht von ihrem eigenen Mut machte Kaja ein paar Schritte nach vorne an Liams Seite. »Mein Vater, der oberste Ratsherr, und unsere Präsidentin Anna Smith wollen die Menschen dort unten vernichten. Wenn wir sie nicht aufhalten, werden schon bald Hunderttausende zum Upload ins Holovit gezwungen und sterben.«

Der Riese nickte, die Information schien ihn nicht weiter zu überraschen. »Und was wollt ihr vier und der Halbtote nun dagegen unternehmen?«

»Wir haben gehofft, hier oben Menschen zu finden. Freie

Menschen, die uns dabei helfen, die Archianer zu befreien, bevor es zu spät ist.«

»Und warum sollten wir *freien* Menschen das tun?« Ein seltsamer Ton lag in den Worten des Riesen und weckte Zweifel in Kaja, ob diese Menschen hier tatsächlich so frei waren, wie es den Anschein hatte. »Warum sollten wir euch Archianern helfen?«

»Weil ihr Menschen seid.« Endlich brach auch Allison ihr Schweigen. In ihrer Stimme lagen Schmerz und Wut, aber auch Hoffnung. »Weil wir nur gemeinsam eine Chance haben, auch in Zukunft zu leben. Nur zusammen sind wir stark, und nur zusammen haben wir eine Chance, diese Erde zu retten ... und uns.«

»Gemeinsam, hm?«, fragte der Riese mit harter Stimme. »Diese gemeinsame Zukunft hat euch nicht interessiert, als sich die Schleusen damals geschlossen haben. Da hat es keinen im Bunker gestört, dass hier oben noch Menschen waren. Man hat uns einfach unserem Schicksal überlassen. Und plötzlich sollen wir für eine gemeinsam Zukunft kämpfen?«

»Das ist viele Hundert Jahre her«, protestierte Sam. »Wir alle waren nicht einmal geboren. Bis vor Kurzem hatten wir keine Ahnung, dass es hier oben Menschen gibt.«

Unbeeindruckt stemmte der Anführer der Erdbewohner die Hände in die Hüften. »Das ändert nichts an den Dingen, die geschehen sind.« Er zögerte einen kurzen Moment, dann sprach er weiter. »Es hat seit vielen, vielen Jahren keinen Ausbruch aus einer Arche gegeben. Es ist nicht an mir zu entscheiden, was mit euch geschehen soll. Solltet ihr die Wahrheit sagen, und es gibt hier oben tatsächlich Menschen, die Zeichen senden, dann muss dies aufgeklärt werden. Sollte es euch ohne unsere Hilfe gelingen, diese Wüste zu überleben, dann wird man euch schnell finden und zurück in die Arche bringen. Das Risiko, dass ihr uns verraten würdet, ist zu hoch, wir können euch nicht lebend zurücklassen.«

»Dann müssen wir sie eben hier und jetzt töten«, forderte Elisa ihre Begleiter auf. Sie schlug den Umhang zurück, und Kaja konnte mehrere Schusswaffen an ihrer Seite erkennen.

»Amma würde das niemals zulassen.« Die Frau an ihrer Seite, die sie schon einmal am Protest gehindert hatte, sprach ruhig und sanft. »Damian hat recht, wir können sie weder hier zurücklassen noch eine andere Entscheidung treffen.« Ihr Blick streifte dabei vielsagend die Waffen. »Es bleibt keine andere Möglichkeit, als sie mitzunehmen.« Wer auch immer sie war, ihr Einfluss auf Elisa schien ähnlich groß zu sein wie der ihres Anführers Damian. Elisa ließ den Arm, der nach einem Gewehr gegriffen hatte, wieder sinken. »Amma wird entscheiden, was mit ihnen geschehen soll.«

Damian nickte. »Ihr werdet mit uns kommen.« Es war keine Frage, die Entscheidung war gefallen. Trotz ihrer Erleichterung wusste Kaja nicht, ob sie nun Gäste oder Gefangene waren.

»Dann sollten wir uns demnächst vom Acker machen«, rief eine weitere Männerstimme unter einer Kapuze hervor. »Mein Radar schlägt aus drei Richtungen Alarm. Die haben uns längst entdeckt, wir sind so gut wie umzingelt.«

Offensichtlich wussten seine Begleiter im Gegensatz zu den Archianern genau, wovon der Mann sprach. Und es schien nichts Gutes zu bedeuten, denn Damian verfiel sofort in militärischen Befehlston.

»Ihr habt Adam gehört, Leute. Wenn wir nicht alle Ungeziefer-Frühstück werden wollen, dann auf die Beine; in einer Minute sind wir hier verschwunden. Adam, Natasha, ihr schnappt euch den Verletzten. Seht zu, dass ihr ihn auf einem eurer Jets fixiert bekommt. Aber seid vorsichtig, der Kerl ist mehr tot als lebendig. Und fügt ihm um Himmels willen nicht mehr Schmerzen zu, als er ohnehin schon aushalten muss. Wenn einer von euch etwas Opium hat, dann gebt es ihm, ich habe nichts gesagt und nichts gesehen.« Zwei der Vermummten sprangen bei seinen Worten von ihren Jets und rannten zu dem Schlitten, auf dem Japser festgebunden war. Kaja konnte sehen, wie einer der beiden ihm etwas in den leicht geöffneten Mund schob und mit einer geschickten Handbewegung seinen Schluckreflex auslöste. »Du.« Sein Finger deutete auf Allison. »Du fährst mit Maria.«

Die Fahrerin neben Elisa winkte mit dem Arm, und Allison stapfte durch den Sand in ihre Richtung. Im Vorübergehen drückte sie kurz und fest Kajas Hand. »Carl, du fährst mit ihm.« Sein Finger verharrte auf Sam, wanderte dann weiter zu Liam. »Du fährst mit Elisa, pass auf, dass sie dich nicht von ihrem Jet stößt. Zuzutrauen wäre es ihr.«

Liam verzog keine Miene, er nickte kurz und folgte Allison in Richtung der wartenden Fahrzeuge.

»Andersson, du fährst mit mir.«

Überrascht hob Kaja den Kopf, Liam war ebenfalls stehen geblieben und blickte über die Schulter zurück. Der Mann kannte ihren Namen.

»Die Tochter des obersten Ratsherrn der *Hope*«, erklärte er sich. »Du kannst sehr gefährlich oder sehr nützlich für uns sein. Bevor das nicht entschieden ist, werde ich dich nicht aus den Augen lassen.«

»Kaja, ich heiße Kaja«, antwortete sie mit fester Stimme. Wie weit würde sie fliehen müssen, um dem Schatten ihres Vaters zu entkommen?

Damian zuckte nur mit den Schultern. »Wie du willst, Kaja, komm mit.«

»Dort, seht doch, da hinten!« Der Mann namens Carl streckte seinen Arm in Richtung Horizont.

Kajas Blick folgte ihm. In weiter Ferne, mit bloßem Auge kaum zu sehen, war eine Bewegung im Sand auszumachen. Berge, die plötzlich aus dem Nichts emporwuchsen und sofort wieder verschwanden, um nur wenige Sekunden später an anderer Stelle wieder aufzutauchen. Eine Welle aus Hügeln und Erhebungen, die sich rasend schnell auf sie zubewegte.

»Verdammt, wir haben uns zu viel Zeit gelassen.« Damian packte sie unsanft am Arm und zerrte sie hinter sich her zu seinem Jet.

Liam, Allison und Sam hatten bereits hinter ihren Fahrern Platz genommen. Die Jets waren deutlich überladen. Zwischen Kisten und Säcken mussten nun auch noch die zusätzlichen Passagiere Platz finden. Die Kufen steckten tief im Sand.

»Das werden wir niemals schaffen«, rief Elisa über das Dröhnen der Motoren hinweg.

Während Adam und Natasha noch damit beschäftigt waren, den bewusstlosen Jasper sicher zu vertäuen, hatten die anderen ihre Maschinen bereits gestartet.

»Ich beweise dir das Gegenteil«, rief Damian und hob Kaja in den Sattel. Er warf einen letzten besorgten Blick auf die sich windenden Sandberge. Sie waren deutlich nähergekommen. Was verbarg sich hinter den wandernden Dünen?

»Was ist das?«, fragte sie ihren Fahrer.

»Das willst du lieber nicht rausfinden, Mädchen.« Er streckte den Arm in den Himmel. »Aufsitzen, wir verschwinden! Elisa, du bleibst heute hinter mir, ich habe keine Lust, dass wir deinen Beifahrer verlieren. Natasha, du bist unser Schlusslicht, lass dich nicht von Viechern erwischen. Ich will euch alle in einem Stück in Beartooth sehen. Los, weg hier.«

Natasha kontrollierte ein letztes Mal die Gurte um Jaspers Brust, dann sprang sie auf ihre eigene Maschine und startete den Motor. Es fehlte nur noch Damian. Er klappte eine metallene Schließe zwischen seinen Beinen nach oben und wollte gerade den Startknopf betätigen, als Kaja seinen Arm festhielt. Verärgert drehte er den Kopf zu ihr. »Was willst du? Siehst du nicht, dass wir es eilig haben?«

Kaja versuchte, hinter dem verspiegelten Visier Damians Augen zu erkennen, aber sie konnte nur ihr eigenes, blut- und schmutzverkrustetes, verängstigtes Gesicht sehen. Sie sah jung aus, wie ein kleines Kind und gleichzeitig uralt und zu Tode erschöpft. Sie erkannte sich in diesem Körper kaum wieder. Sie wollte fragen, was sich dort am Horizont näherte, wovor diese harten Menschen solche Angst hatten. Aber die Worte, die über ihre Lippen kamen, waren andere.

»Was ist der Preis für die Freiheit?«, fragte sie Damian, so leise, dass es in dem Lärm kaum zu hören war.

Der fremde Mann hob die Hand an sein Visier und schob es aus der Stirn. Ein stechend graublaues Auge blitzte ihr aus dem sonnenverbrannten Gesicht entgegen und musterte sie nachdenklich. An der Stelle, an der ein zweites Auge hätte sein sollen, zog sich eine dunkelrote Narbe von der Schläfe bis zur Wange.

Ein Krieger, schoss es Kaja durch den Kopf. Sie nahm all ihren Mut zusammen und wiederholte ihre Frage. »Was ist der Preis für die Freiheit?«

»Die Freiheit«, antwortete der einäugige Damian, ließ sein Visier wieder sinken und startete den Motor.

Protokoll Abhörfunk Station Beartooth Mountains
15.08.2381 // 02:36 Uhr

An alle Archen. Sicherheitsstufe 0. Dringlichkeit A.

Das entführte Schiff der *Hope of Tomorrow* konnte geortet werden. Die Koordinaten der Absturzstelle sind diesem Dokument angehängt. Keine Überlebenden, kein Leichenfund. Bisher ist unklar, wie viele Darksurfer entkommen konnten. An Bord vermutet werden die Geiseln Kaja Andersson, Tochter des obersten Ratsherrn Björn Andersson, und Liam Turner, Reproduktionskandidat. Es ist davon auszugehen, dass die Entführer weiter auf der Flucht sind. Citizen Number One ist bereits informiert. Seine Außenposten sind angewiesen, nach den geflohenen Archianern Ausschau zu halten und sie festzusetzen sowie jede auffällige Bewegung an der Oberfläche an die Archen zu melden. Es kann nicht ausgeschlossen werden, dass die Staatsverräter versuchen, sich den Outlaws anzuschließen. Dies muss unter allen Umständen verhindert werden. Eine Freigabe zur standrechtlichen Hinrichtung ist hiermit erteilt. Die Geiseln sind nach Möglichkeit lebend zu übergeben.

3

Kaja klammerte sich mit aller Kraft an Damian, um nicht von dem Wüstenjet zu fallen. Sie schossen so schnell über den sandigen Boden, dass der Untergrund zu einer einzigen beigen Masse verschwamm. Sand peitschte ihr ins Gesicht, und der harte Fahrtwind trieb ihr Tränen in die Augen. Im Gegensatz zu den Oberflächenbewohnern hatten die Archianer keine Umhänge oder Masken, die sie schützten. Doch ein Blick über die Schulter bewies die Notwendigkeit ihres Tempos. Die wandernden Dünen waren ihnen bedrohlich nahe gekommen. Der Abstand verringerte sich zwar nicht mehr, wurde aber auch nicht größer. Was auch immer ihnen folgte, es schien gefährlich genug, ihre Retter weiter anzuspornen. Aber waren sie tatsächlich gerettet? Wohin würden Damian und seine Crew sie bringen, was versteckte sich hinter dem Ort namens Beartooth? Weitere Menschen? Kajas Herz begann vor Aufregung schneller zu schlagen. Und wer war diese Amma, die offenbar darüber entscheiden würde, was mit ihnen geschehen sollte?

Stunde um Stunde, Meile für Meile, jagten sie in gleichbleibender Formation durch die Wüste, ohne dass sich ihre Umgebung veränderte. Kaja presste sich so flach wie möglich an Damians Rücken und schloss die Augen gegen Wind und Sand. Erst jetzt bemerkte sie, wie erschöpft und am Ende ihrer Kraft sie war. Sie konnte sich nicht erinnern, wann sie zum letzten Mal geschlafen hatte, das Charching in ihrem Tank lag mittlerweile Tage zurück. Das wutverzerrte Gesicht ihres Vaters, so wie sie ihn auf der Abflugrampe zum letzten Mal gesehen hatte, erschien vor ihrem inneren Auge. Schmerz und Enttäuschung waren darin zu sehen gewesen, aber auch Angst. War es Angst um seine Tochter gewesen? Oder vor den Konsequenzen, die ihre Flucht für ihn nach sich zogen? Wie wohl ihre Mutter reagiert haben mochte? Für einen kurzen Moment übermannten sie der Schmerz und die Sehnsucht nach den Armen von Agnes Andersson, doch dann siegte die Müdigkeit, und Kaja konnte sich nicht länger wach halten.

Der erste Gedanke, der ihr durch den Kopf schoss, als sie wieder zu sich kam, war: Ich bin nicht in den Tod gestürzt.

Obwohl es um sie herum stockfinster und totenstill war, war sie sich sicher, am Leben zu sein. Sie spürte jeden Muskel in ihrem Körper, so schmerzhaft wie nie zuvor. Wie sie die halsbrecherische Jet-Fahrt überstanden hatte, wusste sie nicht. Aber irgendwie war sie an diesen Ort gelangt. Vorsichtig bewegte sie ihre Zehen. Sie musste in einem Bett liegen. In warme, weiche Decken gehüllt, fühlte sie sich trotz der zurückliegenden Strapazen sicher und geborgen. Sie verspürte ein leichtes Hungergefühl, aber nicht mehr den schrecklichen, Verstand raubenden Durst. Wo auch immer sie war, was auch immer man mit ihr vorhatte, irgendjemandem schien an ihrer Gesundheit gelegen zu sein. Sie tastete unter der Decke ihren Körper ab. Der nutzlose Biose-Suit war verschwunden. Stattdessen trug sie ein weiches Stoffhemd, das ihr bis zu den Knien reichte. Automatisch wanderte ihre Hand suchend hinter ihr linkes Ohr. Keine Wunde, keine Narbe. Ihr Lifechip und ihre ELSA waren also immer noch in ihrem Körper. Ihre Haut fühlte sich angenehm an, sauber und glatt, als hätte man sie nicht nur aus ihrer schmutzigen Kleidung befreit, sondern auch noch gewaschen. Vielleicht waren sie doch Gäste und keine Gefangenen, dachte Kaja und überlegte, ob sie es wagen sollte, von ihrem Lager aufzustehen, um die Dunkelheit zu erkunden. Waren Liam und die anderen ebenfalls hier untergebracht? Hatten sich die Menschen, die Kaja versorgt hatten, auch um Jasper gekümmert? Hatte man ihm helfen können? Bevor die unbeantworteten Fragen in ihrem Kopf mehr und mehr werden konnten, öffnete sich in der Schwärze eine Tür, und ein schmaler Streifen Licht fiel in den Raum.

»Hallo?«, fragte Kaja zögerlich. »Ist da jemand?«

»Kaja Andersson«, antwortete eine helle Kinderstimme freundlich. »Du bist aufgewacht.«

Die Tür öffnete sich noch weiter, und eine kleine Gestalt huschte ins Zimmer. Nur einen Augenblick später wurde die Kammer in helles Licht getaucht.

Kaja kniff die Augen zusammen und hielt die Hand schützend vors Gesicht. Das Kind kicherte plötzlich direkt neben ihr, und sie zuckte erschrocken zusammen.

»Du musst keine Angst haben, hier bei uns seid ihr in Sicherheit.« Eine warme Kinderhand legte sich auf ihren Arm.

Neugierig blinzelte Kaja gegen das Licht. Zwei große blaue Augen starrten ebenso interessiert zurück. Das Mädchen an ihrem Bett konnte nicht älter als zehn Jahre alt sein. Weißsilbrige Locken umrahmten den kleinen Kopf wie eine Löwenmähne, die Haut war blass, beinahe durchsichtig, und ein winziger kirschroter Mund lächelte Kaja an. Kaja hatte noch nie in ihrem Leben ein echtes Kind gesehen, unwillkürlich musste sie ebenfalls lachen. Hatten Kinder immer diese Wirkung? Ihr Lachen schien das Mädchen zu ermutigen.

»Ich bin Freja, Freja Albrecht. Ich soll dich bewachen«, erklärte sie stolz.

»Bin ich denn eine Gefangene?«, fragte Kaja halb belustigt, halb besorgt. Was auch immer ihr aktueller Status war, die abgestellte Aufpasserin machte keinen allzu bedrohlichen Eindruck.

Freja zuckte mit den Schultern. »Das weiß ich nicht«, antwortete sie. »Aber ich soll aufpassen, dass niemand dich stört und niemand dich weckt.«

»Das hat ja prima funktioniert«, neckte Kaja ihre kleine Wächterin, deren helle Wangen sich sofort rot färbten.

»Mir war sehr langweilig«, erklärte sie schuldbewusst. »Wache stehen ist keine spannende Aufgabe, und du schläfst auch schon so lange. Ich dachte, vielleicht bist du endlich aufgewacht. Und das bist du ja auch.« Freja grinste.

»Wie lange habe ich geschlafen?«, wollte Kaja wissen.

»Die ganze Nacht und den ganzen Tag und jetzt schon wieder die halbe Nacht. So lange kann doch niemand nur schlafen? Deine Freunde haben nicht so lange geschlafen. Nur der Verwundete, der schläft immer noch. Aber du bist ja gar nicht verwundet und hast trotzdem so lange geschlafen. Mein Vater sagt, das ist, weil du noch nie wirklich wach warst. Stimmt das?«

Kaja atmete erleichtert auf. Ihre Freunde, wie Freja sie nannte, waren hier und soweit wohlauf und Jasper immer noch am Leben. Mehr konnte sie für den Moment nicht erhoffen.

»Ich weiß nicht, warum ich so lange geschlafen habe«, antwortete sie dem Mädchen. »Aber dein Vater hat vermutlich recht. Mein Körper ist lange Zeit von Maschinen versorgt worden und muss sich erst daran gewöhnen, für sich selbst zu sorgen. Das ist anstrengend.« Wie zum Beweis gähnte sie.

Freja beobachtete Kaja ebenso interessiert wie sie umgekehrt das Mädchen.

»Ich habe noch nie einen Archianer gesehen«, bestätigte sie Kajas Verdacht. »Aber ihr seht nicht so aus, wie ich dachte.« Sie wirkte fast ein wenig enttäuscht.

»Was hast du denn gedacht, wie wir aussehen?«

»Schrecklich«, antwortete das Mädchen wie aus der Pistole geschossen. »Einfach fürchterlich.« Ihre blauen Augen wurden noch größer. »Kreidebleich und mit roten Augen. Ohne Haare und spindeldürr, weil ihr nichts zu essen habt. Mit langen Krallen und ganz spitzen Zähnen, damit ihr uns zerfleischen könnt. Aber du hast ganz normale Zähne, so wie ich«, beendete Freja ihre Beschreibung und starrte interessiert in Kajas Kiefer, der vor Staunen nach unten geklappt war. »Du siehst aus wie ein ganz normaler Mensch.«

»Ich bin ein ganz normaler Mensch«, protestierte Kaja gegen die ungerechte Beschreibung ihres Volks.

»Kayne Cole sagt, ihr seid Zombies.«

»Wer ist Kayne Cole?«

»Der Anführer der Citizens.«

»Wer sind die Citizens?«

»Du weißt ja gar nichts«, stellte Freja erstaunt fest. »Die Citizens herrschen über …«

»Freja!« Die Stimme knallte wie ein Peitschenhieb durch den Raum, und das Mädchen verstummte sofort. »Freja Albrecht, hast du vergessen, was deine Aufgabe ist?«

Eine schlanke Frau hatte den kleinen Raum betreten, und es brauchte nur einen Blick, um zu erkennen, dass es sich um Frejas Mutter handeln musste. Sie hatte dieselben weißen Locken, länger und im Rücken zu einem Zopf gebunden, und ihre Augen waren ebenso blau wie die ihrer Tochter. Freja trat von Kajas Lager zurück und blickte zu Boden.

»Freja?«, fragte die Frau streng.

»Sobald Kaja Andersson aufwacht, soll ich Vater oder dich holen«, wiederholte sie eine offensichtlich nicht befolgte Anweisung. Ihre Mutter nickte. »Und was solltest du auf keinen Fall tun?«

»Kaja Andersson wecken oder mit ihr sprechen.«

»Und was hast du daran nicht verstanden?«

Das Mädchen studierte die eigenen Füße, mit denen sie Spuren in den Sand zeichnete. Erst jetzt bemerkte Kaja, dass der Boden und auch Wände und Decke in ihrem Zimmer aus dem gleichen sandigen Stein bestanden, den sie an der Oberfläche überall gesehen hatte. Es gab weder Fenster noch natürliches Licht. In dem kleinen Raum, in dem außer ihrem Bett nicht viel Platz hatte, waren Dioden im Boden und der Decke angebracht und spendeten schwaches Licht. Im selben Moment wurde ihr klar, warum das befremdende Gefühl der Schutzlosigkeit, das sie an der Oberfläche ständig verspürt hatte, plötzlich wieder verschwunden war und sie sich hier tatsächlich wie zu Hause fühlte. Sie war nicht mehr an der Oberfläche.

»Wir sind unter der Erde«, flüsterte sie. Es war keine Frage, sondern eine Feststellung. Ihre Worte beendeten die Zurechtweisung ihrer Wächterin, die plötzlich kicherte, als hätte Kaja etwas sehr Dummes gesagt.

»Wo sollen wir denn sonst sein?«, fragte Freja erstaunt.

»An der Oberfläche?«, erwiderte Kaja nicht weniger verwundert.

»Du bist aber dumm. Da oben kann man doch nicht leben. Die Stürme, die Arthropoden …«

»Freja, es ist genug«, unterbrach ihre Mutter jede weitere Erklärung. Ihr Blick war zornig, die hellen Brauen tief über den Augen zusammengeschoben.

Kaja fühlte sich an ihre eigene Mutter erinnert. Mit einem Mal war sie erschöpfter als je zuvor. War es der Gedanke an ihre Mutter oder die Tatsache, dass sie die Arche offenbar verlassen hatten, um an einem anderen Ort wieder unter der Erde zu enden? Wenn die Oberfläche nicht bewohnbar war, war dann alles, was sie auf sich genommen hatten, umsonst gewesen?

»Freja, geh und bring unserem Gast etwas anzuziehen und eine Mahlzeit. Beeil dich, die Versammlung hat bereits begonnen.«

Ohne dass es einer weiteren Aufforderung bedurfte, rannte Freja davon. Allein mit der strengen Frau fühlte Kaja sich plötzlich unsicher. Sie wusste nicht, wie und ob sie das Gespräch suchen sollte.

»Ich bin Sara Albrecht, Frejas Mutter«, stellte sich die Frau vor und musterte Kaja streng. »Sicher bist du hungrig nach der langen Zeit. Meine Tochter wird dir Essen und Wasser bringen. Es ist nicht viel, unsere Vorräte müssen im Moment mehr Menschen ernähren als geplant. Aber trotzdem, iss langsam und mit Pausen, dein Magen und dein Verdauungssystem müssen sich erst an richtige Nahrung gewöhnen. Ich vermute, du bist dein Leben lang auf Nutri-Shots eingestellt gewesen?«

Kaja nickte: »Ja, ich habe noch nie echtes Essen zu mir genommen.«

»Erwarte nicht zu viel«, antwortete Sara trocken. »Was wir hier draußen finden, wird niemals an die Programmierungen deiner alten Welt heranreichen. Aber es hält dich am Leben, und das ist im Moment entscheidend.«

Im Moment, dachte Kaja und fragte sich erneut, was wohl mit ihr und ihren Freunden geschehen würde. Sara wirkte nicht halb so erfreut über Kajas Anwesenheit wie ihre Tochter. Die besorgte Stirnfalte war seit dem Verschwinden des Mädchens sogar noch tiefer geworden.

»Vor wenigen Minuten hat sich unsere Amma mit ihren Beratern getroffen, um euch anzuhören. Die anderen Archianer sind bereits in der großen Halle. Sobald du gegessen hast und angezogen bist, kann ich dich dorthin bringen, wenn du das willst. Wenn du dich aber noch ausruhen möchtest, bleibst du hier.«

»Kann ich sofort in diese Halle?«

Sara schüttelte den Kopf. »Nein, du musst essen und trinken. Das hier ist nicht wie ein Charching. Du hast tatsächlich geschlafen, dein Körper wurde nicht mit Nährstoffen versorgt, dafür bist du nun selbst verantwortlich, bis du das gelernt hast, ist es meine Aufgabe.« Saras Ton gab deutlich zu verstehen, wie wenig sie sich darüber freute. »Du isst, du trinkst, du ziehst dich an, und dann sehen wir, ob deine Kräfte für den Weg durch die Stollen reichen.«

Bei dem Wort Stollen hatte Kaja plötzlich das unterirdische Labyrinth der Arche vor Augen. Waren sie in einer Parallelwelt gelandet? Einer Kopie, in der sich Stahl und Beton nur durch Stein und Sand unterschieden?

»Sie kann das nicht anziehen.« Beladen mit einem Tablett voller kleiner Schüsseln und einem Stapel sandfarbener Wollkleidung war Freja zurückgekehrt. Ihre Stimme war voller Wut, nichts war mehr übrig von der freundlichen, kindlichen Neugier. »Ich will nicht, dass sie das trägt.«

»Freja.« Saras Gesicht war plötzlich weich, voller Mitgefühl, aber auch Schmerz. Sie machte einen Schritt auf ihre Tochter zu, um ihr das Tablett abzunehmen, und stellte es ans Fußende des Betts.

»Nein«, protestierte das Mädchen ein weiteres Mal. »Das sind nicht ihre Sachen. Die gehören Helga.«

»Sie gehörten Helga«, korrigierte Sara ihre Tochter. »Deine Schwester kann sie nicht mehr tragen, du weißt, wie knapp Kleidung geworden ist, seit wir so viele neue Menschen aufnehmen müssen. Die anderen Familien geben ebenfalls, was sie nicht mehr brauchen.«

»Aber ich brauche Helgas Kleidung. Ich brauche sie, um mich zu erinnern.« Eine glänzende Träne lief über das Gesicht des Mädchens, und Sara schloss sie fest in die Arme. Kaja konnte den Schmerz der beiden deutlich spüren und hätte sich am liebsten in Luft aufgelöst.

»Wir werden Helga niemals vergessen«, flüsterte Sara ihrer Tochter ins Ohr. »Niemals. Und jetzt geh. Lauf in die Große Halle und sag deinem Vater, dass wir in einer halben Stunde bei ihnen sind. Ich bin mir sicher, Amma will alle Archianer kennenlernen. Los, los, und nicht trödeln.«

Freja zögerte einen Moment, warf einen letzten Blick auf die Kleidung in Kajas Bett und musterte die neue Besitzerin mit einem undurchschaubaren Blick, dann rannte sie davon.

»Entschuldige meine Tochter«, erklärte Sara aus reiner Höflichkeit und ohne ihren Worten tatsächlich Bedeutung zu geben. »Sie meint es nicht böse.«

»Wer war Helga?«

»Meine erste Tochter«, antwortete die Frau mit fester Stimme, aber ohne Kaja anzusehen. »Sie war jünger als du, aber du bist klein und zierlich, die Sachen sollten dir passen.«

»Wo ist sie?«, fragte Kaja. Die Worte kamen wie von selbst aus ihrem Mund.

Sara blickte von den Dingen hoch und betrachtete Kaja wieder nachdenklich mit ihren blauen Augen, die an tiefe Bergseen erinnerten.

»Tot.« Sie reichte Kaja die Kleidung, ein graues Hemd aus weicher Wolle, eine lange Hose aus etwas festerem Baumwollstoff, mehrfach geflickt und an einigen Stellen mit anderen Stoffen ausgebessert, und einen zusätzlichen Umhang. »Für hier unten ist das ausreichend. Deine Stiefel sind in Ordnung, die habe ich gesäubert, und du kannst sie wieder tragen. Nach draußen kannst du in dieser Kleidung nicht, das würdest du nicht lange überleben. Den Umhang solltest du immer bei dir haben, viele der Stollen sind unbeheizt und nicht beleuchtet, dort ist es sehr kalt.«

»Was ist mit meinem Suit?«

»Wir haben alle eure Suits an die Techniker gegeben. Sie werden sehen, was davon noch zu gebrauchen ist oder repariert werden kann. Die nützlichen Teile werden zu Anzügen für die Oberfläche verarbeitet, der Rest entweder für Kleidung, Verbandsmaterial oder andere Dinge verwendet. Was nicht mehr benutzt werden kann, wird entsorgt. So oder so, eure Ausrüstung ist Eigentum unserer Gemeinschaft geworden, sieh es als Teil der Bezahlung für Kost, Logis und Krankenpflege. Wie du dir vielleicht langsam denken kannst, haben wir hier nicht den Luxus, den du gewohnt bist.«

Ihre Stimme war so bitter, dass Kaja nicht fragen wollte, mit was sie für den Rest der offenen Rechnung bezahlen sollte. Sie nickte nur und nahm die Kleidung entgegen.

»Danke.«

»Dank nicht mir, dank meinem Mann und Amma, ihnen habt ihr es zu verdanken, dass ihr es bis hierher geschafft habt und nicht dort draußen gestorben seid.«

»Was passiert jetzt mit uns?«

»Das entscheide nicht ich«, antwortete Sara knapp, und Kaja musste zugeben, dass sie über diese Antwort erleichtert war.

»Hier hast du Suppe, Wasser und ein Stück Brot. Mehr kann ich dir für diesen Tag nicht anbieten. Aber wie gesagt, damit wird dein Körper genug zu tun haben. Dein Magen wird krampfen, das heißt, die Muskulatur beginnt zu arbeiten, das gilt auch für deinen Darm. Sobald du angefangen hast zu essen, wirst du Bauchschmerzen bekommen. Versuch trotzdem weiterzuessen, diese Portion solltest du komplett verzehren. Wenn du deine Notdurft verrichten musst, dann findest du dort in der Ecke einen Eimer, etwas Wasser und ein Tuch, um dich zu säubern. Lass das einfach stehen, ich werde mich später darum kümmern. Je nachdem, wie und wo ihr weiter untergebracht werdet, wird euch bald jemand in die Abläufe hier einweisen. Vorerst kannst du dich als Gast fühlen. Wenn du fertig gegessen hast und angezogen bist, komm einfach zu uns nach draußen. Hast du Fragen? Kann ich noch etwas für dich tun?«

Irgendwie hatte Kaja das Gefühl, Sara würde bei Weitem nicht mit all ihren Gästen so umgehen wie mit ihr. Aber sie wollte das dünne Eis, auf dem sie unterwegs waren, nicht weiter strapazieren, und schüttelte den Kopf. »Nein, vielen Dank. Ihr habt schon zu viel für mich getan.«

Sara nickte knapp und verließ ohne ein weiteres Wort den Raum. Kaja inspizierte das Essen auf dem Tablett in ihrem Schoß. Es war ebenso einfach wie die Kleidung. Die Suppe war von dem Wasser nur durch ein paar Kräuter und zwei größere gelbliche Stücke, die darin schwammen, zu unterscheiden. Das Brot war grau und hart. Sie nahm einen Schluck Wasser und konnte spüren, wie es durch ihre Kehle den Hals hinab in ihren Magen lief. Wie von Sara angekündigt, begann sich ihr Bauch zusammenzuziehen und zu knurren. Probeweise nahm sie ein paar Löffel Suppe. Sie schmeckte salzig nach Kräutern und hatte eine scharfe, würzige Note, die Kaja noch nie zuvor geschmeckt hatte. Für Sara mochte dies ein einfaches Lebensmittel sein, aber in Kajas Mund explodierte ein Feuerwerk. Noch nie zuvor hatte sie etwas so intensiv wahrgenommen. Auf der Zunge, gleichzeitig aber auch in ihrer Nase entfalteten sich die verschiedensten Aromen. Gierig trank sie aus der kleinen Schale und verschlang auch gleich eine der Einlagen. Eine Kartoffel, das musste eine echte Kartoffel sein. Sie kaute das Gemüse zu einem weichen Brei und schluckte. Ihre Speiseröhre schmerzte, und auch der Magen begann mit dieser neuen Herausforderung zu kämpfen. Kaja krümmte sich vor Schmerz, doch selbst das Stechen in ihrer Mitte konnte die Freude an ihrem ersten richtigen Mahl nicht trüben. Langsam und jeden Bissen genießend aß sie weiter, bis kein Krümel Brot und kein Tropfen Suppe mehr übrig war. Am liebsten hätte sie noch viel mehr gegessen, wusste aber, dass diese Ration fürs Erste reichen musste. Sie war immer noch müde, aber sie stemmte ihre schmerzenden Beine aus dem Bett und tauschte das Schlafhemd gegen die neue Kleidung. Auch damit hatte Sara recht behalten. Das Gewand ihrer Tochter passte Kaja perfekt. Kaja fuhr mit den Händen über den ungewohnten Stoff und hoffte, ihr Aufzug würde Freja und ihre Familie nicht zu sehr verletzen, aber sie hatte nicht wirklich eine Wahl. Zuletzt schlüpfte sie in ihre Stiefel, den einzigen Hinweis auf ihr altes Leben, und beschloss tapfer, sich ihrem neuen zu stellen.

ELSA-MESSENGER

Entschlüsselte Code-Nachricht
Von: 345.6543.3446 // Kayne Cole// Citizen 1
An: 4893.54532.1 // Anna Smith// Präsidentin der Hope of Tomorrow

Meine verehrte Anna,

meine Außenposten haben eure verlorene Drohne gefunden. Die Koordinaten der Absturzstelle waren korrekt. Wir konnten allerdings nur noch letzte Reste der Außenhülle und Metallschrott bergen. Ein Schwarm Arthropoden hat die Stelle vor uns erreicht und nicht mehr viel übrig gelassen.

Was noch zu gebrauchen ist, bringen meine Männer in die Townships. Selbstverständlich werden wir weiter die Augen und Ohren nach euren Flüchtlingen und den Geiseln offenhalten. Für die kommenden Wochen sind erneut Streifzüge in die Gebiete der Outlaws geplant. Wir sind sehr erfolgreich, was die Auflösung des Widerstands angeht. Aus diesem Grund müssen wir leider die Preise für alle anstehenden Lieferungen an Sauerstoff und Nutri-Shots für die Archen ein weiteres Mal anpassen. Diesmal ist auch die *Hope* von den Erhöhungen betroffen. Ich bitte um dein Verständnis, dass meine Citizens Priorität haben müssen, sind sie es auch, die hier oben wie Tiere arbeiten, damit wir alle leben können. Mit der Vergrößerung meines Volks sehen wir einer besorgniserregenden Verknappung an Lebensmitteln und Energie entgegen und können uns den Freundschaftsdienst, den wir den Archen in den letzten Jahren erwiesen haben, nicht länger leisten. Meine Trader werden sich dazu gesondert bei deinem Rat melden. Selbstverständlich ist auch eine Annektierung der Archen an die Townships immer noch eine Option. Alle Archianer würden den vollen Citizen-Status erhalten und von uns versorgt werden. Und natürlich habe ich mit großem Interesse gelesen, dass auch du eine Langzeitlösung vorgesehen hast, die uns aus diesem Dilemma befreien soll. Wie du weißt, kannst du auf mich und unsere Partnerschaft zählen.

Im Namen der Bürger der Erde,
Kayne Cole
Citizen One

4

Von der kleinen Kammer aus gelangte Kaja in ein nicht viel größeres, anschließendes unterirdisches Zimmer, das eine Art Wohnraum zu sein schien. Ein Tisch mit vier Stühlen befand sich in der Mitte, an zwei der Wände waren Regale aus Metall in den Stein gebohrt, darin befanden sich ein paar Schüsseln, Kleidung und Decken, Kochgeschirr und verschiedene Behälter, in denen vermutlich Vorräte gelagert wurden. Eine Tür wie die, durch die sie eben getreten war, führte an der gegenüberliegenden Seite ins Unbekannte, eine weitere war an der letzten freien Wand zu sehen. Sara putzte an einer Art Küchenzeile mit einem Stück Stoff Geschirr. In der Ecke, auf einem schmutzig wirkenden Futon am Boden, saß Freja und spielte mit einem übergroßen, abscheulich aussehenden Insekt. Instinktiv trat Kaja einen Schritt zurück. Das Tier sah nicht nur widerlich aus, es wirkte auch nicht ungefährlich. Es hatte mindestens die Größe einer Katze, sechs Beine, zwei lange Fühler und einen harten, dunkelbraun glänzenden Panzer. Aufgeregt schnarrend näherte es sich dem kleinen Mädchen, die langen Fühler tastend nach dem Kind ausgestreckt. Bevor Kaja sich wundern konnte, warum Freja nichts gegen das Tier unternahm, begann das Mädchen zu kichern, zog einen roten kleinen Ball hinter dem Rücken hervor und rollte ihn an dem Tier vorbei durch den Raum. Die Kakerlake, so sah das Wesen zumindest aus, klackte mit den

Kiefern, machte kehrt und schoss hinter dem Ball her. Es dauerte nicht lange, und sie hatte ihn zwischen ihren Maulzangen gefangen. Vorsichtig, als würde sie ein rohes Ei transportieren, trug sie das erlegte Spielzeug zurück zu Freja, die sich lachend nach vorne beugte, den Ball zurücknahm und der Kakerlake lobend über den Kopf streichelte.

»Gut gemacht, Kruk. Braver Junge. Komm her.«

Unter Kajas verwundertem Blick kletterte Kruk, die riesige Kakerlake, auf Frejas Schoß und ließ sich den harten Bauch streicheln.

Freja hob den Blick. Für einen kurzen Moment konnte Kaja sehen, wie sehr ihre neue Kleidung dem Kind wehtat, dann aber gab sich das Mädchen einen Ruck und erklärte: »Das ist Kruk. Er ist ein Arthropode, aber keine Angst, er wird dir nichts tun. Er ist bei uns aufgewachsen und glaubt, wir sind sein Schwarm.«

Verwirrt blickte Kaja zu Sara, die bei ihrem Erscheinen ihre Arbeit beendet hatte und nach einem Umhang griff, wie Kaja ihn um die Schultern gelegt hatte.

»Freja, du vergisst, dass unser Gast in den Archen gelebt hat. Kaja weiß vermutlich gar nicht, was Arthropoden sind. Und auch nicht, dass man sie eigentlich nicht als Haustier halten kann.«

Staunend blickte das Mädchen sie an. Die alte Neugier war wieder zurück. »Hattest du auch ein Haustier in der Arche?«

Kaja nickte. »Ich hatte einen Kater. Einen schwarzen Kater.«

Frejas Augen wurden tellergroß. »Eine Katze? Eine echte Katze?«

»Nein, Mikesch war nur ein Code. Eine Programmierung für unser Zuhause im Holovit.«

Der Schmerz über den Verlust ihres Tiers verschwand mit

dem Bewusstsein, dass es ihn nie wirklich gegeben hatte. Wie so vieles war auch Mikesch nur eine Illusion, eine Zahlenkette in einem nicht existierenden Raum gewesen.

Freja nickte, als würde sie das alles verstehen. »Du kannst mit Kruk spielen, solange du bei uns wohnst«, bot sie großzügig an. »Er freut sich über jeden, der mit ihm spielt. Und meine Mutter mag ihn nicht so gern.« Freja warf ihrer Mutter einen vorwurfsvollen Blick zu und bot Kaja den roten Ball an.

»Wir wissen nicht, wie lange Kaja bei uns bleiben wird«, erinnerte Sara beide Mädchen an die bevorstehende Entscheidung. »Ich werde sie jetzt in die Große Halle bringen. Freja, es ist spät, kein Rennen in den Stollen mehr, hast du mich verstanden? Ich weiß nicht, wie lange die Beleuchtung heute aktiv ist, ich will nicht, dass du dich im Dunkeln verirrst. Du bleibst hier, bis ich zurück bin.«

Das Mädchen nickte folgsam und lockte ihre Kakerlake mit dem Ball um ihren Körper. Aufgeregt krabbelte das Tier um sie herum. »Du kannst Papa und Amma sagen, Kruk und ich würden gern weiter mit Kaja spielen, bei uns kann sie bleiben.«

Es brauchte keine hellseherischen Fähigkeiten, um in Saras Gesicht zu lesen, was sie von dem Vorschlag ihrer Tochter hielt. »Komm, wir haben ein ganzes Stück Weg vor uns«, wies sie Kaja an und deutete mit dem Arm auf eine der beiden Türen.

Der Stollen, durch den sie marschierten, war zu eng, um Schulter an Schulter zu gehen, also stapfte Kaja hinter ihrer Gastgeberin oder Wächterin her. Die winzigen Lampen, die auch die Wohnhöhle erhellt hatten, waren hier draußen an Boden und Decke angebracht. Das Licht reichte gerade von einem Kegel zum nächsten, aber viel zu entdecken gab es für Kaja nicht. Weite Strecken wanderten sie durch den Tunnel, in regelmäßigen Abständen kamen sie an Abzweigungen vorbei, mal bogen sie in einen neuen Tunnel, mal passierten sie die Öffnungen, von denen bei Weitem nicht alle beleuchtet war. Während Kaja schon nach wenigen Metern die Orientierung verloren hatte und sich konzentrieren musste, nicht über ihre eigenen Füße zu stolpern, bewegte sich Sara in ihrem Zuhause sicher und schnell. So schnell, dass Kaja nur mit Mühe Schritt halten konnte und keinen Atem für neugierige Fragen übrig hatte. Wo waren sie hier gelandet? Wer waren diese Menschen, die an der Oberfläche festhielten, um auch hier dieses karge Leben im Dunkel zu darben? Wusste der Rat der Archen von ihnen? Warum gab es keinen Kontakt zwischen den Überlebenden oder wenigstens den Versuch, ein neues, gemeinsames Zuhause zu errichten? Hatte es mit den von Damian erwähnten Verbrechen in der Vergangenheit zu tun? Die Geschichtsschreibung der Archen entsprach offensichtlich an vielen Stellen nicht der Wahrheit.

»Wir haben es gleich geschafft«, unterbrach Sara ihre Gedanken. »Du schlägst dich gut. Das war ein weiter Weg, beinahe zwei Kilometer. Dort vorne liegen die öffentlichen Höhlen und gleich dahinter die Große Halle.«

Es waren noch ein paar Schritte und eine letzte Biegung, bevor Kaja sehen konnte, was Sara in Aussicht gestellt hatte. Der Tunnel, der gerade hoch genug war, um einem Menschen genug Platz zu bieten, aufrecht zu gehen, mündete in eine unterirdische Grotte von deutlich größerem Ausmaß. Die Decke wölbte sich mindestens acht bis zehn Meter hoch über ihren Köpfen auf etwa die zehnfache Länge. In regelmäßigen Abständen führten von allen Seiten Tunnel in die Halle, die dem, aus dem die beiden Frauen gerade kamen, exakt glichen.

Über den Zugängen waren runenartige Symbole in den Stein geschlagen, die Kaja nicht verstand, aber vermutlich den Bewohnern als Orientierung dienten. In der Halle selbst waren in langen Reihen Tische und Bänke aus unterschiedlichstem Material aufgestellt. Schrott, Steine, Holz und aussortierter Müll waren hier zu Mobiliar verbaut. Die Halle würde gefüllt einigen Hundert Menschen Platz bieten, im Moment war sie völlig ausgestorben.

»Vermutlich nicht das Design, das du gewohnt bist, richtig?«, fragte Sara, die Kaja einen Moment bei ihrer Betrachtung beobachtet hatte. »Ich weiß nicht, welche Erwartungen ihr hattet, aber ich kann euch sagen: Besser wird es nicht.« Aus ihrer Stimme klang Resignation, aber auch Stolz. Was auch immer Sara mit diesem Ort verband, es war nicht an Kaja, ihn zu kritisieren.

»Freiheit«, antwortete sie darum. »Wir hoffen, hier Freiheit zu finden.«

»Du kennst den Preis für die Freiheit?«, stellte ihr Sara dieselbe Frage wie Damian vor ihrer Anreise.

Diesmal nickte Kaja, und für den Moment glaubte sie, die kryptische Antwort zu verstehen. »Der Preis ist die Freiheit.«

Saras Augen weiteten sich kaum merklich, doch das Staunen war nicht zu übersehen. Offensichtlich hatte sie nicht mit dieser Antwort gerechnet. »Folg mir«, gab sie knapp zurück und marschierte vor Kaja quer durch den Raum. Sie passierten eine kleine, in den Sandstein geschlagene Tribüne am gegenüberliegenden Ende und verließen die Grotte durch einen der Tunnel direkt daneben. Über dem Durchgang waren die Umrisse eines fliegenden Vogels in den Stein gemeißelt. Die Flügel ausgebreitet, den Schnabel zum stummen Schrei geöffnet, schwang er sich in die Luft. Ein seltsames Gefühl von Sehnsucht erfüllte Kaja beim Anblick der Skizze. Nur mit

Mühe konnte sie sich von dem Bildnis losreißen und Sara in die Dunkelheit folgen. Nach dem kurzen Aufenthalt in der weitläufigen Halle wirkte der Tunnel plötzlich enger und bedrückender als vorher. Platzangst, die sie seit ihrem Erwachen in der Arche nicht mehr verspürt hatte, schnürte ihr den Atem ab.

»Ich weiß, es ist schlimm in den Tunneln, wenn man draußen war«, versuchte Sara sie zu beruhigen, als wüsste sie genau, was Kaja zu schaffen machte. »Komm, hier durch, und wir haben die Große Halle erreicht.«

Sie nahm Kajas Hand und zog sie die letzten Meter hinter sich her, bis sie vor einer Tür zum Stehen kamen. Sara klopfte dreimal laut mit der Faust gegen das Holz und öffnete sie. Gemeinsam betraten die beiden Frauen eine weitere Halle, nicht annähernd so groß und hoch wie die Gemeinschaftsräume, aber doch weitläufig genug, um Kaja ihre beklemmende Klaustrophobie zu nehmen.

»Kaja«, hörte sie Liam rufen, noch bevor sie Gelegenheit hatte, sich genauer umzusehen. Ihre Blicke trafen sich, und mit schnellen Schritten war er bei ihr, um sie fest in die Arme zu schließen. »Kaja«, flüsterte er in ihr Ohr, und sie spürte, wie sich ihr ganzer Körper unter seiner Berührung entspannte. »Es geht dir gut. Du bist endlich aufgewacht.« Ohne sie loszulassen, schob er sie auf Armeslänge von sich und musterte sie von Kopf bis Fuß. »Kaja«, sagte er ein drittes Mal, diesmal mit einem Lächeln im Gesicht. Seine Augen blitzten vor Freude. »Es geht dir gut.«

»Dir auch, wie ich sehe«, antwortete sie, und auch auf ihre Lippen stahl sich ein Lächeln. »Wo sind wir hier?«, fragte sie, und plötzlich konnte sie die Fragen nicht mehr zurückhalten. »Wer sind diese Menschen? Warum sind wir wieder unter der Erde gelandet? Werden sie uns helfen? Können sie uns überhaupt helfen? Das alles hier ist so … so …« Sie wusste nicht, wie sie ihre Eindrücke der letzten Stunden beschreiben sollte, ohne die Menschen, deren Gast sie war, zu verletzen.

»Einfach?«, fragte eine warme, freundliche Frauenstimme. »Arm? Unterentwickelt?«

Hitze schoss Kaja in die Wangen, und sie blickte sich suchend nach dem Menschen um, der offensichtlich ihre Gedanken lesen konnte. Im direkten Vergleich zu der gigantischen Grotte, aus der sie eben gekommen waren, hatte dieser Raum den Namen Große Halle eigentlich nicht verdient. Die runde Höhle brachte es maximal auf einen Durchmesser von zehn Metern, eine kreisrunde Tafel aus Holz stand in der Mitte, etwa zwanzig Personen hatten sich trotz der späten Stunde daran versammelt. Kajas Blick fand Allison, die den Arm hob und winkte. Neben ihr saß Sam, der verstohlen zwinkerte. Beide trugen einfache Wollkleidung wie Kaja und der Rest der Menschen am Tisch. Alle Blicke waren auf sie und Liam gerichtet, und Kaja spürte, wie die unangenehme Hitze von ihrem ganzen Körper Besitz ergriff. Trotzdem konnte sie nicht anders, als die Fremden neugierig zu mustern. Ihre Gastgeber sahen so völlig anders aus als die Archianer, ja, sie glichen sich nicht einmal untereinander. Wo die selektive Auswahl der Reproduktion in den Archen über die Jahre hinweg für eine kontinuierliche Optimierung der Körper gesorgt hatte und die Menschen allesamt ähnlich harmonisch symmetrische Züge teilten, hatte sich die Natur hier ihren eigenen Weg gebahnt. Unterschiedlichste Hautschattierungen, Haarfarben und Körpergrößen waren zu sehen. Einige der Menschen am Tisch waren deutlich runder als andere, allen konnte man Alter oder Jugend an den Gesichtern ansehen. Plötzlich erhob sich ein Mann vom Tisch, dessen Züge Kaja bereits kannte: Damian, ihr Jet-Fahrer.

»Kaja Andersson, es ist gut, dich wohlauf zu sehen«, begrüßte er sie nicht unfreundlich. »Komm, setz dich. Ich bin mir sicher, du hast mindestens ebenso viele Fragen wie deine Freunde. Und auch wir haben noch lange nicht genug Antworten. Ich danke dir, Sara, dass du unseren Gast zu uns gebracht hast.«

Sara nickte und verließ ohne ein Wort des Abschieds den Raum durch die Tür, durch die sie gekommen waren. Liam hielt ihre Hand, und gemeinsam nahmen sie ihre Plätze an der Tafel direkt neben Damian ein.

»Kaja Andersson, die Tochter des obersten Ratsherrn der *Hope of Tomorrow*, hat ihr Nest verlassen und ist bei uns gelandet«, kicherte die Stimme, die auch schon vorher ihre Gedanken ausgesprochen hatte. »Was will uns das Schicksal damit sagen? Das frage ich mich.«

Die Stimme gehörte einer winzigen Frau, die auf der anderen Seite neben Damian saß. Noch nie hatte Kaja einen Menschen gesehen, der so alt aussah. Eingehüllt in eine graue Decke, ein Tuch um den Kopf, unter dem schlohweißes Haar hervorblitzte, war sie auf den ersten Blick kaum aufgefallen. Jetzt, da sie sprach und Kaja mit stechenden Augen fixierte, fragte sie sich, wie ihr diese Präsenz hatte entgehen können. Wenn die Falten in dem Gesicht ein Anhaltspunkt für ihr Alter waren, dann musste die Greisin viele Hundert Jahre alt sein. Aus den Augen aber, die keine Zeichen der Zeit zeigten, blitzte eine unvergängliche Kraft.

»Du fragst dich, wie alt ich wohl bin, Kind. «

Offenbar konnte die Frau ein weiteres Mal direkt in Kajas Kopf blicken. Sie lachte, in ihrem Mund war kein einziger Zahn zu sehen. Der Anblick erinnerte Kaja an die uralten Hexenbilder, mit denen man in der Vergangenheit kleinen Kindern Angst eingejagt hatte, und doch verspürte sie keine

Furcht. Von dieser Frau ging nichts Böses aus, die Kraft, die sie ausstrahlte, war durch und durch gut. Kaja nickte und erhielt ein Lächeln als Antwort.

»Nicht halb so alt, wie du vielleicht vermutest, aber viel älter als eigentlich möglich.«

Für einen kurzen Moment war es Kaja, als huschte ein Schatten von Müdigkeit über ihre Züge, dann war das Lächeln zurück, und die Alte sprach weiter.

»Hier unten nennt man mich Amma, vergessen mein Name aus einem anderen Leben. Ich bin die Mutter von einigen wenigen und von allen. Ich habe viel gesehen, was ich gern vergessen würde, und zu wenig von dem, was ich gern mit ins nächste Leben nehmen möchte. Meine Aufgabe ist es, meine Kinder zu schützen, meine Hoffnung aber ist, dass dieser Schutz irgendwann nicht mehr gebraucht wird. Mein Herz sieht mehr als meine Augen, es hört besser als meine Ohren, und es ist klüger als mein Kopf. Es leitet diesen Ort seit vielen Jahren und bewahrt uns vor der Welt da draußen. Mit euch hat diese Welt nun ihren Weg zu uns gefunden. Ihr habt die Gefahr hierhergetragen. Sag mir, Kaja Andersson, was soll mit euch geschehen?«

Es war still geworden in dem Raum, totenstill. Die Worte der alten Frau hatten Gänsehaut auf Kajas Haut hervorgerufen. Sie wusste nicht, was sie antworten sollte. Hilfesuchend wanderte ihr Blick durch die Reihen an fremden Gesichtern. Niemand hatte Erbarmen mit ihr.

»Wir wollen euch keine Schwierigkeiten machen«, antwortete Liam noch vor Kaja. »Aber in den Archen wird schon bald Schreckliches geschehen, Menschen werden sterben. Viele Menschen. Wir sind geflohen, um Hilfe zu finden, um die Menschen zu retten, die noch in den Archen gefangen sind.«

»Wer ist in den Archen gefangen?«, unterbrach eine Stimme, die Kaja sofort wiedererkannte. Elisas Zorn über ihre Anwesenheit hatte sich in den letzten Tagen nicht gelegt. »Über Generationen haben die Archen alles getan, um niemanden nach drinnen zu lassen, und plötzlich sollen wir glauben, dass die Menschen dort gegen ihren Willen festgehalten werden?«

»Die Archen sind nicht unbedingt gleichzusetzen mit den Archianern«, entgegnete Samuel ruhig. »Oder wenigstens nicht mit allen.«

»Warum sollten wir euch helfen?« Elisa war kein bisschen überzeugt. »Uns hat niemals jemand geholfen.«

»Elisa.« Ammas Stimme hallte durch den Saal. Ihre Autorität war völlig anderer Art als die von Damian und hatte weit mehr Kraft. »Elisa, bedenke deine Worte. Sprich keine Unwahrheit. Dir wurde in deinem Leben viel Hilfe zuteil. Habe ich nicht recht?« Die Alte wartete nicht auf eine Antwort. »Woher sie kommt, spielt keine Rolle. Wer nimmt, der soll auch geben, und wer gibt, dem steht diese Welt und jede nächste offen. Wie hätten die Archianer dir helfen sollen, wenn sie erst jetzt von deiner Existenz wissen? Zieh nicht den einen für die Handlung des anderen zur Verantwortung.« Sie wandte sich an Liam. »Liam Turner, du kennst die Antworten auf meine Fragen? Sprichst du für dich, für das Mädchen oder für euch alle?«

»Ich denke, für uns alle«, antwortete Liam nach kurzem Zögern.

Die alte Frau nickte und schloss für einen Moment die Augen. »Dennoch habe ich eine Frage für dich allein.« Ihr Blick ruhte jetzt ausschließlich auf Liam. »Was hoffst du hier zu finden?«

»Hilfe für die Archen«, antwortete Liam sofort. »Hilfe für all die Menschen, die nicht wissen, dass dort unten nur der

Tod auf sie wartet. Einen Ort, an dem die Menschen in Freiheit und in Sicherheit leben können, wie sie wollen, ohne Überwachung, ohne Restriktionen, ohne Angst vor dem Morgen.«

Ein mildes Lächeln umspielte die Lippen der Greisin, sie nickte kaum merklich.

»Eine gute Antwort, Liam Turner. Für den Moment soll sie reichen. Ich werde dich später noch einmal fragen, was du hier oben suchst, und vielleicht schenkst du mir dann deine Wahrheit.« Die grauen Augen wanderten zurück zu Kaja. Was auch immer Amma sie fragen würde, Kaja hatte das Gefühl, sie müsste die Antwort gar nicht erst aussprechen, all ihre Gedanken, Wünsche und Sehnsüchte schienen wie ein offenes Buch für diese Frau zu sein. Doch sie hatte keine Angst, ganz im Gegenteil, eine tiefe Ruhe überkam sie, eine Geborgenheit, die sie noch nie zuvor verspürt hatte.

»Kaja Andersson, von uns allen hier hast du das privilegierteste und sicherste Leben geführt, verzeih, dass es Menschen gibt, die dich darum beneiden und nicht verstehen, warum man deinen Status gegen dies hier…«, ihr Arm beschrieb einen Kreis durch die Halle, »… freiwillig tauschen würde. Du hast deine Familie verlassen, deine Eltern verraten, dein sicheres Zuhause gegen die Ungewissheit und tödliche Gefahr getauscht. Was suchst du hier? Was erwartest du von uns?«

Kaja brauchte nicht den Kopf zu drehen, um zu wissen, dass wieder alle Aufmerksamkeit auf sie gerichtet war. Sie spürte, dass ihre Antwort wichtig, vielleicht alles entscheidend war. Doch gebannt von der Energie der alten Frau war sie nicht nervös. Sie wusste nicht, ob ihre Wahrheit reichen würde, diese Menschen dazu zu bringen, ihnen zu helfen, aber mehr als die Wahrheit konnte sie ihnen nicht anbieten.

»Mein Leben war vielleicht luxuriös und vermeintlich sicher«, begann sie mit fester Stimme, ohne Ammas Blick auszuweichen. »Aber es war niemals echt. Das Holovit ist eine Illusion, eine schöne Illusion für Menschen, die es sich leisten können, eine nahezu perfekte Illusion. Aber der Preis dafür ist hoch. Es gibt keine Entscheidung, keinen Gedanken, keine Sekunde meines Lebens, die nicht vom Rat kontrolliert und gesteuert wird.« Automatisch wanderte ihre Hand zu der Stelle an ihrem Kopf, an der ihr LifeChip implantiert war. »Ich habe mich niemals für dieses Leben entschieden, ich hatte nie die Möglichkeit, mich dagegen zu entscheiden. Ja, es stimmt, die Menschen sind freiwillig in diese Bunker gegangen, um ihr Leben zu retten. Vieles ist damals nicht richtig gelaufen. Und auch wenn ich erst Jahre später geboren worden bin, schäme ich mich für mein Volk, für uns Menschen …« Ihr Blick wanderte über die Gesichter der anderen am Tisch, bis sie wieder bei Amma angelangt war. »Für das, was damals geschehen ist. Als die Tore der Bunker geschlossen worden sind, gab es Hunderttausende, die nicht frei entscheiden konnten, ob sie leben oder sterben wollen. Nun wiederholt sich die Geschichte. Dort unten sind Hunderttausende Menschen, die nicht wissen, was auf sie zukommt, die nicht frei entscheiden können, ob sie leben oder sterben wollen, ob sie die Anlage verlassen wollen oder nicht. Der sogenannte Upload, den mein Vater und Präsidentin Anna Smith als Upgrade des Holovits propagieren, ist nichts anderes als ein geplanter Völkermord. Wir vermuten, dass die Energie für die Massen an Menschen nicht mehr lange ausreichen wird, die Geburtenregulierung bei Weitem nicht genug ist, um den Bevölkerungsrückgang schneller voranzutreiben. Wir sind geflohen, um den Menschen eine Alternative aufzuzeigen, um zu beweisen, dass sie die Wahl haben, dass ein Leben außerhalb der Arche möglich ist, wie hoch der Preis auch sein mag. Von euch erwarte ich, dass ihr die schrecklichen Fehler der Vergangenheit nicht noch einmal geschehen lasst.« Ihr Blick suchte Elisa, die sie mit versteinerter Miene anstarrte. »Ihr klagt zu Recht die falschen Entscheidungen der Generationen vor uns an. Die Schließung der Archen war ebenso grausam wie die Selektion der Bewohner. Nun ist es an uns zu beweisen, dass wir Menschen zu Besserem in der Lage sind. Wir sind diejenigen, die entscheiden, wie die zukünftigen Generationen über uns sprechen, ob es noch Generationen gibt, die sich an uns erinnern werden. Ich erwarte von euch, dass ihr uns helft, die Archianer zu retten und diese Welt zu befreien.«

Für einige Sekunden herrschte Schweigen am Tisch, dann begannen wie auf ein unsichtbares Signal alle Menschen bis auf die Archianer gleichzeitig zu sprechen.

»Wir sollten ihnen helfen«, rief ein Mann von vielleicht dreißig Jahren mit feuerrotem Haar und sprang von seinem Stuhl auf. »Das ist der Moment, auf den wir seit Jahren warten.«

»Wie soll das möglich sein?«, fragte eine ältere Frau mit grau-schwarzen Haaren, die zu einem langen Zopf geflochten waren. »Wir sind so sehr damit beschäftigt, die Raids der Citizens zu überstehen und die geflüchteten Outlaws aufzunehmen – wenn wir uns auch noch gegen die Archen auflehnen, erleben wir kein weiteres Jahr.«

»Wenn wir Kayne Cole weiter freie Hand gewähren, erleben wir so oder so kein weiteres Jahr«, warf ein junger Mann mit beinahe schwarzer Haut ein. »Das könnte die einzige Möglichkeit sein, das System zu zerstören.«

»Und wie sollen wir das machen?«

»Wir haben keine Soldaten, keine Waffen, wir sind keine Kämpfer.«

»Wir könnten es werden.«

»Wir könnten die Stämme zusammenrufen.«

»Und dann was? Noch mehr Tote?«

»Wie soll das überhaupt geschehen? Wir würden es nicht einmal bis in die Archen schaffen! Die Stürme, die Käfer, die Citizens … all das bringt uns vorher um, und selbst falls nicht – diese Archianer, wissen die, dass sie befreit werden sollen? Was, wenn wir es tatsächlich dorthinein schaffen? Was dann?« Eine Frau mit rotblonden Locken und üppigen Kurven hatte diese Frage gestellt und damit alle zum Schweigen gebracht.

Kaja, die die Diskussion wie Amma aufmerksam verfolgt hatte, konnte nicht umhin, all den kritischen Punkten zuzustimmen. Was sie von diesen Menschen verlangte, klang schwer nach Selbstmord.

»Die Archianer wissen nicht, was ihnen bevorsteht«, gab Liam zu. Er hob die Hand, bevor der Schwall an Wortmeldungen über ihn hereinbrechen konnte. »Aber wir sind nicht die Einzigen, die sich innerhalb der Archen gegen das System gestellt haben. Es gibt in allen drei Bunkeranlagen Menschen wie uns, die Darksurfer, die seit Jahren nicht mehr an die Regierung und den Rat glauben. Menschen, die wissen, dass die Energiereserven zur Neige gehen und die Überwachung im selben Maß zunimmt. Wir haben schon lange den Verdacht, dass der Rat und die drei Präsidenten der Archen andere Pläne verfolgen als das, was sie den Bürgern mitteilen. Immer wieder wurde unserer Organisation fälschlicherweise die Schuld an den Blackouts gegeben, man hat die Darksurfer nur zu gern als Staatsfeinde etabliert, um unter den Bürgern Angst zu schüren und den Gehorsam zu festigen. Dabei ergeben sich durch einfache Rechnungen für jeden die fatalen Aussichten der kommenden Jahre. Man muss nur hinsehen.«

Liam holte Luft, niemand machte auch nur den Versuch, seine Ausführung zu unterbrechen. »Als sich zu Beginn des Jahres die Stromausfälle mehrten und eine weitere Restriktion der Geburten erfolgte, war klar, wir haben nicht mehr viel Zeit unter der Erde. Wir Darksurfer gehen schon lange davon aus, dass die vollkommene Zerstörung der Oberfläche eine Lüge ist, die der Staat gezielt verbreitet und fördert. Woher sollte der Sauerstoff kommen, woher die Nutri-Shots, wenn es nicht irgendwo wenigstens eine letzte Teilfläche gäbe, die bewirtschaftet wird. Leider ist es uns nie gelungen, unsere Leute in die Versorgungsabteilung zu schleusen. Keiner von uns hätte die dafür notwendigen Tests bestanden beziehungsweise es wäre nicht möglich gewesen, die LifeChips so zu manipulieren, dass man eine Informationsweitergabe hätte durchführen können. Dennoch haben wir niemals den Glauben an das Projekt *Übertag* aufgegeben. Es gab schon einmal Menschen, die einen Grund hatten, an das Leben an der Oberfläche zu glauben.« Liam stockte, und Kaja wusste, er dachte an seine Eltern, die für dieses Projekt gestorben waren. »Und ...«, fuhr er fort, nachdem er sich gesammelt hatte. »Und sie hatten recht. Es gibt Leben an der Oberfläche. Nur weiß das in den Archen kaum jemand. Uns ist völlig klar, dass es reiner Selbstmord wäre, die Archen anzugreifen, aber wenn es uns gelingt, den Menschen zu beweisen, dass dort unten der Tod, hier oben aber Leben wartet, wenn wir ihnen die Türen in eine andere Welt öffnen, werden sie selbst in der Lage sein, sich zu befreien. Dann werden sie sich mit uns gegen den Rat und die Archen stellen.«

»Ich höre viel Mut in deinen Worten«, sagte Amma, nachdem Liam verstummt war. »Und viel Hoffnung. Du trägst einen großen Wunsch in deinem Herzen, mein Junge, und du bist bereit, den Preis dafür zu zahlen. Die Kraft eines

Menschen reicht aus, viele zu stärken, sie reicht nicht, um an jeder Front einen Sieg zu erzielen. Ich bin alt, und ich bin müde. Wir haben viel gesprochen in dieser Nacht, ich habe viel gehört und viel gesehen, aber ich muss mehr über die Archen wissen, und ihr müsst verstehen, was es bedeutet, hier an der Oberfläche zu leben. Warum auch wir einen hohen Preis für diese Freiheit zahlen. Auch wir sind, wenn ihr so wollt, nur Darksurfer in unserem System, unsere Archen heißen Townships, unser Rat trägt den Namen Kayne Cole, der Citizen One. Die Welt hat sich weitergedreht, über und unter der Erde, die Tyrannei hat sich hier und dort ihren Weg gebahnt. Wenn der Zeitpunkt der Befreiung tatsächlich gekommen ist, dann muss das gesamte System zerstört werden, um neu zu beginnen, und dann, mein lieber Junge, braucht es mehr als einen Liam Turner, um die Unterdrückten zu befreien.« Mühsam erhob sie sich von ihrem Stuhl, und sofort waren Damian und die Frau mit den roten Locken an ihrer Seite, um sie zu stützen. »Geht schlafen, meine Kinder, ruht euch aus. Morgen ist nicht unser letzter Tag, und es bleibt Zeit, diese Entscheidung in Ruhe zu treffen. Bis dahin sind die Archianer unsere Gäste. Ich will, dass sie wie Outlaws behandelt werden, sie gehören zu uns, bis beschlossen ist, was geschehen soll. Ab heute sind auch sie Teil unserer Familie.«

Die Chronik des Untergangs LXIII/13

Zwei Jahre vor dem großen Blackout hatte in Amerika die Mexikanerin Carmen Martinez als erste Frau das Amt der Präsidentin übernommen. Ihre einzige Bedingung an den Vorgänger und den Regierungsapparat war es gewesen, sofort mit der Vorbereitung von Rettungsmaßnahmen zu beginnen. Mangels Alternativen hatten sich der Senat und der amerikanische Kongress dazu bereit erklärt. Einen Tag nach Amtsantritt hatte die Tochter mexikanischer Einwanderer alle Grenzen zum Geburtsland ihrer Eltern öffnen lassen. Während noch kaum ein Zivilist von der drohenden Katastrophe wusste, hatte sie direkt im Anschluss an die offizielle Annexion von Südamerika drei gigantische Bunkeranlagen für die neuen ESTADOS UNIDOS AMERICA errichten lassen. Weiterhin waren alle Gebiete, die den Status von Sicherheitszonen eins und zwei erhalten hatten, für eine eventuelle Evakuierung gerüstet worden. Als im folgenden Jahr erste öffentliche Stellungnahmen zu den erwartbaren Umweltkatastrophen gesendet wurden, zählte Unidos America zu den wenigen Ländern mit einem Rettungsplan. Zwei Drittel des Militärs hatte Martinez daraufhin abstellen müssen, um den Kontinent vor Flüchtlingen aus der restlichen Welt zu schützen und die Ordnung im eigenen Land weitestgehend aufrechtzuerhalten. Das Chaos und die Verwüstung waren dennoch über die EUA hereingebrochen. Trotz aller Vorbereitung und dem zeitlichen Vorsprung war es auch Martinez nicht gelungen, Schutz und Sicherheit für alle zu gewährleisten. Ihre Bunker und die darin gehorteten Vorräte reichten gerade einmal aus, um einen winzigen Bruchteil aller Amerikaner aufzunehmen. Nach Abzug der Plätze für Politiker, Wissenschaftler und MVPs, den Most Valuable Players für die Zukunft, blieb knapp eine Million Plätze für Zivilisten. Diese wurden in der Great State Lottery im Juni 2054 verlost. Jeder Staatsbürger mit gültiger Sozialversicherungsnummer konnte teilnehmen, sofern er jünger als achtzig Jahre und frei von lebensbedrohlichen oder infektiösen Krankheiten war. Die Bevölkerung hatte eine Frist von vierundzwanzig Stunden, um sich zu registrieren. Im Anschluss an die offizielle Ziehung hatte Martinez ihrem Stanford-Abschluss alle Ehre gemacht und eine Woche lang den Verkauf der Plätze staatlich genehmigen lassen. Über eine Onlineplattform der Regierung konnten sich willige Verkäufer und Käufer finden, auf einen Preis für das Überleben einigen und die Tickets umschreiben lassen. Fünfzig Prozent des Ticketpreises fiel bei jeder Transaktion an die Staatskasse ab. Im Spätsommer waren die amerikanischen Bunker bis zum letzten Platz besetzt und die finanziellen Reserven des Landes für alle Zeiten gesichert.

Während sich die wenigen Glücklichen in die Sicherheitszonen zurückzogen, versank der Rest des Kontinents im Chaos – ebenso wie viele andere Teile des Planeten. Nach den Ländern der Dritten Welt war es Europa, das gänzlich unvorbereitet dem Untergang der Zivilisation entgegenblicken musste. Über Jahre hatten die Regierungen der einzelnen Länder immer wieder Warnungen aus der Bevölkerung, aber auch von angesehenen Wissenschaftlern und Instituten zur kritischen Umweltsituation ignoriert oder als wenig brisant abgetan. Viel zu sehr waren Politiker und Staatsmänner auf ihre persönlichen Ziele und die kurzfristige Bereicherung fokussiert gewesen. Als es dann plötzlich nicht mehr möglich war, die Fakten zu leugnen und zu verdrängen, war es längst zu spät, die Katastrophe abzuwenden. Wer sich aus der Verantwortung ziehen konnte, verschwand. Innerhalb weniger Wochen verwandelte sich der Kontinent der Kultur und Vernunft in ein Schlachtfeld barbarischer Einzelkämpfer. Kein Heim war sicher vor plündernden und mordenden Straßenbanden. Es gab keine Lebensmittel, keinen Strom, keine medizinische Versorgung. Bald existierte kein Ort mehr, an den man sich hätte wenden können, um Hilfe zu erhalten. Das Grauen kannte keine Grenzen.

In Großbritannien hatte ein empörter Mob den König und seine Frau öffentlich hingerichtet, als bekannt geworden war, dass sie mit Staatsgeldern Plätze für ihre Kinder in den amerikanischen Bunkern gekauft hatten. In Frankreich hatte man den Elysee-Palast in Brand gesetzt, und in Rom musste Papst Petrus II in einem nächtlichen Einsatz von der Schweizer Garde aus dem Vatikan eskortiert werden. Hunderttausende Gläubige waren ins Zentrum der Katholischen Kirche gepilgert und erhofften Rettung, Beistand oder Hilfe für sich und ihre Familien. Aber auch der irdische Vertreter Gottes hatte dem drohenden Unheil nichts mehr entgegensetzen können. Die meisten Staaten schlossen rigoros ihre Grenzen, es reichten die Mittel kaum, um dem eigenen Land die notwendige Unterstützung zu garantieren. Missernten, Überschwemmungen, Sturmschäden, saurer Regen, von Müllbergen vergiftete Böden: Plötzlich hatten auch die ehemaligen Wohlstandsländer mit den Problemen der Dritten Welt zu kämpfen. Nach jahrelangen Wetter-Querelen war die Geduld des Planeten mit seinen Bewohnern 2055 schließlich zu Ende. Die Monate andauernde Hitzewelle mit tagelangen Ausschlägen von über fünfundsechzig Grad Celsius ein letztes Aufbäumen, um den menschlichen Parasiten loszuwerden. Neben den Estados Unidos hatte vor allem die Volksrepublik China am besten für die Rettung der eigenen Bevölkerung vorgesorgt.

Unbemerkt vom Rest der Welt waren im Hinterland von Xi'an gigantische unterirdische Bunkeranlagen entstanden, die laut offiziellen Regierungsangaben Platz für sechs Millionen Menschen bieten sollten. Einladungen der Kommunistischen Partei an führende Wissenschaftler und Techniker wurden in die ganze Welt verschickt. Im Tausch für einen Platz in den sogenannten Anquans brauchten sie lediglich ihre Arbeit in den Dienst der chinesischen Regierung zu stellen. Auf Lebzeiten. Kaum jemand hatte das Angebot ausgeschlagen.

Während sich die Elite, die Reichen und Schönen in die Sicherheit zurückzogen, und der Rest der Menschheit gegen die Natur und die eigene Spezies kämpfte, um zu überleben, war der vorhergesagte Dominoeffekt nicht mehr aufzuhalten gewesen.

Die Wochen und Wochen anhaltenden Rekordtemperaturen führten schließlich zu einer Überhitzung der Erdtektonik. Die Kontinentalplatten begannen sich zu verschieben. Innerhalb weniger Stunden brach die Erdkruste quer über den Globus mehrfach in Stücke, Vulkane begannen Feuer zu speien, unterirdische Lavaströme bahnten sich ihren Weg an die Oberfläche. Städte und Landstriche wurden buchstäblich von der Erde verschluckt. In eben noch flachem Gelände türmten sich glühend heiße Gebirgsmassen. Die größte Naturkatastrophe seit der Kreidezeit forderte Milliarden Opfer, und sie hatte gerade erst begonnen. Etwa vierundzwanzig Stunden nach dem ersten Beben beruhigte sich die Erde. Doch auf das letzte Zittern folgte eine tödliche Stille. Schwarzer Regen aus Asche und Feinstaub legte sich wie ein Mantel über alles, was noch am Leben war, und erstickte den Rest.

Monatelang fiel der dunkle Staub vom Himmel, waren Tage nicht von Nächten zu unterscheiden. Danach folgte ein tödlicher Regen aus Säure. Überschwemmungen und Erdrutsche setzten Tonnen von Müll und radioaktivem Abfall frei. Verschanzt hinter meterdicken Wänden aus Stein und Stahl, verdrängten die Insassen der Bunker, dass über ihren Köpfen ihre Heimat zerstört wurde, ignorierten sie den Tod der Zurückgelassenen und versuchten, ein neues Leben zu schaffen.

5

Selbst eine Woche nach ihrer Ankunft in Beartooth war Kaja nicht sicher, welchen Status die Archianer in der Welt der Outlaws trugen. Sie waren keine Gefangenen, sie durften sich in der unterirdischen Anlage frei bewegen, allerdings hatte jeder von ihnen einen Wächter zur Seite gestellt bekommen, der sie keine Sekunde unbeobachtet ließ. Für Kaja, der man offensichtlich wenig Bedrohung zuschrieb, hatte man Freja auserkoren, die diese Rolle mit kindlicher Euphorie übernommen hatte. Gemeinsam mit Kakerlake Kruk war sie seitdem Kajas ständig plappernder Schatten.

»Wenigstens erfährst du von ihr mehr über unsere Gastgeber«, stellte Samuel bei einem Mittagessen im Gemeinschaftsraum fest. Sein Tonfall machte klar, dass er sich keineswegs als Gast fühlte. »Mein Aufpasser spricht kein Wort mit mir.«

»Ich hab dir immer schon gesagt, dass du an deinen Manieren arbeiten sollst«, antwortete Liam und lächelte aufmunternd. »Gebt den Menschen hier etwas Zeit, sich an uns zu gewöhnen. Bis vor Kurzem dachten alle hier, wir wären das personifizierte Böse. Vergesst nicht, ohne sie wären wir nicht mehr am Leben, nur den Outlaws haben wir es zu verdanken, dass Jasper auf dem Weg der Besserung ist.«

Während man Kaja, Samuel und Liam getrennt voneinander bei unterschiedlichen Outlaw-Familien untergebracht hatte, war Allison zusammen mit dem verletzten Jasper bei den Heilern gelandet. Niemand hatte sie gezwungen, die Seite des mit dem Tode Ringenden zu verlassen. Amma hätte sich keinen besseren Schachzug einfallen lassen können, um sich Allisons Freundschaft zu sichern. Die letzten Tage hatte man sie kaum zu Gesicht bekommen. Nicht einmal für die gemeinsamen Essen, die die vier Archianer zusammen einnehmen durften, hatte sie die heilenden Höhlen verlassen. An diesem Morgen aber, sieben Tage nach ihrer Ankunft, lief sie strahlend und sichtlich erleichtert durch die gut besuchte Grotte zu ihren Freunden an den Tisch, eine junge Frau, die sie begleitete, hatte Mühe, Schritt zu halten.

»Er wird es schaffen«, waren die ersten Worte, die sie an Liam, Kaja und Samuel richtete. »Jasper wird leben, oh, es ist ein wahres Wunder.«

Aufgeregt, wie Kaja sie nie gesehen hatte, berichtete Allison von den Tagen an Jaspers Krankenlager. Wie die Heiler der Outlaws ausschließlich mithilfe von Kräutern, ihr unbekannten Beeren und Wurzeln zunächst Jaspers Schmerzen gelindert und dann seine Wunden versorgt hatten. Wie nach und nach sein Fieber durch verschiedene Säfte verschwunden und die Infektion seiner Wunde abgeklungen war.

»Ihr könnt ihn besuchen, wenn ihr wollt.« Alle Sorge und Angst waren aus ihrer Stimme verschwunden. »Er ist wach, noch etwas schwach, sein Bein ist geschient. Es wird sicher noch ein paar Wochen dauern, bis er wieder laufen kann, aber es geht ihm gut. Er spricht, er isst, er meckert.« Sie grinste. »Er ist wieder ganz der Alte. Dank diesen wunderbaren Menschen.« Ihre Hand griff nach dem Arm des jungen Mädchens an ihrer Seite. »Das hier ist Rena, Rena Miller. Sie ist eine Heilerin, sie ist unglaublich klug und talentiert, und sie weiß alles über die Oberfläche.«

Die Wangen der Heilerin hatten bei den Komplimenten eine leichte Röte angenommen. Aber Allisons Berührung schien ihr kein Unbehagen zu bereiten, die beiden wirkten sehr vertraut.

»Auch du weißt mittlerweile schon einiges über die Kraft der Natur«, antwortete sie leise, der Stolz einer guten Lehrerin war deutlich zu sehen.

»Tja, wer hätte das gedacht, dass man einer alten Technikerin noch mal so viel Neues beibringen kann«, lachte Allison.

Die drei übrigen Archianer wechselten überraschte Blicke. Niemand hätte gedacht, dass es gerade Allison sein würde, die sich hier unten als Erste Freunde machen würde.

»Kaja, Kaja, bist du fertig mit Frühstück?« Freja war hopsend an ihren Tisch gekommen und zupfte ungeduldig an ihrem Ärmel. »Wir müssen los, es dauert nicht mehr lange bis zur Lüftung. Komm schon, komm schon.«

Über die Schulter der beiden Männer konnte Kaja sehen, dass sich auch Liams und Jaspers Begleiter näherten, um sie in die Wohnhöhlen zu begleiten, wo sie die erste der beiden täglichen Lüftungen abwarten würden. Jeden Morgen und jeden Abend wurden die Schotten der unterirdischen Anlage geöffnet und über zwei riesige Filteranlagen Sauerstoff in die Stollen gepumpt. Der Tauschkreislauf erfolgte über die zentralen Gänge und hatte einen enormen Sog. Niemand durfte sich während der Lüftungsphasen in den Gängen aufhalten.

»Sonst wirst du in die Filter gerissen und zerstückelt«, hatte Freja Kaja die Konsequenzen unverblümt geschildert. »Darum auch die Sirene, damit du das bloß nicht vergisst.« Eine ohrenbetäubende Sirene, Relikt aus den letzten Tagen vor dem Blackout, kündigte die beiden Lüftungen in der gesamten Stollenanlage an.

»Sehen wir uns später zum Unterricht?«, fragte Kaja die beiden Männer und packte die kleine Tonschüssel, in der ihr Frühstücksbrei ausgeteilt worden war, Löffel und Gabel in einen Beutel. Jeder war selbst für sein Geschirr, seine Kleidung und persönlichen Gegenstände verantwortlich. Wie alles, was sie von ihrer Gastfamilie erhalten hatte, hatten auch diese Dinge ursprünglich der verlorenen Tochter gehört. Kaja gab sich Mühe, dies nie zu vergessen.

Liam nickte. »Ich werde da sein, wo du bist.«

Ihre Blicke trafen sich, und wieder einmal wurde Kajas Herz schwer. Neben vielen Gründen für ihre Flucht war einer davon der Wunsch, Liam nahe zu sein, ein gemeinsames Leben zu führen. In Beartooth waren sie davon beinahe so weit entfernt wie in der Arche. Zwar war Liam nicht mehr als Auserwählter im *Parentes Paradisum*, dem Reproduktions-Hologramm gefangen, auch musste sie nicht mit ansehen, wie ihre beste Freundin mit ihm eine Familie gründete, aber sie hatten bisher keine Minute allein verbringen können. Kaja lebte als Gast der Familie Albrecht, Freja, Sara und, zu ihrer Überraschung, Damian, unter ständiger Überwachung. Liam war bei Elisa Strong einquartiert worden. Wer von den beiden mehr unter der Anwesenheit des anderen litt, war schwierig zu sagen, aber Elisa verstand sich mehr als alle anderen Outlaws als Wächterin und folgte Liam auf Schritt und Tritt.

»Lässt sie dich wenigstens allein pissen?«, hatte Samuel seinen Freund irgendwann geneckt, aber nur einen finsteren Blick als Antwort erhalten.

Kaja wollte lieber nicht darüber nachdenken, wie nahe die hübsche Kriegerin Liam in privaten Momenten kam. Ihre gemeinsame Zeit aber beschränkte sich auf die täglichen Unterrichtsstunden, denen sie, zusammen mit einigen Kindern der Outlaws, beiwohnten. Damian hatte beschlossen, dies wäre die schnellste und einfachste Art, den Neuankömmlingen alle notwendigen Informationen über das Leben an der Oberfläche zukommen zu lassen. Zudem befreite es die Wächter für ein paar Stunden von der lästigen Pflicht, ihnen auf den Fersen zu sein. Alle Wächter, bis auf Freja, die Kaja zu ihrer neuen besten Freundin auserkoren hatte und zum großen Ärger von Kruk, am liebsten jede freie Minute mit dem Spielzeug aus der Arche verbracht hätte.

»Du kannst zum Unterricht kommen«, erlaubte sie Liam großzügig. »Aber ich sitze neben Kaja.«

Liam lachte. »Nun gut, dann sitze ich eben neben Sam.«

Sam schüttelte den Kopf. »Tut mir leid, mein Freund. Die Schulbank werdet ihr heute ohne mich drücken. Ich versuche mich mal etwas nützlich zu machen und werde mir die Maschinen und Jets ansehen. Vielleicht kann ich das ein oder andere für unsere Freunde reparieren.«

Liam nickte. »Wie wäre es, wenn wir später gemeinsam Jasper besuchen? Allison, was meinst du? Ist er dafür kräftig genug?«

Allison nickte begeistert. »Das wird ihn sicher sehr freuen. Er schläft viel, meist am Nachmittag, aber kommt doch vor der zweiten Lüftung zu uns? Dann werde ich die Erste Heilerin informieren. Rena, denkst du, das ist in Ordnung?«

Rena nickte. »Es wird eurem Freund guttun, bekannte Gesichter zu sehen. Ein Grund mehr, gesund zu werden. Die Erste Heilerin wird nichts dagegen haben.«

Kaja stellte fest, wie sehr ihr die Aussicht auf ein Wiedersehen mit Jasper Freude bereitete. Sie hatten zwar nicht genau das gefunden, worauf sie gehofft hatten, aber ihre Lage war bei Weitem nicht mehr so aussichtslos wie noch vor wenigen Tagen nach dem Absturz. Vielleicht war dies nur ein Umweg, und sie hatten ihr Ziel nicht aus den Augen verloren.

Kaja und Liam folgten Elisa und Freja durch die engen Tunnel. Elisas Unterkunft war nicht weit von den Höhlen der Albrechts entfernt, und so hatten Kaja und Liam jeden Tag einige kostbare Minuten, in denen nicht mehrere Tausend Augenpaare auf sie gerichtet waren. Wie ein Wasserfall berichtete Freja eine Kruk-Anekdote nach der anderen an die Kriegerin neben ihr, die zu Kajas Überraschung lächelnd lauschte. Wenn es in Elisas Leben einen Menschen gab, der ihr Freundlichkeit entlocken konnte, dann die Tochter ihres Anführers. Was auch immer die beiden ungleichen Outlaws verband, es reichte tief und war für jeden zu sehen.

Im schwachen Licht der Lampen spürte sie Liams Finger, die sich warm um ihre Hand schlossen. Kaja fühlte sich, als hätte jemand die gesamte Elektrizität der Anlage in ihren Körper umgeleitet. Mit einem Mal war jeder Nerv in ihrem Körper, jede Faser voller Energie und wohliger Aufregung. Sie lächelte und blickte über die Schulter zu Liam. Seine weißen Zähne blitzten, seine Augen funkelten. Es brauchte keine Worte, um zu wissen, dass er das Gleiche spürte wie sie. Sein Daumen streichelte zärtlich über ihren Handrücken, und eine tiefe Sehnsucht ergriff Besitz von ihr. Was hätte sie nicht dafür gegeben, die einsamen Nächte in ihrer Kammer mit Liam verbringen zu können. Doch es waren nur ein paar Schritte, und ihre Wege würden sich trennen, das Wiedersehen weit weniger privat stattfinden.

»Eure Tür, sieh nur, sie steht offen.« Elisa kam unvermittelt zum Stehen, um ein Haar wäre Kaja in der Dunkelheit gegen sie gestoßen. Mit einer Geste bedeutete sie Freja, Kaja und Liam, sich nicht von der Stelle zu rühren. Vorsichtig und ohne einen Laut schob sie sich durch den schmalen Spalt in die Wohnhöhle der Albrechts. Es dauerte nur eine knappe Minute, dann war sie zurück. Kopfschüttelnd winkte sie die drei zu sich. »Es ist niemand hier, Freja, weißt du, wo deine Eltern sind?«

Das Mädchen schüttelte den Kopf und schob sich an der Kriegerin vorbei in die Unterkunft.

»Kruk«, rief sie besorgt. »Kruk, wo bist du? Komm, komm zu mir, hierher?«

Doch auch die Kakerlake schien spurlos verschwunden.

Während Elisa irritiert die Stirn runzelte, begann Freja, ängstlich zu schluchzen. »Er darf nicht allein da draußen rumlaufen, er könnte gestohlen werden, jemand könnte ihm etwas antun.«

Kaja hatte schnell herausgefunden, dass es auch unter den Outlaws nicht üblich war, Arthropoden als zahme Haustiere zu halten. Die chitingepanzerten Vielfüßler gehörten zu den wenigen Lebewesen, die in der Wildnis post Blackout überlebt hatten. Über die letzten Jahrhunderte hatten sie sich nicht nur vermehrt, die verschiedenen Arten waren mangels natürlicher Feinde und aufgrund der radioaktiven Strahlung teilweise stark mutiert. Schwärme von riesigen Käfern, Vielfüßlern und Krustentieren bevölkerten die Wüsten um Beartooth. Eingedämmt wurde ihre Verbreitung nur durch den Mangel an Nahrung. Auf dem Speiseplan der Arthropoden waren verirrte Menschen ein besonderer Leckerbissen, und die Tiere konnten lebendige Beute über Meilen ausmachen. Umgekehrt waren die kleineren Arten eine willkommene Abwechslung auf dem Teller der Menschen. Dass Kruk innerhalb der Gemeinschaft seiner eigentlichen Fressfeinde überhaupt leben konnte, war nur dem Status von Damian Albrecht zu verdanken. Er hatte das Tier versehentlich im Nymphenstadium von einem Beutezug mit in die Anlage gebracht. Nur wenige Wochen nachdem seine Tochter Helga an einer Infektion verstorben war, hatte er Freja den Wunsch, das Tier zu retten, einfach nicht abschlagen können. Kruk war geblieben, von Freja geliebt, vom Rest der Outlaws geduldet. Was nicht hieß, dass es niemanden gab, der nicht in einem unbeobachteten Moment dafür sorgen würde, dass der Käfer auf Nimmerwiedersehen verschwinden würde. Frejas Angst um das Wohl ihres Tiers war mehr als berechtigt.

»Wir müssen ihn suchen«, flehte sie, Tränen in den Augen. Elisa schüttelte entschieden den Kopf. »Dafür bleibt keine Zeit, jeden Moment wird der Alarm für die Lüftung kommen. Wir werden alle hier warten, bis deine Eltern zurück sind.«

»Nein«, widersprach das Mädchen überraschend entschlossen. »Ich werde Kruk nicht da draußen lassen. Er weiß nicht, was der Alarm bedeutet, sicher hat er sich irgendwo verlaufen. Wenn wir ihn nicht holen, wird er in die Ventilatoren gezogen und getötet.«

Kaja hatte eine grobe Vorstellung, wie egal Elisa das Überleben der Kakerlake war, doch der Schmerz im Gesicht des Mädchens ließ sie nicht kalt. Bevor sie sich jedoch zu einer Antwort durchringen konnte, ertönte ohrenbetäubender Lärm in den Stollen. Ein kreischendes Geräusch, das Kaja noch nie zuvor gehört hatte und nichts mit dem dumpfen Tröten zu tun hatte, das täglich die Lüftung ankündigte.

»Was ist das?«, brüllte sie und schlug die Hände über die Ohren.

»Der Alarm für einen Angriff«, antwortete Elisa. Sie musste aus vollen Kräften schreien, damit Kaja sie hören konnte. »Ihr bleibt hier, bewegt euch keinen Millimeter, bis ich zurück bin, verstanden?« Sie packte Liam an beiden Schultern und rang ihm das Versprechen zum Gehorsam ab. »Verstanden?«

Liam nickte.

Elisa machte auf dem Absatz kehrt und rannte durch die

Tür in den dunklen Gang davon. Selbst mit geschlossenen Eingängen war die schrille Sirene kaum zu ertragen. Ratlos starrte Kaja Liam an – was sollten sie tun? Blieb ihnen irgendetwas anders übrig, außer abzuwarten? Ein Angriff? Kaja spürte, wie sich die eisige Hand der Angst um ihr Herz schloss. In den letzten Tagen hatte sie so viele Schreckensgeschichten über Kayne Cole und sein Terrorregime gehört, die Vorstellung, seine Soldaten würden hier einfallen, hatte ihr jede Nacht aufs Neue Albträume beschert. Sollten die nun Wirklichkeit werden?

Kayne Cole, Citizen One, Herrscher über die Townships, war, so wenigstens lehrte es der Unterricht, den sie zusammen mit den Kindern der Outlaws besuchte, der Anführer der Citizens, den Überlebenden auf dem Gebiet der ehemaligen ESTADOS UNIDOS AMERICA. Das menschliche Leben an der Oberfläche war nie ausgelöscht worden. Diese Lüge ihrer Regierung, ja, ihrer eigenen Familie hatte Kaja am meisten zu schaffen gemacht, war sie doch so lange die Basis für ihre gesamte Weltanschauung gewesen und der Grund, der das Heldentum ihres Vaters erst möglich machte. Warum hatte man die Archianer über Generationen belogen? Wie viele Kinder waren nicht geboren worden, weil man behauptet hatte, es sei nicht genug Platz vorhanden? Warum hatte man die Tore nicht geöffnet? Warum mussten die Menschen unter der Erde in ihren Särgen liegen, wenn sie sich hier frei hätten bewegen können?

Der Grund für die geschlossenen Archen war schnell klar geworden. Wie unter der Erde, so waren auch darüber Ressourcen und Platz stark begrenzt. Mit den Townships hatten sich die stärksten und tatkräftigsten der Zurückgelassenen eine Art eigenes Schutzzentrum errichtet, um die auf die Katastrophe folgenden Jahre der Stürme, des sauren Regens und der Asche zu überstehen. Dem Vorbild der Archen folgend, hatten auch die Citizens den Zugang zu den Townships streng begrenzt und nur Menschen aufgenommen, die bereit waren, sich ganz und gar der Gemeinschaft zu verschreiben und die notwendigen physischen und psychischen Voraussetzungen mitbrachten, den Townships von Nutzen zu sein. Während die Archen mit dem präsidialen Rat einer scheinbar demokratischen Ordnung gefolgt waren, hatten die Townships von Beginn an eine totalitäre Herrschaft zugelassen: Der stärkste Anführer wurde zum ersten Bürger ausgerufen, dem Citizen One. Gestützt von einer militärischen Ordnung wurden die Townships von ihm kontrolliert und regiert. Über Jahre waren die Townships viel zu sehr mit dem Aufbau einer eigenen Infrastruktur und der lebensnotwendigen Versorgung beschäftigt, um sich um eventuelle weitere Überlebende zu kümmern. Erst seitdem Kayne Cole die Macht übernommen hatte, waren die Outlaws in den Fokus gerückt und offiziell zum Feind der Townships erklärt worden. Mit ihm hatten die Angriffe auf die Lager der letzten Überlebenden außerhalb seiner Ordnung begonnen. Sein Name hatte Angst und Schrecken in die Leben dieser Menschen gebracht. Angst, Schrecken und den Tod.

»Kaja!« Liams Stimme riss sie aus ihren Angstvisionen. Die Sirene kreischte plötzlich viel lauter als zuvor. »Freja!« Nur einen Moment waren sie unaufmerksam gewesen, aber Damians Tochter hatte ihre Chance genutzt. Unbemerkt hatte sie sich an ihnen vorbeigeschlichen und war durch die Tür nach draußen gerannt. Kaja zögerte nicht eine Sekunde und rannte hinter ihr her, Liam dicht auf den Fersen. Sie konnte gerade noch sehen, wie Freja einige Meter vor ihnen in einen der dunklen Gänge bog. Ohne darauf zu achten, ob Liam ihr folgte, rannte sie hinter ihr her. Freja war der einzige Mensch hier unten, der sich wirklich um sie bemühte. Auf keinen Fall durfte sie zulassen, dass dem Mädchen etwas zustieß. Schon nach wenigen Metern protestierte ihr Körper gegen die ungewöhnliche Belastung. Sie hatte zwar regelmäßig ihre Muskeln trainiert und deutliche Fortschritte gemacht, was ihre Bewegungen anging, aber sie war weit davon entfernt, sich so gut zu bewegen wie die übrigen Archianer oder gar die Outlaws.

Ihre Lunge schmerzte, sie konnte fühlen, wie die staubige Luft in ihrem Mund und Rachen kratzte. Trotzdem rannte sie weiter. Sie blickte sich nicht um, bog mal rechts, mal links ab, über die Sirene hinweg konnte sie nicht hören, ob Liam ihr überhaupt noch folgte. Ihr einziger Gedanke galt Freja. Sollten Kayne Coles Soldaten tatsächlich ihren Stützpunkt angreifen, durfte sie das Mädchen nicht im Stich lassen. Ihr Wille war stark, aber ihr Körper nicht. Sie hatte zwei, vielleicht drei weitere Biegungen geschafft, bevor sie keine Luft mehr bekam und die Knie unter ihrem Gewicht wegsackten. Zwei starke Arme fingen sie auf, bevor sie zu Boden stürzen konnte. In dem Moment, in dem Liam sie an sich zog, verstummte die Sirene, und das Licht erlosch. Schwarze Finsternis und Totenstille umgab die beiden Archianer, es war nur ihr eigener schwerer Atem zu hören.

»Bist du okay?«, fragte Liam.

Kaja spürte seinen warmen Atem auf ihrer Wange. Sie nickte, dann fiel ihr ein, dass er sie nicht sehen konnte. »Ja, danke. Ich kann stehen.«

Liams Arm löste sich von ihrem Körper, und Kaja stützte sich an die Höhlenwand. Sie atmete immer noch schwer, aber ihre Kräfte kehrten langsam zurück.

»Kaja?«, ertönte ganz in der Nähe Frejas leise Stimme. »Kaja, bist du hier irgendwo?«

»Freja«, rief sie erleichtert, und ihr Herz macht einen kleinen Freudensprung. »Freja, wir sind hier. Kannst du meiner Stimme folgen?«

Bevor das Mädchen antworten konnte, gingen die Lichter in der Anlage plötzlich wieder an. Irgendwo war die ausgefallene Energie aktiviert worden. Nur einen Moment später bog Freja aus einem der Tunnel, in ihrem Arm hielt sie Kruk, dessen Fühler suchend durch die Luft tasteten.

»Ich hab doch gesagt, er hat sich verlaufen«, erklärte das Mädchen schuldbewusst. »Wenn man die Türen nicht schließt, versucht er, irgendwo etwas zu essen zu finden. Er hat einfach immer Hunger, er kann nichts dafür.«

»Freja, hast du überhaupt eine Ahnung, wie gefährlich es ist, hier allein herumzulaufen? Was, wenn die Lüftung aktiv wird? Oder dich irgendein Angreifer allein hier findet? Ich hatte solche Angst um dich!«

»Du klingst schon wie mein Vater und meine Mutter«, beschwerte sich das Mädchen. »Es ist doch überhaupt nichts passiert. Hier gibt es keine Angreifer.«

»Der Alarm behauptet etwas anderes«, korrigierte Liam. »Wir sollten uns schleunigst auf den Rückweg machen. Ein Energieausfall ist nie ein gutes Zeichen. Und erwischen sollte uns hier besser niemand.«

Er machte einen Schritt in den Gang hinein, blieb dann aber stehen. Ratlos blickte er die beiden Mädchen an.

»Ich weiß nicht, ob das die Richtung ist, aus der wir gekommen sind. Ich hab in der Dunkelheit völlig die Orientierung verloren. Freja, kannst du uns sagen, wo wir sind oder wie wir zurückkommen?«

Nervös blickte das Mädchen von Kaja zu Liam und wieder zurück. »Nein. Ich weiß nicht, wo wir sind.«

»Mach dir keine Hoffnung, ich finde ohne fremde Hilfe

nicht einmal vom Gemeinschaftsraum zum Unterricht.« Kaja versuchte, ihrer Stimme einen lockeren Ton zu verleihen. Aber der Blick, den sie Liam zuwarf, war voller Sorge. Das Tunnelsystem der Outlaws war in ein riesiges unterirdisches Stollensystem aus längst vergangenen Zeiten integriert. Nur ein kleiner Teil davon war bewohnt und wurde von Menschen genutzt. Man konnte sich ohne Probleme tagelang in verlassenen Gängen und Tunneln verirren, ohne jemals auf einen anderen Menschen zu treffen … oder Nahrung oder Wasser. Immerhin befanden sie sich immer noch im Bereich der elektrischen Versorgung, es konnte nicht allzu weit bis zur Höhle der Albrechts sein.

Sie waren gerade zwei Tunnelbiegungen weit gekommen, als erneut der Alarm einsetzte. Diesmal aber war es das dumpfe Tönen, dass, zuverlässig wie jeden Tag, die bevorstehende Lüftung ankündigte.

»Nein, nein, das darf nicht sein«, flüsterte Liam, und Kaja lief ein kalter Schauer den Rücken hinab. Eine kleine Hand schob sich in ihre, und Freja blickte sie mit großen Augen an.

»Die Lüftung«, wisperte das Mädchen. »Wir müssen hier weg, sonst werden wir in die Ventilatoren gezogen.«

Wie auf ein unsichtbares Kommando rannten die drei los. Viel schneller als auf dem Hinweg rasselte Kajas Lunge und drohte, die Versorgung einzustellen.

»Schneller, schneller«, spornte Liam sie an. »Wir müssen irgendwo einen Eingang finden, irgendeine Höhle, in der wir unterschlüpfen können!«

Hintereinander stolperten sie durch die Gänge und verliefen sich dabei immer mehr in dem riesigen Netz aus Gabelungen und Sackgassen. Kajas Herz schlug ebenso schnell, wie ihr Atem ging. Wie viele Minuten dauerte der Alarm schon an? Zwei? Drei? Es waren genau sechs Minuten vom ersten

Ton bis zur Aktivierung der Anlage, sie hatten nicht mehr viel Zeit.

»Da vorne, da …« Frejas Arm zeigte über Liams Kopf hinweg. »Ich glaube, es geht da lang!«

Ein letztes Mal mobilisierte Kaja alle Reserven, die ihr Körper zu bieten hatte, und rannte hinter den beiden los. Nur, um direkt hinter der Biegung gegen Liams Rücken zu prallen, der wie versteinert vor ihr stehen geblieben war. Über seine Schulter konnte Kaja erkennen, warum. Sie standen direkt vor einem mehr als zehn Meter hohen Ventilator. Geschützt durch ein metallenes Gitter, blitzten die riesigen Rotorblätter im Licht der Lampen. Kajas Herzschlag setzte für einen Moment aus. Sobald sich der Propeller in Bewegung setzen würde, waren sie verloren. Niemals würden sie es rechtzeitig in einen sicheren Unterschlupf schaffen.

Vor Schreck ließ Freja ihr Haustier zu Boden fallen. Neugierig und ohne die Angst seiner Begleiter zu spüren, krabbelte die Kakerlake auf die enorme Maschine zu, die hier unten gleichzeitig lebensrettend und tödlich war.

»Es tut mir leid«, flüsterte Freja und griff nach Kajas Hand. »Das ist alles meine Schuld.«

Kaja schluckte ihre Panik hinunter und strich dem Mädchen über die Wange. »Hab keine Angst, es wird alles gut«, log sie und tastete nach Liam an ihrer Seite. In dem Moment, als sich ihre Hände fanden, erwachte der Rotor zum Leben. Ein tiefes Brummen, als würde ein riesiges Tier im Inneren des Bergs zum Leben erwachen, ließ selbst den Stein erschauern. Quälend langsam, als wollte sie sich gegen das Unvermeidliche zur Wehr setzen, begann die Schraube ihre Blätter zu drehen. Liams Arme schlossen sich um die beiden Mädchen, er drückte Kaja und auch Freja fest an seinen Körper, presste die Lippen in Kajas Haare. Sie spürte, wie Kruk über Frejas Arm in ihre Mitte kletterte, dann schloss sie die Augen und hoffte auf ein schnelles Ende. Der Rotor wurde lauter, ein erster Windzug griff nach ihren Haaren und zupfte an den langen Strähnen, als wollte er nur mit ihr spielen. Die Träne, die aus ihrem Auge lief, trocknete noch bevor sie ihre Wange erreichte. Der Sog wurde stärker und stärker, sie stemmte ihre Füße in den Sand, obwohl sie wusste, dass sie keine Chance gegen diese Macht haben würde. Sie spürte, wie ihr der Schal von den Schultern gerissen wurde, und konnte hören, wie er flatternd im Rotor landete und zerfetzt wurde. Ein Schluchzen stahl sich über ihre Lippen, und im selben Moment verstummte der Motor, die Maschinen stoppten, der Rotor kam langsam zum Stehen, lange bevor er seine volle Kraft entfaltet hatte. Kaja hob den Kopf.

»Was hat das zu bedeuten?«, fragte Liam, mehr sich selbst als seine Begleiterinnen. »Warum wurde die Lüftung ausgestellt?«

Als wollte er auf Liams Frage Antwort geben, begann Kruk plötzlich wild zwischen ihnen zu zappeln. Er befreite sich aus Frejas Arm und entfernte sich schnarrend durch den Stollen. Nur wenige Sekunden später kehrte er zurück, diesmal nicht allein, sondern in Begleitung. Der Schabe folgte niemand anderes als Damian Albrecht, zusammen mit Elisa, Adam und Carl. In Damians Gesicht kämpfte Erleichterung mit Zorn, als sich seine Tochter jubelnd in seine Arme warf. Sie waren gerettet, aber der Blick, mit dem Elisa die beiden Archianer begrüßte, verhieß nichts Gutes. Vielleicht wäre der Rotor barmherziger gewesen.

ELSA-MESSENGER

Entschlüsselte Code-Nachricht
Von: 4893.54532.1 // Anna Smith// Präsidentin der Hope of Tomorrow
An: 345.6543.3446 // Kayne Cole// Citizen 1

Mein lieber Kayne,

es freut mich, dass du angesichts der schwierigen Lage deinen Humor nicht verloren hast. Eine Annektierung der Archen aber bleibt weiter und bis in alle Zeiten ein Traum, den wir dir nicht verwirklichen können. Dennoch danken der Rat und selbstverständlich auch ich für deine Hilfe bei unserer Suche und für die zuverlässige Partnerschaft, die nun schon so viele Jahre überdauert hat. Die Verhandlungen, was den Preis für eure Dienste und Lieferungen angeht, überlasse ich den Händlern auf beiden Seiten. Es sei nur so viel gesagt: Innerhalb der nächsten vier Monate werden wir unsere Bezugsmengen deutlich nach unten korrigieren. Das Jahr 2382 wird für uns eine entscheidende Wendung der Bevölkerungslage mit sich bringen, und wir sind mehr als optimistisch, auf diesem Weg die Zukunft lebens- und erstrebenswert zu gestalten. Ich habe aufmerksam die Berichte über die stagnierende Fertilität in den Townships gelesen und verstehe, dass du deine Hoffnung in die verlorenen Outlaws setzt. Vielleicht kann auch ich dir eine Lösung für euer Problem anbieten. Gemeinsam mit dem Rat haben die Archen beschlossen, dir Zugang zu unseren Reproduktionsdaten und der zugehörigen medizinischen Technik zu gewähren. Dies könnte ein

Weg sein, deine benötigte Arbeiterquote zu erreichen und gleichzeitig im Tausch unsere bescheidenen Ressourcen zu produzieren. Ein Handel, den im Detail ebenfalls unsere Trader besprechen werden. Das medizinische Fachpersonal der Arche steht dazu bei Fragen selbstverständlich zur Verfügung.

Die letzten Nutri-Shot-Chargen waren, dies muss hier vermerkt werden, teilweise von mangelnder Qualität. Wir hatten einige Verluste unter den Empfängern der C- und D-Kategorie. Deine Service-Teams wurden informiert, ich gehe davon aus, dass dies nicht wieder vorkommen wird. Den Archen steht eine kritische Transformation bevor, es ist von allergrößter Wichtigkeit, das Vertrauen zum Rat und zu mir aufrechtzuerhalten.

Unsere Drohnen berichten aktuell vermehrt von Suchtrupps und Angriffen der Citizens auf vermeintliche Posten der Outlaws. Ich gehe selbstverständlich davon aus, dass jede verdächtige Person und jeder Hinweis auf unsere entführten Archianer umgehend an uns gemeldet wird.

Es grüßen die Auserwählten der Archen,
Präsidentin Anna Smith,
Hope of Tomorrow

6

Es war alles meine Schuld«, gestand Freja Albrecht dem Tribunal, das in der Großen Halle auf die Geretteten wartete. Sie ließ den Kopf auf die Brust sinken und wagte es nicht, die Erwachsenen anzusehen. Kaja legte ihren Arm schützend um das Mädchen und bemerkte, wie Amma sie dabei beobachtete. Es war das erste Mal seit dem Tag ihrer Ankunft, dass sie die alte Frau zu Gesicht bekam. Die Anführerin der Outlaws sah müde aus, die Kraft, die sie bei ihrem ersten Treffen ausgestrahlt hatte, wirkte geschwächt, beinahe aufgebraucht. Was auch immer ihr Sorgen bereitete, lastete schwer auf ihren Schultern.

»Ist euch klar, in welche Gefahr ihr euch gebracht habt?«, fragte Winnifred Pole, eine von Ammas engsten Vertrauten die drei. »Was, wenn Sara uns nicht rechtzeitig gewarnt hätte? Ihr wärt jetzt tot. Wie konntet ihr nur so leichtsinnig sein? Ihr kennt die Regeln. Gerade als Gast unserer Gemeinschaft, als Erwachsene, wäre es eure Pflicht, diese unter allen Umständen zu befolgen. Das muss bestraft werden. Nur eine schmerzhafte Lektion wird verhindern, dass so etwas noch einmal geschieht.«

Kaja wusste nicht, was sie antworten sollte. Es war ihre Schuld, sie hatte Freja für einen Moment aus den Augen gelassen. Winnifred hatte recht, sie hatte eine Strafe verdient. Sie war die Erwachsene, es war ihre Aufgabe, auf das Kind aufzupassen. Das einzige Kind, das die Albrechts noch hatten. Sie wollte gerade zu einem Schuldgeständnis ansetzen, als Elisa überraschend das Wort ergriff.

»Wir sollten nicht zu hart mit ihnen ins Gericht gehen«, forderte sie überraschend milde. »Die Situation war chaotisch, der Angriffsalarm hat uns alle überrascht. Das Chaos in den Gemeinschaftsräumen habt ihr erlebt. Wir haben ihn seit Jahren nicht mehr gehört. Nur verständlich, dass es in dieser Situation zu panischen Reaktionen kommt. Die beiden Archianer wollten einer von uns zu Hilfe kommen. Das sollten wir nicht vergessen, wenn wir über Strafen diskutieren.«

»Kaja und Liam haben mir geholfen, sie haben mich gerettet. Ich war es, die nach draußen gelaufen ist und dann den Weg zurück nicht mehr gefunden hat.«

»Und was hattest du überhaupt in den Stollen zu suchen, Kind?«, fragte ein bärtiger Mann, den Kaja in den letzten Tagen immer wieder im Gespräch mit Damian gesehen hatte und der ebenfalls eine Truppe Krieger anführte. »Du weißt besser als deine neuen Freunde, dass es strengstens untersagt ist, die Höhlen zu verlassen, sobald ein Alarm erklingt. Du bist ein kluges und folgsames Kind, Freja. Du gehorchst deinen Eltern und unserer Gemeinschaft. Warum hast du die Regeln gebrochen und dich und andere in Gefahr gebracht?«

Kaja konnte sehen, wie das Mädchen nach einer Antwort suchte, die sie nicht noch mehr in Schwierigkeiten bringen würde. So leise, dass sie kaum zu hören war, sagte sie schließlich die Wahrheit.

»Ich habe Kruk gesucht, er ist weggelaufen.«

Kaja konnte hören, wie Damian Albrecht scharf die Luft einsog. Es war für alle zu sehen, wie sehr er mit sich rang, um nicht in eine väterliche Standpauke zu verfallen. Und er war nicht allein. Wut und Unverständnis waren in den meisten Gesichtern der erwachsenen Outlaws zu sehen. Nur Amma zeigte keine Regung, behielt die drei Angeklagten mit ausdrucksloser Miene im Auge. Und auch wenn Kaja sich nicht sicher war, Elisa schien tatsächlich ein verschmitztes Lächeln hinter einem Husten und ihrer vorgehaltenen Hand zu verbergen.

»Das darf nicht wahr sein, diese verfluchte Kakerlake?«, brüllte der Mann, der die entscheidende Frage gestellt hatte. »Wir setzen die Lüftung aus, verbreiten Angst und Panik, vernachlässigen die Geflüchteten und Verletzten, alles wegen dieser Arthropode, diesem Fluch der Natur? Dieses Tier dürfte überhaupt nicht hier sein. Ich war von Anfang an dagegen, es hierzubehalten. Damian …« Wütend wandte er sich an Frejas Vater. »… wir haben uns diesen Unfug lange genug angesehen. Du weißt genau wie ich, dass dieses Insekt kein Haustier ist. Ich hatte damals Verständnis, es war ein harter Schlag für euch, für viele hier unten, ihre Kinder zu verlieren. Aber dieses Ding kann kein Ersatz für eure Tochter sein. Es wird Zeit, das endlich einzusehen. Ihr müsst euch davon trennen.«

»Nein!«, brüllte Freja entsetzt, bevor Damian dem Mann antworten konnte. »Es war nicht Kruks Schuld. Er würde niemals etwas Böses wollen. Wir dürfen ihn nicht weggeben, Onkel. Ich werde das niemals zulassen. Und mein Vater auch nicht.«

»Bruder«, ignorierte der Mann die Worte seiner Nichte. »Du hast gesehen, wie die Menschen aussahen, die es heute zu uns geschafft haben. Es werden noch viele folgen. Und die, die es geschafft haben, den Citizens zu entkommen, kämpfen sich durch die Wüsten, wo sie von den Arthropoden gejagt werden. Heute waren es knapp hundert, die sich retten konnten, beinahe tausend, die es nicht geschafft haben. Was meinst du, werden sie sagen, wie werden sie reagieren, wenn sie erfahren, dass wir die Artgenossen der Mörder ihrer Familien hier als Spielgefährten halten? Diese Menschen haben genug Schreckliches erlebt. Man kann ihnen nicht noch mehr zumuten. Ich sage, das Ding muss verschwinden, es hat viel zu viel Ärger verursacht.«

»Nein«, flehte Freja, und ihr Blick hing am Gesicht ihres Vaters. »Wir können Kruk nicht aussetzen, er wird dort draußen sterben.«

»Tote Arthropoden sind die einzig guten Arthropoden«, antwortete ihr Onkel trocken.

»Berge, es ist nur ein einziges Tier. Es lebt seit beinahe drei Jahren bei uns und hat nie irgendjemandem etwas getan. Findest du nicht, diese Reaktion ist etwas übertrieben?« Damian sprach ruhig und bemüht gelassen, seine angespannte Körperhaltung aber verriet, wie dünn das Eis war, auf dem er sich bewegte.

»Wie fändest du es, wenn wir die Familie des Mörders deiner Tochter hier aufnehmen würden?«

Bei den Worten seines Bruders zuckte Damian vor Schmerz zusammen.

»Genug.« Ammas Stimme war leise, aber für jeden zu hören. Unter sichtlicher Anstrengung erhob sie sich von ihrem Stuhl. Auf einen Stock gestützt schlurfte sie zu Freja, Liam und Kaja. Liebevoll strich sie dem jungen Mädchen über die Haare. »Du hast ein großes Herz, mein Kind. Wie dein Vater…« Sie warf einen Blick über die Schulter zu Damian Albrecht. »Wir haben heute viele Menschen retten können. Darunter eines unserer eigenen Kinder. Es soll nicht der Tag sein, an dem wir dieses Geschenk mit dem Tod beflecken. Alles Leben auf diesem Planeten ist kostbar, sei es unser eigenes, das unserer Lieben oder das unserer Feinde. Leben zu nehmen ohne Not ist ein schlimmes Verbrechen. Das Tier hat niemandem etwas angetan, es kann bleiben.«

»Aber was werden die anderen Outlaws sagen?«, protestierte Berge Albrecht.

»Ich hoffe, sie werden uns danken«, antwortete Amma. »Für unsere Gastfreundschaft, für das Wissen unserer Heiler und dafür, dass sie hier ein neues Zuhause und Sicherheit gefunden haben. Ich erwarte, dass sie unsere Entscheidungen respektieren. Ich erwarte, dass du, Berge, diese Entscheidung respektierst.«

»Das tue ich, Amma.«

»Ihr hattet großes Glück«, wandte sich die alte Frau an Kaja und Liam. »Ein weiteres Mal seid ihr dem Tod nur um Haaresbreite entronnen. Ihr solltet achtgeben, dass ihr euer Schicksal nicht zu oft herausfordert. Aber ihr habt viel Mut bewiesen. Ihr hättet euer Leben nicht aufs Spiel setzen müssen für eines unserer Kinder. Ihr habt gezeigt, dass euer Herz schlägt wie das meine. Dafür danke ich euch sehr. Es war kein Fehler, euch bei uns aufzunehmen. Ich werde versuchen, euch zu helfen. Ah, mein junger Freund …«, kommentierte sie das Leuchten, das plötzlich in Liams Augen getreten war. »Ich kann dir nicht versprechen, dass meine Hilfe deinen Wünschen entsprechen wird, denn in meinen Händen laufen viele Fäden zusammen, an denen Sorgen, Nöte und Ängste hängen. Aber ihr habt bewiesen, dass ihr Teil dieser Gemeinschaft seid, und darum soll diese Gemeinschaft für euch da sein. Wir werden sehen, welcher Weg der richtige ist und wie weit wir ihn gemeinsam gehen können. Bis dahin bitte ich euch um Geduld. Die Outlaws in Bighorn mussten einen schweren Angriff auf einen ihrer größten Stützpunkte erfahren. Viele Männer wurden von den Soldaten der Citizens getötet, viele Frauen und Mädchen in die Townships verschleppt. Die Flucht hierher hat der Großteil nicht überlebt. Unsere Heiler setzen alles daran, die heute eingetroffenen Verletzten zu versorgen, die Familien stärken sich gerade in den Gemeinschaftsräumen. Ich werde heute Abend mit ihren Anführern sprechen und für morgen eine Vollversammlung einberufen. Die Situation scheint sich mehr und mehr zu verschlimmern. Wir müssen überlegen, wie wir uns vor Kayne Cole schützen können, sonst wird der nächste Alarm vielleicht schon einen tatsächlichen Angriff ankündigen.«

Liam nickte stumm. Es war nicht die Antwort, auf die er gehofft hatte, aber es war die beste, die er im Moment bekommen würde.

»Es gibt keine Strafe für den Regelbruch?«, fragte Winnifred Pole sichtlich unzufrieden.

Für einen kurzen Moment wurde das Gesicht der alten Frau hart. Ihre Augen blitzten wütend, und Kaja konnte sich vorstellen, welch außergewöhnliche Energie die Anführerin der Outlaws in ihrer Jugend ausgestrahlt haben musste.

»Die Strafe für den Regelbruch ...«, überlegte die Alte, und ihre Züge wurden wieder weich. »Die Strafe für den Regelbruch ist folgende: Ab sofort wird Kaja Andersson nicht mehr bei den Albrechts untergebracht. Freja, du konntest heute einen Spielgefährten retten, du brauchst keinen zweiten. Die Archianer haben bewiesen, dass wir auf sie vertrauen können. Ihre ständige Überwachung ist überflüssig und verschwendet Ressourcen unserer besten Krieger. Wir haben nicht genug Platz, um jedem von ihnen eigene Höhlen zur Verfügung zu stellen, aber sie werden gemeinsam in einer freien Unterkunft leben und sich frei bewegen können. Elisa, bitte teile ihnen ein Quartier zu, das groß genug ist, alle fünf zu beherbergen. Soweit ich weiß, ist auch ihr Freund auf dem besten Weg, die Krankenstation verlassen zu können. Dort wird im Moment jeder Platz benötigt. Liam, Kaja, ihr seid nun nicht mehr unsere Gäste. Ihr seid Teil unserer Familie. Das soll an Strafe für den heutigen Tag genügen.«

Die Wiedersehensfreude mit Jasper wurde von den grausamen Schicksalen der neu eingetroffenen Outlaws stark getrübt. Die Krankenstation war heillos überfüllt, es gab viel zu wenig Heiler für die vielen Verletzten. Allison, die ihre Tage an der Seite von Rena verbracht hatte, war überall dort zur Stelle, wo eine helfende Hand benötigt wurde.

»Als wäre sie dafür geboren«, bewunderte Jasper von seinem Lager aus ihre Freundin. »Sie wird wohl nie mehr in ihrem Leben Hand an eine Maschine legen.«

»Das ist fürchterlich.« Der Anblick der vielen blutenden, hilflosen Menschen trieb Kaja Tränen in die Augen. Mit den technischen Mitteln, die den medizinischen Fachkräften der Archen zur Verfügung stand, hätte man den meisten Patienten innerhalb weniger Minuten helfen können. In den Tanks hätten auch schwere Wunden ohne Probleme versorgt werden können. Hier unten war die Lage völlig anders. Die Heiler hatten nur Kräuter, Tinkturen und das zur Verfügung, was sie der ausgebeuteten Natur noch abringen konnten. Eine mittelschwere Wunde konnte bereits ein Todesurteil sein. Kaja fragte sich, wie oft diese Menschen das Wunder, das sie an Jasper vollbracht hatten, wiederholen konnten.

»Warum geschieht das alles hier?«, fragte sie die anderen Archianer. »Warum jetzt?«

»Weil wir die Erde zerstört haben«, antwortete Jasper. »Über viele Hundert, ja tausend Jahre hinweg haben wir den Planeten, der uns am Leben gehalten hat, ausgebeutet, so lange, bis nicht mehr genug für alle übrig war. Das hier, das geschieht nicht erst jetzt, Kaja. Der Kampf ums Überleben hat schon vor langer Zeit begonnen. Wir haben nur nicht hingesehen. Wir haben uns in die Hologramme geflüchtet und so getan, als wäre das unsere Realität. Wir haben die Augen verschlossen vor dem, was um uns herum geschieht. Vor der Ausbeutung, der Sklaverei, dem Missbrauch und der Gewalt, die hier das Leben der Menschen noch schlimmer bestimmen als in den Archen. Wir können nur hoffen, dass es noch nicht zu spät ist.«

»Zu spät?«, zwang sich Kaja, die eine Frage zu stellen, auf die sie keine Antwort hören wollte.

»Zu spät für uns Menschen«, erwiderte Jasper bitter. »Allison und ich haben uns in den letzten Tagen viel mit den Heilern unterhalten. Es sieht nicht gut aus für uns. Ganz abgesehen von dem, was wir uns gegenseitig antun, ist uns auch dieser Planet nicht gerade freundlich gesinnt, man kann es ihm nicht verdenken. In den letzten Jahren ist es immer schwieriger geworden, sauberes Wasser und Nahrung zu gewinnen, obwohl die radioaktiven Stürme und der saure Regen weniger und weniger werden. Die Böden erholen sich einfach zu langsam. Unterirdische Reserven an Grundwasser und Gebiete, die sich irgendwie bewirtschaften lassen, sind von den Townships besetzt und für die Outlaws kaum zu erreichen. Schmuggel- und Tauschgeschäfte, die in der Vergangenheit eher die Ausnahme waren, sind mittlerweile die wichtigste Versorgungsquelle. Aber die Preise, die Trader für ihre Waren verlangen, sind mit Geld kaum mehr zu bezahlen, und die Alternative kommt für die wenigsten Outlaws infrage. Zumindest war das bisher so.«

»Welche Alternative?«, fragte Liam misstrauisch.

Jaspers Miene war wie versteinert. »Sich selbst einzutauschen, oder Kinder.«

»Kinder?«

Jasper nickte. »Soweit die Heiler hier berichten, haben die Citizens ein Problem, das man in den Archen nicht kennt oder die Regierung geschickt geheim hält. In den Townships gibt es so gut wie keinen Nachwuchs. Es stehen dort nicht die Möglichkeiten künstlicher Reproduktion zur Verfügung, wie wir sie in den Archen kennen, und die meisten der Bewohner leiden an natürlicher Sterilität. Vielleicht die Nahrung, vielleicht die radioaktive Strahlung, niemand weiß das genau. Fakt ist, es werden den Citizens kaum noch Kinder geboren. Der Tausch einer Frau oder eines Kindes bringt viel Nahrung oder Medizin ein. Wird nicht genug getauscht, steigen die Angriffe und Entführungen.«

»Von Frauen und Kindern?« Kaja konnte nicht glauben, was Jasper berichtet.

»Sieh dich um«, forderte Jasper sie auf. »Es wurden über hundertfünfzig Menschen gerettet, wie viele Frauen im gebärfähigen Alter siehst du? Wie viele Mädchen?«

Kaja ließ den Blick durch die weitläufige Höhle wandern. In kleinen Gruppen saßen die Vertriebenen und Verletzten zusammen. Was ihr im ersten Moment nicht aufgefallen war, stach jetzt schmerzhaft ins Auge. Fast ausschließlich Männer, junge und alte, waren zu sehen. Der Grund dafür war nicht, dass die Frauen unverletzt geblieben waren, sondern dass ihnen weitaus größere Schrecken noch bevorstanden. Ein eisiger Schauer lief Kaja über den Rücken. Der Schmerz und die Verzweiflung in den Gesichtern der Outlaws hatte mit einem Mal ein völlig anderes Ausmaß. Es waren nicht nur die Verletzungen, die ihnen zu schaffen machten, es war die Angst, was mit den geraubten Frauen, Töchtern, Schwestern und Müttern geschehen würde.

»Wir müssen etwas tun, wir müssen diesen Menschen helfen.« Liam hatte die Hände zu Fäusten geballt, und seine Kiefer mahlten.

»Was willst du unternehmen, Liam?«, fragte Jasper bitter. »Neben den Archen auch noch die Townships befreien?«

»Wenn es sein muss.«

Jasper lachte laut auf.

»Ich will kein Spielverderber sein, Liam. Ich habe diesen Menschen mein Leben zu verdanken, sie sind die einzige Zukunft für uns. Aber ich kann dir sagen, die Outlaws sind das, was ihr Name sagt. Verstoßene, die am Rande dieser Welt ihr Dasein fristen, irgendwie überleben, mehr oder weniger. Das sind keine Krieger, keine Organisation, die es in irgendeiner Welt mit den Archen oder den Townships aufnehmen könnte, und schon gar nicht mit einem Verbund der beiden. Die Heiler sprechen von ihrer Anführerin, als wäre sie eine Heilige. Habt ihr sie gesehen, Amma? Ist sie ein Gott? Denn es würde mindestens einen davon brauchen, um das Wunder einer Befreiung zu vollbringen. Alles andere wäre Irrsinn und unser sicherer Tod.«

»Was soll das heißen, Jasper?«

»Das soll heißen, dass wir uns glücklich schätzen können, noch am Leben zu sein. Dass wir dem Tod ein paarmal zu oft von der Schippe gesprungen sind, um unser Schicksal weiter herauszufordern. Und dass wir akzeptieren müssen, dass unsere Mission gescheitert ist. Diese Menschen haben kaum genug, um selbst zu überleben. Ihre Welt bricht zusammen, ebenso wie die unsere. Wir dachten, wir finden hier oben einen Ort, an dem die Archianer leben können. Aber hier ist kein Platz für die Archianer, hier ist nicht einmal Platz für die, die schon seit Generationen hier sind. Es hat einen Grund, warum es keine Kinder mehr gibt, es hat einen Grund, warum wir uns in Löchern im Boden verstecken müssen, um nicht zu sterben. Sieh es ein, Liam, unsere Zeit ist abgelaufen. Wir werden verschwinden müssen, damit sich die Erde von unserem Befall erholen kann. Vielleicht werden nach uns diese Käfer die Nahrungskette anführen, vielleicht werden sie es sein, die als Nächste Städte an der Oberfläche errichten. Wer kann das schon sagen. Ich weiß nur, wir werden es nicht sein. Egal, was wir unternehmen, es wird keine Kindeskinder mehr geben, die unsere Fehler und Entscheidungen beurteilen können. Es ist vorbei, Liam, es ist vorbei. Genieß die Zeit, die du noch hast. Such dir eine kleine Höhle zusammen mit Kaja und vergiss die anderen, du wirst niemanden retten und niemand wird es dir danken, glaube mir.«

»Und was ist mit Sandra?« Liam war aufgesprungen, das Gesicht kreidebleich. »Was ist mit Thore, mit Rebecca, mit Smith, Victoria, mit all unseren Freunden und den Menschen, die wir zurückgelassen haben, die sich auf uns verlassen? Willst du die auch alle im Stich lassen? Willst du einfach vergessen, dass sie existieren?«

»Oder existiert haben«, antwortete Jasper mit leiser Stimme. »Liam, unser Ausbruch ist nicht unentdeckt geblieben. Ihr beide habt noch ordentlich Licht auf unseren kleinen Ausflug gelenkt. Meinst du wirklich, Anna und der Rat haben das einfach so hingenommen und sind zum Protokoll übergegangen, als wäre nichts gewesen?«

Es war klar zu sehen, wie sehr das ungewisse Los der zurückgebliebenen Darksurfer Liam zu schaffen machte. Im Gegensatz zu Kaja hatte er echte Freunde und viele geliebte Menschen in Gefahr gebracht.

»Liam, wenn Sandra und die anderen überhaupt noch am Leben sind, dann garantiert als Gefangene, so sicher verwahrt, dass wir niemals an sie rankommen. Setz einen Fuß in Richtung der Arche, und Anna wird alle töten, wenn sie das nicht schon längst getan hat. So oder so, jeder von uns ist auf sich gestellt. Wir sind zu wenige und viel zu schwach. Du hast alles versucht, mach dir keine Vorwürfe. Du kannst diese Welt nicht allein retten.«

»Aber er ist nicht allein.« Kaja konnte Jasper gut verstehen. Er war derjenige von ihnen, der dem Tod am nächsten gekommen war. Und auch sie musste zugeben, dass die letzten Tage im Kreis der Outlaws nicht gerade die Hoffnung auf eine triumphale Befreiungsschlacht gefördert hatten. Aber sie war noch nicht bereit aufzugeben. Im Gegenteil, den Schmerz dieser Menschen vor Augen, war sie mehr denn je gewillt, alles zu versuchen, den Terror der Schreckensherrschaften in und außerhalb der Archen zu beenden.

»Es ist nicht die Erde, die uns zerstört, das sind wir selbst. Und wenn wir nichts dagegen unternehmen, wird ein Teil von uns noch lange unter dem Terror einiger weniger leiden. Mit dieser Schuld will ich nicht leben. Lieber will ich sterben beim Versuch, das Elend zu beenden.« Ihre Hand schloss sich um Liams geballte Faust. »Amma ist keine Göttin, die Outlaws sind kein Heer an Kriegern, und ja, du hast recht, sie haben weder die Ausrüstung noch den Platz, Hunderttausende Menschen zu retten und zu versorgen. Aber sie glauben wie ich an eine bessere Welt, an eine Welt, in der man hilft, ohne Fragen zu stellen, in der man auf das eigene Herz hört, bevor man eine Entscheidung triff, in der die Freiheit und die Meinung jedes Einzelnen entscheidend ist für das Ganze. Und zu dieser Welt will ich gehören, diese Welt will ich gestalten, denn in dieser Welt werden Menschen leben, Kinder und Kindeskinder, in dieser Welt müssen wir nicht aussterben.«

Staunend hatte Jasper die Augenbrauen nach oben gezogen und betrachtete sie halb verblüfft, halb amüsiert.

»Was ist mit dir geschehen, Ratstochter? Ich habe nur sieben Nächte geschlafen, und du hast dich in eine echte Rebellin verwandelt. Was auch immer man dir zu essen gibt, ich möchte auch etwas davon abhaben.«

Die Chroniken des Untergangs LXIII/14

Im ersten Jahr, nachdem die Archen ihre Tore geschlossen hatten, regierten Chaos und Schrecken die kümmerlichen Reste der Oberfläche. Anarchische Verhältnisse machten die Starken und Grausamen zu Siegern und zwangen die Schwachen in Verstecke oder ein Leben auf der Flucht. In Großstädten bevölkerten plündernde Horden unterirdische Gleissysteme und alles, was als Bunker oder Schutz dienen konnte. Innerhalb weniger Monate formten sich Banden und Organisationen, die in strenger Hierarchie bewohnbare Orte kontrollierten und kleinstaatlich über ihre Mitglieder herrschten. Überall dort, wo Platz und Nahrung knapp wurden, kam es zu blutigen Übergriffen und territorialen Kämpfen. Von einem Tag auf den anderen war eine zivilisierte, hoch technologisierte Gesellschaft in barbarische Urzeitverhältnisse gestürzt. Es galt das Recht des Stärkeren, Auge um Auge, Zahn um Zahn. Wer den Blackout und die resultierenden Katastrophen überlebt hatte, musste feststellen, dass der Mensch am Ende die weitaus schlimmere Bedrohung darstellte.

Der Winter des Jahres 2100 forderte auf dem Gebiet der ESTADOS UNIDOS erneut viele Tausende Opfer. Überall fehlte es an Nahrung, an Kleidung, an schützenden Unterkünften. Die andauernden Stürme, die Strahlung und Asche verhinderten Wanderungen und zwangen die Menschen, auf kleinstem Raum auszuharren. Dokumente berichten von Kannibalismus und dem Verlust jeglicher Moral. Aus dieser Schreckenszeit heraus erfolgten die ersten Informationen über die Entstehung einer staatlich organisierten Siedlung im mittleren Norden des Kontinents. Auf dem Gebiet des ehemaligen Shawnee National Forest entstanden sogenannte

Townships, innerhalb deren Grenzen Gesetze eingehalten werden mussten, Recht und Ordnung herrschte und eine freie Regierung für den Schutz der Bewohner eintrat. Während vor Ort der Bau einer Kuppel vorangetrieben wurde, die vor Radioaktivität und Asche schützen sollte, setzten sich Ströme an Menschen in Bewegung, um in den Townships Zuflucht zu finden. Innerhalb weniger Jahre vergrößerte sich die ursprünglich für wenige Hundert ausgelegte Anlage zu einem weitläufigen Areal, das heute die größte überirdische Siedlungsanlage der Erde darstellt. Aktuell verzeichnen die Townships in etwa 680.000 Einwohner, sogenannte Citizens, verteilt auf rund siebzig Verwaltungseinheiten. Aus einer parlamentarischen Republik in den Anfängen hat sich über mehrere Jahrzehnte hinweg ein totalitäres Herrschaftssystem entwickelt, das dem amtierenden Citizen One absolute Macht über alle Townships zugesteht. Dem Vorbild traditioneller Monarchien folgend, ist der erste Bürger oberster Richter, Oberhaupt der Kirche und erster Befehlshaber des Heers. Seine Macht steht in direktem Verhältnis zu seiner Verantwortung, sein Amt, das auf Lebenszeit vergeben ist, ist darauf ausgerichtet, die Sicherheit und das Überleben der Citizens zu gewährleisten. Rund siebzig Prozent aller Menschen auf dem Kontinent der EUA außerhalb der Archen tragen aktuell den Status Citizen, Daten zu Überlebenden auf anderen Kontinenten sind nicht bekannt. Innerhalb der Townships befindet sich die weltweit größte, von menschlicher Hand bewirtschaftete Agrarfläche. Soweit bekannt, sind die Townships die einzigen Lieferanten von Nahrung und gereinigtem Wasser sowie Sauerstoff. Seit über zweihundert Jahren wurde außerhalb der Townships keine lebende Säugetierart gesichtet. Ohne die Townships und die darin stationierten Fachkräfte, die kontinuierlich an der Weiterentwicklung und Optimierung der Oberflächenbesiedelung arbeiten, wäre menschliches Leben auf der Erde nicht möglich. Für diese Leistung trägt seit siebenundvierzig Jahren Kayne Cole allein die Verantwortung. Ihm gebührt der Dank der Menschheit und alle Ehre, die damit verbunden ist.

7

Wenn Liam und Kaja geglaubt hatten, die Ankunft der geflüchteten Outlaws hätte die Menschen in Beartooth oder wenigstens ihre Amma dazu bewegt, sich endlich gegen die Tyrannei der Townships zu erheben, dann wurden beide schwer enttäuscht.

Über Tage und Wochen waren alle verfügbaren Hände damit beschäftigt, die Neuankömmlinge zu versorgen. Wenn nicht mit medizinischer Hilfe, dann mit Nahrung, Kleidung oder einer Unterkunft. Das Stollensystem bot zwar eigentlich genug Platz, war aber in vielen Teilen nicht erschlossen. Auf der Krankenstation hatte man Allison mit offenen Armen aufgenommen. Zusammen mit den jungen Männern und Frauen, die sich als Heiler und Heilerinnen ausbilden ließen, erlernte sie, welche enormen Kräfte die Natur nach all dem, was der Mensch ihr angetan hatte, immer noch in sich trug. Ihre Tage verbrachte sie weitestgehend mit den anderen Schülern auf der Krankenstation oder mit Rena, der sie bei der täglichen Pflege ihrer Patienten zur Hand ging.

Während Allison sich neues Wissen aneignete, waren Samuel und Jasper nur zu gern bereit, ihren Sachverstand an die Outlaws weiterzugeben. In den Archen hatten der Drohnenpilot und der Techniker über viele Jahre deutlich mehr praktisches Wissen ansammeln können, als es Kaja oder Liam als Studenten möglich gewesen wäre.

Es dauerte nicht lange, und der Ausbau der Behausungen lief weitestgehend unter dem Kommando der beiden Archianer. Während Jasper vor allem die Versorgung des Tunnelsystems mit Wasser und Sauerstoff plante und umsetzen ließ, tauchte Samuel zusammen mit einigen talentierten Outlaws in die Berge an Schrott und Elektroteilen ab, welche die Stoßtrupps immer wieder nach Beartooth brachten. Täglich präsentierten er und seine Lehrlinge neue Maschinen und Geräte, die das Leben unter der Erde etwas einfacher machten. Darüber hinaus setzten sie alte Drohnen wieder instand und arbeiteten an einer Sicherungsanlage, die den Außenbereich des Stützpunkts überwachen und vor etwaigen Angriffen der Citizens schützen sollte.

In den seltenen Momenten, in denen sich alle fünf Archianer in ihrer Höhle trafen, erzählten die drei mit leuchtenden Augen von ihren Aufgaben und den Menschen, die sie dabei unterstützten. Als hätten sie die Archen längst vergessen, waren Samuel, Jasper und Allison über Nacht zu echten Outlaws geworden.

So sehr sich Kaja auch darüber freute, dass ihnen seit dem Zwischenfall in der Lüftungsanlage mehr Freiheit und Freundschaft in Beartooth zuteilwurde, so sehr bereitete ihr die Entwicklung Sorge.

Mit jedem Tag, der verging und an dem sich niemand für die Zukunft der Archen zu interessieren schien, wurde Liams Stimmung schlechter. Als Einziger der fünf fiel es ihm offensichtlich schwer, sich in dieses neue Leben zu integrieren und Beartooth als Heimat zu betrachten.

Ohne Elisa hatte er aufgehört, Kaja und Freja zum Unterricht zu begleiten. Stattdessen hatte er sich, mit Ammas Erlaubnis, jeden Morgen nach dem gemeinsamen Frühstück in die Archive der Outlaws zurückgezogen.

Tief vergraben in der Erde, im entferntesten Teil der Anlage, die noch mit Strom versorgt war, befanden sich in drei aneinandergrenzenden Höhlen alte Aufzeichnungen und Dokumente der Menschen, die es nicht in die Archen geschafft hatten. Es waren die ersten Bücher ihres Lebens, die Kaja dort in den Händen gehalten und mit großer Ehrfurcht Seite um Seite die fragilen Papiere umgeblättert hatte. Unter den vielen Tausend Werken waren nur wenige, deren Sprachen sie tatsächlich lesen konnte. Ohne ELSA-Unterstützung war ihr nichts weiter geblieben, als die Dokumente einer verlorenen Zeit wieder zurückzustellen. Liam hatte nicht so schnell aufgegeben. Die Frage, nach was er dort unten eigentlich suchte, konnte oder wollte er Kaja nicht beantworten. Aber irgendetwas trieb ihn Tag für Tag in die Einsamkeit dieser alten Bibliothek.

Dass er seine Zeit lieber mit alten Aufzeichnungen und Hieroglyphen verbrachte als mit Kaja, schmerzte sie sehr. Doch jedes Mal, wenn sie ihn bat, sich ihr für einen Tag den lebenden Menschen anzuschließen, war seine Stimmung so schlecht, dass sie ihn am nächsten Morgen anstandslos ziehen ließ.

Sie konnte sich vorstellen, wie sehr ihn jeder tatenlose Tag frustrieren musste. Wie groß seine Sorge um Sandra und die anderen Darksurfer war. Auch ihre Gedanken kreisten viel um die Menschen, die sie in den Archen zurückgelassen hatte. Jede Stunde, die verstrich, gab ihrem Vater mehr Zeit, an seinem Upload zu arbeiten. Würde ihre Mutter ihn dabei unterstützen? Und Lora? Was war mit ihr geschehen, nachdem ihr Partner aus dem *Parentes Paradisum* geflohen war? Hatte man ihr einen neuen Mann zugeteilt? War ihr Genpool wertvoll genug, um ihn unter allen Umständen zu reproduzieren?

Immer wenn sie den Versuch unternahm, Liam auf die alte

Freundin anzusprechen, wurde sein Gesicht hart wie Stein. Was auch immer zwischen den beiden im Holovit vorgefallen war, er wollte nicht darüber sprechen. Wenigstens nicht mit ihr.

Der einzige Mensch, mit dem Liam sich außer ihr selbst für Stunden zurückzog, war die Anführerin der Outlaws. Ob er ihr von der *Hope* erzählte oder ihr das Coden erklärte, das einzige Talent, das in den Archen alles und hier nichts bedeutete, oder sie zum wiederholten Male zu einem geschlossenen Angriff gegen den Rat überreden wollte, wusste niemand. Während Kaja und die anderen sich alle Mühe gaben, Teil der neuen Gemeinschaft zu werden, zog Liam sich immer mehr zurück. Vor den Outlaws, vor den Archianern und selbst vor Kaja.

Mit jeder Woche, die verging, spürte sie, wie das Band, das sie einmal fest verbunden hatte, dünner wurde. Immer seltener gelang es ihr, Liams Gefühle zu erraten. In den beengten Unterkünften, die man ihnen zur Verfügung gestellt hatte, waren sie so gut wie nie allein. Ergab sich tatsächlich die Gelegenheit für ein Gespräch unter vier Augen, wurden sie meist nach wenigen Sätzen gestört. Viele ihrer Unterhaltungen brachen im ungünstigsten Moment ab und hinterließen nichts als Frust auf beiden Seiten. Es waren nur die Nächte, die Kaja versicherten, dass ihre Liebe weiterhin existierte.

Doch selbst wenn die Lichter in Beartooth erloschen, waren Kaja und Liam nicht allein. Ihre Schlafstätte teilten sie sich notgedrungen mit Jasper, Allison und Samuel. Weit weg von Privatsphäre reichte zumindest aber die Nähe ihrer Körper in der Dunkelheit, um das Feuer in beiden Herzen immer wieder neu zu entfachen. Sobald Liams Arme sich um ihren Körper legten, vergaß Kaja die Welt um sich herum. Eine tiefe Ruhe ergriff Besitz von ihr, das Wissen, nirgendwo anders auf dieser Erde sein zu wollen. Und gleichzeitig schlug ihr Herz laut in ihrer Brust, ging ihr Atem schneller, und jeder Nerv in ihrem Körper spürte die Anwesenheit des Geliebten neben sich. Sie konnte Liams ruhigen Atem hören, spürte, wie sich seine Brust hob und senkte und sich seine Muskeln entspannten. Sie war fest überzeugt, an ihrer Seite fühlte auch er sich sicher, und seine Dämonen ließen für einen Augenblick von ihm ab. Oft lag sie lange wach, ihre Finger in seinen Locken vergraben, das Gesicht an seinen Hals gepresst, und versuchte, den Zauber des Moments für immer in ihrer Erinnerung festzuhalten.

Eine Sache, für die sie ihre ELSA gern reaktiviert und sich das Holovit gewünscht hätte: um auch nach vielen Jahren diesen Moment immer und immer wieder erneut erleben und ihre Jugend dadurch auf ewig festhalten zu können.

Doch die Nächte, in denen Liam in der Dunkelheit ihre Nähe suchte, wurden weniger und weniger. Erst waren es Ausnahmen, in denen Kaja plötzlich aufwachte, weil sein Körper an ihrer Seite fehlte. Doch immer öfter blieb er der gemeinsamen Höhle fern.

Neben Sauerstoff und Nahrung war Energie das kostbarste Gut der Outlaws, weshalb die Stollen nachts nur notdürftig beleuchtet waren. Die Höhlen wurden, bis auf die Krankenstation, gar nicht mit Strom versorgt. Von Allison hätte Kaja sicher erfahren, wenn Liam sich tatsächlich bei den Verletzten nützlich gemacht hätte. Es gab nur einen Ort, an dem er sich, unbemerkt von den Bewohnern des Stützpunkts, aufhalten konnte. Und sie würde herausfinden, was genau er dort suchte.

Als sie das nächste Mal mitten in der Nacht aus dem Schlaf hochschreckte, weil Liam nicht zu ihr nach Hause gekommen war, fasste sie sich ein Herz. In der Dunkelheit tastete sie nach einer Taschenlampe, die jede Familie und Wohngemeinschaft in Beartooth für Notfälle in ihrer Höhle aufbewahrte. Sie hörte Jasper am anderen Ende des Zimmers leise schnarchen und knipste das Licht an. Im schwachen Kegel der Lampe konnte sie sehen, wie Sam sich auf seinem Lager von links nach rechts warf, weil ihn seine Träume nicht zur Ruhe kommen ließen. Allison hatte Dienst auf der Krankenstation und würde erst am Morgen wieder zu ihnen stoßen. Sie konnte sich also unbemerkt auf die Suche nach Liam und seinem Geheimnis machen.

Das Dämmerlicht der Stollen reichte gerade aus, um ein paar Schritte weit zu sehen, dennoch knipste Kaja die kleine Lampe in ihrer Hand wieder aus. Vielleicht würde sie sie später noch brauchen, darum sollte sie jetzt sparsam mit dem tragbaren Licht umgehen.

Selbst nach beinahe drei Monaten außerhalb der Arche hatte ihr Körper noch Schwierigkeiten, sich an das analoge Leben zu gewöhnen. Ihre Augen brauchten lange, um sich an die wechselnden Lichtverhältnisse anzupassen, ihre Beine gehorchten ihr immer noch nicht zuverlässig. Am schlimmsten aber war ihre Orientierungslosigkeit. In der *Hope* hatte ihre ELSA jeden LogIn und jedes verfügbare Hologramm dokumentiert und die auf ihr Leben zugeschnittene Landkarte ständig aktualisiert. Hier oben, oder besser gesagt hier oben unten, war sie auf sich allein gestellt in einem Labyrinth aus Gängen und Stollen, und ihr Gehirn war alles andere als trainiert, sich Wege und Orte zu merken. Nur zweimal hatte sie bisher den Weg zur Bibliothek zurückgelegt, jedes Mal in Begleitung von Liam und darum nur mit halbem Kopf darauf geachtet, wann sie wo abgebogen waren.

Doch das Schicksal meinte es ausnahmsweise gut mit ihr oder wollte vielleicht sogar, dass Liam gefunden wurde.

Nachdem sie auf gut Glück mehrmals links und wieder rechts abgebogen war, erreichte sie eine Gabelung, die ihr bekannt vorkam, wenig später eine der wenigen Stellen in der gesamten Anlage, die mit Wegweisern versehen war und ihr bestätigte, dass es nicht mehr weit war bis zu den unterirdischen Archiven. Kurz darauf hatte sie ihr Ziel erreicht. Trotz der Anspannung musste sie gähnen, denn die körperliche Anstrengung machte sie müde, und eine zusätzliche Belastung mitten in der Nacht zeigte erneut, wie untrainiert sie immer noch war. Wie schafften die anderen Archianer es nur, so wenig zu schlafen und so viel zu arbeiten? Aber vielleicht kam Liam auch an diesen verlassenen Ort, um sich auszuruhen? Vorsichtig schob sie die Türen auf und betrat die weitläufige Halle. Sie wollte sich eigentlich nicht anschleichen, aber irgendetwas in ihr ließ sie zögern, einfach nach ihm zu rufen.

Meter um Meter wanderte sie die Regale entlang, mit nicht mehr als dem kleinen Licht ihrer Lampe, um die Dunkelheit zu vertreiben. Bis unter die Decke stapelten sich Bücher, antike Festplatten und Datenträger. Eine verlorene Welt, die hier darauf wartete, jemandem von ihren Wundern zu berichten. Kaja bedauerte zutiefst, dass sie weder die Zeit noch den Ehrgeiz hatte, um sich wie Liam darin zu vertiefen. Aber ihr Vater und ihre Mutter hatten dieses Wissen für so viele Menschen zugänglich und tatsächlich erlebbar gemacht. Konnte das, was ihre Eltern für Menschen wie Kaja erschaffen hatten, wirklich schlecht sein? Wäre es nicht wunderbar, wenn auch die Menschen von Beartooth in den Zauber dieser Welt eintauchen könnten?

Bevor sich der ständige Konflikt, den sie seit ihrer Flucht in ihrem Herzen trug, aufs Neue entzünden konnte, bemerkte sie am gegenüberliegenden Ende der Halle ein Licht. Sie schob alle Gedanken an die verlorene Welt von sich und marschierte in Richtung dessen, was ihr in dieser und jeder anderen Welt am wichtigsten war: Liam Turner.

Zwischen Stapeln von Büchern und Rollen aus Papier saß er zusammengekauert vor einem antiken Monitor. Auf dem Bildschirm flimmerte ein Film, den Kaja nicht wirklich erkennen konnte. Liams regungsloser Körper war in blaues, flackerndes Licht getaucht. Er schlief tief und fest. Was zur Hölle konnte ihn so brennend interessieren, dass er den letzten Funken Energie investierte und im wahrsten Sinne des Wortes bis zum Umfallen danach suchte.

Sie machte noch ein paar Schritte auf ihn zu, doch bevor sie seinen schlafenden Körper erreicht hatte, schoss ein schwarzer Pfeil auf sie zu, und ein wütendes Knarzen ließ sie einen Satz nach hinten machen. Zu ihrer großen Überraschung war es niemand anderes als Frejas Haustier Kruk, das sich auf Kaja stürzte, um Liams Schlaf zu schützen. Im selben Moment, in dem das Tier Kaja erkannte, verwandelten sich seine bedrohlichen Laute in ein erfreutes Klacken. Mit sechs flinken Beinen flitzte der Käfer aufgeregt an Kajas Körper auf und ab, die langen Fühler kitzelten ihr Gesicht. Lachend wehrte sie die Liebesbeweise des Arthropoden ab: »Kruk, was machst du denn hier unten? Hast du nicht gelernt, dass man nachts und allein nichts in den Stollen zu suchen hat?«

Das Insekt kommentierte ihre Frage lediglich mit einem knappen Schnarren. Die Regeln der Outlaws schienen Kruk reichlich wenig zu interessieren. Dann plötzlich änderte sich sein Knacken, und Kaja hätte schwören können, es nahm einen besorgten Tonfall an. Mit einem Satz sprang das Tier von ihrem Körper, lief ein paar Schritte auf Liam zu, nur um wieder zu ihr zurückzukehren. Seine Fühler zitterten, und die Aufforderung war klar.

»Ich weiß«, murmelte Kaja. »Ich mache mir auch Sorgen um ihn. Bist du oft bei ihm, hier unten?«

Als könnte Kruk sie verstehen, schwenkte er seine Fühler und klackte zweimal.

»Und was macht er hier?«, fragte Kaja allem Menschenverstand zum Trotz den kleinen Käfer.

Kruk flitzte über die Bücher, zu dem Bildschirm und wieder zurück, zwischen den Regalen hindurch und wieder an seinen Platz neben Liam.

Vorsichtig trat Kaja ebenfalls an den flackernden Schirm. Bedacht, Liam nicht zu wecken, schob sie einen Stapel Bücher zur Seite, um zu erkennen, was dort zu sehen war.

Es waren Filmaufnahmen einer älteren Frau, vielleicht um die sechzig, jünger als Amma, aber ebenfalls mit grauem Haar, das im Nacken zusammengebunden war. Soweit der Ausschnitt der Kamera erkennen ließ, trug sie ähnliche Kleidung wie die Outlaws in Beartooth. War sie von hier? Kaja konnte es nicht genau sagen. In der linken Ecke des Bildschirms flirrten Datum und Uhrzeit: 27.06.2360, 13:34 Uhr

Die Aufnahme war über zwanzig Jahre alt. Die Menschen außerhalb der Archen hatten nicht annähernd die Lebenserwartung der Archianer. Mit hoher Wahrscheinlichkeit war dieser gar nicht mehr am Leben. Besorgt blickte sie in die Kamera und bewegte dazu die Lippen. Was auch immer sie dem Zuschauer mitteilen wollte, schien von großer Bedeutung zu sein, aber ohne Ton konnte Kaja kein Wort verstehen. Suchend blickte sie sich auf dem Tisch vor Liam und an dem Monitor um. Kruk, der auf ihre Schulter geklettert war, krabbelte über ihren Arm auf den Tisch und um den Bildschirm herum. Das Licht schien eine magische Anziehungskraft auf ihn auszuüben.

Kajas Blick fiel auf einen Stapel an vergilbten Papieren, die um Liam herum verstreut lagen, eines der Blätter noch immer in seiner reglosen Hand. Es waren Namen über Namen, die in Tabellen darauf verzeichnet waren. Menschen, die mit Alter und Datum in Listen festgehalten worden waren, deren Sinn Kaja verschlossen blieb. Sie nahm einen der Zettel in die Hand. Fünfzig Namen, Männer, Frauen und Kinder, manche durch Namen als Familien zu erkennen, andere allein, waren darauf mit Geburtsdatum, einem Ort und einem zweiten Datum viele Jahre nach ihrer Geburt vermerkt. Beartooth, Shawnee, Pisgah, Chattanooga waren die Orte, die am häufigsten angeführt waren. Weitere Stationen der Outlaws? Waren das die Namen der Vertriebenen und Heimatlosen? Sie nahm einen zweiten Zettel zur Hand, der ebenfalls Namen und Orte zeigte, ebenso der dritte und vierte.

»… und so mussten wir auch heute wieder mehr als zwanzig Tote beklagen. Es fehlt uns einfach an allem. Ich weiß nicht, wie lange wir diese Station noch halten können.«

Erschrocken machte Kaja einen Satz nach hinten, Liams Kopf schnellte nach oben. Irgendwie hatte Kruk der sprechenden Frau auf dem Bildschirm die Stimme zurückgegeben. Schuldbewusst schoben sich zwei lange Fühler hinter dem Schirm hervor.

»Kruk, was hast du …«, murmelte Liam verschlafen, dann bemerkte er Kaja. »Kaja, was machst du hier unten? Wie spät ist es? Ist dir etwas geschehen? Wurden wir angegriffen?«

Sie schüttelte den Kopf. Die Sorge in seiner Stimme rührte sie, gleichzeitig war sie wütend. Das war der Grund, warum er sich jede Nacht hier unten wegsperrte. Namen über Namen von unbekannten Outlaws. Was wollte er hier?

»Es ist alles in Ordnung, mir geht es gut. Du bist es, um den ich mir Sorgen mache. Was ist das hier? Was tust du hier?«

»Wir bitten dringend um Anweisung, wie wir weiter verfahren sollen. Delegationen nach Beartooth, Pisgah und Monongahela sind bereits unterwegs. Sollten wir nicht innerhalb der nächsten fünf Tage eine Antwort erhalten, werden wir die ersten Familien evakuieren. Der Preis für die Freiheit ist die Freiheit.«

Das Video war zu Ende, die Frau vom Bildschirm verschwunden. Nur noch die Taschenlampe in Kajas Hand warf ihr kleines Licht in den riesigen Raum. In der Dunkelheit trafen sich Liams und Kajas Blicke.

»Bitte sag mir, wonach du suchst«, flehte sie leise.

Sie konnte sehen, wie er mit sich rang, ihr die Wahrheit zu verraten. »Liam, du kannst mir vertrauen.«

»Meine Eltern«, antwortete er in die Stille der Bibliothek. »Ich suche nach meiner Familie.«

ELSA-MESSENGER

Entschlüsselte Code-Nachricht
Von: 345.6543.3446 // Kayne Cole// Citizen 1
An: 4893.54532.1 // Anna Smith// Präsidentin der Hope of Tomorrow

Verehrte Anna,

ebenso wie für euch hat auch für uns die Unabhängigkeit und Souveränität unseres Staats oberste Priorität. Wir danken euch für euer großzügige Angebot, aber der Moment, in dem sich unsere Staaten vereinen, ist noch nicht gekommen.

In der letzten Woche ist uns ein erfolgreicher Schlag gegen einen der Außenposten der Abtrünnigen gelungen. Nach Bighorn konnten wir nun endlich Shawnee komplett zerstören, einen Großteil der weiblichen Einwohner in die Townships bringen und die übrigen Outlaws bis in die äußeren Wüstengebiete vertreiben. Wir gehen davon aus, dass die Überlebenden den dort sehr verbreiteten Arthropoden zum Opfer gefallen sind.

Sollte es einigen doch gelungen sein, andere Stützpunkte zu erreichen, dann wird ihr Glück nicht lange halten. Mein Volk benötigt mehr Arbeiter und mehr gebärfähige Frauen. Es ist an der Zeit, die Menschen an der Oberfläche der UEA zu einem Verbund zusammenzuschließen. Ich werde Feinde der Townships nicht länger tolerieren. Wer sich uns nicht anschließen will, wird sterben. Nur als Einheit sind wir stark, nur in der Einheit kann ich den Schutz und die Sicherheit aller gewährleisten. Die Zeit für ein neues Großreich ist gekommen. Mit oder ohne die Archen an meiner Seite. Was auch immer ihr vorhabt.

Mit großer Überraschung haben meine Trader die Mengen an benötigten Waren vernommen. Ihr reduziert euren Einkauf um über 80 Prozent? Anna, kannst du mir den Grund dafür nennen? Dir brauche ich nicht erklären, dass ihr mit dieser geringen Zahl an Individuen nicht reproduktionsfähig bleibt. Wissen die beiden anderen Archen von deinen Plänen?

Laut meinen Meteorologen steht uns in etwa vierzig Tagen eine weitestgehend sturmfreie Periode ins Haus. Die Sphäre sollte klar genug sein, um eine stabile Projektion zustande zu bringen. Wir sollten die Zeit nutzen, um uns zu sehen und uns über die bevorstehenden Entscheidungen auszutauschen. Vielleicht kann ich dir bis dahin auch mehr Information zum Verbleib deiner so dringend gesuchten Archianer mitteilen. Bisher war keine Spur von ihnen zu entdecken.

Meine Technik wird sich um eine Hologramm-Verbindung in die *Hope* kümmern. Wir sehen uns in ein paar Wochen.

Im Namen der Bürger der Erde,
Kayne Cole
Citizen One

8

Angespannt und wenig optimistisch erwartete Kaja die nächste Vollversammlung aller Bewohner von Beartooth. Es war die vierte seit ihrer Ankunft in den unterirdischen Stollen, und bisher war das Ergebnis der Abstimmung über Liams Gesuch immer gleich ausgefallen: Die Outlaws hatten in der Mehrzahl gegen einen Angriff auf die Archen gestimmt. Zwar waren die Gegenstimmen, je länger die fünf nun schon zur Gemeinschaft gehörten, weniger und weniger geworden, aber Liams Unterstützer reichten nicht aus. Kaja hatte wenig Hoffnung, dass es diesmal anders sein würde. Ganz im Gegenteil, Liam hatte sich in den letzten Wochen so wenig in die Gemeinschaft integriert und war durch seine ständige Abwesenheit mehr und mehr zum Außenseiter geworden, dass sie große Sorge hatte, er würde viele Stimmen zur letzten Abstimmung verlieren. An seiner verschlossenen Miene und den angespannten Schultern konnte sie erkennen, dass er ähnlich dachte.

Zusammen mit Jasper, Allison und Sam suchten sie einen Platz in der gut gefüllten Halle. Die jeden Monat stattfindende Vollversammlung war keine Pflicht, aber niemand in Beartooth ließ sich diese Zusammenkunft ohne triftigen Grund entgehen. In dieser Runde wurden alle wichtigen Entscheidungen demokratisch von der Gemeinschaft getroffen. Jedes volljährige Mitglied der Outlaws hatte ein gleichwertiges

Stimmrecht. Niemand wurde aufgrund seiner Aufgabe oder seines Ansehens bevorzugt, nicht einmal Amma.

Sie war es, die darüber entschied, welche Abstimmungen in die große Runde getragen werden sollten, und sie war es auch, die jedes Problem und jede Frage dem Plenum erklärte.

Niemals aber, so hatte es Kaja in ihrem Unterricht erfahren und mittlerweile selbst erlebt, gab sie dabei ihre persönliche Meinung preis oder versuchte, die Gemeinschaft in eine Richtung zu lenken. Sie war unparteiisch in ihrem Vortrag, schilderte Vor- und Nachteile einer Entscheidung und gab am Ende, wie alle anderen, ihre eine Stimme in einer geheimen Wahl ab.

Ob sie in den letzten drei Runden für oder gegen die Befreiung der Archianer gestimmt hatte, wussten weder Liam noch Kaja.

»Was meinst du, wütender Krieger, werden wir heute in den Krieg ziehen?«, fragte Elisa und klopfte Liam freundlich auf die Schulter.

Seit Liam und Kaja Freja aus den Lüftungsstollen gerettet hatten, war von der anfänglichen Feindseligkeit der jungen Frau nichts mehr geblieben. Überraschenderweise hatte sie zu denjenigen Outlaws gehört, die sich schützend für Kruk die Kakerlake und gegen eine Strafe für Freja eingesetzt hatten.

Alle Albrechts schienen einen Platz in ihrem sonst sehr verschlossenen Herzen gepachtet zu haben, und nun zählten auch Kaja und Liam zu den Menschen, für die Elisa freundliche Worte übrig hatte.

Ganz im Gegensatz zu Liam, der an diesem Morgen für niemanden ein Lächeln aufbringen konnte. Er warf ihr nur einen bösen Blick zu, bevor er sich schweigend auf einer der langen Bänke mitten in der Halle niederließ. Trotz seiner schlechten Laune blieben Kaja und die anderen drei Archianer an seiner Seite. Auch wenn sie niemals darüber gesprochen hatten, aber in dieser Sache waren sie immer eine Einheit. Keiner von ihnen würde ihre Freunde und die Menschen in den Bunkern kampflos aufgeben. Kaja war sich sicher, den Anstieg der Stimmen für einen Angriff hatten sie hauptsächlich der ständig wachsenden Beliebtheit ihrer Freunde zu verdanken.

»Denkst du, wir könnten heute ein ›Ja‹ erhalten?«, fragte Kaja Elisa voller Hoffnung.

Die andere Frau zuckte nur mit den Schultern. »Ehrlich, ich weiß es nicht. Damian meinte, Amma hätte in den letzten Tagen immer wieder länger mit den Neuen aus Bighorn gesprochen. Viele der unverletzten Männer werden sich uns als Krieger anschließen und sind zu allem bereit, aber verständlicherweise wollen sie erst ihre Frauen und Töchter befreien, bevor sie gegen die Archen ins Feld ziehen. Einige der Outlaws, mit denen ich gesprochen habe, denken immer noch, dort unten warten blutrünstige Zombies darauf, uns zu fressen ... vielleicht haben die ja Liam irgendwo rumlaufen sehen.« Elisa war die Einzige, die über den schlechten Scherz lachen konnte. »Aber schlimmer noch, die meisten haben bis heute nicht verziehen, dass die Archen damals ihre Tore vor dem Rest der Menschen verschlossen haben. Zu Recht fragen sie sich, warum sie gerade diese Menschen nun aus ihrer Not befreien und dafür ihr eigenes Leben aufs Spiel setzen sollen.«

»Zu Recht?«, hakte Allison ein. »Denkst du ebenfalls so?«

Elisa schüttelte heftig den Kopf. »Nein, nicht mehr. Aber ich muss zugeben, als ich euch das erste Mal gesehen habe, da hätte ich euch liebend gern da draußen den Käfern überlassen. Vielen hier unten geht es vermutlich ähnlich. Dass wir nicht einmal genug Essen, Kleidung und Medizin für die Outlaws haben, macht es nicht leichter, großzügig zu sein.«

»Wir leisten einen großen Beitrag dafür, dass hier in Beartooth alle überleben können«, warf Samuel bitter ein.

»Und ich sage nicht, dass das nicht gesehen wird«, verteidigte sich Elisa. »Aber ihr seid fünf Menschen, die man sieht, mit denen man sprechen kann, die ein Teil von uns geworden sind – hier sprechen wir über Hunderttausende Unbekannte. Das kann sich niemand vorstellen, schon gar nicht, wenn es auf der anderen Seite um die eigene Tochter, die eigene Mutter oder Ehefrau geht. Wir sind alle nur Menschen, mehr will ich damit nicht sagen.«

Bevor einer der Archianer darauf antworten konnte, wurde es plötzlich still in der Halle, die sich in der Zwischenzeit bis auf den letzten Platz gefüllt hatte. Wer keinen Platz mehr auf den Bänken ergattert hatte, stand dicht gedrängt in den Zwischengängen, am Rand und bis in die Zugangsstollen reichten die Menschenmassen. Staunend blickte Kaja sich um. Mit den Flüchtlingen aus Bighorn hatte sich die Zahl der Bewohner deutlich erhöht. Die Überzahl an Männern und Jungen war nicht zu übersehen. Kein Wunder, dass die ständig sichtbare Lücke alle Überlebenden schmerzte. Ihr selbst würde es nicht anders ergehen.

»Outlaws von Beartooth und Bighorn, ich grüße euch, seid willkommen in unserer Mitte und in dieser Versammlung.«

Auf einer kleinen, zu eben diesem Anlass errichteten Bühne war Amma, flankiert von Damian Albrecht und Winnifred Pole, erschienen. Ihre Stimme hallte laut und fest durch die Grotte.

»Es erfreut mein Herz, so viele von euch gesund und friedlich vereint hier zu sehen. Wie jeden Monat, so kommen wir auch diesmal zusammen, um über die großen Entscheidungen für unsere Gemeinschaft abzustimmen. Wie jeden Monat bitte ich euch, mich zu allen Angelegenheiten anzuhören und eure Entscheidung nur aus freiem Willen und mit reinem Gewissen abzugeben. Unser aller Zukunft, unser Überleben, aber auch das persönliche Glück jedes Einzelnen hängt von den Entscheidungen ab, die wir hier gemeinsam treffen. Stimmt überlegt und mit klarem Verstand ab, hört dabei auf euer Herz. Dies ist kein Ort für Zwist und Streit, sondern ein Ort für offene Worte und zielführende Diskussion. Jeder Anwesende hat zu jedem Zeitpunkt das Recht, Fragen zu stellen und zu beantworten. Mir als Amma obliegt es, euch dabei zu leiten und zu unterstützen.«

Ein tosender Applaus brach unter den Anwesenden los, kaum dass die alte Frau ihre Begrüßung beendet hatte. Obwohl Kaja diese Runde nun schon mehrfach miterleben durfte, war die Begeisterung für diese Zusammenkunft immer noch ungebremst. Sie konnte an den glänzenden Augen der anderen Archianer sehen, dass es ihnen ebenso erging wie ihr. Niemals wäre es in der *Hope* möglich gewesen, Entscheidungen des Rats infrage zu stellen oder sogar mitzubestimmen. Diese Gemeinschaft lebte eine Freiheit, die sie alle nie gekannt hatten. Und selbst Liam, der zum vierten Mal in Folge eine Entscheidung gegen seine persönlichen Wünsche hatte hinnehmen müssen, akzeptierte den Wunsch der Mehrheit. Kaja war sich sicher, er hätte diese Demokratie nicht gegen den Totalitarismus ihres alten Lebens getauscht, selbst wenn ihm dies zum Vorteil gereicht hätte.

»Drei Fragen, die es heute zu entscheiden gilt«, rief Damian über den abebbenden Applaus hinweg. Die Menschen in der Halle verstummten und hörten aufmerksam zu.

»Die erste Frage kennen alle von euch aus den letzten Versammlungen. Wir diskutieren weiter, ob es unsere Aufgabe sein kann, die Archen vor einer anstehenden Katastrophe, die Menschen darin vor heimtückischem Mord zu retten.«

Ein Raunen ging durch den Saal, einige der Anwesenden hatten vielleicht gehofft, dieses Thema endlich vom Tisch zu haben, oder hofften vielleicht sogar auf einen überraschenden Ausgang.

»Eine weitere Frage, deren Antwort vor allem unsere Krieger betreffen wird, ist die Reaktion auf die vermehrten Raubzüge der Townships. Viele von uns, vor allem unsere Neuankömmlinge, haben Familie an die Citizens verloren. Wir wissen, welch schreckliches Los in den Arbeitslagern dort auf die Frauen und Kinder wartet. Wir müssen entscheiden, ob unsere Reihen stark genug sind, zu einem Gegenangriff auszuholen, und ob wir versuchen wollen, die Entführten zu befreien.«

Das Gemurmel in der Halle wurde noch lauter, es waren sogar einige bejahende Rufe aus den Stollen zu hören. Damian hob seine Arme über den Kopf, um wieder für Ruhe zu sorgen.

»Ich verstehe eure Aufregung, aber noch ist es nicht an der Zeit für eine Diskussion. Eine letzte Abstimmung, die wir treffen müssen und die vor allem aus den ersten beiden Problemen resultiert.«

Es wurde wieder ruhig.

»Was auch immer wir entscheiden, wie auch immer wir mit der aktuellen Situation umgehen, wir können nicht mehr leugnen, dass Kayne Cole sein Auge auf uns gerichtet hat. Die Angriffe nehmen zu, sie werden grausamer, und seine Armee wird größer. Es wird nicht mehr lange dauern, und auch Beartooth wird in sein Visier geraten. Unter Hochdruck arbeiten wir am Ausbau der Außenanlage, im Moment aber vor allem, um einen eventuellen Angriff möglichst früh zu bemerken. Dennoch sind wir nicht gerüstet für einen Überfall. Wir verfügen über zu wenige Waffen, wir haben kein Abwehrsystem, wir wären den Soldaten der Citizens ebenso schutzlos ausgeliefert, wie Bighorn das war. Dieses Unglück darf nicht noch einmal geschehen. Es muss entschieden werden, wie wir mit Beartooth weitermachen wollen. Sollen mehr Befreite hierhergebracht werden? Wollen und können wir diese Anlage befestigen und so umrüsten, dass sie einem Angriff standhält und uns genügend Schutz bietet? Wie wollen wir die anderen Stützpunkte dabei einbinden? Bleiben wir weiterhin auf viele Orte verstreut, in der Hoffnung, dass man uns nicht findet, oder wollen wir uns zu einer starken Macht zusammenschließen?«

Diesmal platzten die Teilnehmer der Versammlung mit ihrer Meinung heraus, noch bevor Damian zu Ende gesprochen hatte. Kaum jemand im Saal, der nicht mit seinem Banknachbarn oder einem Freund in der Reihe vor oder hinter sich tuschelte und diskutierte. Immer wieder waren Zwischenrufe zu hören, die mal die eine, mal die andere Lösung befürworteten. Es dauerte tatsächlich mehrere Minuten, bis es Damian gelang, wieder für Ruhe zu sorgen. Und selbst als er die Masse zum Schweigen gebracht hatte, war die Anspannung in der Luft zu spüren. Mit dieser Frage ging es nicht nur darum, ob und wohin sich die Krieger der Outlaws aufmachen würden, es ging um die Heimat der meisten im Raum. Konnte man sie erhalten, und wie würde sich das Leben verändern, wenn man sich offen gegen die Citizens stellen würde? Kaja war zwar erst wenige Wochen in Beartooth, doch selbst ihr bereitete die Vorstellung, das mittlerweile sehr vertraute Stollenversteck unter Umständen wieder zu verlieren, Bauchschmerzen. Aber nach all den Tagen an der Seite von Freja im Unterricht verband sie den Namen des Citizen One mit Angst und Schrecken, vor allem aber mit einem, dem Tod. Sich vor den Townships zu verstecken, hatte sinnvoll und klug geklungen, aber gegen sie in den Krieg zu ziehen? Plötzlich verstand Kaja, warum so viele der Bewohner von Beartooth immer wieder gegen die Befreiung der Archen gestimmt hatten: aus Angst, das Leben, das sie bisher geführt hatten, für immer zu verlieren.

»Wir haben über die letzten Monate hinweg immer wieder diskutiert, ob die Archianer befreit werden sollen«, übernahm Amma das Wort. »Viele von euch sind einzeln oder gemeinsam mit ihren Argumenten dafür oder dagegen auf mich zugekommen. Ich habe eure Wünsche, Ängste und Sorgen gehört und verstanden. Ihr alle seid meine Kinder. Gemeinsam haben wir die ersten Archianer bei uns aufgenommen und zu einem Teil unserer Welt werden lassen. So wie sie sich mit uns verbunden haben, haben wir das umgekehrt mit ihnen gemacht. Die Archen sind nun ein Teil von uns, wir können sie nicht mehr ignorieren. Aus diesem Grund werde heute nicht ich über die Archen mit euch sprechen. Lange habe ich Für und Wider erklärt und meine Meinung doch für mich behalten. Nun soll dies jemand versuchen, dessen Wünsche wir alle kennen, der aber ein letztes Mal die Chance erhalten soll, für seine Sache zu sprechen.« Das Gemurmel wurde plötzlich wieder lauter, aber Amma winkte beschwichtigend ab.

»Ich weiß, ich weiß, es ist nicht üblich, einem Fürsprecher in seiner Sache das Wort zu überlassen, aber in diesem Fall ist es meine Entscheidung, dies zu tun. Liam Turner soll sein Anliegen schildern und seine Argumente für den Angriff auf die Archen vorbringen.«

Kaja blickte Liam überrascht an, ebenso die anderen Archianer. Viele der Outlaws in ihrer Nähe streckten die Hälse, um einen Blick auf Liam zu erhaschen. Seine Miene hingegen ließ nicht die kleinste Vermutung darüber zu, ob er von diesem Auftritt gewusst hatte. Wie um sie zu beruhigen, drückte er kurz Kajas Hand und erhob sich von seinem Platz, als hätte er nur auf Ammas Worte gewartet. Kaja kannte ihn gut genug, um mehr zu wissen als all die anderen Menschen im Raum. Sie konnte ahnen, wie müde er war und wie angespannt er sein musste.

»Du kannst das«, flüsterte Allison ihm im Vorbeigehen zu. »Denk an Sandra und an Smith und an Victoria. Wir werden sie da rausholen.«

Liam nickte kaum merklich. Mit erhobenem Kopf und ausgreifenden Schritten marschierte er in Richtung der kleinen Bühne. Er ignorierte die kleine Treppe, stattdessen sprang er mit einem eleganten Satz zu Amma, Damian und Winnifred empor. Jeder im Raum konnte sehen, dass man es hier mit einem Archianer zu tun hatte, der auch körperlich mit den anwesenden Outlaw-Kriegern jederzeit mithalten konnte. Sollte man sich dazu entschließen, mit ihm zu kämpfen, würde er seinen Teil dazu beitragen können, so viel stand fest.

Amma und Damian lächelten ihm aufmunternd zu, während Winnifred keinen Hehl daraus machte, was sie von dem Regelbruch ihrer Anführerin hielt. Ihr Lippen waren zu einem schmalen Strich gepresst, ihre Augen blitzten wütend. Wenn Liam sich davon beunruhigen ließ, so war das nicht zu spüren. Er trat an die vorderste Kante der Bühne und betrachtete mit ernster Miene die vielen Menschen vor ihm, dann, als man im Raum eine Stecknadel hätte fallen hören, begann er zu sprechen: »Outlaws von Beartooth und Bighorn, habt meinen Dank, dass ich heute und hier mein Anliegen erneut vorbringen darf. Mein Dank gilt auch Amma, die es mir gestattet, selbst zu euch zu sprechen. Meinen Dank darüber hinaus für die Freundschaft und die Hilfe, die mir und meinen Freunden in den letzten Monaten zuteilgeworden ist. Ihr habt nicht nur unser Leben gerettet, ihr habt uns ein neues Leben geschenkt. Ihr habt uns gezeigt, dass die Menschheit noch nicht verloren ist, ihr habt uns daran erinnert, woher wir kommen, welchen Weg wir vor vielen Hundert Jahren hätten einschlagen sollen, um zu beweisen, dass wir das Privileg der Existenz auf diesem Planeten auch verdient haben. Euer Vorbild gibt mir jeden Tag aufs Neue Hoffnung, dass es für die Menschen noch nicht zu spät ist.«

Liam machte eine kurze Pause, um Luft zu holen. Vereinzelt war Applaus aus den Reihen zu hören. Kaja konnte die allgemeine Überraschung spüren. Alle hatten mit einer flammenden Rede und einem Aufruf zu den Waffen gerechnet, Liams aufrichtiger Dank kam unerwartet.

»In den letzten Monaten habe ich eure Geduld mit mir mehr als einmal strapaziert. Ich habe die Arche mit einer klaren Mission verlassen. Es fiel mir sehr schwer zu akzeptieren, dass mein Weg vielleicht nicht der richtige Weg für andere ist. Viel früher hätte ich erkennen müssen, dass es ein größeres und wichtigeres Ziel gibt als das, die *Hope of Tomorrow* zu befreien. Dafür möchte ich euch um Vergebung bitten. Seht mir nach, dass auch ich nur ein Mensch bin, der versucht, seine Freunde zu schützen, seine Familie zu retten.«

Kaja hörte, wie Allison neben ihr erschrocken nach Luft schnappte. Sie war ebenso wenig wie Kaja selbst auf diese Worte gefasst gewesen. Was hatte Liam vor? Warum entschuldigte er sich für eine Sache, von der er überzeugt war? So würde er niemals die Mehrheit der Outlaws von einem Angriff überzeugen.

»Ein Mensch wie ihr«, fuhr Liam mit ruhiger Stimme fort. »Ich habe in den letzten Wochen viel Leid gesehen. So viele Männer, die ihre Frauen und Töchter verloren haben, so viele

Kinder, die ohne Mutter sind. Ich kann den Schmerz verstehen, es ist der gleiche, den auch ich verspüre.«

Worte der Zustimmung hallten durch die Grotte. Männerstimmen, die plötzlich rings um Kaja die Fäuste hoben und Liams Rede lautstark unterstützten.

»Wir sind keine Krieger, weder die Archianer noch die Outlaws haben sich für diesen Weg entschieden. Wir verfügen nicht über Waffen, nicht über Soldaten oder genügend ausgebildete Kämpfer, wir sind ein Volk des Friedens.« Diesmal ließ Liam bewusst eine Pause einkehren, bevor er weitersprach. »Doch wir können uns nicht mehr unterdrücken lassen, wir können unsere Familien nicht der Sklaverei, dem Missbrauch und dem Tod überlassen. Wir können nicht kampflos darauf warten, dass die Citizens unsere Welt zerstören. Wir müssen uns zur Wehr setzen, bevor es zu spät ist!«

Seine Stimme hallte durch den Saal, einige Männer und Frauen hatten sich vor Aufregung von den Bänken erhoben und begannen zu applaudieren und laut zu rufen.

»Wir werden nicht mehr warten.«

»Lasst uns die Frauen und Kinder retten.«

»Die Zeit des Friedens ist vorbei.«

»Darum nehme ich Abstand von meinem Wunsch, die Archen anzugreifen«, rief Liam über den Lärm hinweg ins Publikum, und sofort verstummten die Menschen. Kaja konnte nicht glauben, was er als Nächstes sagte.

»Wir sind nicht stark genug, gegen die Townships und die Archen in den Kampf zu ziehen. Wir würden unseren eigenen Untergang planen. Aber mit vereinten Kräften, mit den Kriegern aller Stützpunkte, gelingt es uns vielleicht, die entführten Outlaws zu befreien. Mehr noch, ein erfolgreicher Schlag gegen die Townships, und wir können Hunger und

Unterversorgung eindämmen. Wir brauchen Nahrung, medizinische Versorgung, bessere Technik, all das finden wir dort. All das dient dem großen Ziel, unsere Gemeinschaft zu erhalten. Ich werde heute nicht darum bitten, die *Hope of Tomorrow* anzugreifen, ich will allen Befürwortern der vergangenen Abstimmungen danken für ihre Unterstützung und hoffe, dass sie wie ich den größeren Plan erkennen und ihre Stimme dieser Entscheidung geben.«

»Liam Turner, wir danken dir für deine Worte, hinter denen sich große Weisheit und Selbstdisziplin verbergen.« Amma war an Liams Seite getreten und hatte ihm ihre Hand auf den Arm gelegt. Es war nur eine kleine Geste, aber sie unterstützte den jungen Archianer eindeutig in seinem Anliegen.

Liams Schultern sackten nach unten, als wäre mit einem Mal eine große Last von ihm abgefallen. Sein Gesicht blieb weiter maskenhaft kontrolliert. Kaja konnte sich nicht vorstellen, welches Gefühlschaos gerade in ihm herrschte. Warum hatte er das getan? Damit hatte er jede Chance verspielt, die Darksurfer und Archianer vor dem Upload, den ihr Vater plante, zu bewahren. Wollte er hunderttausend Menschen opfern, um die Familien der Outlaws wieder zu vereinen?

Am liebsten wäre sie selbst auf die Bühne gestürmt, um ihn wieder zu Verstand zu bringen und diese Entscheidung rückgängig zu machen. Aber es war zu spät. Um sie herum entbrannten bereits heftige Diskussionen, wie man sich nun in der neuen Situation entscheiden sollte. Selbst auf der Bühne begannen Winnifred Pole und Damian lautstark zu streiten. Die beiden waren ebenso überrascht von Liams Ansprache wie sein Publikum.

Wieder war es Amma, die über genügend Autorität verfügte, um die Menschen im Raum zum Schweigen zu bringen.

»Viele von uns sind überrascht von Liam Turners Worten,

das verstehe ich. Doch ändert es nichts an der Sache, die wir immer und immer wieder diskutiert haben. Sollten wir den Townships den Krieg erklären, wird dies von jedem von euch einen Preis verlangen. Ebenso, wenn wir uns entschließen, den Frieden zu wahren, und weiter im Untergrund bleiben zu wollen. Viele Generationen vor uns haben sich für den Untergrund entschieden, wenige waren mit den Herausforderungen konfrontiert, auf die wir jetzt blicken. Dies ist die größte Entscheidung, die wir in diesem Leben treffen werden. Alles Weitere hängt davon ab. Es soll aus diesem Grund die einzige Entscheidung der heutigen Versammlung bleiben. Erst wenn wir den Ausgang dazu kennen, werden wir uns neuen Fragen zuwenden. Die Wahlurnen sind an allen Ein- und Ausgängen der Gemeinschaftsräume positioniert. Einen Tag und eine Nacht will ich euch geben, euer Gedanken zu sortieren und eure Stimme abzugeben. Das Ergebnis der Auszählung werden wir in zwei Tagen an diesem Ort verkünden. Verstand und Herz sollen euch leiten, die richtige Entscheidung zu treffen, wie der Archianer und Outlaw Liam Turner es vorgelebt hat. Die Versammlung ist beendet.«

Amma hakte sich in Liams Arm, streckte die andere nach Damian aus und ließ sich von den beiden Männern aus der Halle führen. Einen größeren Vertrauensbeweis hätte sie Liam nicht öffentlich aussprechen können. Winnifred Pole verließ mit bitterer Miene die Halle, nicht ohne ein paar ebenfalls finster blickende Outlaws um sich zu versammeln. »Wusstest du, was er vorhat?«, fragte Allison immer noch fassungslos.

Kaja schüttelte den Kopf. Liam hatte sie nicht ins Vertrauen gezogen, nicht zu dem Auftritt heute und auch nicht zu seinem weiteren Plan.

»Unsere Freunde, unsere Familien, sie sind verloren. Und

Liam ist allein schuld daran.« Allison kämpfte gegen die Tränen. »Wie konnte er das tun? Ich habe die Menschen hier auch ins Herz geschlossen, ich bin auch dankbar, aber er kann doch nicht seine ganze Welt verraten. Was ist nur mit ihm geschehen? Das hätte ich nicht von ihm erwartet, niemals von Liam.«

»Eben, das hättest du niemals von Liam erwartet«, unterbrach sie Jasper leise. »Also tu es auch nicht.«

»Was meinst du damit?«

»Ich meine damit, dass du unseren Freund besser kennen solltest. Er würde sich eher Arme und Beine abschneiden, als seine Familie in den Tod zu schicken.« Er fasste Allison am Arm und zog sie in Richtung Ausgang. »Kommt, lasst uns hier verschwinden. Wir müssen mit Liam sprechen. Aber nicht hier, wo jeder uns hören und sehen kann.«

Kaja und Jasper folgten den beiden auf dem Fuß. Jasper, der eigentlich keine Hilfe mehr beim Gehen brauchte, stützte sich schwer auf Kajas Schulter, nur um ihr ins Ohr zu flüstern. »Was auch immer unser Kleiner vorhat, ich hoffe bei Gott und allem, was sich da oben noch rumtreibt, dass sein Plan am Ende aufgeht und wir das alles lebend überstehen.«

Nachdem sie beinahe den halben Tag vergebens zu viert in ihrer Unterkunft auf Liam gewartet hatten, beschlossen sie, ihn zu suchen. Keiner wollte in dieser wichtigen Frage abstimmen, ohne vorher mit ihm gesprochen zu haben. Nicht wissend, ob er immer noch mit der Anführerin der Outlaws unterwegs war oder den Bewohnern irgendwo Rede und Antwort stand, teilten sie sich auf. Allison suchte die Hallen rund um die Krankenstation ab, Samuel die Techniklager, und Jasper würde versuchen Damian oder Amma aufzuspüren.

Kaja war sich sicher, dass er an keinem der Orte zu finden

sein würde. Zielsicher und unbeobachtet vom Rest machte sie sich auf den Weg in die Archive von Beartooth. Ihr Bauchgefühl hatte sie nicht im Stich gelassen. Versteckt vor den neugierigen Fragen der Outlaws fand sie Liam wie vermutet zwischen Büchern und Datenträgern, vertieft in seine Recherchen. Diesmal bemerkte er seine Besucherin sofort.

»Kaja«, begrüßte er sie mit einem sanften Lächeln. »Ich habe gehofft, dass du mich hier findest.«

Ein paar Schritte von ihm entfernt blieb sie stehen. Ihr Herz pochte plötzlich so aufgeregt, als würde sie ihm das erste Mal begegnen. Nervös strich sie sich durch die Haare und wusste im ersten Moment nicht, was sie sagen sollte. Der Liam, den sie heute in der Halle hatte sprechen hören, war ein Fremder gewesen. Ein Fremder, der sie schmerzhaft daran erinnert hatte, wie kurz sie sich erst kannten, wie wenig Zeit sie miteinander verbracht hatten. Konnte sie tatsächlich von sich behaupten, Liam Turner zu kennen? Und falls nicht, konnte ihre Liebe dann echt sein? Empfand er noch das Gleiche für sie? Oder hatte er sie ebenso vergessen wie seine alten Freunde in der Arche? Zögernd machte sie einen Schritt auf ihn zu, nur um wieder stehen zu bleiben.

Ein schmerzhafter Ausdruck huschte über Liams Gesicht.

»Du fragst dich, was ich mir bei diesem Auftritt heute gedacht habe, richtig?«

Sie nickte stumm.

Liam seufzte. »Es tut mir leid, ich hätte dich, ich hätte euch schon viel früher über meinen Plan informieren müssen. Aber ich hatte Sorge, dass ihr versuchen würdet, mich umzustimmen. Oder euch gegen mich stellt. Ich wusste nicht, wie ihr reagieren würdet. Trotzdem, es war nicht richtig, euch vor vollendete Tatsachen zu stellen.«

»Also hast du einen Plan?«, fragte Kaja. Ihre Erleichterung

war größer als die Enttäuschung über sein mangelndes Vertrauen. »Du hast nicht vor, die Darksurfer im Stich zu lassen?«

Liam schüttelte heftig den Kopf und stand vom Boden auf. Mit zwei langen Schritten war er bei Kaja angelangt und fasste sie an den Händen. »Ich werde nicht aufgeben, bevor wir die Arche befreit und den Rat vernichtet haben, Kaja. Es wird immer Menschen geben wie Anna Smith, die sich über Gesetze und das Ethos aller Menschlichkeit hinwegsetzen, um sich einen Vorteil zu verschaffen. Aber es muss auch Menschen geben wie dich und mich, die alles daransetzen, dies zu verhindern.«

»Du und ich?«, fragte sie skeptisch. »Wir sind also noch ein Team?«

Sie konnte sehen, wie ihre Worte ihn schmerzten. Schuldbewusst senkte er den Kopf. »Dich hätte ich heute eigentlich um Verzeihung bitten müssen, Kaja. Dich noch vor allen anderen, und dir danken dafür, dass du immer noch nach mir suchst, dass du mich nicht aufgegeben hast. Ich hatte gehofft, unsere Flucht würde uns an einen Ort bringen, an dem wir zu zweit zusammen sein können. Ich war dumm und so naiv zu glauben, wir würden an der Oberfläche auf eine Armee an Kriegern treffen, die nur darauf wartet, mit uns in die Schlacht zu ziehen. Ich dachte, purer Wille allein wäre genug, um diesen Traum Wirklichkeit werden zu lassen. Ich habe mich von Wunschdenken leiten lassen, alle Zeichen auf meine Pläne ausgelegt, alle Fragezeichen mit meinen Antworten verdrängt. In meiner Vision unseres Ausbruchs haben wir längst alle Archianer befreit, eine neue Siedlung an der Oberfläche erbaut, in der wir beide mit unseren Freunden in Frieden leben und eine Familie gründen.«

Bei dem Wort Familie begann Kajas Herz noch schneller zu schlagen, sie lachte.

»Du hast recht«, antwortete Liam verlegen. »Lach mich ruhig aus. Liam Turner, der jedes mathematische Rätsel lösen kann, der einen rationalen, logischen Verstand hat, hat sich eine Wunderwelt der Freiheit erträumt. Ich habe viel zu lange Hologramme erschaffen und darin gelebt, ich hätte wissen müssen, dass die Realität, die ich suche, nicht existiert, dass die Wahrheit grausam ist und unbarmherzig.«

»Ich lache dich nicht aus«, flüsterte Kaja und legte ihren Kopf an Liams Schulter. »Aus Träumen entsteht Wirklichkeit. Ein Wille lebt von deinen Wünschen. Wir würden alle Hoffnung verlieren, wenn wir keine Träume hätten.«

Sie spürte Liams weiche Lippen an ihrer Stirn, seinen Atem in ihren Haaren. »Woher nimmst du diese Kraft?«, fragte er und strich sanft über ihr Haar. »Du hast so viel verloren und bist so viel stärker als wir alle.«

»Ich glaube an dich, Liam, ich glaube an uns, an das Gute, das wir träumen und das wir erschaffen können. Ich denke, dafür lohnt es sich zu kämpfen, und in einer Welt ohne diese Träume möchte ich nicht sein. Was du heute gesagt hast – dass diese Menschen hier ein Vorbild sind, diese Gemeinschaft das ist, was wir erreichen sollten, das ist die Wahrheit. Ich wünschte nur, diese Welt würde allen Menschen offenstehen, und nicht nur den Outlaws. Ich denke, jeder Archianer in der *Hope* oder den anderen Archen hätte es verdient, unsere Erfahrung zu teilen.«

Sie spürte, wie sich Liams Körper entspannte, ein Lächeln über seine Lippen huschte. »Dann sollten wir keine Zeit verlieren und unsere Stimmzettel einwerfen. Ich habe einen Plan, wie wir nicht nur die Townships, sondern auch die *Hope*, die *Rescue* und die *Homeland* kapern könnten. Ich muss nur noch eine Handvoll Archianer überzeugen, dass dies mehr als nur ein Traum ist.«

Die fünf hatten sich schließlich in ihrer Unterkunft getroffen, zu Kajas Überraschung hatte Liam darauf bestanden, auch Damian und Elisa in seine Pläne einzuweihen. Eng gedrängt saßen sie an dem kleinen Tisch in der Mitte ihrer Höhle.

»Was hast du vor, Archianer, der du auch Outlaw bist?«, fragte Damian ohne Umschweife. »Und denke nicht, dass ich auch nur eine Sekunde geglaubt habe, du würdest dein Volk im Stich lassen.«

Liam schüttelte den Kopf. »Du hast recht, ich werde die *Hope* nicht aufgeben. Aber meine Worte waren nicht gelogen. Ich will, dass wir die Townships angreifen und die entführten Frauen und Kinder retten.«

»Wir können nicht an zwei Fronten kämpfen«, warf Elisa ein. »Dafür sind wir zu wenige und viel zu schlecht ausgebildet. Es braucht schon ein Wunder, um einen Kampf mit den Soldaten von Cole zu überleben.«

»Kein Wunder«, entgegnete Liam. »Bessere Ausrüstung, gutes Training und einen ausgefeilten Plan.«

»Und diesen Plan hast du?«, fragte Elisa skeptisch.

»Darauf verwette ich meinen LifeChip«, grinste Samuel. »Der Junge ist bekannt für Pläne, die einen jeden Moment das Leben kosten können.«

Die beiden Outlaws kommentierten seinen Scherz mit einem finsteren Blick, dann sahen sie erwartungsvoll zu Liam.

»Nun gut, lass ihn hören, deinen Plan, mit dem du die gesamte Menschheit retten willst«, forderte Damian ihn auf. Er hatte sich in seinem Stuhl zurückgelehnt und die Arme vor der Brust verschränkt.

Liam atmete tief durch, Kaja wurde das Gefühl nicht los, dass er aufgeregter war als vor den versammelten Beartooth-Bewohnern. Vielleicht weil er wusste, dass sein eigentliches

Vorhaben von der Unterstützung der Menschen in diesem Raum abhing.

»Ich habe in den letzten Wochen sehr viel Zeit in den Archiven verbracht«, erklärte er seine Abwesenheit. »Dort unten lagern Tausende Dokumente, die aus verschiedenen Stützpunkten über Generationen gesammelt wurden. Bücher, Geschichten, Filme, aber auch Meldestatistiken, Kommunikationen zwischen längst verlassenen Posten der Outlaws, Aufzeichnungen von Menschen, die Zugang zu den Townships hatten. Schmuggler, Trader, entflohene Sklaven. Das Wenigste dort unten ist geordnet oder sortiert, die meiste Zeit habe ich ehrlicherweise damit verbracht, nach nützlichen Dokumenten zu suchen. Aber den Beweis, den wir brauchen, um die *Hope* zu befreien, den habe ich gefunden …« Alle blickten Liam gebannt an und warteten auf seine nächsten Worte. »Die Archen können ohne die Townships nicht mehr existieren. Seit vielen Jahren schon beziehen alle drei Bunker ihre Nutri-Shots, den Sauerstoff und auch Wasser von den Citizens. Dem Rat ist es nie gelungen, die Anlagen autark zu führen. Es hat nur ein paar Jahre gedauert, nachdem man die Tore geschlossen hatte und die Vorräte langsam zur Neige gingen, bis die damalige Regierung einen Pakt mit den Citizens geschlossen hat. Seitdem leben die Archianer, ohne es zu wissen, von dem, was die Menschen an der Oberfläche produzieren.«

Kaja musste gestehen, dass diese Information sie nach all den Lügen ihres Vaters und ihrer Präsidentin nicht sonderlich verwunderte. Ganz im Gegenteil, sie fragte sich, wie sie überhaupt jemals die ELSA-Propaganda der *Hope* hatte glauben können.

»Es finden regelmäßig Tauschgeschäfte zwischen den drei Archen und den Townships statt. Viel wichtiger aber sind die

Lifelines, die direkt von den Archen zu den Erntespeichern der Townships führen. Es gibt drei Leitungen, die zu jeder Arche führen, eine für die konzentrierte Nahrung, die Nutri-Shots, mit der alle Archianer ernährt werden, eine für Sauerstoff und eine für Wasser. Ohne diese Versorgung wären die Archen längst Geschichte.«

»Das ist kein Geheimnis«, erklärte Damian. »Wenigstens nicht für die Outlaws. Ohne diese Leitungen könnten auch wir nicht überleben. Mit den Jahren ist der verbotene Handel mit den Townships immer gefährlicher geworden. Es gibt nicht mehr viele Trader, die es wagen, Geschäfte mit uns zu machen. Wer mutig oder verzweifelt genug ist, lebt in ständiger Angst, entdeckt zu werden. Auf illegales Traden steht in den Townships die Todesstrafe. Wir waren gezwungen, andere Wege zu finden.«

Er warf Elisa einen Blick zu, als wollte er sich versichern, dass die Archianer vertrauenswürdig genug waren, dann fuhr er fort. »Die Lifelines führen meilenweit durch unbesiedeltes Land und Wüste, Gegenden, in die sich kein Citizen-Trupp wagen würde, weil es dort von Arthropoden und anderen Gefahren nur so wimmelt. Perfekte Orte, um unbemerkt die Leitungen anzuzapfen.«

»Ihr stehlt von den Archen?«, fragte Allison ungläubig. Damian zuckte nur mit den Schultern. »Und von den Townships. Aber ich würde es nicht stehlen nennen. Wir nehmen, was wir brauchen, nicht mehr und nicht weniger. Solange wir dazu gezwungen sind, uns unter der Erde zu verstecken, können wir uns nicht selbst versorgen, selbst wenn wir über die technischen Möglichkeiten verfügen würden. Wir brauchen die Sonne, und wir brauchen Zugang zu den Quellen, die allesamt von Kayne Cole und seinen Leuten kontrolliert werden.«

»Aber dann wäre es für die Citizens doch ein Leichtes, euch zu vernichten? Man müsste euch nur den Zugang zu den Lines verwehren, richtig?«, wollte Allison wissen.

»Die Lines sind so weitläufig, es ist unmöglich, das gesamte Netz zu kontrollieren oder abzuschirmen. Dafür reichen selbst Coles Kräfte nicht aus. Solange wir im Untergrund bleiben und nicht zu viel aus den Leitungen entnehmen, wird uns niemand entdecken.«

»Das war es, was ihr dort draußen gemacht habt, als ihr uns gefunden habt«, folgerte Sam richtig. »Ihr habt eine Line angezapft.«

»Wir wollten eine Line anzapfen«, korrigierte ihn Elisa. »Wegen euch ist es gar nicht dazu gekommen. Anstelle von Nahrung haben wir ein paar hilflose, halb verbrannte Archianer mitgebracht. Ihr könnt froh sein, dass wir euch nicht zum Frühstück verspeist haben.« Sie zwinkerte belustigt.

»Umso besser.« Liam machte einen zufriedenen Eindruck, als würden die Puzzleteile in seinem Kopf ein Bild ergeben, das ihm gefiel. »Dann wisst ihr, nach was wir suchen müssen, wenn wir in die Townships eindringen.«

»Du willst tatsächlich die Citizens angreifen?«, staunte Japser verblüfft.

Liam nickte. »Ich will in die zentrale Versorgungsanlage der Townships. Während die Outlaws ihre Familien befreien, kappen wir von dort die Leitungen, die in die Archen führen. Wir zerstören alles. Der Schaden muss so groß sein, dass es unmöglich ist, ihn zu reparieren. Die Archen müssen so lange von ihrer Versorgung abgeschnitten sein, dass der Rat gezwungen ist, die Tore zu öffnen.«

Langsam dämmerte es den Archianern und Outlaws im Raum, was Liam vorhatte. Ein breites Grinsen erschien auf Samuels Gesicht. »Du willst Anna Smith ausräuchern.«

»So etwas in der Art.« Liam konnte sich ein Siegerlächeln ebenfalls nicht verkneifen, er wurde aber schnell wieder ernst. »Dieser Plan hat nur eine Chance, wenn er stattfindet, bevor die Archen mit dem Upload beginnen. Je weniger Menschen in der Arche am Leben erhalten werden müssen, desto länger reichen die Reserven und …«, er machte eine bedeutungsschwere Pause. »… desto mehr Archianer werden sterben. Wir haben nicht mehr viel Zeit.«

Damian und Elisa hatten schweigend zugehört, sie wechselten vielsagende Blicke, bevor Damian aussprach, was beiden Sorge bereitete.

»Wenn wir die Lifelines zerstören, dann verlieren wir auch unsere eigene Grundversorgung. Selbst wenn es uns gelingt, einen erfolgreichen Angriff durchzuführen und die entführten Outlaws zu retten, haben wir nicht genug Krieger, um die Citizens komplett zu besiegen und die Townships einzunehmen. Wie sollen wir überleben?«

Kaja konnte an Liams Gesichtsausdruck sehen, dass er mit dieser Frage gerechnet hatte. Und dass er keine befriedigende Antwort darauf hatte.

»Wenn die Archen erst einmal befreit sind, ist unsere Zahl viel größer als jetzt …«, antwortete er zögernd.

»Ja, wir haben dann noch mehr nutzlose Mäuler zu stopfen«, bemerkte Elisa nüchtern. »Menschen, die ihr ganzes Leben in einem Tank verbracht haben. Es wird Monate, vielleicht sogar Jahre dauern, bis sie uns tatsächlich von Nutzen sind. Und die meisten sind nicht zum Kampf geeignet. Wie viele alte Menschen leben dort unten, wie viele, die einen Exit vielleicht gerade so überstehen? Du weißt selbst, Liam, dass uns die Archianer mehr Last als Hilfe sein werden …«

»Ich bin mir sicher, es wird auch Citizens geben, die sich uns anschließen wollen. Wie in den Archen wird es auch in den Townships Menschen geben, die in Freiheit leben wollen. Wenn es uns gelingt zu beweisen, dass Kayne Cole und Anna Smith nicht allmächtig sind, dann werden sich die Menschen erheben und uns folgen.«

Liam gab sich große Mühe, seine Worte glaubhaft klingen zu lassen, aber allen war klar, dass die Hoffnung größer war als die Überzeugung. Im Raum herrschte angespannte Stille, niemand sagte ein Wort. Es war Damian, der plötzlich mit der Faust auf den kleinen Tisch donnerte und seufzte: »Nun gut, dann soll dies unser Weg sein, ob unser aller Untergang oder Erlösung, das wird sich zeigen.«

Niemand hatte damit gerechnet, dass gerade der Outlaw sich diesem waghalsigen Plan so schnell anschließen würde, Liam am wenigsten. Mit großen Augen starrte er den unerwarteten Befürworter an.

»Was ist unsere Alternative«, beantwortete Damian die unausgesprochenen Fragen seiner Zuhörer. »Für immer hier unten darauf warten, dass irgendjemand uns diese Erde zurückgibt, oder, was vermutlich früher geschehen wird, man uns auslöscht. Der Junge hat den Verstand verloren, das wissen wir alle, aber wenn ihr mich fragt, dann will ich lieber seinem Wahnsinn folgen, als nichts zu tun. Und wer weiß, vielleicht ist er wirklich vom Schicksal auserkoren, uns zu retten. Amma glaubt das. Irgendwie hat er es, trotz aller Gefahren hierhergeschafft. Ich finde, wir sollten unser Glück mit ihm versuchen. Was haben wir zu verlieren?«

Als Kaja zusammen mit ihren Freunden, Damian und Elisa wenig später ihren Stimmzettel in die mannshohen Urnen an den Eingängen zu den Gemeinschaftsräumen einwarf, waren sie nicht allein. An allen Gefäßen kamen und gingen Menschen, die sich für oder gegen einen Angriff entschieden hatten. In kleineren Gruppen standen die Outlaws zusammen, diskutierten mal leise, mal lauter über Liams Auftritt. Ein paarmal hatte Kaja versucht, die Unterhaltungen zu belauschen, aber immer, wenn sie sich näherte, verstummten die Menschen sofort. Jeder wusste, wie nahe sie und Liam sich standen, und offensichtlich gab es kaum jemanden, der sich ihr gegenüber offen positionieren wollte. Sie versuchte sich davon nicht beunruhigen zu lassen, zog sich aber voller Anspannung irgendwann in ihre gemeinsame Höhle zurück. Es dauerte nicht lange, und Liam fand sie, zusammengerollt auf ihrem Lager, in ihre Gedanken versunken. Wortlos legte er sich zu ihr und schlang seine Arme um ihren Körper.

»Hast du für oder gegen mich gestimmt?«, fragte er leise und küsste ihre Stirn.

Sie lächelte und bohrte ihre Nase fester in seinen Hals. Seine Wärme und sein Geruch umhüllten sie wie eine schützende Mauer. Sie wünschte, sie müsste ihn nie wieder loslassen, und im Gegensatz zu Damian wäre sie nur zu gern für immer hier unten an seiner Seite geblieben.

»Ich werde dir auch in diesen Irrsinn folgen«, murmelte sie und schloss die Augen.

»Denkst du das?«, fragte er sie. »Dass ich verrückt bin?«

Sie schüttelte den Kopf, hob ihn von seiner Schulter und blickte ihm fest in die Augen, bevor sie antwortete: »Nein, ich denke nicht, dass du verrückt bist. Ich denke, du bist mutig, mutiger als wir alle zusammen, und du bist die Hoffnung, die diese Menschen brauchen. Du bist die Hoffnung, die wir alle brauchen, um an ein besseres Morgen zu glauben. Keine Sorge, sie werden dir folgen, wie ich dir folgen werde.«

Sie küsste ihn, sanft, vorsichtig, als wäre ihre Zweisamkeit ebenso kostbar und zerbrechlich wie ihre gemeinsame Zukunft. Doch Liam forderte mehr, seine Arme schlangen sich fester um ihren Körper, seine Lippen pressten sich auf ihre, seine Zunge erkundete ihren Mund. Sie hörte sich selbst leise stöhnen, als seine Hände unter ihr Hemd wanderten und die empfindliche Haut streichelten. Auch sein Atem wurde schwerer und war heiß auf ihrer Wange zu spüren. Noch nie zuvor hatte sie irgendetwas Vergleichbares erlebt, nicht in einem Hologramm, nicht in dieser realen Welt. Hitze, heißer als jedes Feuer, schoss durch ihren Körper, und jeder Millimeter ihrer Haut war wie elektrisiert. Jede Bewegung, jede Berührung war neu, und dennoch wusste ihr Körper instinktiv, was zu tun war. Wie auf ein unsichtbares Kommando hin streiften sie beide sich die Kleidung vom Körper. Neugierig betrachtete Kaja den nackten Mann in ihrem Bett. Vorsichtig strich sie über die Narben der Versorgungsschläuche aus dem Aerobiose-Tank, bewunderte die Muskeln, den Beweis für das neue Leben in Freiheit, sie konnte nicht genug bekommen, sich nicht sattsehen an diesem Menschen, der ihr gehörte. Doch es reichte nicht, Liam nur anzusehen, sie musste ihn berühren, ihn spüren, ihn besitzen. Eine beinahe animalische Sehnsucht nach seinem Körper übermannte sie. Und als könnte er ihre Gedanken lesen, als würde er genau das Gleiche empfinden, streckte er die Arme nach ihr aus und zog ihren nackten Körper zu sich. Keiner von beiden verschwendete auch nur einen Gedanken daran, dass jemand sie vielleicht stören könnte. Sie beide hatten zu lange auf diesen Moment gewartet; nichts und niemand hätte in dieser Nacht ihre Zweisamkeit verhindern können. Für ein paar kostbare Stunden waren alle Welten egal, außer dieser einen, in der nur Liam und Kaja existierten.

Stunden später erwachte sie in Liams Armen, und das Glück der vergangenen Nacht umhüllte sie wie eine warme Decke.

Kein Hologramm wäre je in der Lage gewesen, diese Erfahrung auch nur annähernd vergleichbar darzustellen, das war ihr nun klar geworden. Liam öffnete verschlafen die Augen, und sie wusste, dass er dasselbe fühlte. Für einen kurzen Moment schien das Leben perfekt, alles ergab einen Sinn und war genau so, wie es sein sollte. Dann stürzten Samuel und Jasper beinahe gleichzeitig in den Raum.

»Wo wart ihr? Warum seid ihr nicht bei der Verkündung?«

Es dauerte einen Moment, bis die beiden Männer begriffen, in was für einen intimen Moment sie geplatzt waren. Jasper blickte verlegen zu Boden, aber Samuel ließ sich nicht aus der Fassung bringen.

»Ah, ich sehe, ihr hattet eure Gründe. Immerhin, ich vermute, ihr habt die Zeit gut genutzt.«

Liam sprang sofort von ihrem Lager auf und griff nach seiner Kleidung, während Kaja sich verlegen in ihr Laken hüllte.

»Gebt mir eine Sekunde, wir können sofort los«, rief er gehetzt, während ein Bein schon in seiner Hose steckte.

»Zu spät, mein Freund«, erwiderte Sam düster. »Zu spät. Die Entscheidung ist gefallen, die Auszählung vorbei. Ihr habt es verpasst. Aber ihr hättet nichts ändern können – vielleicht besser, dass ihr beide nicht dabei wart.«

»Warum?« Liams Gesicht war bleich geworden. Er packte den Freund an den Schultern. »Warum? Haben die Outlaws gegen einen Angriff gestimmt?«

Samuel schüttelte bitter den Kopf. »Nein, das haben sie nicht. Aber auch nicht dafür. Ob du es glaubst oder nicht, es ist ein glattes Unentschieden ausgezählt worden. Ich hab keine Ahnung, was jetzt geschieht.«

Die Chroniken des Untergangs LXIII/34
Eine neue Chance

Um das Überleben an der Oberfläche zu sichern, um Recht und Ordnung wiederherzustellen, wurden in den Townships bereits kurz nach Gründung Gesetze für alle Bewohner etabliert, die das Zusammenleben und die Versorgung regeln sollten und bis heute ausnahmslos gelten.

Mit vollendetem fünfzehnten Lebensjahr tritt demnach jeder Bürger und jede Bürgerin verpflichtend in den Dienst an der Gemeinschaft ein und gilt ab diesem Moment als vollumfassend straffähig, sollte er oder sie gegen die geltenden Gesetze verstoßen.

Welchem der drei Wirtschaftssektoren ein Bürger zugeordnet wird, hängt von seiner Veranlagung und Begabung ab. Die Bewertung und Klassifikation obliegt den Meistern und muss bis zum Ende der Ausbildungszeit erfolgen, die für alle Kinder der Townships über zehn Jahre andauert.

Der Primäre Sektor, die sogenannte Neue Urproduktion, verantwortet die Landwirtschaft und damit die Grundversorgung der Townships. Der Großteil aller Citizens ist zeitlebens in diesem Bereich tätig. Den zweitgrößten Anteil trägt der Sekundäre Sektor, die Technische Verarbeitung, der die Aufbereitung und Weiterverarbeitung aller Rohstoffe beinhaltet. Eine geringe Elite gehört dem Tertiären Sektor, dem Verwaltenden Dienst, an. Beamte, Staatsdiener, Meister und Heiler genießen besondere Rechte und damit verbunden Ansehen und Status.

Die einzige Möglichkeit, eine Klassifizierung nach Sektor zu umgehen ist der Eintritt in die Streitmacht der Townships. Jedem Citizens ist es zum Zeitpunkt der Klassifikation, mit besonderen Gründen auch später, gestattet, seinen Dienst an der Gemeinschaft als Soldat oder Soldatin zu leisten. Kein Meister kann im Falle dieser Entscheidung intervenieren. Der militärische Schutz der Townships gilt als der ehrenwerteste Beitrag, den ein Bürger erbringen kann, unabhängig von seinem Rang oder Dienstgrad.

Mit Zuteilung zu einem Sektor verlassen volljährige Citizens den Haushalt ihrer Familien und siedeln in die ihrem Sektor zugeteilten Townships um. Lebenspartnerschaften und Familiengründungen von Personen mit vollem Citizen-Status sind per Gesetz nur innerhalb der jeweiligen Sektoren gestattet. Ausgenommen von dieser Regelung sind Soldaten und Soldatinnen, die Partner frei wählen können. Um der Stagnation der Geburten innerhalb der Sektoren entgegenzuwirken, werden Personen ohne Citizen-Status nach Bedarf und Eignung auf die entsprechenden Townships verteilt. Kinder, die aus Verbindungen mit Statuslosen entstehen, erhalten automatisch den Status des vollverbürgerten Elternteils. Beziehungen und Nachkommen zwischen Statuslosen sind nicht gestattet und werden mit dem Tod der gesamten Familie bestraft.

9

Was sollen wir jetzt tun?«, fragte Allison, als sie Stunden später beim Mittagessen in der Gemeinschaftshalle beisammensaßen.

»Können wir überhaupt noch irgendetwas tun?« Jasper blickte ratlos in die Runde.

Liam hob nicht mal den Kopf von seinem Teller. Seit er sich mit finsterer Miene zu ihnen an den Tisch gesetzt hatte, hatte er kein Wort gesprochen. Aber er war nicht der Einzige, dem der unerwartete Ausgang dieser Wahl aufs Gemüt geschlagen war. Angespannte Stille herrschte an allen Bänken. Bis auf vereinzelte, geflüsterte Diskussionen war nichts zu hören. Kein Vergleich zu dem fröhlichen Stimmengewirr und Lachen, das an normalen Tagen die gemeinsamen Mahlzeiten beherrschte. Niemand war glücklich mit dieser Entscheidung. Die, die erleichtert waren, konnten sich über den unsicheren Ausgang ebenso wenig freuen wie Liams enttäuschte Anhänger. Vielen der Neuankömmlinge, die Familien verloren hatten, stand die Verzweiflung ins Gesicht geschrieben. Keiner wusste, was nun passieren würde, und alle warteten sehnsüchtig darauf, dass sich Amma zu Wort melden würde. Doch bisher hatte die alte Frau sich nicht blicken lassen. Wie Liam und Kaja war auch sie der Auszählung ferngeblieben, und niemand hatte sie seitdem gesehen. Auch von Damian und dem Rest des engsten Kreises um die Anführerin fehlte jede

Spur. Es brauchte kein Genie, um zu erraten, dass sie sich zur Beratung zurückgezogen hatten.

»Wir werden die Townships trotzdem angreifen«, flüsterte Liam kaum hörbar in seine Suppenschüssel.

Kaja und Samuel, die direkt neben ihm saßen, waren die Einzigen, die seine Worte verstanden hatten.

»Wir sind genug Leute«, murmelte er weiter. »Die Hälfte der Menschen ist für einen Angriff, das muss reichen. Wir schaffen das auch allein.«

»Liam, hör auf damit«, warnte Samuel leise. »Ja, die Hälfte der Menschen ist für dich, aber die andere Hälfte ist dagegen. Jeder zweite Mensch hier unten ist gegen einen Angriff auf die Townships. Du musst vorsichtig sein. Wenn du willst, dass dir die Outlaws weiterhin folgen und es noch Hoffnung geben soll, darfst du jetzt keinen Fehler machen. Du kannst dich nicht über das Votum hinwegsetzen.«

Liam schüttelte den Kopf, als wollte er Sams Worte nicht hören. Kaja legte ihm die Hand auf den Arm, aber er sah sie nicht einmal an.

»Wir haben aber keine Zeit, darauf zu warten, dass der Rest zur Besinnung kommt. Wenn wir nicht jetzt handeln, dann ist es zu spät. Dann ist niemand mehr übrig ...«

»Ich versteh dich, Liam, glaub mir. Ich verstehe nur zu gut, wie es dir geht. Das sind auch meine Freunde, von denen du sprichst, aber ...«

Samuel konnte seinen Satz nicht beenden. Das grelle Kreischen das Alarms, der einen Angriff auf Beartooth ankündigte, brach aus allen Lautsprechern der Halle. Die meisten Menschen schlugen instinktiv die Hände über die Ohren, einige sprangen von ihren Bänken hoch, Angst und Entsetzen standen in allen Gesichtern.

Samuel und Jaspers Arbeit der letzten Wochen war nicht

umsonst gewesen. Kaja konnte sehen, wie vereinzelt Menschen zielstrebig aus der Halle rannten. Auch Sam, der ihnen einen warnenden Blick zugeworfen hatte, war bereits auf dem Weg in die Stollen. Sie wusste, er würde sich mit den Outlaws, die in dieser Schicht eingeteilt waren, auf den Weg zu dem kleinen Waffenlager machen. Was auch immer dort draußen den Alarm aktiviert hatte, es würde auf ein gewappnetes Empfangskomitee treffen.

»Warte in unserer Höhle auf mich, dort bist du in Sicherheit«, rief Liam über den Lärm hinweg und sprang ebenfalls von seinem Platz auf. Doch Kaja dachte nicht daran, sich in den Tunneln zu verstecken. Immer mehr Menschen hatten ihre Plätze verlassen und rannten in die Stollen. An den meisten Ausgängen drängten sich bereits Trauben von Outlaws und verstopften die Wege. Während Kaja den Hals reckte und nach einem freien Ausgang suchte, schob sich eine kleine Hand in die ihre.

»Komm mit«, formten Frejas Lippen. Das Mädchen zerrte fordernd an ihrem Arm.

Kaja, die nicht wusste, wie sie ohne Hilfe aus der Halle gelangen sollte, folgte ihr bereitwillig.

Gegen den Strom der aufgeschreckten Massen rannten sie quer durch die Höhle in Richtung der Großen Halle. Es dauerte eine Weile, und Kaja musste etlichen Ellenbogen ausweichen, aber auch einige gröbere Stöße einstecken, bis sie den hinteren Teil der Grotte erreicht hatten. Direkt unter einem der großen Lautsprecher war das Heulen der Sirene kaum zu ertragen. Doch genau an dieser Stelle verschwand Freja in einen schmalen Spalt hinter einem aus der Wand stehenden Felsen. Kaja hatte Mühe, ihr zu folgen. Sie schaffte es gerade so, ihren Körper durch die Öffnung zu quetschen. Hinter dem Felsen war eine kleine Tunnelöffnung versteckt, gerade groß genug für ein Kind. Auf Händen und Knien kroch Kaja hinein. Sie konnte gerade noch sehen, wie Frejas gebückte Gestalt loslief. Nach ein paar Metern war das Kind in der Dunkelheit verschwunden.

»Komm schon, wo bleibst du?«, hörte sie das Mädchen rufen. Der Lärm der Sirene war im Inneren des Bergs viel leiser.

Auf allen vieren versuchte sie, schnellstmöglich voranzukommen. Blind ertastete sie den Boden vor sich und folgte Frejas Stimme Meter für Meter in den Berg hinein. Es war stockfinster, und Kaja konnte die Hand vor Augen nicht erkennen. Wohin auch immer Freja sie geführt hatte, dies war kein Teil der offiziellen Stollenanlage, so viel stand fest. Nach einer Weile begann der Weg steil nach oben zu führen, und Kaja hatte Mühe, nicht abzurutschen. Staub und Sand trieben ihr Tränen in die Augen, und sie musste immer stärker husten.

»Keine Sorge, wir haben es fast geschafft«, beruhigte sie Frejas Stimme in der Finsternis. »Nur noch ein kleines Stück, siehst du, da vorne ist schon Licht.«

Tatsächlich konnte Kaja nach und nach die Umrisse des Mädchens vor sich wieder ausmachen. Das blind machende Schwarz wurde langsam grau. Gemeinsam stolperten sie um eine letzte Biegung des schmalen Tunnels, dann brachte Freja sie mit einer bestimmten Armbewegung abrupt zum Stehen. Vor ihren Füßen endete der Stollen in schwindelerregender Höhe direkt über den Schleusentoren, die nach Beartooth führten. Kaja schnaubte überrascht durch die Nase. Der Geheimgang ihrer jungen Freundin hatte sie direkt ins Zentrum des Geschehens geführt. Unter ihnen hatten sich die von Samuel ausgestatteten Wachen neben Damian und seinen Kriegern versammelt. Etwas mehr als fünfzig Outlaws warteten hinter den geschlossenen Toren auf Anweisung. Freja legte einen Finger vor die Lippen und gab Kaja damit zu verstehen, möglichst leise zu sein. Niemand sollte sie hier oben entdecken. Kaja nickte und kauerte sich in den Tunneleingang.

»Konntet ihr auf den Außenkameras etwas erkennen?«, rief Damian ein paar Männern zu, die aus einem anderen Tunnel eintrafen. Etwas außer Atem und ebenfalls bewaffnet, folgte ihnen Liam. Carl Arke, der ebenfalls zu Damians Truppe gehörte, schüttelte den Kopf.

»Da draußen tobt ein fürchterlicher Sturm. Man kann gar nichts erkennen. So einen Sturm überlebt niemand. Was auch immer den Alarm ausgelöst hat, ich glaube nicht, dass es Menschen waren …«

»Der Sand?«, fragte Damian skeptisch.

Carl zuckte ratlos mit den Schultern.

»Der Sand kann es nicht gewesen sein.« Samuel schüttelte vehement den Kopf. »Die Anlage ist auf menschliche Bewegung programmiert. Sie registriert Bewegungswiederholungen und Temperaturschwankungen. Ein Sturm, egal, wie stark, würde die Sensoren nicht aktivieren. Da draußen ist etwas, und es lebt.«

»Citizens?«, fragte einer der Männer, und Kaja konnte sehen, wie sich seine Hände fester um das Gewehr schlossen.

Carl schüttelte den Kopf. »Das kann nicht sein. Wir beobachten diesen Sturm seit drei Tagen. Unmöglich, bei diesen Konditionen die Wüste zu durchqueren. Niemand, der bei Verstand ist, würde so etwas versuchen, das wäre reiner Selbstmord.«

»Niemand hat behauptet, dass die Citizens bei Verstand sind«, argumentierte Elisa, wie immer an Damians Seite. Aber Frejas Vater schüttelte den Kopf.

»Cole würde seine Männer nicht sinnlos opfern. Sein letzter Schlag gegen uns war erfolgreich. Er hat keine Eile, er kann auf besseres Wetter warten, um uns zu vernichten.«

»Öffnet die äußeren Schotten.« Liam war neben Damian getreten, und seine Worte hatten einen verdächtigen Befehlston. »Niemand geht davon aus, dass dies ein Angriff ist. Vielleicht sind es weitere Flüchtlinge, die unsere Hilfe brauchen. Vielleich auch nur versprengte Arthropoden. So oder so, nichts, was uns im Schott gefährlich werden könnte. Aber die Kameras in der Schleuse sind geschützt, wir sehen, mit was wir es zu tun haben.«

Damian überlegte einen Moment, dann nickte er.

»Der Junge hat recht«, beschloss er. »Wir öffnen das Außenschott.«

Diesmal bestand kein Zweifel, Damian Albrecht hatte einen klaren Befehl erteilt, und niemand widersprach. Ein unsichtbarer Ruck ging durch die Reihen der Männer, alle traten unmerklich enger zusammen und strafften die Schultern.

Samuel trat an das Schaltpult, über das die inneren und äußeren Tore gesteuert wurden, und drückte einen der beiden Hebel nach unten. Trotz der meterdicken Stahltür, die immer noch zwischen den Outlaws und der Schleuse lag, war zu hören, wie sich die äußeren Schotts knirschend und ächzend in Bewegung setzten.

Alle im Raum hielten den Atem an und starrten gebannt auf die Reihe an kleinen Bildschirmen, die über Samuels Kopf befestigt waren.

Die veraltete Technik der Outlaws konnte nicht in Ansätzen mit den Geräten mithalten, die Kaja aus der Arche gewohnt war. In unscharfen, schwarz-weißen Bildern flirrten aus unterschiedlichen Blickwinkeln Ansichten der leeren Schleuse über die Schirme. Zentimeter für Zentimeter schoben sich die Tore auf, und der Wind wirbelte Sand und Gestein vom Boden auf. Die unscharfen Bilder waren kaum noch zu erkennen, ein körniger Schleier verdeckte die Sicht auf die Schleuse. Kaja streckte den Hals, so weit es nur ging, um besser erkennen zu können, was die Männer und Frauen unten in der Eingangshalle ebenso angestrengt beobachteten.

Die Tore hatten sich gerade ein paar Meter geöffnet, als Kaja glaubte, einen Schatten im Sandgestöber erkennen zu können. Dann noch einen und noch einen. Dunkle Schemen bewegten sich zwischen dem herumwirbelnden Gestein und stolperten in das Schott. Waren es Menschen? Oder nur ein Trugbild des Winds? Kajas Augen tränten vor Anstrengung, je länger sie auf das wirbelnde Chaos starrte, desto weniger konnte sie erkennen.

»Schließt das Schott«, befahl Damian endlich, nachdem die Anspannung kaum mehr zu ertragen war.

Mithilfe von Carl drückte Samuel den Hebel gegen die Gewalt des Sturms wieder nach unten. Das Knirschen und Ächzen von draußen wurde wieder lauter. Diesmal musste sich der Motor deutlich mehr ins Zeug legen, den Kampf gegen die Macht der Natur zu gewinnen. Nach unendlich langen Minuten des Wartens schloss sich das Schott mit einem dumpfen Knall.

Es dauerte weitere Sekunden, bis sich der Sand im Inneren der Schleuse so weit gelegt hatte, dass ein klares Bild auf den Monitoren zu sehen war. Von Kajas und Frejas Beobachtungsposten aus waren nur winzige schwarze Umrisse auf den weit entfernten Bildschirmen zu erkennen. Ob es sich dabei um Steine, Menschen oder Käfer handelte, war nicht auszumachen.

»Beim Teufel, das müsst ihr euch ansehen«, rief Carl, der neben Samuel auf die Monitore starrte.

Alle Wachen und Krieger scharten sich um die Überwachungsanlage.

»Menschen«, rief Elisa erschrocken, kaum dass sie die Bildschirme erreicht hatte. »Das sind Menschen. Um Himmels willen, öffnet ihnen die Tore.«

ELSA-MESSENGER

Entschlüsselte Code-Nachricht
Von: 4893.54532.1 // Anna Smith// Präsidentin der Hope of Tomorrow
An: 345.6543.3446 // Kayne Cole// Citizen One

Sei gegrüßt, Kayne Cole,

selbstverständlich begrüße ich deinen Wunsch nach einem direkten Hologramm-Austausch. Bis dahin bitte ich dich mit erneuter Dringlichkeit, uns bei der Suche nach den geflohenen Verrätern zu unterstützen. Bisher haben die intensiven Befragungen verdächtiger Subjekte keinen Hinweis auf den Verbleib erbracht, wir müssen aber von einer Verschwörung in größerem Maße als zunächst angenommen ausgehen. Sollte sich unser Verdacht bewahrheiten, so sind nicht nur die Archen in Gefahr, der Terror kann sich bis auf die Townships ausweiten. Wir haben es hier mit einer heimtückischen Organisation zu tun, die vor nichts, und damit meine ich NICHTS, zurückschrecken wird, um unsere beiden Welten zu vernichten. In deinem und meinem Interesse müssen wir diese Archianer in unsere Gewalt bringen und verhindern, dass sie weiter Anhänger um sich scharen. Ich werde noch heute eine Flotte von Drohnen in die Townships entsenden, um euch bei der Suche und den Raids zu unterstützen. In der Hoffnung, dieses Problem bis zu unserem Treffen gelöst zu haben.

Präsidentin Anna Smith,
Hope of Tomorrow

10

Nicht mehr als hundert Menschen waren den Soldaten der Townships entkommen. Nur vierzig von ihnen hatten die Flucht durch die Wüste und den tagelangen Sandsturm überlebt. Shawnee, die größte Siedlung der Outlaws nach Beartooth, war vollständig zerstört. Von über 10.000 Menschen waren nur noch eine Handvoll übrig, und die waren mehr tot als lebendig, als sie ihren Rettern in die Arme fielen.

Kaja und Freja erreichten die Gemeinschaftshalle zur gleichen Zeit wie Damian und seine Krieger. Zusammen mit Liam und Elisa führte er die Truppe in Richtung Große Halle, in ihrer Mitte vier Gestalten in bodenlangen, sandfarbenen Umhängen, die Kapuzen immer noch über den Köpfen. Einer von ihnen stützte sich schwer auf Samuels Arm, der Rest konnte selbstständig gehen.

Unbemerkt schlossen sich Kaja und Freja dem Geleit der Outlaws an. Ohne dass sie irgendjemand daran hinderte, folgten sie Frejas Vater und seinen Leuten in die Große Halle, wo Amma wie vermutet zusammen mit anderen angesehenen Outlaws bereits auf sie wartete.

Für einen Moment spürte Kaja den stechenden Blick der alten Frau auf sich ruhen, dann aber galt ihre ganze Aufmerksamkeit den vier Vermummten.

»Kinder von Shawnee, mein Herz blutet, ich weine mit

euch um eure verlorenen Familien«, begrüßte sie die Menschen mit trauriger Stimme. »Was auch immer wir für euch tun können, das sei gewährt. Dies soll nun euer Zuhause sein, solange ihr das wünscht.«

Einer der vier trat aus der Gruppe nach vorne und schlug die Kapuze zurück, ein Mann, vielleicht fünfzig, von kräftiger Statur, die dunklen Haare am Hinterkopf zu einem Knoten gebunden. Vom Hals bis zur Schulter war ein schmutziger Verband zu sehen, die Haut darunter leuchtete gefährlich rot im Vergleich zu seinem blassen Gesicht.

»Wir danken dir, Amma«, begann er mit schwacher Stimme zu sprechen. »Wir haben schon nicht mehr gehofft, euch lebend zu erreichen. Verzeiht, wenn unser Schmerz heute größer ist als die Freude, euch endlich gefunden zu haben.«

Die Anführerin der Outlaws nickte verständnisvoll.

»Ihr seid in Sicherheit. Ruht euch aus, esst, trinkt, kommt zu Kräften. Wir werden eure Verwundeten pflegen, als wären es unsere eigenen Familien. Es wird euch hier nichts geschehen.«

»Eine Bitte, bevor wir uns zurückziehen«, antwortete der Mann.

»Sprich«, forderte Amma ihn auf. »Was immer es ist, es sei euch gewährt, soweit es in meiner Macht steht.«

»Wir konnten unsere Amma aus dem Kampfgeschehen retten, aber sie ist schwer verletzt. Alle, die es bis zu euch geschafft haben, bangen um sie. Bitte gestattet uns, ihr einen Shawnee an die Seite zu stellen. Wir vertrauen dem Können eurer Heiler, aber sollte sie aus ihrem Schlaf erwachen, soll sie ein vertrautes Gesicht sehen.«

»Wir werden alles tun, eure Amma zu retten«, versicherte die alte Frau. »Ihr habt freien Zutritt zur Krankenstation.«

Der Mann schenkte ihr einen dankbaren Blick, dann

senkte er den Kopf, und als wollte er sich selbst mitten unter diesen Verbündeten noch schützen, schlug er die Kapuze wieder über den Kopf. Wie auf ein unsichtbares Zeichen hin drehten sich die vier um, um den Raum zu verlassen.

Kaja, die dicht vor dem Eingang stehen geblieben war, machte einen Schritt zur Seite, um die Shawnees passieren zu lassen, als eine der Gestalten den Kopf hob. Der Blick unter die Kapuze dauerte nur eine Sekunde, aber er reichte aus, um Kaja den Atem zu rauben. Die blauen Augen, die sie aus dem Schatten der Kleidung voller Schmerz und Verbitterung anblitzten, waren ihr mehr als vertraut. Tausend Mal hatte sie sich selbst in diesen Augen schon gesehen, hatte Schmerz und Freude, Liebe und Hass darin entdeckt. Instinktiv hob sie den Kopf und blickte suchend durch den Raum. Sie fand, wonach sie Ausschau gehalten hatte. Sofort kehrte ihr Blick zu dem Fremden zurück, doch der hatte die Große Halle bereits verlassen. Verwirrt runzelte sie die Stirn. Hatte sie sich getäuscht? Hatten ihr ihre eigenen Augen einen Streich gespielt? Das war die einzig logische Erklärung, denn wie könnte es sein, dass der fremde Outlaw aus Shawnee die genau gleichen Augen hatte wie Liam Turner?

»Wir müssen die Abstimmung wiederholen«, verlangte Liam, kaum dass die vier Geretteten verschwunden waren.

Winnifred schnaubte empört: »Diese armen Menschen sind dem Tod gerade erst entkommen, und du willst sie sofort zu einem neuen Kampf überreden? Hast du kein Herz in der Brust?«

»Ich will sie nicht zu einem Kampf überreden«, betonte Liam. »Aber sie haben ein Recht auf ihre Meinung. Sie haben ebenfalls Familie und Freunde verloren. Nichts unterscheidet sie von uns restlichen Outlaws.«

»Du bist kein Outlaw«, zischte Winnifred.

»Genug«, unterbrach Amma den Streit. »Es ist genug. Die Shawnees werden ihre Chance erhalten abzustimmen. Aber nicht mehr heute. Damian, dein Team soll ihnen eine Unterkunft zuweisen. Helft ihnen anzukommen. Gebt ihnen, was sie brauchen, seid großzügig. Und versucht so viel wie möglich über den Angriff herauszufinden. Wie viele Soldaten waren es, wen haben sie entführt. Berichte mir später, was du erfahren hast. Liam Turner …« Sie richtete den Blick auf Liam, aber auch Kaja wurde von den stechenden Adleraugen gesucht. »Halte dich von den Shawnees fern. Es ist zu früh, sie mit unseren Plänen zu überfallen. Du wirst Gelegenheit bekommen, mit ihnen zu sprechen, aber erst sollen sie heilen. Dies ist keine Bitte.«

Ihr Ton war bestimmt. Niemand, nicht einmal Liam, wagte es, ihr zu widersprechen. Wohl oder übel würde er weiter auf eine Entscheidung warten müssen.

Die Chroniken des Untergangs LXI/12
Eine neue Chance

Erste Anzeichen für eine natürliche Regeneration des Planeten Erde zeigten sich in der sechsten Dekade nach dem Blackout. Nicht einmal die optimistischsten Theoretiker hatten damit gerechnet, wie schnell die Natur sich von der Seuche namens Mensch erholen würde.

Doch während es unserem Heimatplaneten irgendwie gelang, sich selbst und bestimmte Arten von Leben zu erhalten, sorgte er gleichermaßen dafür, seinem Parasiten die Existenz so schwer wie nur möglich zu machen. Die Not, unsere Art ein für alle Mal loswerden zu müssen, war so groß, dass er seinen Kampf nicht einfach aufgeben wollte.

Während bestimmte Arten, wie zum Beispiel Arthropoden, darunter vor allem einige Insektenfamilien, Schaben und Spinnen, innerhalb weniger Generationen den neuen Umständen angepasst mutierten, hatten es alle Säugetierarten, die den Blackout überlebten, unvergleichbar schwerer.

Tierarten, die nicht von den Menschen als rettenswert eingestuft und in die Schutzbunker gebracht worden waren, hatten keine Chance, die Grundwasserverseuchung und Luftverschmutzung zu überleben. Zehn Jahre nach der großen Katastrophe waren etwas mehr als siebzig Prozent aller Arten für immer ausgerottet.

Einige wenige Nutztierarten, darunter vor allem Milchlieferanten wie Kühe, Ziegen, Pferde und Schafe, aber auch eierlegendes Geflügel, konnte an verschiedenen Orten, über den Planeten verteilt, erhalten werden und wird bis heute in den Townships erfolgreich nachgezüchtet.

Die anhaltende radioaktive Strahlung verhindert eine freie

Aussiedelung selbst Jahrhunderte nach dem Blackout. In regelmäßigen Abständen werden die Verhältnisse außerhalb der Kuppeln durch Langzeitversuche getestet. Mit Sendern und Biotransmittern gechippte ehemalige Haustierrassen, vor allem Hunde und Katzen, werden in den Wüsten rund um die Townships ausgesetzt, die Daten dokumentiert.

Bisher war es nie gelungen, eines der Tiere länger als 24 Stunden am Leben zu erhalten. Exemplare, die nicht den Arthropoden zum Opfer gefallen sind, wurden von der Strahlung, der Hitze oder den Stürmen getötet. Die Daten aus den Chips liefern die technische Grundlage für die Schutzanzüge der Außentruppen und geben Aufschluss über das Jagd- und Fressverhalten der frei lebenden Insekten.

Die Nachzucht und das Experimentieren mit artverwandten Rassen macht einen großen Teil der Zukunftsforschung aus und sichert das Überleben kommender Generationen.

11

Die Tage des Wartens in Beartooth verstrichen zäh. Wie ein rastloses Tier zog Liam seine Kreise durch die Stollen. Ammas Anweisung Folge leistend, hielt er sich von den Shawnees und der Krankenstation, auf der die meisten von ihnen immer noch untergebracht waren, fern.

Kaja konnte spüren, dass er etwas vorhatte, aber sie wagte es nicht, ihn danach zu fragen. Von dem Liam, dem sie erst vor Kurzem ihren Körper geschenkt hatte, war nichts mehr übrig. Keine Spur von der sanften Vertrautheit und dem Gefühl der Sicherheit, das sie normalerweise in seiner Nähe spürte. Wenn sie ihn zu Gesicht bekam, war er verschlossen und gereizt, die meiste Zeit aber verbrachte er zusammen mit Jasper, Samuel und Damian in den technischen Lagerhallen, in denen die Archianer neue Ausrüstung für Beartooth herstellten. Es brauchte keine hellseherischen Fähigkeiten, um sich auszumalen, was die Männer dort zusammenbrachte. Wenn nachts die Lichter in den Höhlen erloschen und Liam seinen Weg zu ihr fand, war er meist so erschöpft, dass er einschlief, bevor sein Kopf die Kissen berührte. Eine weitere Gelegenheit für einen ungestörten Moment ergab sich nie.

Es dauerte nicht lange, und Liams Frust hatte sich auch auf Kaja ausgewirkt. So sehr sie Freja für ihre Versuche, sie zusammen mit Kruk aufzumuntern, dankbar war, sie hatte genug davon, ihre Zeit mit den Kindern aus Beartooth zu verbringen. Mittlerweile wusste sie genug über die Geschichte der Menschen an der Oberfläche, um zu verstehen, warum die Archianer unbeliebt waren und weshalb man die Citizens so sehr fürchtete. Es war an der Zeit, sich endlich selbst nützlich in die Gemeinschaft einzubringen.

Allisons müde Frage, etwa vier Tage nach ihrer ersten Begegnung mit den Shawnees, ob sie auf der Krankenstation aushelfen könnte, kam wie gerufen.

»Wir sind viel zu schlecht ausgestattet«, seufzte die Freundin, die beinahe jede wache Minute an Renas Seite verbrachte und mittlerweile, mehr noch als die männlichen Archianer, Teil der Outlaws geworden war. »Es gibt nicht genug Heiler und bei Weitem nicht genug Medikamente. Ich wünschte, Rebecca wäre hier.«

Ihre Blicke trafen sich, beide teilten denselben Gedanken: War die Ärztin aus der Arche überhaupt noch am Leben, oder hatte der Rat sie längst verurteilt? Würden sie sich jemals wiedersehen?

»Ich bin nicht Rebecca«, gab Kaja zerknirscht zu bedenken. »Aber was ich tun kann, das mach ich gern.«

Allison nickte und zwang sich zu einem Lächeln.

»Wir machen das Beste aus dem, was wir haben. Wer hätte je gedacht, dass wir es sind, die für die letzten Menschen in den Kampf ziehen werden? Ich jedenfalls nicht.«

»Werden wir das denn?«, wollte Kaja wissen. »Werden wir in den Kampf ziehen?«

Diesmal war Allisons Lächeln nicht gespielt. »Gerade du solltest wissen, dass das, was Liam Turner sich in den Kopf setzt, früher oder später geschehen wird. Er hat uns hierhergebracht, ohne ihn wären wir niemals aus der Arche entkommen. Nicht einmal dein Vater hat es geschafft, ihn daran zu hindern. Früher oder später werden wir die Archen öffnen. Die Frage ist nur, was wartet dort unten, wenn es endlich so weit ist?«

Ein kalter Schauer lief über Kajas Rücken. Die Pläne ihres Vaters vor Augen, machte ihr der Gedanke an die Arche plötzlich große Angst.

Die harte Arbeit auf der Krankenstation der Outlaws lenkte Kaja erfolgreich von ihren düsteren Gedanken an eine Arche voller Leichen ab. So schnell sie ihre Beine trugen, rannte sie zwischen den Verletzten, Kranken und Heilern hin und her, um die ihr aufgetragenen Dinge zu erledigen.

Sie schleppte Kanister voller Wasser, verteilte Essen und Trinken, leerte Bettpfannen und wusch gebrauchte Verbände. Nach kurzer Zeit schmerzte jeder Muskel in ihrem Körper, und sie ertappte sich bei einem sehnsüchtigen Gedanken an Frejas Klassenzimmer. Doch größer als jede Anstrengung war das Wissen, endlich eine echte Hilfe zu sein. Die Höhlen der Heiler waren bis auf das letzte Bett und darüber hinaus gefüllt. Die meisten Opfer der Anschläge hatten zwar vor dem Tod gerettet werden können, aber der Weg der Heilung ohne moderne Medizin war lang und mühsam. Es würden noch Wochen vergehen, bevor die hier untergebrachten Menschen in den Haupttrakt der Wohnhöhlen verlegt werden konnten. Kein Wunder, dass es viele Bewohner gab, die nicht wollten, dass sich die Station sofort wieder mit neuen Verletzten füllen würde. Für Kaja war es unvorstellbar, dass man sich jemals an die Schmerzensschreie und das verzweifelte Wimmern der Verletzten gewöhnen konnte, das hier unten Tag und Nacht die Arbeiten begleitete. Vielleicht war es keine gute Entscheidung von Amma gewesen, Liam von diesem Ort fernzuhalten. Vielleicht hätte sie ihn bewusst hierhin schicken sollen, um ihm zu zeigen, warum halb Beartooth nicht in den Krieg ziehen wollte.

»Kaja, hier bist du.« Beladen mit einem Stapel sauberer Tücher war Rena zu ihr gekommen. Sie drückte Kaja die Wäsche in die Arme. »Kannst du die Laken der Shawnees wechseln? Das sind zwanzig Betten im hinteren Teil der dritten Halle. Ich schaffe es sonst nicht vor heute Abend.«

»Selbstverständlich.« Sie ächzte unter dem Gewicht des Pakets und hatte Mühe, sich die Anstrengung nicht anmerken zu lassen. Rena lächelte dankbar.

»Vielen Dank. Du bist eine große Hilfe.«

Kaja konnte die Skepsis über Renas Worte nicht verbergen, erst vor zwei Stunden war sie mit einer vollen Bettpfanne gegen eine Heilerin gestoßen. Das hatte sich nicht nach Hilfe angefühlt.

Rena, die ihre Gedanken erraten konnte, lachte nur.

»Kaja, wir haben alle irgendwann mal angefangen. Wir hatten großes Glück, hier draußen geboren zu sein. Das hattest du nicht, aber du gibst dein Bestes, und das ist mehr als genug.«

Die Worte der Heilerin ließen Kaja verblüfft aufhorchen. Rena war froh, unter diesen einfachen Umständen leben zu können. Sie war dankbar, NICHT in der Arche geboren zu sein. Ein Leben lang hatte man Kaja erklärt, was für ein Privileg es war, Archianer zu sein, doch offenbar gab es Menschen, die genau das Gegenteil verspürten, und sie merkte, wie es ihr ebenso erging.

»Ich werde weiter versuchen, niemanden zu verletzen«, antwortete Kaja mit Blick auf die Laken, und Rena lachte.

»Das schaffst du. Ich glaube an dich. Ach, Kaja«, rief sie ihr zu, bevor sie wieder zu ihren Patienten verschwand. »Um das Bett ihrer Amma kümmere ich mich später selbst. Sie ist immer noch zu schwach und darf nicht bewegt werden. Einer der Shawnees ist bei ihr und hat Anweisung, mich sofort zu informieren, wenn sie aufwacht oder es ihr schlechter geht. Am besten, du lässt sie einfach in Frieden.«

Kaja nickte erleichtert. Sie hätte Allison keinen Gefallen getan, wenn sie an ihrem ersten Tag auf der Krankenstation aus reiner Tollpatschigkeit eine Amma verletzt hätte.

Der Bereich, in dem man die Shawnees untergebracht hatte, war leicht zu finden. Ein schmaler Durchgang im Stein führte am Ende der dritten Höhle in einen angrenzenden Raum, der laut Allison bis vor Kurzem als Lager benutzt worden war. Nun hatte man die letzte verfügbare Fläche für die zwanzig Verletzten und ihre Amma frei geräumt. Im Gegensatz zu den anderen Outlaw-Völkern waren die Shawnees durch die Bank ausgebildete Krieger. Zwischen den Völkern der Outlaws war es seit vielen Hundert Jahren nicht mehr zu Auseinandersetzungen gekommen, aber der Tradition, jeden Mann und jede Frau im Kampf auszubilden, waren die Shawnees dennoch treu geblieben. Nun rätselten alle, ob dies der Grund war, warum gerade ihr Volk Ziel dieses Großanschlags geworden war, aber der Schreck über die herben Verluste dieser exzellenten Kämpfer saß tief und verhieß nichts Gutes.

Vor dem Durchgang, der zu den Verletzten führte, stand ein Posten der Shawnee. Er war in den typischen bodenlangen Umhang gehüllt und hatte die Kapuze über den Kopf gezogen. In seiner Hand hielt er einen mannshohen Stock, auf den er sich locker stützte. Alles an ihm strahlte auf den ersten Blick entspannte Ruhe aus, doch für Kaja bestand kein Zweifel daran, dass es sich bei dem Mann um einen Wachposten handelte, der den Stab in seiner Hand in jedem Moment als das einsetzen konnte, was er war – eine tödliche Waffe.

Der Wächter ließ sie anstandslos passieren, sie glaubte sogar, unter dem Schatten der Kapuze ein wohlwollendes Kopfnicken erkannt zu haben. Die Tücher in ihren schwachen Armen wurden immer schwerer, und Kaja stolperte auf das dämmrige Licht zu, bevor ihr der ganze Stapel entgleiten konnte.

Um die Verletzten in ihrer Ruhe nicht zu stören, brannten nur vereinzelt Lampen in kleinen Nischen im Stein. Es dauerte einen Moment, bis sich Kajas Augen an die Lichtverhältnisse gewohnt hatten. Aus ein paar der Betten war leises Seufzen zu hören, die meisten Patienten aber atmeten ruhig, schliefen entweder oder waren durch den starken Kräutertrank der Heiler für den Moment von ihren Schmerzen befreit. Vorsichtig, um niemanden unnötig zu stören oder zu wecken, wechselte Kaja die Zudecken und Laken der Männer und Frauen. Es war eine anstrengende und ungewohnte Arbeit, und Kaja benötigte viel mehr Zeit, als eine der geübten Heilerinnen gebraucht hätte. Es dauerte nicht lange, und sie begann am ganzen Körper zu schwitzen. Sie legte den Umhang zur Seite, der sie in den kühlen Stollen schützte, und hielt für einen Moment inne. Über die Hälfte der Betten lag noch vor ihr. Sie atmete schwer ein und wieder aus.

»Brauchst du vielleicht Hilfe?«, fragte plötzlich eine leise Männerstimme halb ernst, halb belustigt. Erschrocken drehte Kaja sich um. Versteckt in der Dunkelheit, halb verdeckt von einem bodenlangen Vorhang, der eines der Betten von den anderen abtrennte, saß auf einem kleinen Schemel eine Gestalt in der üblichen Shawnee-Kleidung.

Zögernd machte Kaja einen Schritt auf das Bett und den weiteren Wächter zu. Unter den Laken waren die Umrisse einer schmächtigen Gestalt zu sehen. Es konnte sich nur um die Amma der Geflüchteten handeln. Sie bewegte sich nicht.

Aus der Ferne konnte Kaja nicht einmal erkennen, ob sie noch atmete.

»Noch ist sie nicht tot«, erriet der Fremde Kajas Gedanken. Große Sorge war in seiner Stimme zu hören. »Doch die Heiler geben ihr nicht mehr viel Zeit.« Wegen der Kapuze konnte Kaja das Gesicht des Mannes nicht erkennen, seinen Schmerz aber spürte sie bis in ihr eigenes Herz. Für die Outlaws war ihre Amma wie eine Mutter.

»Gibt es keine Möglichkeit, sie zu retten?«

»Das kann ich dir nicht beantworten.« Er klang traurig, aber nicht unfreundlich. »Wir haben es mit letzter Kraft hierhergeschafft, in der Hoffnung, dass man uns hier helfen wird. Die Heiler hier sind die besten unter den Outlaws. Wenn sie es nicht schaffen, dann niemand. Aber das weißt du sicher, immerhin bist du eine von ihnen.«

Während er sprach, hatte er eines der Laken genommen und angefangen, die restlichen Betten zu machen. Der eigene Kummer hielt ihn offensichtlich nicht davon ab, anderen zu helfen. Für einen Moment verspürte Kaja seltsamen Widerwillen, diesem Fremden die Wahrheit über ihre Herkunft zu verraten, doch dann gab sie sich einen Ruck.

»Ich bin kein Outlaw. Ich bin Archianerin, wie ihr haben auch ich und meine Freunde hier Zuflucht gefunden.«

Der Shawnee hielt mitten in der Bewegung inne. Wie eingefroren verharrte er über das Bett gebückt. Er stand mit dem Rücken zu Kaja, und sie konnte seine Reaktion auf ihre Worte nicht sehen. Aber seine Stimme hatte plötzlich einen distanzierten Ton, alle Freundlichkeit war verschwunden, als er fragte: »Du bist zusammen mit Liam Turner hierhergekommen? Du gehörst zu seinen Leuten?«

Kaja nickte, dann fiel ihr ein, dass er sie nicht sehen konnte. »Ja«, antwortete sie mit fester Stimme.

Langsam richtete er sich auf und drehte sich zu ihr um. Er wirkte größer und bedrohlicher, als er zwei Schritte auf sie zumachte. Sie spürte, wie er sie aus dem Schatten der Kapuze heraus musterte. Nervös schlang Kaja die Arme um ihren Körper. Der Mann war nicht erfreut über ihre Antwort.

Nach schier endlosen Sekunden, die ihr vorkamen wie Minuten, kam ein tiefes Grollen aus seiner Brust, beinahe wie ein Knurren. Kaja fiel wieder ein, was man über die Shawnees und ihre Krieger erzählt hatte; unsicher machte sie einen Schritt zurück.

Der Vermummte schien ihre Furcht zu spüren, denn auch er trat von ihr weg. Im selben Moment schlug er seine Kapuze zurück. Überrascht hob Kaja die Hände vor den Mund. Vor ihr stand der junge Mann, den sie schon am Tag seiner Ankunft in der Großen Halle gesehen hatte. Er musste in etwa ihr Alter haben, blondes Haar stand wild um seinen Kopf herum, ein heller Bart deutete auf die Tage der anstrengenden Flucht hin. Aber das war es nicht, was Kajas Herz unvermittelt schneller schlagen ließ. Wie bei ihrem ersten Treffen waren es seine Augen, die ihr einen Schauer über den Rücken jagten. Und diesmal hatte sie sich nicht getäuscht: Der Mann vor ihr hatte genau die gleichen Augen wie Liam.

»Du musst keine Angst vor mir haben«, beruhigte er sie, und ein Anflug von Wärme war in seine Stimme zurückgekehrt. »Ich werde dir nichts tun.« Er lachte leise, und jugendlicher Schalk erhellte sein Gesicht. Plötzlich war keine Ähnlichkeit zu dem verbitterten Liam Turner mehr zu erkennen, der hier in Beartooth lebte. Aber sie erinnerte sich an eine Zeit, in der auch Liam noch wusste, was Spaß bedeutete. Ihr Herz wurde schwer. Würde dieser Liam jemals wieder zu ihr zurückkehren?

Als würde der junge Krieger ihre Traurigkeit spüren, wurde

auch er wieder ernst, und das Blitzen aus seinen Augen verschwand.

»Du solltest jetzt gehen«, wies er sie brüsk an. »Und es wäre besser, wenn sich in Zukunft ausschließlich echte Outlaws um unsere Verletzten kümmern könnten.«

Damit schlug er die Kapuze wieder über den Kopf. Ohne ihm eine Antwort zu geben, rannte Kaja aus der Höhle. Seine Worte hatten sie tiefer getroffen, als sie sich selbst eingestehen wollte. Wer auch immer dieser Shawnee war, sie wäre nicht unglücklich darüber, ihn und seine Augen nie mehr wiederzusehen.

ELSA-MESSENGER

Entschlüsselte Code-Nachricht
Von: 4893.54532.1 // Anna Smith// Präsidentin der Hope of Tomorrow
An: 5639.4390.39023 // Frederik van Holben// Präsident der Rescue
43790.375845.45358//Andrew Schwarz// Präsident der Homeland

Liebe Herren Präsidenten,

unser bevorstehendes Quartalsmeeting werde ich um einen weiteren Agenda-Punkt ergänzen. Wie ich bereits auf unseren letzten Treffen angedeutet habe, ist uns endlich der Durchbruch in der neuen und deutlich verbesserten Version des Holovits geglückt. Wieder einmal ist dem Team um Andersson ein Quantensprung gelungen, was technische Innovation angeht, und ich freue mich mehr, als ich in Worten ausdrücken kann, dass mit diesem Relaunch eine Reihe von Problemen beseitigt werden kann, allen voran unser Energie-Engpass.

Für unsere Zusammenkunft haben wir eine erste Testversion vorbereitet. Alle technischen Informationen werden im Anschluss an die jeweiligen Tech-Teams der Archen weitergegeben. Weiter wird es von meiner Seite einen Vorschlag für den Launch geben, ebenso zum geordneten LogIn der Archianer. Selbstverständlich sind Sie beide eingeladen, mit mir gemeinsam einen Blick in diese atemberaubende Welt des *Paradisum Omnis* zu werfen und mit zu den Ersten zu gehören, die unsere Zukunft mit eigenen

Augen und dem eigenen Körper erleben dürfen. Die Archen sind und bleiben die Zukunft, wir als ihre Präsidenten, die Herrscher der Menschheit.

Ich freue mich auf unser Wiedersehen.
Anna Smith,
Präsidentin *Hope of Tomorrow*

12

Du darfst dir das nicht zu Herzen nehmen, Kaja«, tröstete Allison sie, nachdem sie von ihrer eigenen Schicht zurückgekehrt war. »Die Shawnees sind ein stolzes Volk, und soweit ich das verstanden habe, ist ihre Ablehnung der Archen noch deutlich größer, als das in Beartooth je der Fall war. Du bist eine große Hilfe, Rena hat dich sehr gelobt. Dann kümmerst du dich eben um andere Patienten, na und? Es sind genug davon da. Vergiss den undankbaren Kerl.«

Kaja hatte es kaum gewagt, der Freundin von der unverhohlenen Ablehnung des Fremden zu erzählen. Aber wenn sie am nächsten Morgen auf die Krankenstation zurückkehren wollte, dann musste sie erklären, warum sie nicht mehr in diesen Bereich der Höhlen gehen konnte. Der Trost und die Unterstützung von Allison waren alles, was sie brauchte, um den Shawnee zwar nicht zu vergessen, aber seinen Worten weniger Beachtung zu schenken. Sie war weder verantwortlich für die Taten längst verstorbener Archianer noch für die Angriffe der Citizens, aber sie konnte den Menschen helfen, die darunter zu leiden hatten, und daran würde sie keiner hindern.

Dieses Mantra im Kopf, folgte sie auch am nächsten Tag Allison auf die Krankenstation und trat wie gewohnt ihren Dienst an. Sie gab sich jedoch besonders Mühe, jede ihrer Aufgaben fehlerfrei zu erledigen, um nicht den geringsten

Zweifel an ihrer Eignung zu lassen. Sie würde diesem Shawnee nicht den Gefallen tun und ein weiteres Mal mit einer Bettpfanne stolpern. Sollte er sich ruhig eine andere Pflegerin wünschen, es war ihr egal, sie würde keinen weiteren Gedanken an ihn verschwenden.

Je mehr sie sich bemühte, nicht an den Fremden zu denken, desto weniger gelang es Kaja. Den ganzen Morgen über fühlte sie sich bei jedem Handgriff von unsichtbaren Augen beobachtet. Das unangenehme Gefühl begleitete sie wie ein Schatten und war so präsent, dass sie, als tatsächlich zwei Augen auf ihr ruhten, im ersten Moment gar nicht reagierte.

»Kaja?« Eine warme Hand legte sich auf ihre Schultern. Vor Schreck hätte sie beinahe tatsächlich einen Krug Wasser fallen lassen.

»Hatte ich nicht gesagt, dass du keine Angst vor mir haben musst?« Liams Augen, die nicht Liams Augen waren, blitzten belustigt.

Kaja zog die Brauen zornig in die Stirn. »Ich habe keine Angst«, behauptete sie, wenig überzeugend. »Was willst du?«, fragte sie mürrisch und schüttelte die Hand von ihrer Schulter. »Woher weißt du meinen Namen?«

»Sagen wir es mal so«, formulierte der Fremde vorsichtig. »Ihr Archianer seid in Beartooth keine Unbekannten. Und zu deiner Frage, was ich will …« Wieder betrachtete er sie eingehend, diesmal aber mit einem freundlicheren Lächeln als am Vortag. »Ich schulde dir eine Entschuldigung.«

Damit hatte Kaja nicht gerechnet. Bevor sie antworten konnte, fuhr der Krieger fort.

»Ich hätte dich gestern nicht einfach wegschicken dürfen. Es war unhöflich, deine Hilfe auszuschlagen. Jeder Mensch hat seine eigene Geschichte, ich habe vergessen, dass auch du dir deine Herkunft und dein Leben nicht aussuchen konntest.

Dass du heute hier bist, dass du denen hilfst, die dich brauchen, das sind Entscheidungen, an denen man dich messen darf. Ich hätte dir danken müssen, bitte verzeih mir.«

Es war ein mehr als seltsames Gefühl, diesen Augen, die sie so gut kannte, nicht zu vertrauen, selbst in diesem fremden Gesicht. Kaja nickte.

»Es gibt nichts zu verzeihen. Ihr habt viel durchgemacht, wie wir alle. Es ist nur verständlich, dass die Sorge um die eigene Familie größer ist als Anstandsfloskeln.«

Der junge Mann verzog das Gesicht zu einem schiefen Lächeln, als wäre er sich nicht sicher, ob sie ihn auf den Arm nehmen wollte. Dann streckte er ihr die Hand entgegen.

»Freunde?«, fragte er mit einem hoffnungsvollen Blick.

Kaja betrachtete erst die Hand, dann den zugehörigen Menschen. Noch vor wenigen Minuten hatte sie gehofft, ihn nie mehr wiedersehen zu müssen, und nun sollten sie Freundschaft schließen? Sie kannten sich nicht einmal. Trotzdem konnte sie der irritierenden Vertrautheit seines Blicks nicht widerstehen. Sie griff nach seinen Fingern.

»Freunde«, versicherte sie ihm und wurde mit einem strahlenden Lächeln belohnt. Lächelnd ähnelte der Krieger Liam nicht mehr im Geringsten. Er sah um Jahre jünger aus, beinahe noch wie ein Kind, wäre da nicht der Bart in seinem Gesicht.

Krieg lässt die Menschen altern, raubt den Kindern die Kindheit, fielen ihr Ammas Worte von einer der letzten Abstimmungen ein. Dieser junge Krieger war der Beweis dafür. Anstatt eine Waffe zu tragen, sollte er lieber ein Instrument halten. Anstatt am Lager von Sterbenden zu wachen, sollte er lieber seine Zeit mit Freunden verbringen.

»Mein Name ist Nathaniel«, holte er sie aus ihren Gedanken in das Hier und Jetzt zurück. »Meine Freunde nennen mich Nate.«

»Nate«, wiederholte Kaja und bemühte sich um ein Lächeln, das seinem an Leichtigkeit gleichkam. »Schön, dich kennenzulernen.«

»Gibt es irgendetwas, bei dem ich dir helfen kann, Kaja?«, fragte er unvermittelt.

»Musst du nicht eure Amma bewachen?«, wollte sie im Gegenzug von ihm wissen, aber er schüttelte nur traurig den Kopf.

»Ihr Zustand verschlechtert sich. Ich war die ganze Nacht an ihrer Seite, sie war einen Moment wach, und meine ...«, er zögerte einen Moment, bevor er fortfuhr, »... Amma ist der Meinung, ich solle mich ausruhen. Sie hat mich weggeschickt und um Ablöse für mich gebeten.«

Nathaniel hatte also selbst die Erfahrung gemacht, wie es war, von seinem Posten befreit zu werden. Vermutlich der Grund für seine Entschuldigung.

»Dann solltest du die Anweisung deiner Amma ernst nehmen und dich ausruhen«, belehrte ihn Kaja. »Es wird ihr nicht besser gehen, wenn du dich verausgabst. Geh nach Hause in deine Unterkunft, leg dich schlafen. Komm zurück, wenn du wieder bei Kräften bist, und wir sehen weiter, ob ich dann noch deine Hilfe brauchen kann.«

Zu ihrer Überraschung lächelte Nate. »Du klingst ein wenig wie sie.«

»Eine geborene Amma«, erwiderte Kaja und musste ebenfalls schmunzeln. Für einen Moment lachten sie beide, und Kaja stellte erschrocken fest, wie ungewohnt dieses Gefühl war. Seit vielen Tagen hatte sie keinen Grund mehr gehabt, sich zu freuen, noch länger war es her, dass sie, mit der Ausnahme von Freja, mit jemandem einen Scherz geteilt hatte. Es war ein schönes Gefühl, das sie sehr vermisste.

»Gute Nacht, oh hochwohlgeborene Amma«, verabschiedete

sich der Shawnee Nathaniel noch immer lächelnd. »Wir werden uns wiedersehen.«

Für den Rest des Tages war ihre Laune zum ersten Mal seit Tagen beinahe ausgelassen gut. Sie scherzte mit den Patienten, die bereits auf dem Weg der Besserung waren, hatte für jeden ein nettes Wort übrig, und überhaupt verging die Zeit wie im Flug. Neben seiner Entschuldigung hatte Nate ihr ein kostbares Geschenk gemacht, die Erinnerung an Freude. Kaja war gewillt, dieses Geschenk weiterzureichen, vielleicht würde es ihr sogar gelingen, auch in Liams Augen etwas von dem früheren Leuchten zurückzubringen.

»Was hat man dir denn für eine Medizin verabreicht?«, wollte Samuel wissen, als sie beim Abendessen saßen.

Kaja lächelte ihn über den Tellerrand ihrer Suppe hinweg an. »Keine Medizin«, erklärte sie. »Aber wir sollten alle ab und zu mal wieder lachen. Einfach, um uns daran zu erinnern, warum wir diese Welt eigentlich retten wollen.«

»Ein wahres Wort.« Jasper nickte bekräftigend.

»Heute Morgen klang das noch ganz anders«, bemerkte Allison. »Aber ich hab dir ja gesagt, du sollst nichts auf die Meinung anderer geben. Und du siehst, ich habe recht behalten.«

»Welche Worte anderer?«, wollte Samuel wissen.

»Einer der Shawnees hat darauf bestanden, Kaja vom Dienst an ihren Verletzten zu befreien, weil sie eine Archianerin ist.« Allison klang empörter, als sie es sich Kaja gegenüber hatte anmerken lassen.

»Er hat was?«, entfuhr es Samuel, und seine Miene verfinsterte sich.

Liam und Jasper blickten ähnlich verärgert.

»So geht man nicht mit den Menschen um, die einem helfen. Hast du das Amma gemeldet?«, fragte Liam.

Kaja schüttelte den Kopf. Sie warf Allison einen wütenden

Blick zu. »Das war alles halb so schlimm«, erklärte sie. »Nathaniel hat sich heute Morgen bei mir dafür entschuldigt.«

»Nathaniel?« Vielsagend hob Jasper eine Augenbraue. »Nathaniel also. Offenbar tut Kaja ihr Bestes, um sich mit den Neuen anzufreunden.« Er lachte, aber Liams Blick verfinsterte sich noch mehr. Diese Art von Scherzen trug offensichtlich nicht dazu bei, seine Laune zu heben.

»Lass das«, fuhr Kaja Samuel an. »Es war ein Missverständnis, nicht mehr und nicht weniger. Wir sollten keine große Sache daraus machen. Wir sind alle angespannt, und jeder hier hat seine Sorgen.«

»Wie ist er so, dieser Nathaniel?«, wollte Liam wissen. »Die Shawnees sind ein Kriegervolk. Was meinst du, Kaja, werden sie für einen Angriff auf die Townships stimmen?«

Kaja dachte einen Moment über Liams Frage nach, aber ihr wollte keine Antwort einfallen, die ihn zufriedenstellen würde. Ratlos schüttelte sie den Kopf. »Ehrlich, ich weiß es nicht. Er ist sehr jung. Mag sein, dass er ein guter Kämpfer ist, aber er wirkt nicht kriegerisch, wenn du das meinst. Ich hatte eher das Gefühl, er ist ein Junge, der sich nur Sorgen um seine Familie und seine Freunde macht ... so wie wir.«

»Kannst du versuchen, mehr von ihm über seine Leute zu erfahren?«, bohrte Liam weiter. »Ich werde mich Ammas Wunsch nicht widersetzen, aber ich muss wissen, was sie vorhaben und wie sie sich im Falle einer neuen Abstimmung entscheiden werden. Ich weiß, dass sie noch mehr auf die Stimme ihrer Amma hören als die Outlaws hier in Beartooth. Kannst du rausfinden, wie sie über diese Sache denkt?«

Kaja zögerte. Nach so vielen Tagen hatte sie endlich die Gelegenheit, Liam in seiner Sache zu unterstützen. Und doch, es kam ihr falsch vor, diese neue Freundschaft mit einem bestimmten Ziel zu verfolgen. Sie wusste, Liam wollte von ihr nicht nur wissen, wie die Shawnees fühlten, er wollte, dass sie die Krieger von seiner Sache überzeugte.

»Damit wird sie nicht viel Erfolg haben«, erklärte Allison, noch bevor Kaja sich zu einer Antwort durchringen konnte. »Der Zustand ihrer Amma hat sich drastisch verschlechtert. Ich bin mir nicht sicher, wie lange wir sie noch am Leben halten können. Die kommenden Nächte werden entscheidend sein.«

»Umso wichtiger, dass Kaja versucht, ihr Vertrauen zu gewinnen. Sollte sie tatsächlich sterben, wird sie ihrem Volk vorher letzte Anweisungen geben. Kaja ...«, sein Blick bohrte sich in ihre Augen, »... du musst dafür sorgen, dass sie sich für unsere Seite ausspricht. Ich zähle auf dich.«

Zum zweiten Mal in ihrem Leben hatte ihr Liam Turner eine Aufgabe gestellt, bei der sie keine Ahnung hatte, wie sie diese erfüllen sollte. Die gute Laune, die sie eben noch verspürt hatte, war wie weggeblasen.

Wenn sie jemals eine Chance gehabt hatte, sich das Gehör der Shawnee Amma zu verschaffen, dann war diese lang vorbei. Schon am nächsten Morgen konnte sie an Nates müden Augen erkennen, dass es nicht gut um die verletzte Frau bestellt war.

»Uns bleibt nicht mehr viel Zeit«, gestand er, als sie sich an der Ausgabestelle für frisches Wasser über den Weg liefen. »Die Heiler haben alles für sie getan, was möglich war. Aber sie wird immer schwächer. Ich glaube, sie will einfach nicht mehr leben.«

Er wirkte so niedergeschlagen, dass Kaja instinktiv nach seiner Hand griff. Seine Finger waren warm und stark. Mit der Verzweiflung eines Trauernden hielt er sich an ihr fest.

»Wenn sich ihr Zustand weiter verschlechtert, werden wir heute Nacht die Totenwache für sie abhalten.«

Kaja wusste, dass dies der Brauch bei den Outlaws war. Kurz vor dem Tod einer Amma wurde ihr im Beisein ihres Volks ein starkes Gebräu aus Kräutern und Mineralien verabreicht, das für einen Moment die Kräfte in ihrem Körper bündelte. Diesen letzten Widerstand gegen den Tod nutzte eine Amma, um ihrem Volk Weisung für die Zukunft zu geben und eine Nachfolgerin zu bestimmen. Meist war dies nur noch eine Formalie und die neue Amma längst bekannt. In dieser Situation bezweifelte Kaja allerdings, dass es überhaupt eine Nachfolge geben würde. Es waren nur fünf Shawnee-Frauen mit nach Beartooth gekommen, vier von ihnen immer noch schwer verletzt. Zudem gab es bereits eine Amma in Beartooth, deren Autorität durch eine neue Kandidatin sicher nicht infrage gestellt werden würde. Sollte es tatsächlich eine Totenwache geben, dann wäre dies der Moment, auf den Liam gewartet hatte. Alle Shawnees würden sich versammeln, um zu erfahren, wie ihr Weg in die Zukunft aussehen sollte.

»Kann ich irgendetwas für euch tun?« Eine Frage, an der ihr Gewissen keine schlechten Absichten erkennen konnte. Kaja meinte es ernst.

»Du bist hier«, antwortete Nate, und seine Finger schlossen sich fester um ihre Hand. »Wenn es heute Nacht so weit sein sollte, kannst du an meiner Seite sein?«

Überrascht blickte Kaja ihn an. »Ich?«

Er nickte. »Wollten wir nicht Freunde sein? Freunde sind füreinander da in schweren Zeiten.«

Aus einem unerfindlichen Grund hatte Kaja das Gefühl, Nathaniel hätte sie ausgetrickst. Ihr Bauchgefühl sagte ihr, dass es klüger wäre, sich aus dieser Sache rauszuhalten. Sich weder für Liam noch für Nate in die Zukunft der Shawnees einzumischen. Aber beide hatten sie in eine Situation gebracht, in der ein Nein unmöglich schien. Obwohl es ihr schwerfiel, nickte sie.

»Wenn die Zeit für den Abschied gekommen ist, werde ich bei dir sein.« Ein kleines Versprechen, doch sie spürte, dass sich mehr darin verbarg, als ihr bewusst war.

Dass es sich um mehr als nur ein kleines Versprechen handelte, wurde ihr spätestens klar, als sie sich im Dunkel der nächtlichen Stollen zurück auf die Krankenstation schlich. Leise, um die anderen Archianer in ihrer Unterkunft nicht zu wecken, hatte sie sich angezogen. Mit jedem Stück Kleidung war das Stechen ihres schlechten Gewissens Liam gegenüber stärker geworden. Verriet sie seine Sache, ja ihre gemeinsame Sache, wenn sie sich hinter seinem Rücken mit den Shawnees traf?

Trotz der beißenden Schuldgefühle hatte sie es nicht über sich gebracht, ihren Freund zu wecken. Amma hatte keinen Zweifel daran gelassen, dass Liam sich nicht einmischen sollte. Diese Anweisung musste reichen, um ihr eigenes Gewissen zu beruhigen.

Den Weg zur Krankenstation hatte sie mittlerweile oft genug zurückgelegt, um ihn auch ohne Allisons Hilfe zu finden. Ohne sich in den Stollen zu verlaufen, traf sie kurz nach ihrem Aufbruch ein. Aus Gründen der Sicherheit war es den Outlaws nicht gestattet, nachts durch die Stollen zu wandern, wenn sie keinen triftigen Grund hatten. Dennoch stellten die wenigen Heiler, die in dieser Nacht Dienst hatten, Kajas Besuch nicht infrage. Sie gehörte mittlerweile fest zum Team, und niemand hinderte sie daran, die Höhlen zu betreten.

In den Schlafhallen der Patienten war es ruhig, beinahe friedlich. Die meisten von ihnen erhielten am Abend einen beruhigenden Trank gegen Schmerzen, der ihnen beim Schlafen helfen sollte. Sie hörte die Menschen in der Dunkelheit atmen, zwei Heiler wanderten mit kleinen Lichtern zwischen den Betten hindurch und bewachten ihre Schutzbefohlenen.

Ohne sich unnötig lange aufzuhalten, lief Kaja durch die ersten beiden Räume in den hinteren Teil, der die Shawnees beherbergte. Wie immer stand ein einsamer Krieger Wache vor dem Zugang. Er hob überrascht den Kopf, hinderte Kaja aber nicht daran, den kleinen Raum zu betreten.

Sie hatte erwartet, in der Dunkelheit viele, wenn nicht alle der Shawnees am Bett ihrer Amma versammelt zu sehen. Aber es war nur eine einzige zusammengekauerte Gestalt neben dem Lager der sterbenden Frau zu sehen: Nathaniel.

Als Kaja den Raum betrat, hob er den Kopf. Im ersten Moment wirkte er überrascht, als hätte er nicht mit ihr gerechnet. Dann erhellte sich sein Gesicht.

»Kaja, du bist tatsächlich gekommen«, begrüßte er sie müde.

Für einen Moment überlegte Kaja erneut, ob es die richtige Entscheidung gewesen war. Doch die Trauer in seinen Augen ließ sie ihre eigenen Sorgen vergessen.

»Wir sind Freunde«, versicherte sie ihm mit einem schwachen Lächeln. »Natürlich bin ich gekommen. Wo sind die anderen?«

»Es wird heute keine Wache stattfinden«, erklärte Nate. »Noch nicht. Ich weiß nicht, was ich schlimmer finde: dass sie stirbt oder das Warten auf ihren Tod.«

Frustriert rieb er sich die Augen und fuhr durch seine verstrubbelten Haare. Das wilde Chaos auf seinem blonden Kopf ließ Kaja ahnen, dass die Verzweiflung nicht neu war.

»Soll ich dich wieder allein lassen?«, fragte sie vorsichtig.

Nate schüttelte den Kopf. »Würdest du einen Moment bleiben? Ich habe das Gefühl, seit Tagen mit niemandem mehr gesprochen zu haben. Ich werde noch verrückt.«

Kaja zögerte. Sie wusste, Liam würde wollen, dass sie die Chance nutzte, um Nate auf die Wahl anzusprechen, sie war sich aber nicht sicher, ob dies der richtige Moment und sie die geeignete Kandidatin dafür war.

»Bitte?«, flehte er leise.

Sie schob ihre Bedenken beiseite und setzte sich neben Nate auf die kleine Bank am Fußende des Krankenlagers. Ein kleiner Moment würde niemandem schaden.

Eine Weile schwiegen beide und starrten ins Leere, dann fragte Nathaniel: »Wie war es so, das Leben in der Arche?«

Die Frage traf Kaja unvorbereitet. Bisher hatte keiner der Outlaws Interesse an ihrer Vergangenheit gezeigt. Und wenn doch, dann ging es meist um politische Informationen. Sie dachte über ihre Antwort nach. Wie war ihr Leben in der Arche eigentlich gewesen? »Unbeschwert«, antwortete sie schließlich. »Jedenfalls eine lange Zeit. Ich hatte eine wunderbare Kindheit, ich musste mir um nichts Sorgen machen. Dank dem Holovit konnte ich viele Dinge unserer Erde vor dem Blackout erleben.«

»Du hast dich nicht gefangen gefühlt?«, wollte Nate wissen, der ihr aufmerksam zuhörte.

»Nein. Ganz im Gegenteil, ich habe immer geglaubt, es sei ein Privileg, diese enorme Freiheit erleben zu dürfen. Zu erfahren, wie sich der Planet angefühlt hat, als die Natur noch intakt war. Verschiedenste Orte zu verschiedenen Zeiten besuchen zu können. Tiere und Pflanzen zu sehen, wie sie gelebt haben. Musik, Essen, Trinken, diese bunte Vielfalt, das alles hier fühlt sich dagegen an, wie ein Leben in Schwarz-Weiß.«

»Klingt, als würdest du dein Zuhause sehr vermissen.«

Sie schüttelte den Kopf. »Nein, das tu ich nicht. Es gab Momente, in denen ich mich schrecklich gefühlt habe. Die

Blackouts zum Beispiel. Wenn die Energie nicht mehr gereicht hat, um das Holovit aktiv zu halten, sind wir in den Aerobiose-Tanks aufgewacht, die den Körper in den Archen am Leben halten. Auch wenn die Blackouts nie lange gedauert haben und ich wusste, dass ich sicher bin, ich hatte jedes Mal Todesangst. Was, wenn die Energie irgendwann nicht mehr ausreicht? Was, wenn all diese Menschen unter der Erde gefangen sind und sich nicht in die digitale Welt flüchten können? Ich wusste nicht, dass es eine Alternative an der Oberfläche gibt. Ich dachte, unser Leben hängt von den Tanks ab, und unser Verstand ist auf das Holovit angewiesen. Aber ich habe diese Angst immer verdrängt, so gut es ging. Ich wusste nicht, was ich dagegen hätte tun sollen. Erst als ich Liam getroffen habe, hat sich das geändert. Er hat mir gezeigt, dass es einen anderen Weg gibt.«

»Du hältst viel von ihm.«

Kaja war es, als wäre eine bittere Note in Nathaniels Stimme zu hören.

»Ist er wirklich so viel besser als wir alle?«

Verwundert blickte Kaja den jungen Mann neben sich an. War das die Meinung, die man in Beartooth von Liam hatte? Dass er besser war als der Rest? »Er würde so etwas nicht gern hören, das kann ich dir sagen. Er mag vieles sein, aber für besser würde er sich niemals halten. Liam hat sein Leben lang nach einem Ausweg aus den Archen gesucht. Seine Familie ist bei dem Versuch gestorben, die *Hope* zu verlassen. Der Wunsch nach Freiheit ist in ihm größer als alles andere.«

»Auch größer als seine Liebe zu dir?«

Kaja zuckte zusammen. Tief in ihrem Herzen wusste sie die Antwort, wollte sie aber weder sich noch Nathaniel eingestehen. »Ich glaube, es ist besser, wenn ich jetzt gehe«, antwortete sie stattdessen.

»Es tut mir leid«, entschuldigte Nate sich sofort. »Es steht mir nicht zu, dir diese Frage zu stellen. Bitte bleib.«

Sie schüttelte den Kopf. »Es ist spät, ich sollte gar nicht hier sein. Ich werde nach Hause gehen. Zu Liam«, betonte sie.

Nate senkte schuldbewusst den Kopf, er versuchte nicht, sie ein weiteres Mal zum Bleiben zu überreden. »Es hat mir viel bedeutet, dass du gekommen bist, Kaja. Ich danke dir. Darf ich dir eine letzte Frage stellen?«

»Eine letzte«, erlaubte Kaja. »Sofern sie nichts mit Liam Turner zu tun hat.«

»Warum hast du dieses Leben aufgegeben? Du hast deine Familie verlassen, deine Sicherheit, deinen Status. Was erhoffst du dir davon? Was wünschst du dir?«

Seine letzte Frage war ebenso schwer zu beantworten wie seine erste. Und wieder musste Kaja einen Moment nachdenken. »Ich wünsche mir eine Zukunft. Nicht nur für mich, sondern für alle Menschen. Die Archen waren immer nur als Übergang angedacht, sie sollten die Menschen so lange schützen, bis sie zurück in ihre natürliche Heimat könnten. Mein Vater kann die wunderbarsten Welten erschaffen, aber sie werden nicht über die Tatsache hinweghelfen, dass das Ende der Archen unausweichlich bevorsteht. Und wenn es uns nicht gelingt, die Menschen vorher daraus zu befreien, dann werden sie mit ihnen untergehen. Wir sollten versuchen, diesen Planeten zu retten, damit wir uns retten können. Das will ich hier oben erreichen.«

Und bevor Nathaniel sie mit einer weiteren Frage herausfordern konnte, drehte sie sich von ihm weg und marschierte aus der Höhle.

Sie fand in dieser Nacht keinen Schlaf mehr. Unruhig wälzte sie sich neben Liam von links nach rechts bei dem Versuch, ihrem Gedankenkarussell zu entkommen. Mehrmals verfluchte sie sich selbst für den nächtlichen Ausflug. Ihr Gespräch mit Nate hatte alte Wunden aufgerissen. Zwischen schmerzhaften Erinnerungen an Lora und ihre Familie und sehnsüchtigen Träumen von einer Zukunft mit Liam und vielleicht sogar einer eigenen Familie wartete sie auf den Tagesanbruch.

Als Liam neben ihr endlich die Augen aufschlug, war sie kurz davor, endlich von ihrer Müdigkeit übermannt zu werden. Bevor sie sich dazu durchringen konnte, ihm von ihrem nächtlichen Ausflug zu erzählen, erwachten um sie herum die restlichen Archianer. Ein kleiner Teil von ihr, der nicht von der mangelnden Privatsphäre frustriert war, atmete erleichtert auf, als Liam sich von ihrem Bettlager erhob. Seine Reaktion auf ihre geheimen Abenteuer würde noch ein wenig warten müssen.

»Ich werde heute mit Amma sprechen«, eröffnete Liam den anderen, noch bevor sie alle aufgestanden waren. Seine Energie erfüllte den kleinen Raum bis unter die Decke. »Wir können nicht länger warten. Samuel, konntet ihr genug Waffen finden?«

»Wir haben Ausrüstung und Munition für etwa fünftausend Mann. Mehr als genug für deinen Plan, was die Townships angeht, und wenn alles gutgeht, dann reicht das gerade so für den Angriff auf die Archen.«

Überrascht hob Kaja den Kopf. Die Blicke, die die beiden Männer wechselten, ließen keinen Zweifel daran, dass sie an einem Plan arbeiteten. Einem Plan, den niemand außer ihnen kannte, oder wenigstens nicht Kaja.

»Was habt ihr vor?«, fragte Allison misstrauisch. Offensichtlich wusste sie ebenso wenig Bescheid wie Kaja.

»Wir müssen für alle Eventualitäten gerüstet sein«, wich

Liam der direkten Frage aus. »Wir können es uns nicht leisten, darauf zu warten, dass alle jede Entscheidung gemeinsam treffen.«

»Also wollt ihr im Alleingang gegen die Townships ziehen?«, fragte die Heilerin entrüstet.

»Natürlich nicht«, wiegelte Liam ihren Einwand ab. »Aber wir haben uns erlaubt, ein Vorgehen zu entwerfen, dass unsere Unterzahl zum Vorteil und nicht zum Nachteil werden lässt.«

»Und dieses Vorgehen sieht wie aus? Wer weiß sonst noch davon?«

Liam verstand den Vorwurf sofort. »Ich habe euch nicht einbezogen, weil ihr genug mit den Verletzten beschäftigt seid. Aber das heißt nicht, dass ich euch nicht vertraue.« Er warf Kaja einen entschuldigenden Blick zu. »Sobald ich mit Amma gesprochen habe, werden wir den Rest von Beartooth informieren. Sobald die Shawnees ihre Stimmen abgegeben haben, werden wir angreifen.«

Kaja versuchte, sich nicht anmerken zu lassen, wie verletzt sie wirklich war. Es war eine Sache, von ihr zu erwarten, dass sie in seiner Sache agieren und spionieren sollte, sie selbst aber aus seinen Plänen auszuschließen, eine ganz andere. Wie sehr waren sie in Liams Welt tatsächlich ein Team? Oder war sie nur ein weiteres nützliches Werkzeug für ihn? Ihre Entscheidung, das Gespräch mit Nathaniel für sich zu behalten, fiel ihr unter diesen Umständen deutlich leichter als noch vor wenigen Minuten. Und zum ersten Mal seit Langem war sie froh, ihn für den Rest des Tages nicht zu Gesicht zu bekommen. Wut und Enttäuschung begleiteten sie auf die Krankenstation, wo sie sich für den Rest des Tages in Arbeit vergrub, um möglichst weder an Liam noch an Nathaniel oder einen bevorstehenden Krieg denken zu müssen.

»Heute Nacht werden sich die Shawnees zur Totenwache für ihre Amma versammeln«, informierte sie Allison am Abend, als sie sich gemeinsam auf den Weg nach Hause machten. Kajas Herz wurde schwer. Sie hatte sich den ganzen Tag vor Nathaniel versteckt; hoffentlich war er mit seinem Schmerz nicht allein.

»Woher weißt du das?«, fragte sie Allison.

»Rena hat den Trank vorbereitet, der ihr heute Abend einen letzten Moment schenken wird. Um Mitternacht werden sie Abschied nehmen.«

Kaja überlegte, was sie nun tun sollte. Sie hatte Nathaniel versprochen, die letzte Wache zu begleiten. Heute hatte sie ihm keine Chance gegeben, seine Bitte zu erneuern. Hatte er versucht, sie zu finden? Die letzte schlaflose Nacht steckte ihr in den Knochen, sie war hundemüde und nicht sicher, ob sie eine weitere Nacht ohne Schlaf überstehen würde. Konnte sie ihren neuen Freund sich selbst überlassen, oder war sie es ihm schuldig, ihr Versprechen zu halten? Mit diesen Überlegungen im Kopf sank sie auf ihre Decken und war eingeschlafen, bevor sie eine Antwort gefunden hatte.

Mitten in der Nacht erwachte sie plötzlich, wie von einer fremden Macht gesteuert. Es konnten nur wenige Stunden vergangen sein, seit sie eingeschlafen war, aber sie fühlte sich weder müde noch erschöpft. Eine innere Unruhe hatte Besitz von ihr ergriffen, und irgendetwas in ihr drängte sie, sich der Totenwache anzuschließen. Wie schon in der Nacht zuvor stand sie vorsichtig und so leise es nur ging auf, als eine Hand sich fest um ihren Arm legte.

»Was hast du vor? Wo willst du hin?«, fragte Liam in der Dunkelheit.

Sie zuckte zusammen. Was sollte sie sagen? Sollte sie

lügen? Oder ihren Ausflug abbrechen, bevor er begonnen hatte? Doch die Stimme in ihrem Inneren, die ihr befahl, der Totenwache beizuwohnen, war stärker als alles andere. Sie musste auf die Krankenstation.

»Die Amma der Shawnees wird heute Nacht sterben«, flüsterte sie. »Ich habe Nathaniel versprochen, dabei zu sein.«

Liams Augen blitzten. »Ich komme mit«, war alles, was er sagte. Nur wenige Sekunden später war er angezogen, und gemeinsam schlichen sie aus der Höhle.

Schweigend liefen sie nebeneinander durch die Stollen. Kaja, immer noch enttäuscht davon, dass Liam sie nicht in seine Pläne eingeweiht hatte, vermied es, ihn anzusehen. Was würden die Shawnees dazu sagen, dass nicht nur eine, sondern gleich zwei Archianer diesen intimen Moment stören wollten? Würde sie Nathaniel in Schwierigkeiten bringen? Seltsamerweise kam ihr Liams Anwesenheit richtig vor. Was auch immer sie antrieb, ein zweites Mal diesen nächtlichen Weg zu nehmen, hatte nichts gegen ihren Begleiter. Vielleicht wollte das Schicksal, dass Liam genau diese Nacht nutzte, um das Kriegervolk der Outlaws zu überreden, sich ihm anzuschließen. So oder so, sie wusste, nichts würde ihn daran hindern, sie zu begleiten.

»Ich wollte dich nicht verletzen«, brach er nach einigen stillen Minuten das unangenehme Schweigen. »Ich wollte dich schützen.«

»Schützen?«, fragte Kaja halb wütend, halb ungläubig. »Wovor?«

»Viele der Outlaws sind immer noch gegen einen Angriff, gegen mich. Gegen das, wofür ich stehe: Unruhe und Gefahr. Wenn es uns gelingt, die Mehrheit für einen Angriff zu erzielen, wird es noch mehr Verletzte geben, noch mehr Tote. Mit Krieg macht man sich keine Freunde. Sollte ich diese Sache nicht überleben, will ich nicht, dass man dich dafür büßen lässt.«

Kaja dachte über seine Worte nach. So weit in die Zukunft hatten ihre Überlegungen nie gereicht. Aber Liam hatte recht. Selbst die beste aller möglichen Zukunftsaussichten würde ihre Opfer fordern. Es würde Menschen geben, die ihre Entscheidung bereuen würden. Der Gedanke, Liam könnte zu den Opfern dieses Unternehmens gehören, schnürte ihr die Luft ab. Sie wollte ihn nicht weiter nähren.

»Ich will nicht, dass wir uns vor der Wahrheit schützen«, antwortete sie stattdessen. »Ich will, dass wir uns vertrauen. Ich muss wissen, dass du nichts vor mir verheimlichst. Ich will nicht mehr blind leben, nie mehr.«

Sie konnte spüren, wie die Erinnerung an die Arche auch ihn traf. Er nickte und griff nach ihrer Hand.

»Keine Geheimnisse mehr«, versprach er, und ein Lächeln huschte über sein Gesicht. Für einen Moment glich er Nathaniel mehr, als Kaja es wahrhaben wollte. Im Zwielicht des Tunnels sah er aus wie der dunkle Doppelgänger des jungen Kriegers, dann verschwand die Illusion.

Kaja schüttelte den Kopf, um das irritierende Bild loszuwerden. »Keine Geheimnisse«, wiederholte sie Liams Versprechen, bevor sie ihn hinter sich in die Halle der Heiler führte.

Diesmal waren sie nicht vergebens gekommen. Schon bevor sie den Raum betraten, der für die Shawnees reserviert war, konnten sie den leisen, rhythmischen Gesang vieler Stimmen vernehmen. Es war kein Wachposten vor dem Eingang, alle Shawnees hatten sich bei ihrer Stammesmutter versammelt. Niemand bemerkte, dass Kaja und Liam sich durch den kleinen Spalt in die letzte Höhle schlichen.

Alle Stammesmitglieder hatten sich versammelt. Etwa vierzig Menschen, in bodenlange Umhänge gehüllt, standen um das Bett der sterbenden Frau. Selbst die Verletzten in ihren Betten waren wach und verfolgten, wie einer von ihnen den Becher mit Renas Trank an ihre Lippen setzte. Kaja erkannte sofort, dass es sich um Nathaniel handelte.

Vorsichtig, Tropfen für Tropfen, träufelte er ihn in den halb geöffneten Mund der alten Frau. Es vergingen Minuten, bevor der Becher vollständig geleert war. Begleitet von dem Gesang ihrer Krieger sank der Kopf der Amma schließlich in die Kissen zurück.

Angespannt warteten Kaja und alle anderen im Raum darauf, dass der Trank seine Wirkung entfalten würde. Ohne es zu merken, begann sie, sich mit den Shawnees im Rhythmus der Melodie zu bewegen. Es dauerte nicht lange, und sie hatte jedes Gespür für Zeit verloren. Wie lange waren sie hier und lauschten dem Gesang? Minuten? Stunden?

Plötzlich aber verstummten, wie auf ein unsichtbares Signal hin, alle Sänger. Es war totenstill in der kleinen Höhle. Kaja versuchte, an den breiten Schultern der Männer vor ihr vorbei, einen Blick auf das Lager der Amma zu erspähen.

Sie hatte die Augen geöffnet. Nathaniel half ihr, sich in den Kissen aufzurichten. So vorsichtig, wie er sie stützte, als sei sie aus zerbrechlichem Glas, verdeutlichte noch mehr als seine Worte in den letzten Tagen, wie wichtig diese Frau für ihn war. Für ihn und für alle in diesem Raum.

»Meine Kinder«, ihre Stimme war leise, beinahe ein Flüstern. »Ihr seid alle hier, und doch fehlen so viele von uns.« Ihr Blick wanderte durch die Reihen der Vermummten, als würde sie jeden begrüßen und jeden, den sie verloren hatten, betrauern. Für einen Moment verharrte sie an der Stelle, an der Liam und Kaja in der letzten Reihe standen. Kaja glaubte, einen Moment der Irritation in ihrem Gesicht zu erkennen, doch Nathaniel legte seine Hand auf ihren Arm.

»Amma, wir sind gekommen, um dich zu verabschieden, wie es die Tradition verlangt. Unsere Herzen sind in dieser Nacht schwer vom Schmerz, doch unser Geist ist wach und bereit für deine Anweisungen. Wohin willst du uns lenken, wenn du nicht mehr unter uns sein kannst?«

»Vieles habe ich erlebt«, antwortete die alte Frau, an die Überreste ihres Volks gerichtet. »Manche von euch kennen meine Geschichte, bevor ich zur Amma der Shawnees gewählt worden bin. Aber alle von euch wissen, dass mein Ziel immer das selbstbestimmte Sein eines jeden Menschen war. Nur wer frei ist, kann frei leben. Über Generationen hinweg sind die Outlaws der Überzeugung, dass der Preis für die Freiheit die Freiheit selbst ist. Ich sage, das darf nicht sein …«

Während sie sprach, war ihr Blick immer wieder durch den Raum gewandert. Jeden der Anwesenden hatte sie so in ihre Rede miteingeschlossen. Als sie den Kopf ein weiteres Mal in Kajas Richtung gedreht hatte, stockte sie plötzlich. Diesmal gab es keinen Zweifel: Die alte Frau konnte die Anwesenheit der Fremden spüren. Sie hob ihren Arm von der Decke und winkte sie zu sich. »Kein Shawnee, aber auch kein Fremder, voller Kraft, voller Wut, voller Hoffnung. Du darfst nicht hier bei uns sein und bist es doch. Komm zu mir, wer auch immer du bist.«

Kajas Herz pochte bis zum Hals, während sie überlegte, ob sie nach vorne treten sollte, als Liam sich wie von einer fremden Macht gelenkt an ihr vorbei durch die Krieger schob. Die Augen der Amma wurden mit einem Mal riesengroß. Vor Schreck, Überraschung, Angst, Freude?

Sie hob den anderen Arm und streckte beide wie zu einer Umarmung nach Liam aus. Ihr Gesicht, das eben noch alt und müde ausgesehen hatte, leuchtete plötzlich voller Leben und Energie. Ungläubig strahlte sie den Archianer an, der zu ihr ans Bett trat. Fassungslos verfolgten die restlichen Menschen im Raum alles.

»Liam?«, flüsterte die Amma der Shawnees, und ihre Stimme war kaum mehr zu hören. »Liam, bist du es wirklich? Das kann unmöglich sein. Mein Junge, hast du mich endlich gefunden?«

ELSA-MESSENGER

Entschlüsselte Code-Nachricht
Von: 5639.4390.39023 // Frederik van Holben//
Präsident der Rescue
An: 4893.54532.1 // Anna Smith// Präsidentin
der Hope of Tomorrow

Präsidentin Smith,

wir warten voller Hoffnung auf Ihre Ankündigungen.

Die Vorräte in unserer Arche gehen drastisch zur Neige. In den letzten Monaten haben wir immer wieder mit Blackouts zu kämpfen, die den Durchschnitt deutlich überschreiten, was den Ausfall der Kernenergie angeht. Neben den Protesten unserer Archianer kam es vergangene Woche zu ersten Ausschreitungen auf den unteren Ebenen. Mehrere Personen haben sich, offensichtlich abgesprochen, aus dem Holovit ausgeloggt, sich aus ihren Tanks befreit und versucht, ihre Zellen zu verlassen. Unseren Soldaten ist es gelungen, die Freigänger festzusetzen, bevor größerer Schaden entstehen konnte, aber es hat einige Opfer auf ziviler Seite gefordert. Einen Ausbruch dieser Art dürfen wir kein zweites Mal geschehen lassen. Unsere Streitkräfte wären nicht in der Lage, einen größeren Aufstand niederzuschlagen. Wir zählen auf positive Nachrichten aus der *Hope*, die wir bald an unser Volk verkünden können.

Frederik van Holben
Rescue

13

Die Nacht, in der Liam Turner nach all den Jahren tatsächlich seine Mutter gefunden hatte, veränderte alles. Kaja würde niemals erfahren, wie ihr Leben ausgesehen hätte, wenn sie in dieser Nacht Liam nicht unwissentlich an das Sterbebett seiner Mutter geführt hätte, aber sie spürte, dass ab jetzt nichts mehr so sein würde wie zuvor. Ein Blick in Nathaniels Gesicht reichte aus, um Gewissheit zu haben. Seine Angst und seine Unsicherheit konnte der Shawnee nicht verbergen, und mit einem Mal war die Ähnlichkeit zu seinem älteren Bruder so offensichtlich, dass jeder sie erkennen musste.

Mutter und Sohn hielten sich lange in den Armen. So lange, bis die Kraft des Tranks, den man der Amma, oder besser gesagt Annabelle Turner, gegeben hatte, nachließ. Liams Mutter ließ ihr wiedergefundenes Kind nur zögernd gehen, aber irgendwann sank sie in einen erschöpften Schlaf.

Rena und zwei weitere Heiler, die ein umsichtiger Shawnee zu Hilfe geholt hatte, schickten alle Besucher nach Hause. Niemand wusste, ob die alte Frau die Nacht überleben würde. Ob die Freude in ihrem Herzen ihr genug neuen Lebensmut geben würde. Keiner der Outlaws hatte je davon gehört, dass eine Amma ihre eigene Totenwache überlebt hätte, aber es hatte auch noch nie eine Amma gegeben, die aus einer Arche geflohen war und sowohl einen Outlaw wie einen

Archianer als Sohn hatte. Niemand wusste, was nun geschehen sollte.

In der Großen Halle hatte die Amma von Beartooth ihre engsten Berater und die Archianer versammelt, um über die Situation zu sprechen. Es waren drei Lüftungen vergangen, seit Liam und seine Mutter sich wiedergefunden hatten. Seitdem war Liam nicht von ihrer Seite gewichen. Auch zu diesem Treffen war er nicht erschienen, obwohl sich der Gesundheitszustand seiner Mutter mit jeder Stunde wie durch ein Wunder verbesserte. Selbst die erfahrensten Heiler von Beartooth konnten sich die Genesung nicht erklären. Die Gegenwart ihres Sohns schien ihr Kraft zu geben, wie es keine Medizin bisher geschafft hatte.

Anstelle von Liam waren Annabelle Turners zweiter Sohn und einige der Shawnees erschienen. Kaja hatte vergeblich nach Nate Ausschau gehalten, nachdem auch er auf Anweisung der Heiler die Höhle verlassen und seine Mutter mit Liam allein gelassen hatte. Reserviert und mit finsterer Miene hatte er sich von seiner alten und neuen Familie verabschiedet und war danach nirgendwo zu finden gewesen. Seine Stimmung wirkte nicht besser, aber umringt von den anderen Kriegern hatte Kaja keine Gelegenheit, mit ihm zu sprechen.

Er selbst würdigte sie keines Blickes.

»Eine unerwartete Fügung des Schicksals«, eröffnete die Amma die Zusammenkunft. »Wer hätte gedacht, dass so viel Leid Grund für so viel Freude sein kann.«

Kaja konnte hören, wie Nathaniel scharf die Luft einsog. Einer seiner Krieger flüsterte ihm unverständlich etwas zu. Nathaniel presste die Lippen zusammen, wie ein Kind, das man zu Unrecht gerügt hatte.

Die Amma hatte die Szene schweigend beobachtet. »Nathaniel Turner, du hast einen Bruder gewonnen und eine Mutter nicht verloren. In diesen Tagen ein seltenes Geschenk, du solltest dankbar sein.«

Nathaniel nickte knapp und schwieg.

»Dein Vater war mit unter den Opfern des Angriffs auf euch, richtig?«

Nathaniel nickte erneut. »Wir haben gemeinsam gekämpft, um unsere Amma zu retten«, erklärte er mit fester Stimme. »Er ist in meinen Armen gestorben.«

»Dein Verlust schmerzt mich«, antwortete die Amma sanft. »Du hast großen Mut und große Stärke bewiesen, dein Volk und deine Amma, die auch deine Mutter ist, hierherzubringen. Dein Bruder hat eine ähnliche Geschichte, auch er hat seine Freunde, seine Familie …«, ihr Blick streifte Kaja, »… hierhergebracht, um Hilfe zu finden. Bisher ist es ihm nicht gelungen, genug Outlaws von seinen Plänen zu überzeugen. Seine Hoffnung ruht nun auf euch. Solltet ihr ihn unterstützen, dann hätte das zur Folge, dass zum ersten Mal in unserer Geschichte die Outlaws einen Angriff auf die Townships ausführen.«

Die Amma hatte keine Frage formuliert, dennoch ruhten ihre Augen erwartungsvoll auf Nathaniel.

»Es ist nicht an mir, über die Entscheidung der Shawnees zu sprechen«, wich er der alten Frau aus. »Unsere Amma lebt. Ihre letzten Anweisungen wurden nicht ausgesprochen. Ich bin nur ein einfacher Krieger, ich führe kein Volk.«

»Aber du bist ein Mensch, ein Krieger, ein Sohn, ein Bruder, ein Freund?« Wieder spürte Kaja den prüfenden Blick der alten Frau für einen Augenblick auf ihr selbst ruhen. »Du sprichst vielleicht nicht für dein ganzes Volk, aber du kannst für dich sprechen. Nathaniel Turner, teilst du die Vision deines Bruders? Bist du der Meinung, wir sollten in den Kampf ziehen?«

»Nein«, antwortete Nathaniel, ohne zu zögern und mit voller Überzeugung.

Kaja schnappte überrascht nach Luft. Sie hatte nicht damit gerechnet, dass er überhaupt auf Ammas Fragen antworten würde. Noch weniger hatte sie mit einem klaren Nein gerechnet. Warum sprach Nathaniel sich gegen Liams Pläne aus? Wenn Annabelle Turner nur halb die Frau war, von der Liam in der Vergangenheit oft erzählt hatte, dann war auch ihr an der Befreiung der restlichen Archianer gelegen. So wenigstens hatte Kaja auch ihre Worte während der letzten Wache verstanden. Hatte nicht Nates Mutter selbst die absolute Freiheit gefordert? War er es nicht ihr als Sohn und ihr als seiner Stammesführerin schuldig, diese Meinung zu vertreten?

»Nein?«, bohrte die Amma.

»Nein«, wiederholte Nate ein weiteres Mal. »Es wurde genug gekämpft. Es sind viel zu viele Unschuldige gestorben. Wenn wir weiterkämpfen, werden nur noch mehr Unschuldige sterben. Ja, es mag Unterdrückung geben, es sind nicht alle frei in ihren täglichen Entscheidungen. Aber sind wir frei? Können wir den Menschen dieses Versprechen geben? Können wir es halten? Oder ist es nicht besser, sie in ihrer sicheren Unfreiheit leben zu lassen?«

»Und was, wenn sie dort nicht mehr lange leben werden?«, platzte es aus Kaja heraus. »Was, wenn sie dort schon bald sterben, wenn ihnen niemand hilft?«

Nathaniel betrachtete sie nachdenklich. Von der Freundschaft, die sie angeblich verband, war nichts zu spüren. Warum war er plötzlich so wütend auf sie?

»Es werden Menschen sterben, wenn wir Krieg führen«,

erklärte er kühl. »Und es werden Menschen sterben, wenn wir keinen Krieg führen. Was macht es da für einen Unterschied? Ich für meinen Teil will die schützen, die ich liebe, das ist meine Aufgabe in diesem Leben.«

Mit diesen Worten marschierte er aus der Halle, ohne sich nach Kaja oder der Amma umzudrehen.

»Bitte verzeiht die Worte meines Freundes«, entschuldigte sich der Krieger, der Nathaniel wenige Minuten vorher ermahnt hatte. »Es ist nicht leicht für ihn …«

»Das kann ich verstehen«, antwortete die Amma. »Es gibt keinen Grund für eine Entschuldigung. Seine Meinung muss nicht falsch sein. Aber wir werden die Meinung von euch allen brauchen für eine Entscheidung. Lange genug hat diese Sache mein Volk beschäftigt. Ich werde noch heute mit eurer Amma sprechen. Und bis morgen früh erwarte ich eure Stimmen für oder gegen einen Angriff auf die Townships.«

»Du sollst sie bekommen, Amma von Beartooth«, versicherte der Krieger an Nathaniels Stelle.

Hätte Kaja nach Liam gesucht, wären nur zwei Orte in Beartooth infrage gekommen, Nathaniel Turner hingegen konnte überall sein. Nachdem sie die Gemeinschaftsräume, die Waffenlager und die Unterkünfte der Shawnees abgesucht hatte, wusste sie nicht, wo in dem verzweigten Netzwerk an Gängen und Höhlen sie weitermachen sollte. Die nächste Lüftung stand kurz bevor, und sie suchte Schutz bei den Albrechts, deren Unterkunft ganz in der Nähe war.

»Liams Mutter, hm, wer hätte das gedacht«, fasste Damian die Ereignisse der letzten Tage wie immer pragmatisch zusammen.

Kaja nickte, noch wusste sie selbst nicht, was von der Sache zu halten war. Selbstverständlich freute sie sich für

Liam. Sie wusste, wie sehr er gehofft hatte, hier oben seine Eltern zu finden. Aber sie war nicht irgendeine Siedlerin, sie war eine Amma geworden, sie hatte einen weiteren Sohn bekommen. Warum hatte sie nie versucht, Liam zu befreien? Das Kind, das sie zurückgelassen hatte? Was auch immer Liam selbst darüber dachte, er würde sicher viele Fragen an Annabelle Turner haben, sobald sie sich ganz erholt hatte.

»Und er hat einen Bruder«, rief Freja voller Freude. »Es muss wunderbar sein, einen Bruder zu bekommen. Ich wünschte, ich könnte meine Schwester auch zurückbekommen. Aber ich weiß, dass das nicht geht. Du bist jetzt meine Schwester, Kaja.«

Gerührt strich Kaja dem Mädchen durch das weiße Haar und drückte ihr einen Kuss auf die Stirn.

»Ihr wisst nicht zufällig, wo ich diesen Bruder finden kann?«, fragte sie Damian und Sara. Sie könnte Tage und Tage durch die Tunnel laufen und ihn niemals finden.

Damian schüttelte den Kopf. »Wenn er nicht bei seinen Leuten ist, habe ich keine Ahnung. Die Shawnees können sich frei in Beartooth bewegen, er könnte überall sein.«

»Das hab ich befürchtet«, seufzte Kaja.

»Wenn es wirklich wichtig ist, dann kann ich den Versammlungsalarm ausrufen lassen«, bot Damian an, aber sie schüttelte dankend den Kopf.

»Nein, es ist nicht wichtig. Ich hätte nur gern mit ihm gesprochen, wie es ihm geht.«

»Du kannst Kruk fragen«, mischte sich Freja ein und hielt Kaja die Kakerlake ins Gesicht. Neugierig kitzelte ihr das Tier mit den Fühlern an der Nase.

Lachend schob sie das Haustier weg. »Was meinst du damit? Ich kann Kruk fragen?«

»Kruk kann jeden und alles hier in Beartooth finden. Er

hat Liam und dich gefunden, als ihr mich vor der Lüftung gerettet habt. Er weiß immer, wo jeder ist. Das liegt an seinen Käfer-Superkräften.«

»Sie hat recht«, versicherte Damian zu Kajas Überraschung. »Ich weiß nicht, wie sie es machen, vielleicht ein angeborener Beutetrieb? Aber die Arthropoden erspüren menschliches Leben über Meilen. Kruk, das kleine Biest, hat gelernt, bestimmte Menschen zu finden. Allerdings erlaubt er sich ab und an auch gern einen Streich. Man sollte ihm nicht blind vertrauen.«

»Er wird Liams Bruder sicher finden«, versprach Freja. »Du bist doch seine Freundin.«

Als würde er verstehen, was man von ihm wollte, strampelte die Kakerlake munter mit den Beinen.

»Du würdest ihn mir ausborgen?«, fragte Kaja das Mädchen. Freja strahlte über das ganze Gesicht.

»Selbstverständlich, immer. Komm. Wir schicken ihn los, aber beeil dich, er ist sehr schnell.«

Voller Tatendrang zerrte Freja Kaja zur Ausgangstür, das Insekt unterm Arm. Sie küsste ihn auf die schwarze Chitin-Stirn und flüsterte ihm ein paar Worte zu. Etwas lauter forderte sie ihn auf: »Kruk, du musst Nathaniel Turner finden. Er ist einer von den neuen Shawnees. Der Bruder von Liam, vielleicht riechen sie ähnlich?« Fragend blickte sie zu Kaja hoch, die ratlos mit den Schultern zuckte. Abgesehen von den Augen waren ihr keine Ähnlichkeiten aufgefallen.

»Also los, bring Kaja zu Nathaniel Turner, und dann komm wieder nach Hause.«

Die Kakerlake klackerte energisch, als wollte sie Kaja auffordern mitzukommen, dann rannte sie schnurstracks in den Tunnel, als wüsste sie tatsächlich, wo Nate zu finden wäre. So schnell sie konnte, folgte Kaja dem Tier.

Ob Kruk tatsächlich jeden Bewohner von Beartooth finden konnte, würde Kaja an diesem Abend nicht herausfinden, aber es gelang ihm, Nathaniel Turner zu finden. Die Kakerlake führte Kaja zielstrebig durch mehrere verwaiste Gänge, bis sie schließlich vor einer letzten Biegung haltmachte. Aufgeregt kratzte sie mit den Beinen und schnarrte laut. Im Tunnel hinter der Kurve konnte Kaja eine zusammengekauerte Gestalt erkennen. Der sandfarbene Umhang verriet, dass es sich um einen Shawnee-Krieger handeln musste. Sie vertraute dem Haustier ihrer Freundin weit genug, um zu wissen, dass es Nathaniel war.

»Ich danke dir, kleiner Freund«, flüsterte sie. »Und jetzt ab nach Hause.«

Kruk winkte zum Abschied mit seinen Fühlern, dann sauste er in die Dunkelheit der Stollen davon.

»Nate?« Langsam näherte sich Kaja dem einsamen Mann. »Was machst du hier? Ich habe dich überall gesucht.«

Nathaniel hob den Kopf. Für einen kurzen Moment sah es ganz danach aus, als würde er sich über ihre Anwesenheit freuen, dann aber verfinsterte sich seine Miene.

»Warum? Hast du noch mehr Familienmitglieder für mich, von denen ich nichts weiß?«

Kaja blieb verdutzt stehen. Er war tatsächlich wütend auf sie. Aber warum? Sollte er sich nicht freuen, dass er einen Bruder gefunden hatte? Dass dank Liam seine Mutter noch am Leben war?

»Wäre das denn so schlimm?«, wollte sie von ihm wissen und war plötzlich selbst wütend. Frejas sehnsüchtigen Ausdruck vor Augen, konnte sie beim Gedanken an ihre Schwester Nates Ablehnung nicht verstehen. »Ich kenne genug Menschen, die sich freuen würden, könnten sie ihre Familie wieder zusammen sehen.«

Nate hob den Kopf, der Ausdruck in seinem Gesicht war plötzlich voller Schuldgefühle. Sie spürte, wie er mit sich rang, bevor er ihr endlich antwortete.

»Du hast recht«, gab er zerknirscht zu. »Es tut mir leid. Ich sollte mich freuen, dass meine Mutter und Liam sich gefunden haben. Es ist nur…« Er zögerte, bevor er seine nächsten Worte mit Bedacht wählte. »Kaja, du hast keine Ahnung, wie es ist, ein Leben lang den Ansprüchen seiner eigenen Eltern nicht gerecht zu werden. Seit ich denken kann, versuche ich, das Kind zu sein, das sie sich immer gewünscht haben. Das Kind zu sein, das sie meinetwegen aufgeben mussten. Und nie ist es mir gelungen, so perfekt zu sein wie Liam. Nie…«

Kaja konnte nicht glauben, was sie hörte. Es war, als würde Nate genau die Gefühle beschreiben, die sie selbst ein Leben lang ihren Eltern gegenüber verspürt hatte. In ihrem Leben hatte es keine perfekte verlorene Schwester gegeben, dafür aber ihre Freundin Lora, die all das verkörperte, was sich die Anderssons von ihrer eigenen Tochter vergebens gewünscht hatten. Voller Mitgefühl für den jungen Shawnee trat sie zu ihm und legte ihm die Hand auf die Schulter. »Sie haben Liam nicht deinetwegen verlassen«, wollte sie ihn trösten. »Sie wollten frei sein. Sie wollten aus der Arche flüchten.«

»Nein.« Nate schüttelte den Kopf. »Sie mussten die Arche verlassen. Meine Mutter war schwanger. Sie erwartete ein Kind. Ein analoges Kind. Mich. Sie hatten keine Wahl. Entweder ein Kind zurücklassen und auf diese Weise beide retten oder…«

Er sprach nicht weiter, aber Kaja wusste, was er nicht sagen konnte.

Analoge Fortpflanzung wurde in den Archen mit dem Tod oder dem Exil bestraft. Das eine Urteil war nur eine Verzögerung des anderen. Wären die Turners nicht geflohen, hätten weder Nate noch Liams Eltern überlebt. Die Gerüchte, die sich in der *Hope* um Liams Eltern rankten, waren also nicht ganz falsch gewesen.

»Das heißt also …«

»Das heißt, meine Mutter und mein Vater mussten ihr perfektes Kind in den Händen der Archianer zurücklassen, um mich zu retten. Und so sehr sie sich auch bemüht haben, sie konnten mich das nie vergessen lassen. Ich bin nur ein schlechter Ersatz für Liam Turner.«

»Das glaube ich nicht«, widersprach Kaja. »Deine Mutter wäre keine Amma geworden, wenn sie nicht fair und gerecht entscheiden könnte.«

»Meine Mutter ist eine gute Amma, darin besteht kein Zweifel. Sie entscheidet immer zum Wohl ihrer Kinder, selbst wenn das gegen das Wohl ihres eigenen steht.«

Kaja konnte Nates Schmerz mehr als nachvollziehen. In seiner Geschichte steckte so viel von ihrer eigenen. Doch bevor sie Worte des Trosts finden konnte, bogen zwei weitere Shawnees in den Tunnel.

»Nate«, rief der erste der beiden erleichtert. »Was machst du hier? Wir suchen seit Stunden nach dir.« Misstrauisch blickte der Mann zwischen Kaja und Nathaniel hin und her. Kajas Wangen röteten sich, als wären sie bei etwas Verbotenem erwischt worden. Schnell zog sie ihre Hand von Nates Schulter.

»Ich wollte allein sein«, erklärte sich Nathaniel knapp.

»Dafür ist jetzt keine Zeit«, antwortete der Mann. »Amma will uns sprechen. Es wird eine Vollversammlung geben, nach der nächsten Lüftung. Unsere Entscheidung kann nicht länger warten.«

Nathaniel zögerte einen Moment. Kaja dachte, er würde

sich der Anweisung widersetzen. Doch dann gab er sich einen Ruck und stemmte sich vom Boden hoch.

»Wir sehen uns später?«, fragte er hoffnungsvoll.

Kaja nickte. Sie war froh, dass sie diesen kurzen Moment der Aussprache gefunden hatten. Plötzlich konnte sie sehr gut verstehen, warum Nathaniel nicht freudestrahlend um Liam und seine Mutter herumsprang. Sie würde versuchen, ihm die Stütze zu sein, die sie selbst niemals gehabt hatte.

Um die Lüftung abzuwarten, war Kaja zu den Albrechts zurückgekehrt. Kruk, der ihrem Orientierungssinn offensichtlich noch weniger vertraute als sie selbst, hatte an der ersten Stollenkreuzung auf sie gewartet und sie sicher zu Freja und ihrer Familie gebracht. Insgeheim war sie erleichtert, die Stunden vor dieser letzten Entscheidung nicht mit Liam verbringen zu müssen. Ihre eigene Anspannung war sicher nur ein Bruchteil von dem, was Liam gerade empfinden würde. Als sie wenig später gemeinsam mit Sara und Freja die Gemeinschaftsräume betrat, konnte sie spüren, dass sie nicht die Einzige war, deren Nerven blank lagen.

Lautes Gemurmel, als würde sie einen emsigen Bienenstock betreten, erfüllte die ganze Halle. Aufgeregt diskutierten die Menschen ihre Position, an vielen Stellen waren empörte Protestrufe zu hören. Sie konnte sehen, wie der eine oder andere wild gestikulierte. Noch wurde niemand handgreiflich, aber die Aggression in vielen Gesichtern ließ nichts Gutes vermuten. Wie auch immer die Entscheidung ausfallen würde, es würde viele Outlaws geben, die nicht glücklich wären.

Kaja beobachtete, wie Sara schützend einen Arm um ihre Tochter legte, und gemeinsam bahnten sie sich einen Weg durch die Menschen. Sie hatten die kleine Bühne gerade erreicht, als eine Gruppe Menschen aus der Großen Halle nach oben schritt. Liam und Damian machten den Anfang, gefolgt von Jasper, Samuel, Elisa und Carl. Nach ihnen betraten die Shawnees das Podest. Alle waren in ihre Umhänge gehüllt, einige aber hatten die Kapuzen zurückgeschlagen, darunter auch Nathaniel. Er machte kein glückliches Gesicht. Den Abschluss der kleinen Prozession bildeten die beiden Ammas. Ein Raunen ging durch die Halle, als die immer noch schwache, aber offensichtlich lebende Amma der Shawnees in einer Art Sänfte auf die Bühne gehoben wurde. Zwei ihrer Krieger blieben an ihrer rechten Seite, während sich die Amma von Beartooth an der linken positionierte.

Zum ersten Mal konnte Kaja das Gesicht der Frau in heller Beleuchtung erkennen. Sie ähnelte Liam mehr als Nathaniel, das konnte aber auch an den sorgenvollen Gesichtszügen liegen. Die Augen mussten beide Söhne von ihrem Vater geerbt haben. Annabelle Turners Augen waren dunkel, beinahe schwarz. Neugierig, nicht unfreundlich ließ sie den Blick durch die Halle wandern. Kaja konnte sehen, wie sie die Aufregung der Anwesenden auf sich wirken ließ.

Die Ruhe der beiden Frauen hatte eine unwiderstehliche Kraft. Ohne dass es einer Geste bedurft hätte, verstummten nach und nach alle Stimmen und Proteste. Es herrschte Totenstille, und alle Augenpaare waren ohne Ausnahme auf die Ammas gerichtet.

»Noch nie in der Geschichte der Outlaws waren zwei Ammas für die Zukunft eines Volks verantwortlich«, eröffnete Kajas Amma die Sitzung. »Noch nie seit dem ersten Blackout waren die Gefahren, die uns bedrohen, so gravierend.«

Es war, als würden Tausende Menschen den Atem anhalten, um kein Wort, das gesprochen wurde, zu verpassen.

»Angriff oder Verteidigung, das war die Entscheidung, die

wir von euch verlangt haben. Die Entscheidung, die ihr nicht treffen konntet. Und das ist nur verständlich. Wir sind kein Volk der Kämpfer. In Beartooth weniger noch als in Shawnee. Unser Überleben verdanken wir unserer unsichtbaren Existenz. Der Preis für unsere Freiheit war immer schon der Verzicht auf Freiheit.«

»Das soll auch weiter so bleiben«, kam ein erster Ruf aus dem Volk. »Warum ändern, was uns am Leben hält?«

»Das ist eine berechtigte Frage«, antwortete Amma mit fester Stimme. »Eine Frage, die wir nach den jüngsten Ereignissen in Shawnee leider beantworten können.«

Sie trat einen Schritt zurück, um der Shawnee-Amma auf ihrem Lager die volle Aufmerksamkeit zu gewähren. Annabelle Turner schloss für einen Moment die Augen, als würde sie ihre Kräfte sammeln, dann sagte sie: »Unsere Standorte sind nicht mehr geheim. Unsere versteckten Existenzen nicht mehr sicher.« Trotz der Erschöpfung war ihre Stimme klar, jedes Wort richtig gewählt. Gebannt hingen die Menschen im Raum an ihren Lippen, Kaja eingeschlossen. Dieses Talent hatte Liam eindeutig von seiner Mutter erhalten.

»Die Angriffe auf Shawnee und Bighorn in den letzten Wochen waren nur der Anfang. Von unseren Tradern wissen wir, dass Kayne Cole vorhat, uns Outlaws ein für alle Mal zu vernichten. Und ihr alle wisst, was das bedeutet.« Sie wartete einen Moment, bevor sie ihre Frage selbst beantwortete. »Die Soldaten der Citizens werden einen Standort nach dem anderen angreifen, Boone, Monongahela, Chattanooga, Beartooth. Wir werden nirgends Zuflucht finden, an keinem Ort dieser Erde werden wir sicher sein, uns nirgendwo mehr verstecken können. Sie werden uns überall finden, unsere Männer werden sie töten, unsere Frauen und Kinder werden sie in die Sklaverei verschleppen. Fruchtbare Frauen werden den Citizen-Männern zugeteilt werden, Kinder zu Arbeitssklaven oder Schlimmerem gemacht. Das ist unsere Zukunft, wenn wir nicht handeln.«

Für einen Moment herrschte entsetztes Schweigen in der Halle. Annabelle Turner hatte keine Geheimnisse verraten, und doch hatte bisher niemand gewagt, die Schrecken der möglichen Zukunft laut auszusprechen.

»Unsere Trader haben uns diese Informationen vor Monaten als letzte Geste der Freundschaft zukommen lassen«, erklärte sie weiter. »Dann haben sie jeden Kontakt abgebrochen. Wir hätten ihre Warnung ernst nehmen müssen. Sie war ein Vorbote des Angriffs auf Shawnee. Wir waren so leichtsinnig. Wir waren so dumm. Und wir haben mit unserem Blut und unserem Leben dafür bezahlt. Wir dürfen diesen Fehler nicht noch einmal begehen.«

»Aber ein Angriff wäre ein noch größerer Fehler«, brüllte die gleiche Stimme, die sich schon einmal aus der Masse zu Wort gemeldet hatte. »Wir sind zu schwach, wir sind zu wenige. Das wäre reiner Selbstmord.«

»Wenigstens würden wir diesen Weg freibestimmt wählen«, ertönte eine andere Stimme nicht unweit von Kaja.

»Ihr habt recht, wir sind nicht stark genug für einen offenen Kampf«, gab Annabelle Turner schweren Herzens zu. Ein großer Teil der Anwesenden bejubelte ihre Erkenntnis. Aber auch die Proteste wurden lauter.

»Warum sind wir dann hier? Sollen wir uns dafür entscheiden, uns friedlich abschlachten zu lassen?«

Die Amma der Shawnees schüttelte den Kopf. »Nein, wir werden uns nicht in die Hände der Citizens begeben. Wer mich kennt, weiß, wie lange ich bereits für die Freiheit der Menschen kämpfe. Es gibt einen Weg in die Freiheit: unseren Weg.«

Kaja hob überrascht den Kopf. Ebenso die Menschen in ihrer Nähe, vermutlich die ganze Halle. Die Einzigen, die offensichtlich bereits wussten, was die Amma nun verkünden würde, waren die Outlaws, die mit ihr auf der Bühne standen. Das war also der Grund gewesen, warum Nathaniel und seine Krieger sich zu einer Absprache versammeln sollten. Annabelle Turner hatte einen Plan. Eine weitere Sache, die sie mit ihrem Erstgeborenen verband.

»Wir sind nicht stark genug für einen Angriff, aber wir sind zu viele, um uns weiter zu verstecken. Selbst wenn wir uns auf mehr und mehr Standorte verteilen, wird Cole uns irgendwann finden. Einen nach dem anderen wird er uns vernichten, und unsere Chance auf die Freiheit ist für immer verloren. Aber es gibt einen Weg …«, wiederholte sie ihr Versprechen. »Das Schicksal hat uns nicht umsonst an diesem Ort zu dieser Zeit zusammengebracht: nicht nur uns Outlaws der verschiedenen Stämme, sondern ein weiteres unterdrücktes Volk, die Archianer.«

Ein Raunen ging durch die Menge, und Kaja begriff langsam, was Annabelle Turner vorhatte. Ihr Atem stockte, und ihr Herz schlug schneller. War das der Plan, den Liam von Anfang an verfolgt hatte? Oder war seine Mutter einfach eine ebenso geniale Taktikerin.

Flüsternd wandte sie sich an einen der Krieger neben ihr, der ihr einen Becher mit Flüssigkeit reichte. Sie schluckte zwei-, dreimal, bevor sie weitersprach, und Kaja überlegte, wie gut es wohl tatsächlich um die Genesung der Amma bestellt war.

»Viele Jahre lang haben wir die Archianer als Feind betrachtet. Als die Menschen, die uns egoistisch unserem Tod überlassen wollten und uns jede Hilfe verwehrt haben. Doch die Archen haben sich längst von einem Schutz in ein

Gefängnis verwandelt. Die Menschen, die dort heute leben, haben nichts mehr mit denen zu tun, die vor Hunderten von Jahren darin Zuflucht gesucht haben. Die Archianer, die sich heute unter uns befinden, werden bestätigen, wie auch ich versichern kann, dass die Menschen unter der Erde die Freiheit verdient haben. Zusammen haben wir eine Chance, Kayne Cole die Stirn zu bieten, gemeinsam sind wir stark genug, die Townships zu erobern und endlich den Planeten wieder so zu bevölkern, wie es unsere Bestimmung ist. Wir müssen die Archen befreien, wir müssen wieder ein Volk werden.«

»Aber wie soll das gelingen?«, kam eine Frage aus der Menge. »Die Archen sind ebenso gut gesichert wie die Townships.«

Als wäre die Frage der Einsatz für seinen Auftritt, trat Damian an den Rand der Bühne. Der Schachzug war perfekt. Außer der Amma selbst genoss niemand in Beartooth mehr Ansehen als der hünenhafte Krieger.

»Wir haben kein Heer, das mag sein. Und unsere Verteidigung kann nicht mit den Anlagen der Archen und der Townships mithalten, ebenfalls richtig. Aber wir haben etwas, das weder die Archianer noch die Citizens haben …« Er wartete einen Moment, dann klopfte er sich voller Überzeugung gegen die Brust. »Wir haben uns! Wir sind die besten Krieger, die diese Erde seit vielen Hundert Jahren gesehen hat. Wir haben gelernt, unsichtbar zu sein, wir haben gelernt, schnell zu sein. Wir haben gelernt zu überleben.«

Die Krieger von Beartooth begannen zu jubeln, ihre Familien schlossen sich an. Ein stolzes Lachen trat in Damians Gesicht.

»Wir werden unsere Familien nicht in Gefahr bringen, wir werden nicht in den sicheren Tod ziehen. Wir werden siegen.

So, wie wir immer gesiegt haben. Aus dem Verborgenen, aus der Deckung, aus der List.«

Damian winkte Liam zu sich heran, bevor er weitersprach.

»Es war meine Bestimmung, diesen Archianer aus der Wüste zu retten, so wie es seine Bestimmung ist, die Archen zu befreien. Das Leben hat uns aus einem Grund zusammengeführt: Wir werden die Menschen gemeinsam zurück an die Oberfläche führen, alle Menschen.«

Der Jubel war mit einem Mal doppelt so laut wie zuvor. Damians Siegesversprechen ließ viele der Zweifler umschwenken.

»Aber wie?«, hörte man nur noch zaghaft letzte Zweifler rufen.

Damian wartete keine Sekunde mit seiner Antwort. »Zusammen mit den Shawnee-Kriegern werden wir die Townships nicht angreifen, wir werden uns einschleichen. Die Shawnees haben viele Jahre lang getradet, sie kennen alle verborgenen Wege in die Städte der Citizens und auch wieder hinaus. Wir brauchen nicht viele, wir sind stärker in der Unterzahl. Wir werden die Versorgungsleitungen zu den Archen kappen und die Townships wieder verlassen, bevor man je entdeckt, dass wir dort waren. Von ihren Lebensadern abgeschnitten, sind die Archen verloren. Zusammen mit dem Widerstand, der sich dort längst gebildet hat, werden wir ihre Öffnung einleiten. Die Archen verfügen kaum über Streitkräfte, ihre Stärke liegt in der Abwehr. Sind die Menschen dort erst einmal auf unserer Seite und ihre Freiheit gewiss, haben der Rat und die Präsidenten keine Chance mehr. Eine Revolution von innen wird kaum Opfer fordern. Vereint mit unseren Brüdern und Schwestern sind wir stark genug, die Townships einzunehmen. Vergesst nicht, auch in den Townships leben Tausende Outlaws, die uns unterstützen und bis zum Ende für ihre Freiheit kämpfen werden. Nur zusammen wird uns der große Befreiungsschlag gelingen. Der Preis für die Freiheit aller ist der Zusammenhalt aller!« Damian streckte die Arme aus, als wollte er den ganzen Raum umarmen. »Freiheit für alle«, wiederholte er, und beim nächsten Mal ertönte sein Aufruf aus allen Kehlen in der Halle. »Freiheit für alle.«

Dritter Teil

Der Angriff – Jetzt

1

Sie wusste nicht, warum man sie nicht auch getötet hatte. Es gab nichts, wofür der Rat sie noch brauchen könnte. Seit Tagen hatte man sie nicht mehr zu einer Befragung aus ihrer winzigen Zelle geholt. Nur ein Beweis dafür, dass ihre Mutter die Darksurfer tatsächlich verraten hatte. Sie war beinahe überzeugt, nicht in einem Hologramm zu sein. Kostbare Energie, die man nicht länger an sie verschwenden würde.

Zweimal war seit ihrem letzten Schlaf das rote Licht der Notbeleuchtung erschienen. Blackout in der ganzen Arche. Beide Male hatte es, sollte sie richtig gezählt haben, etwas mehr als zwei Stunden gedauert, bevor das weiße Licht der Deckenlampe zurückgekehrt war. Viel zu lange …

Erschöpft rollte sie sich auf dem kalten Zellenboden zusammen. Es war lange her, dass ihr der alte Wächter, der sie offenbar als Einziger nicht vergessen hatte, Wasser und einen Nutri-Shot gebracht hatte. Hunger und Durst hinderten sie quälend schmerzhaft am erlösenden Schlaf. Sie war nicht sicher, ob sie auf eine weitere Ration hoffen sollte, um vielleicht noch ein paar Tage länger am Leben zu bleiben, oder ob der letzte Schlaf ein erlösender Weg in die Freiheit wäre. Die Hoffnung, Liam würde zurückkommen, um sie zu befreien, hatte sie lange aufgegeben. Vermutlich war sie die letzte Darksurferin, die noch am Leben war. Und das nicht mehr lange. Sandra Goldstein schloss die Augen.

2

Warum hatte sie sich nur auf dieses sinnlose Treffen eingelassen? Kaja erwachte aus einem unruhigen Schlaf voller Albträume. Jeder Muskel in ihrem Körper schmerzte. Das stundenlange Training, das sie nun seit sieben Tagen absolvierte, schien ihr als Einzige keinerlei körperliche Fitness zu bescheren. Ihr nächtlicher Ausflug hatte ihre Erschöpfung nur noch verstärkt. Sie schob den Kopf unter die Decke und wollte am liebsten einfach wieder einschlafen und die Welt für einen Tag vergessen.

»Kaja, was ist los mit dir? Bist du krank?« Liam zog die warme Decke von ihrem Körper und fühlte ihre Stirn.

Ihre Gewissensbisse waren so stark, dass sie ihm kaum in die Augen blicken konnte. Die einzige Frau in Beartooth, der die anhaltenden Streitereien zwischen den beiden Brüdern ähnlich zu schaffen machten wie ihr, war die Amma der Shawnees. Weder Kaja noch Annabelle Turner war es in den letzten Tagen gelungen, die beiden miteinander zu versöhnen. Jeder Versuch schien die Rivalität der ungleichen Männer nur zu verstärken. Und mehr noch: dass jeweils beide Frauen beiden nahestanden, war das Öl im Feuer der Eifersucht. Hätte Liam geahnt, mit wem sich Kaja in der letzten Nacht getroffen hatte, seine Sorge um ihre Gesundheit wäre um einiges reservierter ausgefallen. Vielleicht hätte ihr das einen Tag voller Schmach und Prellungen erspart.

Nach der großen Versammlung wäre eine Entscheidung auch ohne Abstimmung offensichtlich gewesen. Und selbst wenn nicht, zum ersten Mal seit Generationen hatten die beiden Ammas für ihr jeweiliges Volk entschieden und sich für einen großen Befreiungsschlag ausgesprochen, wie ihn Damian vorgeschlagen hatte. Unter seiner Führung würde eine Elite-Einheit aus Outlaws und Archianern in die Townships eindringen und die Lifelines zerstören. Für diese Mission trainierten die besten Krieger der Shawnees, der Outlaws und die fünf Archianer nun seit Wochen. Zur Überraschung aller, allen voran Kaja selbst, hatte Liam darauf bestanden, sie ebenfalls für die Mission trainieren zu lassen. Seitdem quälte er sie jeden Morgen in einen extra dafür umgebauten Bereich der Anlage, wo sie sich Tag für Tag aufs Neue vor den zwanzig Kriegern blamierte. Selbst wenn sie für den Rest ihres Lebens üben würde, Schusswaffen und Schwerter zu gebrauchen, sie würde den Vorsprung niemals aufholen. Selbst Allison, die mit Kaja das Schlusslicht der kleinen Truppe bildete, wollte nicht mehr mit ihr trainieren. Erst am Vortag hatte sie Kaja eröffnet, dass sie von den erfahrenen Shawnees genug gelernt hatte, um sich im Notfall verteidigen zu können und sich nun auf das konzentrieren wolle, wofür man sie auf der Mission brauchen würde, das Heilen.

Kaja, der es ein Rätsel war, wofür man sie auf dieser Mission brauchen könnte, hatte sich darauf gefasst gemacht, von nun an ohne Trainingspartner allein zu üben, was noch peinlicher war, als sich immer wieder von ihren Freunden vorführen zu lassen. Doch schon am ersten Tag ohne Allison hatte sich zur Überraschung aller ein neuer Trainingspartner gefunden. Niemand anderes als Nathaniel Turner, mit Abstand der Beste unter den Kämpfern, hatte sich ihrer erbarmt. Es dauerte allerdings nicht lange, und Kajas anfängliche Freude verwandelte sich in Frust. Nate hatte es sich offensichtlich zum Ziel gesetzt, Kaja jeden Tag aufs Neue zu beweisen, wie wenig Chancen sie hatte, diesen Einsatz zu überleben.

Wie wenig Liam Turner sich vom Erfolg seines Plans hatte abbringen lassen, zeigte ein erster Blick auf ihre angeblich neue Kampfhalle. Kaja, die nicht annähernd so viel Ahnung von Coden und Technik hatte wie ihre drei Freunde aus der Arche, wusste, die drei mussten lange schon an den Gerätschaften, die man ihr und den weiteren auserwählten Outlaws präsentierte, gearbeitet haben. Sie war sich sicher, auch Damian und Elisa und vermutlich weitere Krieger aus Beartooth waren in dieses Projekt eingeweiht gewesen, vielleicht sogar ihre Amma selbst.

In einem abgelegenen Teil der Stollenanlage, nicht weit von den Schrottlagern, in denen Jasper und Samuel die meiste Zeit seit ihrer Ankunft in Beartooth verbracht hatten, hatte Liam sich sein Reich erbaut. Hierher hatten die Techniker nicht nur alles gebracht, was sich im Entferntesten als Waffe benutzen oder umbauen ließ, an diesem Ort wurde beinahe Tag und Nacht an ihrer Ausrüstung für die Oberfläche gearbeitet, und Liam konnte seinen Stolz nicht verbergen, als er ihnen seine persönliche Kreation offenbarte. Er hatte Teile der Townships in digitalen Landkarten nachgebaut. Selbst Kaja staunte nicht schlecht, als sie mittels uralter Virtual-Reality-Brillen zwischen den Umrissen der Stadt landete, die sie in wenigen Tagen aufsuchen wollten.

Wenn sich auch die krude Programmierung nicht annähernd mit dem messen konnte, was Kaja aus dem Holovit kannte, so war es ihm doch gelungen, eine gute Rekonstruktion der Topografie nachzubilden. Wenn Nate endlich genug davon hatte, sie immer und immer wieder im Training zu töten, konnte sie sich dank der Pläne, die die Shawnee-Trader zur Verfügung gestellt hatten, in das Labyrinth der Townships flüchten, um den geeignetsten Weg zu den Lifelines auszukundschaften. Eine mehr als willkommene Abwechslung, aber keine leichte Aufgabe. Die Karten waren an vielen Stellen sehr vage und wiesen teilweise Lücken auf. Die Distanzen zwischen den möglichen Einstiegsstellen und dem Innersten Ring, in den sie mussten, waren enorm. Ob und was sich seit der Erstellung der Dokumente in den realen Städten verändert hatte, konnte niemand von ihnen beurteilen. Wie an den Tagen zuvor – waren es zwanzig oder einundzwanzig, die sie nun schon trainierten? Kaja wusste es nicht mehr – quälte sie sich durch den Nahkampf mit Nate, bis sie nicht mehr konnte. Irgendwann bat sie ihn schließlich um eine Pause.

»Bist du müde?«, grinste er unverschämt. »Du solltest mehr schlafen, Kaja.«

Wütend presste sie die Lippen zusammen und verließ den auf den Boden gemalten Ring, der ihren Kampfkreis markierte. Sie stapfte in Richtung der Wasserkrüge davon. Aus dem Augenwinkel konnte sie sehen, wie Liam, der ein paar Plätze weiter mit Damian trainierte, den Kopf hob und sie beobachtete. Prompt fing er sich einen schmerzhaften Schlag des Outlaws ein. Seinen unterdrückten Aufschrei konnte sie durch die Halle hören.

»Dafür, dass dir die zwei begehrtesten Männer von Beartooth zu Füßen liegen, machst du einen überraschend zerknirschten Eindruck.« Elisa, die neben Kaja an den Wassertrog getreten war, musterte sie kritisch.

»Wovon sprichst du?«, fragte Kaja ehrlich überrascht.

»Ach komm schon, Kaja. Du willst mir nicht weismachen, dass du nicht bemerkt hast, wie mittlerweile beide Turners dich bei jedem tollpatschigen Schritt anschmachten, den du durch dein Leben stolperst?«

Skeptisch zog sie eine Augenbraue nach oben. Kajas Hals war plötzlich sehr trocken. Sie nahm einen Schluck aus ihrem Becher. »Nate und ich sind nur Freunde«, versicherte sie Elisa irritiert.

»Ja, und was wir hier vorhaben, ist auch gar nicht gefährlich.« Das Lächeln verschwand plötzlich aus Elisas Gesicht, und die junge Frau wurde ernst. »Ich weiß nicht, ob du wirklich so naiv bist oder nur so tust, aber du solltest vorsichtig sein. Unser aller Leben hängt davon ab, dass wir diese Mission überstehen. Meins, deins, dass deiner beiden *Freunde* …«, sie betonte das Wort, »… und soweit ich gehört habe, das von hunderttausend anderen Menschen auf diesem Planeten. Zwei Brüder, die sich um dasselbe Mädchen streiten, sind mir persönlich ein Risikofaktor zu viel in dieser Rechnung.«

»Niemand streitet sich um mich«, protestierte Kaja heftig. »Ich weiß nicht, wovon du sprichst.«

Elisas Blicke durchbohrten sie, es war deutlich zu spüren, dass die Frau ihr viel zu sagen hätte. Aber sie nickte nur knapp. »Gut, wie du meinst. Dann sieh zu, dass das auch so bleibt und jeder Turner weiß, was du für ihn empfindest.« Die Warnung war nicht zu überhören und ließ Kaja feuerrot vor Wut zurück.

Den Rest des Tages konnte sich Kaja auf nichts mehr konzentrieren. Elisas Worte hatten sich in ihrem Kopf eingebrannt und führten dazu, dass sie sich ständig von allen beobachtet fühlte. Konnte die Outlaw recht haben? War das, was Nathaniel Turner für sie empfand, mehr als nur Freundschaft? War das ein Grund dafür, warum er sich mit seinem Bruder nicht verstand? In der letzten Nacht hatte er eine Andeutung gemacht, er würde sie anders behandeln, als Liam das tat. Aber musste das gleich bedeuten, dass er sie liebte? Dass er anstelle von Liam mit ihr zusammen sein wollte?

Kaja wehrte sich gegen diesen Gedanken. Sie wollte nicht glauben, was Elisa vermutete. Das würde das Ende ihrer Freundschaft zu Nate bedeuten, und wenn sie im Moment etwas gebrauchen konnte, dann waren das Freunde.

Und dennoch hatten Elisas Worte schon jetzt etwas an ihrer Beziehung zu Liams Bruder zerstört. Die Leichtigkeit, mit der sie bisher jeden seiner Späße abgetan und erwidert hatte, war verschwunden. Sie ertappte sich dabei, wie sie jeden seiner Blicke, jeden Kommentar und jede noch so zufällige Berührung infrage stellte. Ob Nate tatsächlich in sie verliebt war oder nicht, konnte sie auch nach einem Nachmittag voller Misstrauen nicht sagen, was sie aber feststellte, war, wie wichtig ihr diese Freundschaft in nur kurzer Zeit geworden war. Nathaniel Turner hatte eine Freude in ihr Leben gebracht, die sie lange nicht mehr verspürt und mehr als nötig hatte. Diese Freude würde sie sich von falschen Anschuldigungen und Unterstellungen nicht nehmen lassen. Sollte Elisa doch denken, was sie wollte. Bis zum Ende des Trainingstags hatte Kaja beschlossen, niemandem außer Liam Rechenschaft über ihre Gefühle zu schulden. Und Liam, so viel stand fest, wusste um seinen Platz in ihrem Herzen.

»Es wird euch sicher alle freuen, dass unsere Tage hier zur Neige gehen.« Damian hatte sie am nächsten Morgen zusammengerufen, um endlich die weitere Planung zu besprechen. »Ab heute werden wir in unseren AR Townships den genauen Ablauf unseres Einsatzes proben. Jeder von euch hatte mittlerweile genug Gelegenheit sich die Städte einzuprägen. Wer immer noch nicht gelernt hat, sein Leben zu verteidigen, der wird das auch nicht mehr tun …«

Kaja zuckte unter dem Vorwurf zusammen wie unter einem Peitschenhieb. Den gestrigen Tag über hatte Nate sie sicher ein Dutzend Mal erstochen, erschossen und erwürgt.

»Liam und ich werden uns verschiedene Zusammensetzungen ansehen und dann entscheiden, wer in drei Tagen mit nach draußen geht«, erklärte Damian weiter.

Drei Tage, Kaja schluckte. Nach all den Wochen war es nun endlich soweit. Ein Teil von ihnen würde an die Oberfläche gehen. Ein Teil von ihnen würde in den Kampf ziehen. Und auch wenn ihr völlig klar war, dass sie selbst nicht zur Gruppe der Krieger gehören würde, die Angst um Liam, Nate und ihre Freunde war groß.

»Aber bevor wir euch losschicken, werden Sam und Jasper zeigen, an was sie die letzten Wochen gearbeitet haben. Noch können wir uns in Zahlen nicht mit den Citizens messen, aber was unsere Ausrüstung angeht …«, ein stolzes Grinsen erschien auf seinem Gesicht, »… das müssen selbst die Archianer erst noch zustande bringen.«

Kaja, die mittlerweile mehrfach erlebt hatte, wozu die Techniker aus der Arche in der Lage waren, wenn man ihnen nur das richtige Material zur Verfügung stellte, hatte eine Ahnung, was Damian solche Freude machte.

Als hätten sie nur auf ihren Einsatz gewartet, traten die beiden mit Nate in ihrer Mitte nach vorne. Drei Augenpaare blitzten voller Vorfreude.

»Wer auch immer in ein paar Tagen nach oben gehen wird, braucht sich keine Sorgen um das passende Outfit zu machen«, versprach Sam. »Nathaniel, zeig unseren Freunden, was du unter deinem schicken Mantel trägst.«

Nate grinste und schlug seinen bodenlangen Mantel zurück. Darunter trug er einen hautengen schwarzen Anzug, der auf den ersten Blick den Anzügen glich, die auch Damian und seine Crew an der Oberfläche getragen hatten. Mittlerweile wusste Kaja, dass das sogenannte Letin eine Mischung aus Leder und Chitin war. Weich genug, um es zu verarbeiten, robust genug, um in dieser Zusammensetzung vor der radioaktiven Strahlung an der Oberfläche zu schützen. Unter hohem Aufwand wurde es in den Townships produziert und streng unter Verschluss gehalten. Die Kampfanzüge der Citizen-Soldaten bestanden aus Letin, ebenso die Schutzsegel ihrer Wüstenfahrzeuge. Nur bestimmten Berufsgruppen waren der Besitz und die Verarbeitung von Letin gestattet. Kaja wusste, ohne dass es ihr jemals jemand hatte erklären müssen, dass jeder Anzug im Besitz der Outlaws von einem toten Citizen stammte. Sie waren die einzige Möglichkeit, sich geschützt und ohne Schaden davonzutragen an der Oberfläche zu bewegen. Ausgenommen von der zweiten Art Anzug, der ähnlichen Schutz bot. Den weiterentwickelten Aerobiose-Suits aus den Archen, mit denen Kaja und die restlichen Archianer geflohen und deren Bestandteile bei genauerem Blick an Nathaniels Körper zu sehen waren. Das blaue Mesh war wie ein transparentes Netz in das Letin verflochten. Jede Bewegung Nates brachte es zum Leuchten, speicherte die Energie aus der Muskelkraft und führte sie zu seinem Körper zurück. Für den Beobachter nicht sichtbar, geschah dies auch mit der Flüssigkeit, die der Körper ausschied. Auf diese Weise konnten die körpereigenen Ressourcen um ein Vielfaches verlängert werden. Den dünnen Sauerstoffschlauch, der aus Nates Nase über seine Schulter in den Anzug führte, hatten die beiden ebenfalls von der Ausrüstung der Outlaws übernommen. Kaja vermutete einen versteckten Filter am Ende. Die beiden Entwickler hatten auf geniale Weise ihre alte Welt mit der neuen verbunden.

»Was unser junger Freund hier als erster Mensch auf diesem Planeten an seinem Körper trägt, ist ein wahres Wunder der Technik und der Natur«, erklärte Jasper mit sichtlicher Begeisterung für sein Werk. »Wir nennen ihn den Surface-

Suit. Und, oh Mann, ist dieses Teil für die Oberfläche gemacht.« Aufgeregt rieb er sich die Hände. »Wir haben beinahe nicht mehr dran geglaubt, aber es ist uns tatsächlich gelungen, Letin zu züchten. Noch stecken wir in den Kinderschuhen, und das Zeug wächst langsamer als Sams Haare, aber wir kommen voran. Über kurz oder lang werden wir unser eigenes Letin erzeugen. Was uns aber gelungen ist, seht ihr hier. Wir konnten in die wachsende Oberfläche Mesh aus den Aerobiose-Suits der Arche integrieren. Das Mesh hat dabei keine seiner Eigenschaften eingebüßt und funktioniert auch in Kombination mit dem Letin einwandfrei. Der Surface bietet also doppelt Schutz gegen die Strahlung, und sein Träger kann deutlich länger an der Oberfläche bleiben. Das Letin hält bis zu 95 Prozent aller Körperflüssigkeiten im Körper, das Mesh bereitet diese auf und führt sie zurück, Gleiches gilt für die Atemluft. Die Energie aus der eigenen Bewegung wird gespeichert und bei Bedarf an den Träger abgegeben. Das Mesh verfügt über ein intelligentes Speicher- und Speisungssystem. Und es geht noch weiter: Dieses Wunder der modernen Bio-Technik kann bis zu zehn Nutri-Shots aufnehmen und ebenfalls, ganz nach Bedarf, in den Körper injizieren. Leider hatten wir noch nicht die Gelegenheit, dieses Baby im Einsatz zu testen, aber wir gehen davon aus, dass es einen Aufenthalt an der Oberfläche von etwa vierzehn Tagen locker schafft, vielleicht sogar etwas länger.«

Erwartungsvoll blickte Jasper in die Runde. War dies der Moment für Applaus?

»Wie viele davon haben wir?« Elisa verschwendete keine Zeit auf unnötiges Lob und kam wie zu erwarten sofort auf die wichtigste Frage zu sprechen.

Für einen Moment presste der stolze Erfinder die Lippen zu einem schmalen Streifen zusammen. »Neun Stück«, antwortete er etwas verstimmt. »Die Teile basteln sich nicht von selbst. An einem zehnten arbeiten wir gerade, aber mehr werden wir nicht schaffen.«

»Mehr werden wir auch nicht brauchen«, mischte sich Liam ein. »Was für die Anzüge gilt, gilt auch für die Waffen. Wir haben gerade genug Ausrüstung für zehn Mann. Aber unser Plan ist ohnehin, unentdeckt zu bleiben. Je weniger wir sind, desto höher die Chance, dass wir es rein und wieder raus schaffen, ohne in einen Kampf verwickelt zu werden.«

»Dein Wunsch in Gottes Ohr«, flüsterte Allison.

»Sollte es dennoch aus irgendeinem Grund dazu kommen, dass wir uns verteidigen müssen, dann haben wir für jeden, der nach draußen geht, ein paar Schusswaffen und Messer. Wir haben aber noch etwas anderes.«

Wie auf Kommando streckte Nate seinen Arm nach vorne und öffnete die nach oben gedrehte Handfläche. So schnell, dass es für das bloße Auge kaum zu erkennen war, schoss ein brennend heißer roter Energiestrahl aus seinem Handschuh quer durch den Raum, zwischen den versammelten Outlaws hindurch in die gegenüberliegende Höhlenwand. Mit offenen Mündern starrten alle auf ein kopfgroßes Loch, das einige Meter tief in den Felsen reichte.

»Was um alles in der Welt?«, rief einer der Shawnees fassungslos.

Lediglich Damian, Liam, Nate und die beiden Entwickler verrieten durch breites Grinsen, dass sie dieses Spektakel nicht zum ersten Mal erlebt hatten.

»Damit habt ihr nicht gerechnet, richtig?« Samuel lachte.

Nate hob seinen anderen Arm und schoss einen zweiten Feuerstrahl schräg über ihren Köpfen in die Decke. Stein und Schutt prasselte auf den Boden, Allison stieß einen spitzen Schrei aus.

»Hör auf damit, oder willst du, dass der Stollen einstürzt?« Die Panik in ihrer Stimme war nicht zu überhören. »Wir haben begriffen, im Notfall können wir die Townships einfach niederbomben.«

»So einfach ist es nicht.« Jasper schüttelte abwehrend die Hände. »Und leider auch nicht ganz ungefährlich. Was ihr hier seht, ist radioaktive Laserenergie, die der Anzug in einer geringen Menge über Panels aufnehmen und speichern kann. Über die Handbewegung, die ihr gerade bei Nate gesehen habt, kann er sie an jedem Arm einmal abstoßen und sich dann wieder aufladen. Voraussetzung ist, der Träger befindet sich an der Oberfläche und ist direkter Strahlung ausgesetzt. Die Panels laden nur bis zu einer bestimmten Maximalkapazität, diese kann aber immer noch tödlich sein, wenn sich der Anzug unkontrolliert oder auf zu kleinem Raum entlädt. In einer Notsituation kann dieser kleine Razor unter Umständen Leben retten.«

»Razor?« Elisa hob eine Augenbraue.

»Ein radioaktiver Laser«, feixte Jasper.

»Ihr solltet euch aufs Basteln beschränken und die Namensgebung lieber anderen überlassen«, spottete die Kriegerin gutmütig. Fasziniert untersuchte sie Nathaniels Handschuhe. »Wann können wir die Dinger testen?«, fragte sie mit einem gierigen Leuchten in den Augen.

Kaja beschlich eine Ahnung, dass die Löcher in der Wand hinter ihr bald Gesellschaft bekommen würden.

3

Drei Tage waren vergangen, seit sie Ansgar, ihren Wächter und einzigen Besucher, zum letzten Mal gesehen hatte. Einen Nutri-Shot und Wasser in einer flachen Schale hatte er ihr gebracht. Sein Gesichtsausdruck hatte ihr verraten, dass er sich damit seinen Anweisungen widersetzte. Seitdem war niemand mehr bei ihr gewesen.

Als sich die Tür ihrer Zelle dieses Mal öffnete, hatte sie mit dem alten Soldaten gerechnet. Sie war nur nicht darauf gefasst, in welchem Zustand man ihn zu ihr brachte. Mit geöffneten Augen und leerem Blick, den Kiefer kraftlos nach unten hängend, schleppten zwei jüngere Offiziere, die sie noch nie zuvor gesehen hatte, den schlaffen Körper in ihre Zelle. Sie würdigten Sandra keines Blickes, ließen ihren Kollegen mitten im Raum auf den harten Boden fallen und verschwanden, bevor Sandra auch nur eine Frage stellen konnte.

Selbst nachdem die Zellentür wieder fest verschlossen und sie mit Ansgar alleine war, wagte Sandra es nicht, sich ihm zu nähern. Sie bewegte sich nicht, nicht einen Millimeter machte sie auf ihn zu. Minute für Minute starrte sie den alten Mann wie versteinert an. Seine Brust hob und senkte sich, er war nicht tot. Seine Lider blinzelten in regelmäßigen Abständen, er war nicht ohnmächtig. Das aber waren die einzigen Lebenszeichen des sonst völlig reglosen Körpers. Selbst eine gefühlte Ewigkeit, nachdem die Soldaten ihn abgeladen hatten, bewegte der alte Mann sich nicht. Schmerzhaft verrenkt lag er genau so da, wie er gefallen war. Aus seinem Mund tropfte Speichel auf den Boden. Als wäre er in einer tiefen Trance gefangen, aus der er nicht mehr aufwachen konnte.

Vorsichtig kroch Sandra zu ihrem ehemaligen Unterstützer. Sie legte eine Hand auf seine Schulter. Im ersten Moment zuckte sie zurück. Wie lange war es her, dass sie einen Menschen berührt hatte?

Sie atmete tief ein und nahm ihren Mut zusammen. Dieser Mann hatte ihr geholfen, nur dank ihm war sie noch am Leben. Ein schrecklicher Gedanken schoss ihr plötzlich durch den Kopf: Was, wenn sie selbst der Grund dafür war, dass man den Soldaten in diesem Zustand zu ihr gebracht hatte? War er bei dem Versuch, ihr zu helfen, ertappt worden? War das die Strafe für sein Mitleid? Fürchterliche Schuldgefühle übermannten sie. Was war mit ihm geschehen? Sie packte ihn an den Schultern und zog ihn in ihre Arme.

»Ansgar, Ansgar, wach auf«, rief sie und schüttelte ihn.

Seine Augen blieben gespenstisch leer und unfokussiert, doch aus seiner Kehle kam plötzlich ein tiefes Grollen, das sich in ein bedrohliches Knurren verwandelte. Ein Furcht einflößender Laut, mehr Tier als Mensch. Erschrocken, einem uralten Überlebensinstinkt folgend, stieß Sandra den Mann von sich und kroch so schnell sie konnte in die Ecke der Zelle, die am weitesten von ihm entfernt lag. Das Knurren, eben noch wütend und aggressiv, wurde leidend, voller Schmerz, verwandelte sich in einen klagenden Schrei, schlimmer als alles, was Sandra jemals in ihrem Leben gehört hatte. Schluchzend schlug sie sich die Hände über die Ohren, versuchte vergeblich, das Geheul aus ihrem Kopf fernzuhalten. Doch es war unmöglich. Von allen vier Wänden brach sich der unmenschliche Klagelaut, sprang sie an wie ein wildes

Tier und ließ sich nicht abschütteln, während Ansgar, ihr Retter, sich auf dem Zellenboden krümmte und schrie und schrie und schrie.

4

Zwei Tage und zwei Nächte hatten sie in unterschiedlicher Zusammensetzung immer wieder den genauen Ablauf geprobt. Schrecklich reale Flashbacks an den Einbruch in das *Parentes Paradisum* und ihre Flucht aus der Arche waren Kaja dabei ständig durch den Kopf geschossen. Im Gegensatz zu dem, was sie jetzt vorhatten, war der Ausbruch damals beinahe ein Spaziergang gewesen. Ein Spaziergang mit katastrophalem Ende, das sie nur mit knapper Not überlebt hatten. Nicht die besten Aussichten auf die nahe Zukunft. Vielleicht war es ihr deswegen so schwergefallen, sich zu konzentrieren. Vielleicht lag es aber auch an ihrer allgemeinen Tollpatschigkeit, dass sie in jeder Runde zu den langsamsten gehörte. Als Liam ihr am Ende des letzten gemeinsamen Trainingstags tatsächlich einen der zehn Surface Suits in die Hände drückte, fragte sie sich, ob er vielleicht den Verstand verloren hatte. Jeder der Krieger, die am Ende leer ausgegangen waren, hätte mehr zu ihrer Mission beitragen können als sie, so viel stand fest.

»Er hat einfach Angst, dass der Schaden, den du ohne uns in Beartooth anrichten würdest, größer ist als der Schlamassel, dich mitzuschleifen.«

Elisa grinste so unverschämt, dass Kaja nicht anders konnte, als lauthals loszulachen. All die Anspannung der letzten Tage fand endlich ein Ventil aus ihrem Körper. Sie schnappte nach Luft, die Tränen liefen aus ihren Augen, und sie verbarg das Gesicht in dem rauen Letin ihres Suits, um sich vor den besorgten Blicken der Outlaws zu verstecken. Schlimm genug, dass Liam ein schwaches Glied in ihre Kette eingebaut hatte, es sollte wenigstens niemand glauben, sie wäre übergeschnappt.

»Warum hat er mich ausgewählt?«, wollte sie von der Kriegerin wissen.

Elisa zuckte mit den Schultern. »Wenn du es selbst nicht weißt, woher soll ich es wissen? Ich hoffe nur, es liegt nicht daran, dass er seine letzten kalten Wüstennächte nicht allein verbringen will.«

»Seine letzten?«

»Wer weiß schon, wer von uns es wieder nach Hause schaffen wird.« Mit dieser düsteren Prophezeiung und ihrem eigenen Surface unterm Arm ließ Elisa Kaja allein zurück.

In dieser Nacht, der letzten, die sie gemeinsam mit Liam in Beartooth verbrachte, bevor sie sich wieder an die Oberfläche wagen würden, lag Kaja lange wach. Elisas Worte ließen sie nicht los. Zehn von ihnen würden am Morgen den Stützpunkt verlassen: Fünf Archianer, Liam, Kaja, Jasper und Samuel und Elisa, die sie als mittlerweile erfahrene Heilerin begleiten sollte. Damian und Elisa, die mit Abstand besten Krieger von Beartooth, und drei Shawnees, deren Kampfkunst die der ansässigen Outlaws noch um ein Vielfaches übertraf: Nathaniel, Akai Flint, ein Riese von Mann, der es als Einziger mit Damians Statur aufnehmen konnte, und Eyola Ruh, die einzige Frau, die es neben Annabelle Turner lebend nach Beartooth geschafft hatte. Unter ihrem Umhang hätte Kaja sie zu jeder Zeit für einen Mann gehalten, Eyola war stämmig und breit, wirkte eher schwerfällig und beinahe träge, bis sie eine Waffe in die Hand nahm, um zu kämpfen. Dann plötzlich entfaltete sich eine unglaubliche Kraft, die sie schnell, präzise und beinahe unschlagbar für jeden Gegner werden ließ. Kaja wusste, mit ihr selbst als Ausnahme hätte es keine geeignetere Truppe geben können. Dennoch quälte sie die Sorge um ihre Freunde. Der verwaiste Platz an ihrer Seite schürte in ihrem Herzen dunkle Visionen einer möglichen Zukunft ohne Liam.

Irgendwann musste sie eingeschlafen sein, denn als sie vor allen anderen aus einem traumlosen Schlaf erwachte, lag Liam neben ihr. Im schwachen Licht der kleinen Nachtbeleuchtung betrachtete sie sein Gesicht. Auch ihm war die Sorge in den Schlaf gefolgt. Hinter den geschlossenen Lidern zuckten Liams Augen von links nach rechts, als würde er nach etwas suchen. Seine Brauen waren zornig zusammengezogen, und die Lippen flüsterten lautlose Worte.

Wovon träumst du, Liam?, fragte sich Kaja stumm und wünschte, sie könnte ihm im Kampf gegen seine Dämonen beistehen.

»Lora, nein, das kannst du nicht zulassen«, flüsterte er kaum hörbar.

Kajas Hand, die sie eben nach seinem Gesicht ausstrecken wollte, zuckte zurück, als hätte sie eine heiße Flamme berührt.

»Lora«, wiederholte er den Namen der Freundin aus einem früheren Leben. »Bitte.«

Er hatte es also auch nicht vergessen, das Leben, das sie zurückgelassen hatten. Schmerz und Eifersucht schossen wie glühende Pfeile durch ihren Körper. Was hatten die beiden in dem Hologramm erlebt, welches Geheimnis hielt Liam sogar vor ihr zurück?

Als könnte er ihre quälenden Fragen spüren, schlug Liam plötzlich die Augen auf. Einige Sekunden vergingen, in denen sie sich schweigend betrachteten. Kaja konnte die Gedanken des Mannes, dem ihr Herz gehörte, nicht lesen, aber die Art, wie er sie ansah, ließ keinen Zweifel an seinen Gefühlen. Welche Rolle Lora auch in seinem Leben spielte, es hatte nichts damit zu tun, was ihn mit Kaja verband. An diesem Morgen war es schwer genug, sich gegen die Gefahren der Zukunft zu wappnen, den Schatten der Vergangenheit wollte sie keine Kraft geben. Langsam beugte sie sich zu Liam, und ihre Lippen trafen sich zu einem Kuss. Für einen letzten Moment gab es nur das Hier und Jetzt.

Alle Bewohner von Beartooth hatten sich versammelt, um die zehn Krieger zu verabschieden. Kajas Magen krampfte sich vor Übelkeit zusammen, ihr Herz schlug bis zum Hals, als sie hinter Liam, Jasper und Sam zu den anderen sieben Auserwählten aufschloss. Sie konnte die Blicke der Umstehenden spüren und bildete sich ein, in jedem Gesicht die gleiche Frage zu erkennen: Warum hatte man sie für diese Mission ausgewählt? Sie konzentrierte sich auf den Boden unter ihren Füßen und vermied es, jemanden anzusehen.

»Kaja«, ertönte plötzlich Frejas Stimme aus der Menschenmenge. Keine Minute später kam das Kind auf sie zugerannt und schlang ihr die Arme um die Hüften. »Kaja, du kannst nicht einfach gehen, ohne dich von mir zu verabschieden.«

Lächelnd drückte sie die junge Freundin an sich. »Ich habe fest damit gerechnet, dich hier zu sehen. Und keine Sorge, ich werde nicht allzu lange weg sein.«

Die blauen Augen in Frejas Gesicht wurden mit einem Mal groß. »Versprich mir, dass du wiederkommst«, bat sie, und ihre Finger bohrten sich in Kajas Anzug.

Kaja nickte. Sie hoffte, sie würde ihr Versprechen halten können. »Ich werde wiederkommen, du hast mein Wort.«

»Und von mir willst du dich nicht verabschieden?« Damian war zu ihnen getreten und nahm seine Tochter in den Arm, um sie hoch in die Luft zu werfen und wieder zu fangen.

Freja kicherte. »Du kommst doch immer wieder«, erklärte sie voller Überzeugung. »Was soll dir denn passieren? Keiner würde sich freiwillig mit dir anlegen.«

»Das stimmt, meine kleine, kluge Tochter. Niemand ist dumm genug, deinen alten Vater herauszufordern.«

Alle waren bereit für den Aufbruch, die letzten Verabschiedungen gesprochen. Sam kontrollierte mit Jasper und Elisa die Rennschlitten, auf denen ihre gesamte Ausrüstung verstaut war. Beide Ammas warteten, umgeben von Beratern und Wachen als letztes Geleit an den Schleusen. Annabelle Turner verabschiedete sich nacheinander von ihren Söhnen. Wie schwer es ihr fiel, den eben wiedergefundenen Liam erneut ziehen zu lassen, konnte sie nicht verbergen. Es dauerte einige Minuten, bis sie ihn aus ihrer Umarmung freigab. Nathaniel, der die Szene mit versteinerter Miene beobachtet hatte, drückte ihr einen Kuss auf die Stirn und kniete vor ihr nieder, wie es der Shawnee-Brauch wollte, um sich ihren Segen für seine Mission zu erbeten. Seine Amma und Mutter legte ihm beide Hände auf den Kopf, und ihre Lippen formten ein stummes Gebet. Sie beugte sich nach unten und flüsterte ihm etwas ins Ohr, das ihn die Augenbrauen noch tiefer in die Stirn ziehen ließ. Sein Blick huschte zu Liam, dann zu Kaja und wieder zurück zu seiner Mutter. Er nickte knapp und erhob sich. Akai und Eyola waren an der Reihe, sich zu verabschieden.

Damian, der ebenfalls eine private Unterredung mit seiner Amma gehalten hatte, gab das Zeichen zum Aufbruch. Es brauchte keine langen Reden mehr, alles war gesagt. Es war an der Zeit, Taten folgen zu lassen. Berge Albrecht und zwei weitere Outlaws öffneten die Schleusen. Unter Jubel und Abschiedsworten betraten die zehn den Durchgang nach draußen. Keiner von ihnen sprach ein Wort, bis sich die schweren Eisentore ächzend hinter ihnen geschlossen hatten und jeder Laut aus Beartooth verstummt war.

»Letzte Chance, es euch doch noch anders zu überlegen«, erinnerte Damian, doch niemand antwortete.

Elisa grinste, die Shawnees hoben stolz die Köpfe. Alle blickten auf das mächtige Tor, das ihnen in wenigen Minuten den Weg nach draußen freigeben würde.

Ein lautes Knirschen, Stahl auf Stein und Sand, das Kaja Gänsehaut über den Rücken jagte, war der Countdown für den Aufbruch. Kaja kontrollierte ein letztes Mal ihren SurfaceSuit, befestigte den Sauerstoffschlauch an ihren Nasenflügeln und schob sich die Schutzbrille mit verdunkelten Gläsern ins Gesicht, bevor sie hinter Damian auf seinen Jet kletterte. Bis auf Allison und sie selbst hatten alle Krieger ein eigenes Fahrzeug, beladen mit Wasser, Vorräten, ihren Schutzzelten und Waffen. Allison, die bereits hinter Elisa Platz genommen hatte, winkte Kaja aufmunternd zu, dann schlug sie ihre Kapuze über den Kopf.

Das Tor war mittlerweile beinahe vollständig geöffnet. Nacheinander starteten die Outlaws die Motoren der Jets. Ein tiefes Dröhnen, als würde ein wildes Tier aus dem Schlaf erwachen, erfüllte den Tunnel, an dessen Ende Kaja das grelle Licht der Sonne erkennen konnte. Sie spürte das Zittern der Maschine unter sich und schlang ihre Arme um Damians breiten Oberkörper. Mit einem Satz sprang der Schlitten nach vorne und schoss nach draußen ins Licht. Sand und Dünen, soweit das Auge reichte. Ein kurzer Blick über ihre Schulter zeigte die anderen sieben Jets, die in loser Formation folgten, den Eingang nach Beartooth konnte sie zwischen den Schatten der Felsen schon nicht mehr erkennen. Niemals wäre sie in der Lage, allein ihren Weg hierher zurückzufinden. Es war ihr ein Rätsel, wie sich überhaupt irgendjemand hier draußen ohne ausgefeilte Technik orientieren konnte. Die Jets der Outlaws verfügten zwar über einfache Navigationssysteme, auf die ihre Fahrer zurückgreifen konnten, aber Kaja wusste, Damian wie auch Elisa nutzten vor allem ihren ausgeprägten Orientierungssinn und den nächtlichen Sternenhimmel, um ihren Weg hier draußen zu finden.

Stunde um Stunde fuhren sie Richtung Osten. Die Pausen waren selten und so kurz wie möglich, gerade genug Zeit, um einen kostbaren Schluck Wasser zu trinken und ihre Position zu bestätigen. Solange sie in Bewegung blieben, konnten die Arthropoden sie nicht orten. Ab und an erblickte Kaja in der Ferne Dünen, die von einem Moment auf den anderen wieder verschwunden waren. Rollende Bewegungen, als würde eine riesige Schlange unter der Oberfläche dahinkriechen, waren in Wahrheit Tausende Käfer, die in Schwärmen nach Nahrung Ausschau hielten. Kaja wusste mittlerweile, dass der Hauptschwarm sogenannte Satelliten-Tiere in alle Himmelsrichtungen aussandte. Stieß eines dieser Tiere auf Nahrung, kontaktierte es den Schwarm, und nur wenige Minuten später war von den gefundenen Insekten, seltenen Pflanzen oder noch selteneren Säugetieren keine Faser mehr übrig. Zehn Outlaws und ihr Proviant an Nutri-Shots wäre ein Festmahl von dem vermutlich Arthropoden-Urgroßeltern ihren Enkel-Käfern noch erzählen würden.

Irgendwann, Kajas Arme waren kaum noch zu spüren, ihre Augen müde vom ungewohnt grellen Licht an der Oberfläche und die Lippen schon jetzt spröde und rissig durch den ständigen Wüstenwind und mangelnde Flüssigkeit, sank die Sonne weit vor ihnen am Horizont langsam nach unten. Mit einem kurzen Handzeichen gab Damian das Signal zum Halten. Mit steifen Beinen kletterte sie von ihrem Jet. Liam, der direkt neben ihnen zum Stehen kam, hob für einen Moment die Brille von seinen Augen, um sie besser sehen zu können.

»Alles in Ordnung?«, fragte er mit besorgter Stimme.

Kaja nickte. Damian, der bereits einen Teil ihrer Ausrüstung abgeladen hatte, drückte ihr eines der schweren Pakete in die Hand. Die Ansage war deutlich. Sie hatten keine Zeit zu verlieren. So schnell es ging, mussten die Schutzzelte aufgebaut werden, damit sie sich vor Fressfeinden und der ständigen Strahlung in Sicherheit bringen konnten. Das Mesh ihrer provisorischen Unterkunft würde sie eine gewisse Zeitspanne lang ähnlich wie das Letin vor der aggressiven Umgebung schützen und gleichzeitig alle Signale, die Leben verraten könnten, abschirmen. Solange sie sich innerhalb der Wurfzelte aufhielten, würde keine Insekten-Sonde auf sie aufmerksam werden. Für den Fall, dass sich ein Schwarm direkt auf ihr Versteckt zubewegen sollte, würde sie ein um ihr Lager errichtetes Radar hoffentlich früh genug warnen. Jeder von ihnen hatte seine Aufgabe mehrere Dutzend Male geübt, und es dauerte keine fünfzehn Minuten, bis ihr kleiner Außenposten erbaut war. Zwei Zelte, eines für die Jets und Ausrüstung, eines für die Menschen, dazu eine Reihe elektrischer Sonden, die sich kreisförmig um die Lagerstelle zogen, und ein weiterer, etwas größerer Ring, der bis zu einem Radius von fünf Meilen die Umgebung scannte, das war das Maximum an Sicherheit, das den Outlaws und den Archianern auf ihrer Reise zur Verfügung stand.

Als würde Jasper seiner eigenen Technik nicht vertrauen, verharrte er über das Radar gebeugt und starrte auf die flimmernden grünen Kreise.

»Sieht alles ruhig aus«, erklärte er nach etlichen endlosen

Minuten. »Wir sollten trotzdem Wachen einteilen. Sicher ist sicher.«

Damian nickte. »Nathaniel, du machst den Anfang, die ersten beiden Stunden sind entscheidend. Wenn sie uns nicht gleich aufstöbern, funktioniert das Zelt. Allison und Kaja, ihr übernehmt die zweite Wache gemeinsam. Sobald euch irgendetwas ungewöhnlich vorkommt, weckt ihr mich oder Elisa, verstanden?«

Kaja nickte, Allison ebenso.

»Liam wird euch ablösen, dann Elisa, dann ich. Der Rest von euch schläft, ihr seid morgen Abend dran. Kontrolliert eure Anzüge, prüft die Nutri-Shots und das Wasser, dann jeder noch einen Schluck aus den Vorräten. Legt euch schlafen, ruht euch aus, so gut ihr könnt. In fünf Stunden packen wir ein, und es geht weiter.«

Kaja konnte nicht schlafen. Sie hatte sich neben Liam auf dem Boden zusammengerollt und die Augen geschlossen. Trotz des Zelts und ihres Anzugs konnte sie die eisige Wüstennacht durch den Boden bis in die Knochen spüren. Ihr Körper schmerzte von den vielen Stunden auf dem Jet. Sie fühlte sich hilflos und ausgeliefert. Dieser Planet, der eigentlich ihre Heimat sein sollte, war voller Gefahren. Würde er ihnen jemals eine Rückkehr erlauben?

Liams Arm schlang sich fest um ihren Körper. Er zog sie an sich, vergrub das Gesicht an ihrem Hals. Sie spürte seinen Atem, und wie immer war es seine Gegenwart, in der sie ihr Zuhause fand. Seine Stärke, aber auch die Verletzlichkeit, die sie darunter spürte, die ihr klarmachte, dass es immer etwas geben würde, wofür sich zu kämpfen lohnte: die Liebe.

»Hab keine Angst«, flüsterte Liam in ihrem Nacken. »Wir werden das schaffen. Das ist der Grund, warum wir hier sind. Dies ist unsere Bestimmung.«

Und wie durch ein Wunder glaubte sie ihm auch dieses Mal jedes Wort. Sie waren so weit gekommen. Sein purer Wille hatte sie an diesen Ort geführt. Was, wenn nicht Vorsehung, konnte so etwas zustande bringen. »Ich habe keine Angst«, antwortete sie mit fester Stimme. »Ich vertraue dir.«

Sie lächelte und öffnete die Augen. Keine zwei Meter von ihr und Liam entfernt saß Nathaniel zusammengekauert neben dem Radar. Auf seinen Speer gestützt, hatte er die Kapuze seines Mantels immer noch über den Kopf gezogen. Aus dem Schatten des Stoffs heraus beobachtete er nicht etwa den Monitor, wie es seine Aufgabe gewesen wäre, sondern starrte mit düsterer Miene auf Kaja und Liam. Für einen Moment kreuzten sich ihre Blicke. Kaja konnte die Gefühle, die wie ein glühender Pfeil in ihren Körper schossen, nicht deuten. Schämte sie sich dafür, dass Nate Zeuge ihrer Umarmung geworden war? War sie wütend, dass er sie heimlich beobachtete? Nathaniel hatte sich sofort von ihr abgewandt und blickte nun stur auf den flimmernden Monitor vor sich. Vielleicht war es nur ein Zufall gewesen. Kaja wollte gern glauben, dass sie nicht Zentrum seiner Aufmerksamkeit war. Dennoch wollte sich der ersehnte Schlaf bis zu ihrer eigenen Wache nicht mehr einstellen. Und auch nachdem sie müde und erschöpft eine Stunde lang den reglosen Sicherheitskreis um ihr Lager beobachtet hatte, fand sie keine Ruhe. Nicht mehr als ein paar kurze Minuten irgendwo zwischen Wachen und Träumen, bevor Damian noch Stunden vor Sonnenaufgang alle zum Aufbruch drängte.

Die folgenden beiden Tage unterschieden sich kaum vom ersten. Lediglich Kajas wachsende Erschöpfung trug negativ zur Abwechslung bei. Es gab kaum eine Position, in der sie noch hinter Damian auf dem Jet sitzen konnte, ohne bereits nach wenigen Minuten schmerzende Krämpfe zu verspüren. Jede noch so kleine Stelle Haut, die nicht genügend geschützt war, brannte wie Feuer und war von Sand und Sonne wund gescheuert. Kaum hatten sie abends die Zelte aufgestellt, hätte sie nun gut und gern die Nächte durchschlafen können, aber wie alle anderen musste sie ihren Anteil an den Wachstunden übernehmen. Sie hoffte inständig, dem Rest ihres Teams würde diese Reise nicht so sehr zusetzen wie ihr selbst. Sonst wären sie am Tag ihrer Ankunft in den Townships ein jämmerlicher Haufen und wenig geeignet, überhaupt irgendjemanden zu befreien.

Am vierten Morgen nach ihrem Aufbruch aus Beartooth erreichten sie ihren vorerst letzten Halt. Sie waren wieder vor Sonnenaufgang losgefahren, hatten aber bereits nach vier Stunden ihre Tagesetappe beendet und die Zelte geworfen.

»Weiter kommen wir nicht ran.« Auf einer Karte, die ihre nähere Umgebung zeigte, erklärte der Shawnee Akai noch einmal, wo sie sich befanden und wohin sie von hier wollten. »Hinter dieser Felskette, etwas westlich von uns ...«, er fuhr mit seinem Finger über die besagte Stelle auf der Karte, »... befindet sich einer der vier Lüftungsschächte zu den Townships. Es ist der einzige, den wir unbemerkt vom Überwachungssystem erreichen können. Der Nachteil: Er ist mit am weitesten entfernt von den Lifelines. Wir müssen beinahe die gesamte Anlage durchqueren, um in die Versorgungszentrale zu gelangen. Sollte dort drin alles so aussehen, wie unsere Karten und das Hologramm vermuten lassen, ist das machbar. Falls nicht, dann ...«

»Dann?«, wollte Elisa wissen.

Der Shawnee zuckte mit den Schultern. »Dann werden wir rausfinden, was diese Feuerbälle in unseren Anzügen tatsächlich können.«

»Keiner von uns war jemals in den Townships. Unser Wissen stammt ausschließlich von dem, was die Trader uns erzählt haben, oder den Karten, die sie uns überlassen haben«, erklärte Eyola. »Der Kontakt zu den Händlern ist schon lange nicht mehr, was er mal war. Hoffen wir, dass sie die Wahrheit gesprochen haben.«

»Ein bisschen spät für Zweifel«, brach Damian die Diskussion ab. »Bisher ist alles nach Plan gelaufen, es gibt keinen Grund, schwarz zu sehen. Wir werden den Tag über hier abwarten und mit Sonnenuntergang in die Anlage einsteigen. So nah an die Townships wagen sich keine Arthropoden, so weit entfernt gibt es kaum Patrouillen. Unsere Jets sollten hier in den Zelten bis zu unserer Rückkehr sicher sein. In vierundzwanzig Stunden sind wir alle wieder auf dem Rückweg nach Beartooth.«

»Dein Wort in Gottes Ohr.« Samuel verzog die Lippen zu einem Grinsen. »Diesen Optimismus kenne ich sonst nur von Liam.«

»Und sieh, wohin es uns gebracht hat«, feixte Jasper. Er klopfte Liam auf die Schulter. »An die Türschwelle des nächsten tödlichen Abenteuers. Man könnte meinen, Turner, das wäre dein Hobby.«

»Bring uns nur einfach wieder nach Hause«, bat Allison. Im Gegensatz zu den anderen stand ihr die Anspannung ins Gesicht geschrieben. Es gab keinen Scherz, der ihre Sorge überspielen konnte. Liam legte ihr den Arm um die Schulter.

»Ich verspreche es dir. Ich werde uns nach Hause bringen, und alle anderen auch.«

Den restlichen Tag über blieb nichts weiter zu tun, als zu warten. Durch das transparente Mesh hindurch betrachtete Kaja die Sonne, wie sie ihren weiten Weg um den Erdball zurücklegte. So viele Jahre war sie es gewesen, die das Leben auf dem Planeten erst ermöglicht hatte, nun waren sie gezwungen, Schutz vor ihr zu suchen. Würde ein Leben im Einklang mit der Natur je wieder möglich sein?

Ihre schlaflosen Stunden hatte sie in den vergangenen Nächten damit verbracht, die funkelnden Sterne am Himmel über ihr zu studieren. Nie zuvor hatte sie etwas Schöneres und Friedlicheres gesehen als die endlosen Weiten am Firmament. Kein Hologramm konnte jemals das Gefühl der eigenen unbedeutsamen Winzigkeit simulieren, das sie dabei empfand. War es von Bedeutung, ob die Menschen existierten oder nicht, angesichts dieser viel größeren Macht? Gab es überhaupt eine größere Macht, die sich für irgendjemanden oder irgendetwas interessierte? Oder waren sie alle einfach nur Zufälligkeiten in einer unendlichen Spirale von Raum und Zeit?

»Kaja? Schläfst du, oder bist du schon in den Townships?« Nathaniel legte ihr eine Hand auf die Schulter, und sie schreckte aus ihren Gedanken hoch.

»Es wird Zeit, du solltest zurück auf die Erde kommen und dich fertig machen.«

»Was, wenn ich nicht will?«

»Zurück auf die Erde?«, fragte Nate. »Ich dachte, das ist der größte Wunsch von euch Archianern?«

Wie so oft konnte Kaja nicht mit Sicherheit sagen, ob Nate sich über sie lustig machen wollte. »Die Erde scheint kein gesteigertes Interesse an uns zu verspüren«, wich sie seiner Frage aus. »Vielleicht ist die Zeit der Menschen tatsächlich abgelaufen.«

»Lass das bloß nicht deinen Liebhaber hören«, warnte der junge Turner. »Der ist davon überzeugt, dass unser glorreiches Zeitalter des Friedens und der Freiheit noch vor uns liegt.« Diesmal war der Spott in seiner Stimme klar zu hören.

»Und wenn du dafür nicht zu spät kommen willst, dann Schläuche ins Gesicht und los. Den Letzten fressen die Kakerlaken.«

Sie wusste, sie hätte wütend auf ihn sein müssen, aber ihre Gründe zu lachen waren zu selten, um wählerisch oder streng zu sein. Schmunzelnd zog sie sich die Brille auf die Stirn und befestigte ihre Handschuhe an ihrem Suit. Noch vierundzwanzig Stunden, und sie würden auf dem Weg zurück nach Beartooth sein. Zeit genug, um sich Gedanken darüber zu machen, warum sie Nate nie lange böse sein konnte.

Ohne ihre Jets kamen die zehn Outlaws deutlich langsamer voran. Trotz der mechanischen Unterstützung durch den Suit war Kaja schnell am Ende ihrer Kraft. Mit jedem Schritt sank sie tief in den weichen Wüstensand. Während die Sonne langsam hinter dem Horizont verschwand, stolperte sie mühsam hinter Allison her, der es nicht viel besser erging. Von allen war offenbar einzig Elisa für diese Umgebung geboren. Als wäre ihr Körper leicht wie eine Feder, tänzelte sie zwischen den andern hin und her. Scheinbar mühelos und ohne Kraftverlust erklomm sie die Dünen und hielt nach möglichen Gefahren Ausschau. Alles blieb ruhig, ohne Zwischenfall erreichten sie die Felskette und den Einstieg in die Lüftungsanlagen der Townships.

Kaja blieb keine Zeit, sich länger als ein paar Minuten auszuruhen. Sie fanden ein dickes Eisengitter nur wenige Meter unter der Erde in dem schmalen Tunneleingang. Wie von den Shawnees vorhergesagt, ließ sich ein Teil davon mühelos entfernen. Der Handel mit den Tradern der Citizens war vielleicht zum Erliegen gekommen, die geheimen Wege schienen noch offen und unentdeckt. Den ersten Teil ihrer Mission hatten sie erfolgreich hinter sich gebracht. Sie hatten die Townships erreicht. Mehrere Meilen würde sie dieser Tunnel bis in die Anlage führen. Kaja konnte sich nur schwer vorstellen, dass nicht weit von ihnen Hunderttausende von Menschen in überirdischen Stadtanlagen leben sollten. Menschen, die jeden Tag die Sonne sehen und jede Nacht die Sterne bewundern konnten. Sie hoffte, die Outlaws würden recht behalten, und wenigstens ein Teil dieser Menschen wäre unglücklich genug, um ihnen in eine Freiheit zu folgen, die vor allem von Entbehrung gekennzeichnet war.

Zwischen dicken schwarzen Rohren, die kaum Platz genug für einen Erwachsenen ließen, wanderten die Outlaws stumm hintereinander vorwärts. Kajas Hände tasteten an dem kalten Stahl entlang, um nicht aus Versehen zu stolpern. Nur eine Handbreit totes Material zwischen ihr und dem kostbaren Sauerstoff, der irgendwo im Inneren gefiltert und aufbereitet wurde, damit die Citizens frei atmen konnten und nicht wie die Archianer in Särgen gefangen ihr Leben fristen mussten. Und nun waren sie gekommen, um ihnen dies zu nehmen. Wurde dieses Unrecht zu Recht, nur weil sie damit anderen Menschen das Leben ermöglichten? Waren die Menschen unter diesen Kuppeln alle schlecht? Oder gab es auch hier Unschuldige, Unwissende, die nur ihr eigenes Überleben sichern wollten?

In regelmäßigen Abständen donnerte ein lautes Rauschen durch die Rohre und den Tunnel. Beim ersten Mal schlugen sie alle erschrocken die Hände über die Ohren. Nach einer Stunde in der Finsternis hatten sie gelernt, wann sich die Lüftungsschübe der Anlage durch ein kaum spürbares Zittern im Gestein ankündigten, und gingen ohne Pause weiter. Der größte Feind auf dieser Mission war die Zeit. Sie konnten sich keine unnötigen Pausen leisten, ohne kostbare Energie zu verbrauchen, die sie zwingend für den Rückweg benötigten. Schritt für Schritt ging es vorwärts.

Sie waren etwas mehr als zwei Stunden unterwegs, da konnte Kaja die Townships plötzlich hören. Ein dumpfes Brummen und Surren, als wäre sie mitten in einem hektischen Bienenstock gelandet, drang durch die dicke Steindecke bis in den Tunnel. Menschliche Stimmen, Getrampel, Rumpeln und Zittern, das auf schwere Maschinen weit über ihren Köpfen schließen ließ, und ab und an das Geschrei von Tieren. Kein Zweifel, die zehn Outlaws hatten das letzte Zentrum menschlichen Lebens auf dem amerikanischen Kontinent erreicht. Es war mittlerweile tiefe Nacht, aber das schien keinen Einfluss auf das emsige Treiben an der Oberfläche zu haben. Kajas Herz schlug bis zum Hals. Trotz aller Angst, entdeckt zu werden, konnte sie es plötzlich kaum erwarten, diesen Ort mit eigenen Augen zu sehen. Den anderen schien es ähnlich zu ergehen. Ohne Absprache beschleunigten sich ihre Schritte, und eine aufgeregte Anspannung war zu spüren.

Es dauerte nicht lange, und sie hatten eine größere Gabelung erreicht. Sternförmig spaltete sich die Hauptader in acht kleinere Stollen. Hier sollten sich ihre Wege trennen. In Zweiergruppen würden sie unterschiedliche Ausgänge nach oben wählen, um möglichst unauffällig zu bleiben. Jedes Team musste für sich einen Weg in die zentrale Versorgungsstelle finden. Dort angekommen, würden sie gemeinsam die Schnittstellen zerstören und so unsichtbar wieder verschwinden, wie sie gekommen waren. Was niemand aussprach, war der Grund für ihre Trennung. Würde eines ihrer Teams entdeckt werden, dann wären die anderen acht in der Lage, den Einsatz allein zu beenden. Selbst wenn sie sich in den weitläufigen Townships verlieren sollten, über Funktransmitter in ihren Ohren blieben sie miteinander in Kontakt. Dennoch wusste jeder von ihnen, dass ihr Plan keine Rettungsaktion vorsah. Weder die Zeit noch die Energie ihrer Anzüge würde dafür ausreichen. Jedes Team war ab nun für sich selbst verantwortlich.

Ihre Überraschung darüber, dass Liam sie tatsächlich mit Nate eingeteilt hatte, war nur von kurzer Dauer gewesen. Kaja hatte schnell eine Erklärung gefunden, wusste aber nicht, ob sie glücklich darüber war. Wäre er selbst an ihrer Seite, das wusste sie, würde sein erstes Bestreben immer sein, Kaja zu schützen, selbst wenn dies auf Kosten seiner eigentlichen Aufgabe ging, die Lifelines zu zerstören. Wenn er nicht selbst für ihre Sicherheit garantieren konnte, dann würde er den Menschen damit beauftragen, dem mindestens ebenso viel an Kajas Unversehrtheit gelegen war wie ihm: Nathaniel Turner. Die Motive dafür mochten ihm nicht gefallen, aber für ihre Sicherheit würde er sie in Kauf nehmen. Mit Nate als Kajas Aufpasser, konnte Liam sich auf die eine Sache konzentrieren, wegen der sie hierhergekommen waren.

»Bereit für unser erstes Date?«, fragte Nate, den sein Humor offenbar nicht einmal in dieser Situation im Stich ließ.

Kaja nickte. »Bereit.« Sie warf Liam einen letzten Blick zu. In seinem Gesicht konnte sie erkennen, wie schwer ihm der Abschied von ihr fiel. Aber die Zeit für letzte Worte war vorbei. Sie alle mussten darauf vertrauen, dass sie sich wiedersehen würden.

»Viel Glück euch allen«, verabschiedete Damian seine Truppe. »Wir sehen uns am Treffpunkt. Keine Alleingänge, keine unnötigen Risiken. Ich werde keinen eurer Hintern aus dem Schlamassel ziehen, verstanden?«

»Verstanden.«

»Alles klar.«

»Nur ein einziger Drink«, scherzte Samuel. »Wer weiß, wann wir das nächste Mal Gelegenheit auf einen Besuch in der Metropole bekommen.«

Mit einem Nicken zu Elisa signalisierte er ihren Aufbruch. Zusammen mit der Kriegerin verschwand er in einen der Tunnel. Es folgte Jasper mit Akai, Allison mit Eyola, Damian und Liam, Kaja und Nate, Sam und Allison.

»Was meinst du, wer macht das Rennen? Auf wen würdest du all dein Geld setzen? Und jetzt sag bitte nicht Damian und Liam. Der Spaß am Wetten ist das Risiko.«

Sie konnte Nates Zähne blitzen sehen. Es war nur ein Versuch, sie aufzuheitern, aber seine permanenten Bemühungen hatten eine Belohnung verdient, selbst oder gerade in dieser Situation. »Ich wette auf uns beide«, lachte sie, halb gespannt auf Nates Reaktion.

Sein Grinsen in der Dunkelheit wurde noch breiter.

»Schlaues Kind«, neckte der Jüngere von ihnen beiden. »Ich wusste, du wirst irgendwann erkennen, dass wir zusammen ein unschlagbares Team sind.«

Kaja zuckte zusammen. Doch bevor sie ihre leichtfertig gesprochenen Worte bereuen konnte, legte Nate einen Finger an die Lippen und zeigte mit der anderen Hand über ihren Kopf in die Decke des Stollens. Ein Blick auf den Scanner an seinem Arm, dann nickte er. Sie hatten ihren Ausstieg erreicht. Mit einem eleganten Sprung angelte er den Auszug einer Eisenleiter und zog sie zu Boden. Er kletterte einige Sprossen nach oben, aktivierte den Bodyscan an seinem Arm, um zu prüfen, ob sich Menschen in der Nähe befanden. Blaues Licht erhellte für einen kurzen Moment den Stollen.

»Sieht gut aus«, flüsterte er von oben. »Warte hier.« Sie konnte ein leises Quietschen hören, als er das Rad der Ausstiegsluke betätigte, eine Sekunde später war er verschwunden. Im Tunnel konnte Kaja sich selbst atmen hören, während weit über ihr dumpf, wie aus einer anderen Welt, das Leben stattfand.

»Alles klar, die Luft ist rein. Komm hoch, beeil dich.« Nates Kopf war für einen Moment in der Luke aufgetaucht und sofort wieder verschwunden. Kaja zögerte nicht und kletterte die schmale Leiter nach oben, wo Nate in einer weitläufigen, dunklen Halle auf sie wartete und ihr aus dem Schacht half.

»Wo sind wir?«, fragte sie und blickte sich um. Um sie herum waren riesige Traktoren, Mähmaschinen und verschiedenste landwirtschaftliche Geräte geparkt.

»Genau da, wo wir hinwollten«, grinste Nate. »Sektor 10, Primäre Produktion. Ein Ort, wo sich nachts eher weniger Menschen herumtreiben. Aber keine Sorge, dieser Abend mit mir wird dich nicht enttäuschen. Komm, wir haben nicht viel Zeit, die Vorzüge der Townships zu genießen.«

Er griff nach ihrer Hand und zog sie hinter sich her. Durch eine kleine Tür am Ende der Halle verließen sie das Gebäude. Kaja, die im Gegensatz zu Nate die Townships nur aus Erzählungen, Landkarten und einem einfachen Hologramm kannte, war kein bisschen auf den Anblick gefasst, der sich ihr bot. Staunend und mit offenem Mund drehte sie sich um die eigene Achse und konnte nicht fassen, was ihre Augen sahen. Felder mit Getreide, Mais und Gemüsepflanzen, wohin das Auge reichte. Grüne Wiesen und Stallungen, Geräusche und Gerüche, die sie noch nie zuvor in ihrem Leben wahrgenommen hatte. Und über ihr, allumfassend, der Sternenhimmel, der sich wie ein schützender Mantel um all die Kostbarkeiten legte.

»Es ist wunderschön«, flüsterte sie, kaum in der Lage, sich loszureißen.

Nate drückte ihre Hand. »Ja, das ist es.« Seine Stimme hatte einen ungewohnt ernsten Ton.

Für einen Moment trafen sich ihre Blicke. Kaja schluckte, sie konnte die Verbindung zwischen ihnen nicht länger leugnen. »Wir sollten uns beeilen«, warnte sie und ließ verlegen seine Hand los. »Sieht nicht nach Zentrum der Townships aus hier.«

Nate betrachtete sie noch einen Moment enttäuscht, dann räusperte er sich, und die gewohnte Lässigkeit war zurück. »Na dann los, unsere Kutsche wartet bereits, Prinzessin.«

Als Kaja hinter Nate an den umliegenden Hofstellen vorbeilief, wurde ihr klar, dass ihr Begleiter nicht zum ersten Mal hier war. Kein Hologramm und kein Lageplan konnten die Sicherheit vermitteln, mit der er sich in dieser neuen Welt bewegte. Nate musste einer der wenigen Shawnees gewesen sein, die regelmäßig Kontakt zu den Tradern hatten. Ihr Verdacht wurde Gewissheit, als er sie nach wenigen Hundert Metern zielsicher zu einer Plattform lotste, die sich etwa hundert Meter über ihren Köpfen befand. Ein gläserner Aufzug öffnete seine Türen, als sie nähertraten. Gemeinsam mit Nate betrat sie die Kapsel, die sie sofort nach oben beförderte. Kaja runzelte die Stirn, aber anstatt ihr sein Wissen zu erklären, grinste Nate nur noch breiter. Bevor sie eine Frage stellen konnte, endete ihre Fahrt, und sie betraten den Bahnsteig in luftiger Höhe. Denn nichts anderes war die Plattform. Als hätte er nur auf ihre Ankunft gewartet, schoss aus der Ferne, geführt von einer schmalen Metallschiene, ein weiß glänzender Shuttlezug heran. Es waren weder Passagiere noch ein Fahrer in den hell beleuchteten Wagen zu erkennen. Doch Nate schien das nicht zu stören. Die Türen öffneten sich mit einem leisen Zischen und schlossen sich hinter ihnen, kaum dass sie eingetreten waren.

»Ich würde dir raten, halt dich fest. Überschall kann auf den Magen schlagen, wenn man es nicht gewohnt ist.« Nate griff nach einer der Haltestangen, und Kaja tat es ihm gleich.

»Township Transport Sektor 10 bis 1. Achtung, Türen schließen«, erklärte eine unsichtbare Frauenstimme, und im nächsten Moment schoss das Shuttle mit einem Ruck davon. Der unerwartete Druck fuhr Kaja in Knie und Magen. Sie wackelte einen Schritt nach hinten, doch Nates Arm war sofort zur Stelle, um sie zu stützen. Sanft zog er sie an seine Seite und hielt sie auf den Beinen.

»Besser, du bleibst in meiner Nähe. Es werden bald weitere Menschen zusteigen, und wir wollen doch nicht den Eindruck erwecken, dies wäre deine erste Transporter-Fahrt.«

»Woher weißt du das alles?«, fragte Kaja, blieb aber sicherheitshalber in seinen Armen stehen. »Du bist schon einmal hier gewesen.«

Sie hatte keine Frage gestellt und bekam auch keine Antwort, außer einem vielsagenden Lächeln.

»Dieser Zug, oder was auch immer das ist, bringt der uns zu den anderen?«, wollte sie wissen.

»Mit einem kleinen Umweg.«

»Nate, was hast du vor? Bist du verrückt geworden? Wir haben einen Plan.« Ihre Stimme überschlug sich beinahe vor Sorge.

»Und an den werden wir uns auch halten«, versprach Nate. »Keine Sorge, ich werde nichts tun, was ich nicht schon hundertmal gemacht habe. Ich verspreche dir, wir werden als Erste am Treffpunkt sein und sogar noch etwas Spaß gehabt haben.« Er zwinkerte, als hätten sie eben beschlossen, einen Kinderstreich zu veranstalten.

Doch bevor Kaja antworten konnte, hielt das Shuttle an einer weiteren Haltestelle. Die Türen öffneten sich, und eine kleine Gruppe Menschen stieg zu ihnen in den Wagen. Kaja wagte kaum zu atmen. Alles in ihr drängte zur Flucht. Als könnte er ihre Gedanken lesen, hielt Nate sie eisern an seiner Seite fest. Freundlich nickte er dem jungen Mann und seinen beiden Begleiterinnen zu. Alle drei lächelten völlig entspannt, ganz so, als würden sie täglich fremde Menschen begrüßen. Und es dauerte einen Moment, bis es Kaja dämmerte, dass das vermutlich der Fall war. Auf den ersten Blick unterschied sich die Kleidung der Citizens kaum von ihrem eigenen Outfit. Hosen und Jacken waren ebenfalls aus Letin gefertigt, eine der beiden Frauen hatte sogar einen Wollumhang um ihre Schultern geschlungen. Genau genommen waren es die drei neuen Fahrgäste, die aufsehenerregend aussahen. Ihre Gesichter waren bunt bemalt, die Frauen trugen blaue und grüne Farbe auf den Augenlidern, ihre Münder waren dunkelrot gefärbt. Goldene Glitzerpartikel auf der Stirn und den Wangen des Mannes glitzerten mit farbigen Steinen an den Ohren der Frauen um die Wette.

»Sektor 4?«, fragte Nate völlig unbekümmert, und die kleinere der beiden Frauen nickte.

»Ihr auch?«

Zu Kajas Entsetzen nickte auch Nate. »Ja, meine Freundin hier war noch nie dabei, und ich wollte ihr zeigen, was eine echte Party ist.«

»Ihr hättet euch keinen besseren Abend aussuchen können«, lachte sie, und ihre üppige Brust hüpfte unter dem schwarzen Oberteil. »Es sind in diesem Monat beinahe ein Dutzend Kinder zur Welt gekommen. Ihre Väter werden es sich nicht nehmen lassen, das gebührend zu feiern.«

»Umso besser.« Nates Begeisterung war nicht gespielt. Er scherzte und lachte mit den anderen Fahrgästen, als könnte er sich nichts Schöneres vorstellen, als an diesem Abend gemeinsam mit diesen Fremden ein Fest zu feiern. Je weiter sie sich auf das Zentrum der Townships zubewegten, desto voller wurde ihr Shuttle. Keiner der Zusteigenden interessierte sich für Nate oder Kaja. Menschen jeden Alters, in kleinen und größeren Gruppen, die freundliche Worte wechselten, aber hauptsächlich für sich blieben. Von mordenden Soldaten und geschändeten Sklaven fehlte jede Spur. Durch die Fenster des Zugs konnte Kaja weit unter sich die Lichter der verschiedenen Bezirke erkennen. Im Gegensatz zu den unterirdischen Anlagen der Outlaws, wo Energie so kostbar wie Wasser und Nahrung war, leistete man sich hier den Luxus einer taghellen Megastadt. Der Kern der Townships erstrahlte heller als die Sonne in der Ferne. Das war ihr Ziel, dorthin würden sich auch die anderen auf den Weg machen. Saßen sie ebenfalls in einem Shuttle-Zug oder waren sie zu Fuß unterwegs? Wohin auch immer Nate sie brachte, es war nicht richtig, die anderen im Stich zu lassen. Allerdings hatte sie keine Ahnung, wie sie ihn von seiner aberwitzigen Idee abbringen sollte. Notfalls würde sie sich allein auf den Weg zu den Lifelines machen. Auf keinen Fall konnte sie an seiner Seite feiern, während sich ihre Freunde in Lebensgefahr brachten. Angestrengt überlegte sie, ob sie beim nächsten Halt einfach aussteigen sollte. Nate würde keine andere Wahl haben, als ihr zu folgen. Ja, ab jetzt würde sie den Ton angeben. Sollte Nate machen, was er wollte. Ungeduldig wartete sie darauf, dass die freundliche Frauenstimme einen weiteren Stopp ankündigen würde. Es dauerte nicht lange, bis die Ansagerin einen Halt in Zone fünf durchgab. Kaja machte sich darauf gefasst, das Shuttle zu verlassen, sobald die Türen sich öffneten. Kaja und alle Passagiere um sie herum. Alle, inklusive Nate. Zusammen mit den anderen Citizens wurden die beiden Outlaws einfach durch die Türen auf die Plattform geschoben. Bevor Kaja richtig begriffen hatte, dass sie offensichtlich ihr Ziel erreicht hatten, war der Zug mit einem leisen Zischen abgefahren. So viel zu ihrem Alleingang. Es blieb ihr nichts anderes übrig, als sich mit Nate im Schutz der Masse in die wartenden Fahrstühle zu begeben.

Je länger sie sich zwischen den gut gelaunten Citizens aufhielt, desto schwieriger wurde es, sich nicht von der allgemeinen Fröhlichkeit anstecken zu lassen. Es war viele Monate her, dass Kaja zuletzt von Herzen gelacht oder gar ausgelassen gefeiert hatte, ohne die Angst eines bevorstehenden Unheils zu spüren. Die Menschen unter dieser Kuppel schienen ein sorgloses Leben zu führen, wie Kaja es nur noch aus Kindheitserinnerungen kannte. War es das, was Nate ihr vor Augen führen wollte? Oder wollte er sich einfach nur ein letztes Mal amüsieren, bevor auch hier Krieg ausbrechen würde?

»Habt einen schönen Abend, ihr zwei«, verabschiedete sich die kleine Gruppe, mit der sie im Shuttle ins Gespräch gekommen waren. »Vielleicht sieht man sich später noch? Wir werden sicher irgendwann bei Harry landen.«

»Ein hervorragender Plan«, grinste Nate, als wüsste er genau, wovon die junge Frau sprach, und winkte zum Abschied. Dann zog er Kaja hinter sich her durch die Menge. Wieder bestand kein Zweifel, dass er genau wusste, wohin er wollte. Diesmal klammerte sie sich so fest es ging an seinen Arm, um nicht im Getümmel verloren zu gehen. So menschenleer die Felder und Wiesen in Sektor 10 gewesen waren, so voll war es hier. Shuttle für Shuttle brachte Nachtschwärmer und Menschen in Feierlaune in dieses Viertel, in dem sich eine Bar an die andere reihte. Nathaniel hatte sie offensichtlich mitten ins Vergnügungszentrum der Townships geschleppt. Immerhin, hier würden sie auf keinen Fall auffallen. Unterschiedlicher hätten die Menschen nicht gekleidet sein können. Viele hatten eine Art Basisanzug aus Letin oder wenigstens eines der kostbaren Kleidungsstücke, allerdings meist mit bunten Stoffen und glitzernden Steinen verziert oder einem bunten Umhang übergeworfen. Es gab aber auch Menschen, die völlig normale Kleidung trugen, wie Kaja sie aus unterschiedlichen Hologrammen kannte. Bunte Outfits waren ebenso häufig zu sehen wie schlichte, Gesichter waren bemalt, Haare gefärbt, lang, kurz, zu kunstvollen Zöpfen geflochten oder einfach offen über die Schultern gekämmt. Nichts und niemand schien einer bestimmten Ordnung zu gehorchen. Um hier aufzufallen, hätte es vermutlich einen lebenden Elefanten gebraucht, und nicht einmal darauf hätte Kaja gewettet. Denn es gab tatsächlich lebende Tiere in den Townships. Kaja wollte ihren Augen nicht trauen, als sie einen kleinen Hund auf dem Arm eines dunkelhäutigen Mannes erspäht hatte. Noch nie in ihrem Leben hatte sie ein lebendiges Tier gesehen. Am liebsten hätte sie den Arm ausgestreckt, um sein Fell zu berühren.

Aus dem Augenwinkel konnte sie sehen, wie Nate amüsiert ihr Staunen beobachtete. Aber egal, wie sehr sie sich auch bemühte, ihre Begeisterung für diese Welt zu unterdrücken, es gelang ihr nicht. Je länger ihre Augen das bunte Treiben beobachteten, desto mehr Neues entdeckte sie. Der kleine Hund war nicht das einzige Haustier, viele Menschen führten Hunde an der Leine oder trugen sie in extra dafür gemachten Taschen mit sich. Es gab aber auch kleine Äffchen, Vögel, ja, sogar die eine oder andere Schlange, die sich um einen Arm oder eine Schulter rankte. Eine sehr füllige Frau mit grauen Haaren und enormer Oberweite, die aus einem prunkvollen Ballkleid herausblitzte, hatte sogar einen lebendigen Fuchs um ihre Schultern liegen. Neugierig blinzelte das rote Tier mit seinen schwarzen Knopfaugen und rümpfte die kleine Nase.

Als Kaja ihre erste Katze erspähte, ein kleines schwarzes Tier, das vorsichtig aus einer dunklen Seitengasse spähte, krallten sich ihre Finger in Nates Oberarm.

»Sieh nur, da drüben, da ist eine Katze, sie sieht aus wie Mikesch, mein Kater aus der Arche.« Aufgeregt hüpfte sie an seiner Seite auf und ab.

Nate schmunzelte. »Ich hab dir doch gesagt, der Umweg wird sich lohnen.«

Der Katze war der Trubel auf den Straßen offensichtlich zu viel, ihr schwarzes Fell war wieder mit der Dunkelheit verschmolzen. Enttäuscht spähte Kaja in die kleine Gasse.

»Komm mit«, forderte Nate sie auf. »Die Nacht ist kurz, und vielleicht finden wir noch irgendwo ein Tier, das sich von dir streicheln lässt.«

Diesmal war ihr egal, dass er sich über sie lustig machte. Wenn im Gegenzug dazu eine echte Katze der Preis war, sollte er seinen Spaß haben. Aufgeregt folgte sie ihm durch das Getümmel und konnte ein Lächeln nicht länger unterdrücken. Überall um sie herum pulsierte das Leben, und schon bald kam es Kaja vor, als würde sie dieses Gefühl von Freude und Leichtigkeit aufsaugen, wie ein ausgetrockneter Schwamm das Wasser. Mit jedem Schritt fühlte sie sich etwas leichter, jeder Fetzen Musik aus einer der vielen Bars ließ ihr das Herz in der Brust vor Freude hüpfen. Sie hatte erlebt, wozu die Darksurfer Smith Young und Victoria Silver in der Lage waren. Wie nah ihr Vergnügungshologramm, der Arcteryx, an das heranreichte, was die Menschen hier täglich genießen konnten. Doch jetzt, da sie tatsächlich mitten in der echten Welt stand, wirkte der Arcteryx wie ein jämmerliches Abziehbild. Nichts konnte sich mit dem Gefühl messen, echte Menschen zu sehen, zu spüren, zu riechen, von Menschen gemachte Musik zu hören, sich von der Freude der anderen mitreißen zu lassen und zu spüren, was es bedeutete zu leben. Nie wieder würde ihr ein Hologramm, nicht das beste der Welt, eine Alternative dazu vorgaukeln können. Umso schrecklicher die Vorstellung, das könnte die Zukunft für die Archianer sein. Der Grund, warum sie hierhergekommen waren, holte sie plötzlich und doppelt schmerzhaft ein.

»Wir sind da.« Nate stieß die Tür zu einer kleinen, eher unscheinbaren Kneipe auf und zog sie hinter sich in das schummrige Licht.

»Nate, wir sollten wirklich langsam aufbrechen«, warnte Kaja, doch ihre Worte gingen zwischen lautem Stimmengewirr und Musik einfach unter. Der Raum war bis unter die Decke gefüllt mit Menschen. Bunte Paradiesvögel mit bemalter Haut und leuchtendem Schmuck, aber auch überraschend viele auf den ersten Blick unscheinbar gekleidete Menschen in dunklen Arbeitsanzügen, mit langen Umhängen oder in Kleidung, die weit weniger prunkvoll aussah als das, was Kaja auf der Straße gesehen hatte. Vom hinteren Teil des Raums aus ertönte eine wunderschöne Melodie. Schwer, traurig, voller Sehnsucht. Kaja reckte den Hals, konnte aber über die Köpfe der vielen Menschen hinweg nichts erkennen. Ein Kloß bildete sich in ihrem Hals, und sie musste plötzlich gegen Tränen kämpfen. Sie fühlte sich gleichzeitig unendlich traurig, aber auch voller Kraft. Als würde irgendetwas in ihr erwachen, sie wusste nur nicht, was. Selbst Nate schien gegen den Bann der Musik nicht gefeit zu sein. Sein ganzer Körper versteifte sich für einen kurzen Moment, und auch er hob den Kopf, um über die Menge den Ursprung der kraftvollen Melodie zu erkennen. Plötzlich aber gab er sich einen Ruck und stapfte in die entgegengesetzte Richtung davon, als hätte er Kaja völlig vergessen. Aus Angst, verloren zu gehen, folgte sie ihm an die lange hölzerne Bar. »Zwei Weiße«, orderte er bei einem jungen Mann hinter dem Tresen und schob ihm eine kleine silberne Münze zu. Der Schankwart war in dünnes Leinen gekleidet, das an vielen Stellen bereits zerschlissen war und unter dem man starke Muskeln erkennen konnte. Er brachte ihnen zwei silberne Becher, in denen eine helle, klare Flüssigkeit schwappte. Als er sie vor ihnen auf der Bar abstellte, rutschte der Ärmel an seinem linken Arm nach oben und gab den Blick frei auf eine Reihe an Zahlen, die mit schwarzer Tinte in seinen Unterarm gestochen waren. Irritiert runzelte sie die Stirn. Mit einem kaum sichtbaren Kopfschütteln bedeutet Nate ihr zu schweigen.

Kajas letzte Zweifel, ob Nate schon einmal in den Townships gewesen war, räumte seine nächste Frage an den jungen Schankmann endgültig aus: »Ist Renata heute Abend hier?«

»Sie ist immer hier, wenn Alana einen Auftritt hat.«

Mit weit aufgerissenen Augen beobachtete Kaja, wie Nate die Flüssigkeit in seinem Becher auf einen Zug leerte.

»Noch einen davon«, trug er dem Mann auf der anderen Seite auf. »Du auch?«, erinnerte er sich plötzlich an sie. »Das Zeug bringt Lebensgeister zurück, weckt Tote auf, das sag ich dir.«

Kaja hob den Becher. Beißender Alkoholgeruch stieg ihr in die Nase und ließ ihre Augen tränen. Sie schüttelte den Kopf und stellte das Getränk vorsichtig wieder ab. So wie es roch, reichte ein Tropfen, um ihre Haut zu verbrennen.

Nate zuckte mit den Schultern und leerte auch ihren Becher in einem langen Zug. »Ach …«, krächzte er heiser mit unterdrücktem Husten. »Ein Jammer, dass außerhalb der Townships niemand einen ordentlichen Drink zu schätzen weiß.«

»Ein Jammer, dass uns wahre Kenner so selten beehren.«

Eine blonde Walküre mit Arbeitsschürze um die Mitte war zu ihnen an die Bar getreten. Sie hätte gut und gern Nathaniels Mutter sein können, aber die Blicke, mit denen sie Kajas Begleiter musterte, hatten nichts Mütterliches an sich. »Wo treibst du dich immer rum, mein Süßer? Oder ist die Frage besser: Was um Himmels willen bringt dich zu mir?«

Als Antwort hob Nate seinen wieder gefüllten Becher an die Lippen. Die Frau, die nur Renata sein konnte, schmunzelte. »Ich glaube dir kein Wort. Ich hab schon viel Lob für meinen Weißen bekommen, aber dass jemand sein Leben dafür aufs Spiel setzt, das hab ich noch nicht erlebt. Was willst du wirklich? Oder bist du einfach nur lebensmüde?«

Die blauen Augen der Schönheit bohrten sich in Nates Gesicht. Es war schwer zu sagen, ob sie wütend auf ihn war, oder besorgt. Eines aber stand fest, sie waren hier nicht annähernd so sicher, wie Nate es sie hatte glauben lassen.

»Vielleicht sollten wir lieber gehen«, flüsterte Kaja an seiner Seite.

Während Nate sie gar nicht beachtete, schnellte Renatas Blick schlangengleich zu ihr. »Du hast jemanden mitgebracht?«, fragte sie und rang mit ihrer Fassung. »Ein Mädchen?«

»Es ist nicht das, was du vielleicht denkst«, verteidigte Nate sich halbherzig.

Die Brauen der Wirtin rutschten zornig in die Mitte ihrer Stirn. Sie stemmte beide Arme in die Hüften. »Woher willst du wissen, was ich denke, Nathaniel Turner? Darin warst du noch nie gut.«

»Nathaniel Turner, höre ich richtig? Lassen meine alten Augen mich langsam im Stich?«

Eine riesige Pranke legte sich schwer auf Nates Schulter, und der zugehörige Hüne von Mann schob Kaja einfach zur Seite, als wäre sie nur eine kleine Fliege. »Wer hätte gedacht, dass wir uns in diesem Leben noch mal wiedersehen?« Das tiefe Lachen des Mannes war nicht freundlich, sondern bedrohlich. »Entweder ist heute mein Glückstag, oder aber du hast fürchterliches Pech.«

Diese Begegnung konnte nichts Gutes bedeuten, das konnte Kaja am Gesichtsausdruck ihrer Gastgeberin erkennen. Von Renatas Wut war nichts mehr übrig. Sorge und Angst standen ihr ins Gesicht geschrieben. Wer auch immer dieser Mann war, er war nicht zu Späßchen aufgelegt.

»Elios, alter Freund. Du bist doch nicht immer noch sauer?«, fragte Nate und versuchte, sich aus dem Griff des Mannes zu befreien. Eisern lag die Pranke auf seiner Schulter, je mehr der Outlaw sich wand, desto fester packte der andere zu. Von selbst würde sich Nate aus diesem Schlamassel nicht befreien können.

»Sauer? Nein, Turner, ich bin nicht sauer. Du hast mich um eine Monatsernte an Nutri-Shots betrogen, als der Kurs so gut stand wie noch nie. Seit Monaten warte ich auf meine Zahlung, und du verschwindest einfach von der Bildfläche wie ein Geist. Ich bin nicht sauer, ich bin extrem sauer!«

Den letzten Satz brüllte der Riese so laut durch die Bar, dass für einen kurzen Moment alle Gespräche und selbst die Musik verstummte. Es war, als würde die Zeit selbst den Atem anhalten.

»Du schuldest mir ein Vermögen, Turner, und du hast mich lächerlich gemacht.«

»Elios, ein kleiner Scherz unter Freunden«, konterte Nate halbherzig, aber Kaja entging die Anspannung in seinem Körper nicht. Hoffentlich hatte er sich unter Kontrolle. Sie durften auf keinen Fall auffallen. »... wir können doch über alles reden.«

»Die Zeit zum Reden ist lang vorbei«, knirschte der Trader zwischen zusammengepressten Zähnen. »Du hast die längste Zeit auf unsere Kosten Geschäfte gemacht. Am liebsten würde ich dich hier und jetzt aufschlitzen und deine verlogenen Eingeweide in den Zonen verteilen, aber selbst das wäre noch zu schade für dich. Nein, Turner, für dich werde ich zum ehrlichen Bürger und halte mich an die Gesetze meines Anführers. Du bekommst, was du verdienst. Ich übergebe dich an die Staatspolizei. Sollen die dir eine Nummer verpassen und dir den Platz zuweisen, der euch Outlaws zusteht. Das Ende der Nahrungskette. Ab morgen wirst du dienen, Turner, so lange, bis du zu dem Sand wirst, der dich ausgespuckt hat.«

Im selben Moment spie er Nate ein klebriges Rinnsal Spucke mitten ins Gesicht. Angewidert wischte Nate sich mit seinem Ärmel über die Augen. Kaja konnte den silbernen Dolch blitzen sehen, der darin versteckt war. Sie wusste, nun waren sie verloren. Noch wenige Sekunden, und sie wären entweder tot oder verhaftet. So oder so, es war das Ende für ihre Mission.

Bevor Nate dem Riesen das Messer in den Körper jagen konnte, setzte die Musik wieder ein. Es war eine ähnliche Melodie und doch völlig anders. Wie verzaubert lauschte Kaja den ungewöhnlichen Klängen. Jeder Ton war perfekt. Einer nach dem anderen drang durch ihre Ohren, aber auch durch ihre Haut in Kajas Körper ein und brachte etwas tief in ihr zum Klingen. Eine Macht, älter als die Menschheit selbst, älter als der Planet, auf dem sie sich so hartnäckig festhielten, nahm in ihr Gestalt an, erfüllte ihr Herz, ihre Seele, ihren Verstand. Sie konnte sich nicht dagegen wehren, sie wollte es auch gar nicht. Vergessen war der Grund, warum sie hier war, mit wem sie gekommen war. Weder die Gefahr, in der sie aktuell schwebte, noch Nate oder Liam waren noch von Bedeutung. Als hätte ihr jemand Einblick in das unendliche Wissen des Universums selbst gegeben, war sie sich ihrer eigenen Bedeutungslosigkeit ebenso bewusst wie der Tatsache, dass jede Existenz und jede noch so kleine Entscheidung ein Teil des Ganzen sein musste. Sie fühlte sich winzig und riesengroß, allmächtig und völlig hilflos. Sie wünschte, dieser Moment würde nie mehr vergehen, diese Musik würde bis ans Ende ihrer Tage in ihr erklingen.

Irgendwo, vielleicht hier, vielleicht in einem anderen Leben, griff eine warme Hand nach ihren Fingern und zog sie fort. Wohin? Warum? Es war egal, solange nur weiterhin das rhythmische Auf und Ab der Töne sie begleiten würde. Vage nahm sie wahr, dass die Menschen um sie herum weniger wurden, dass die Wände der Bar verschwanden, die Musik leiser wurde, plötzlich kaum mehr zu hören war.

Nein, sie wehrte sich gegen den Zug, der sie von diesem Ort wegführen wollte. Sie musste zurück. Mit dem Abklingen der Musik verschwand auch der Zauber, der sie als Teil eines Großen verankert hatte, der Zauber, der sie vor allem Bösen beschützt hatte, der Zauber, der …

»Kaja!« Irgendjemand rüttelte an ihrer Schulter. »Kaja, wach auf, komm zurück.« Sie spürte kaltes Wasser im Gesicht. Hartnäckig drängte sich die Wirklichkeit zurück in ihr Bewusstsein.

»Lass mich.« Sie schüttelte die Hände an ihrem Körper ab, doch die Bewegung beschleunigte nur ihr Aufwachen. »Ich will zurück. Ich will zurück zur Musik.«

Ein amüsiertes Lachen drang zu ihr durch. »Deine Freundin hat noch nie zuvor ein Questral gehört.«

Es war eine Feststellung, keine Frage. »Alanas Zauber können sich nur wenige Menschen entziehen«, hörte sie Nate antworten.

»Hört, hört«, antwortete Renata. »Und das aus deinem Mund. Aber wenn einer weiß, wovon er spricht, dann du.«

»Ich glaube, sie wacht auf.«

Kaja konzentrierte sich auf die beiden Stimmen, um den Weg zurück in diese Welt zu finden. Endlich erlangte sie die

Kontrolle über ihren Körper zurück und konnte die Augen öffnen. »Was war das?«, flüsterte sie immer noch leicht benommen.

In Nates Augen lag eine bittersüße Traurigkeit, und für einen Moment erinnerte er sie schmerzhaft an seinen Bruder.

»Das war ein Questral, das Lied der Verlorenen, um genau zu sein. Es gibt nur wenige Menschen, die in der Lage sind, einem Instrument Töne von solcher Macht zu entlocken. Du hattest das Glück oder vielleicht auch das Pech, die vermutlich beste Version davon zu hören.«

»Pech?« Eine glockenhelle Stimme erklang hinter Kaja, und sie wusste, ohne dass es einer Erklärung bedurfte, dass sie zu dem Menschen gehörte, der den Questral gespielt hatte. Nate zuckte unmerklich zusammen, doch Kaja konnte den Schauer, der durch seinen Körper lief, bis in den Arm spüren. Neugierig blickte sie über die Schulter. Und staunend klappte einen Wimpernschlag später ihr Mund nach unten. Vor ihr stand die wohl schönste Frau, die sie jemals gesehen hatte. Weit entfernt vom vollkommenen Erscheinungsbild der Archianer, war die junge Frau jemand, den man nie mehr vergessen würde – weder ihre Musik noch ihre Erscheinung. Flammend rotes Haar rankte sich um ein Gesicht voller Sommersprossen, die helle Haut bildete einen harten Kontrast zu den dunklen Brauen und den langen Wimpern, unter denen zwei grüne Augen böse blitzten. Sie würdigte Kaja keines Blickes. Ganz im Gegenteil – als wäre sie Luft, stolzierte die Frau erhobenen Hauptes an ihr vorbei. »Pech?«, wiederholte sie ein zweites Mal und stieß Nate mit beiden Händen gegen die Brust.

Ohne sich zu wehren, stolperte der Outlaw ein paar Schritte zurück.

»Plötzlich ist es also Pech, meine Musik zu hören, hm? Ich

hätte dich Elios überlassen sollen. Oder wenn nicht ihm, dann einem der anderen Trader, bei denen du Schulden hast. Was ist in dich gefahren, hierher zurückzukommen? Von deinen Feinden mal abgesehen, die Zeiten haben sich geändert, Nate. Das weißt du besser als ich. Warum bist du hier? An mir kann es offensichtlich nicht liegen.«

Der Blick, mit dem sie Kaja bei ihren Worten streifte, war nicht freundlich. Ohne die Hände der jungen Frau spüren zu müssen, machte auch sie einen Schritt von ihr weg.

»Alana ...«

Zum ersten Mal, seit sie Nathaniel Turner begegnet war, schienen ihm die Worte zu fehlen. Was auch immer zwischen ihm und dem Mädchen vorgefallen war, es war ebenso ungeklärt wie Nates Beziehungen zu den Tradern der Outlaws. Im Guten hatte er sich hier von niemandem getrennt.

»Sie hat recht, Nate, es war ein großer Fehler, hierher zurückzukommen. Du hast dich und deine Freundin in große Gefahr gebracht.«

Aus dem Schatten der Häuser war ein Mann zu ihnen getreten. Er musste etwa Renatas Alter haben. Seine Haut war so dunkel, dass er in der Finsternis nicht zu sehen gewesen war. »Du hast uns in große Gefahr gebracht. Und das nicht zum ersten Mal. Was willst du?«

»Ich wollte euch warnen«, antwortete er zu Kajas Überraschung. Sie hatte mit vielem gerechnet, damit nicht. Er schien nicht nur irgendwie mit ihren Feinden befreundet, oder es wenigstens in der Vergangenheit einmal gewesen zu sein, er wollte sie zu allem Überfluss auch noch über ihre Pläne in Kenntnis setzen. Hatte sie sich tatsächlich so sehr in ihm getäuscht?

»Warnen?«, fragte das rothaarige Mädchen skeptisch. »Du, der jede Warnung, die man ihm je in seinem Leben erteilt hat, in den Wind geschlagen hat, gerade du willst uns warnen? Vor was, wenn ich fragen darf? Dem Weltuntergang?«

»Dem Ende der Townships, Alana«, antwortete Nate knapp, und ihre blasse Haut wurde mit einem Mal kreidebleich.

5

Nicht jeder, der neu in ihre Zelle gebracht wurde, begann auch zu schreien. Das hatte Sandra nach einigen Tagen gelernt. Manche waren still, gaben keinen Ton mehr von sich, andere wimmerten wie Tiere, bis ihre Stimmbänder erschöpft waren oder sie einfach starben. Das war die beste Lösung. Wenn der eigene Körper Erbarmen hatte und den Kampf aufgab. Bei einigen war sich Sandra nicht sicher, ob sie noch lebten oder schon tot waren. Sie wagte es nicht, die Körper, wie sie die Menschen nannte, die man zu ihr brachte, zu berühren. Diesen Fehler hatte sie ein einziges Mal gemacht. Eine eiskalte Männerhand hatte nach ihrem Arm gegriffen, tote Augen, weit aufgerissen vor Angst, hatten wie blind nach irgendetwas gesucht und der Mund nach Luft geschnappt, als wäre es kein Mensch, sondern ein Fisch auf trockenem Land, der vor ihr am Boden um das Überleben kämpfte. Eines hatten all diese Menschen gemein: Sie waren verloren, bevor sich die Zellentür hinter ihnen wieder schloss. Sie waren noch am Leben, besser gesagt, ihre Körper waren noch für eine Zeit am Leben, aber ihr Verstand, ihre Seele war irgendwo weit, weit weg.

Sandra wusste, wer diese Menschen waren, ohne ihre Namen zu kennen. Es waren die Opfer des *Total Uploads*. Menschliche Versuchskaninchen, an denen Björn Andersson sein neues Hologramm erprobte. Warum gerade diese Personen ausgewählt worden waren, würde sie nie erfahren. Vielleicht hatten sie sich gegen den Rat aufgelehnt, vielleicht waren sie von ihrer ELSA bei einem verbotenen Gedanken erwischt worden. Vielleicht von einem Freund oder einem Feind verraten. Vielleicht waren sie aber auch einfach nur Opfer, die niemand groß vermissen würde. Menschen, die in den Archen überflüssig geworden waren. Ballast, der unnötig Ressourcen verbrauchte. Energie, die kostbar und wichtig für andere Menschen war. Die Leichen wurden mehr, die scheintoten Zombies ebenfalls, so viel war sicher. Was sie nicht wusste, war, wie lange sie diesen Anblick noch aushalten würde, ohne selbst verrückt zu werden. Wie lange es dauern würde, bis sie an der Reihe war für den Upload ins Holovit.

6

Du redest Blödsinn, Junge. Kayne Cole ist so stark wie noch nie. Unsere Vorratskammern sind zum Bersten gefüllt. Wir hatten die beste Letin-Ernte aller Zeiten, und der Nachschub an Sklaven reißt nicht ab. Wenn jemand untergeht, dann sind das die Outlaws.«

Nate schüttelte den Kopf. »Das mag alles sein, Ruben, aber lass dich nicht täuschen. Die Outlaws sind weit davon entfernt aufzugeben. Ganz im Gegenteil, die Zeit für den letzten Kampf ist gekommen.«

Für einen Moment huschte ein Schimmer von Hoffnung über das Gesicht des alten Mannes. Konnte es sein, dass er kein Freund seines Anführers war? Dann wurde seine Miene wieder finster.

»Warum sollten wir dir glauben, Nathaniel Turner? Es wäre nicht das erste Mal, dass du lügst, um deine eigene Haut zu retten. Elios und die anderen Trader werden von Alanas Questral nicht halb so beeindruckt sein wie deine Freundin hier. In ein paar Minuten weiß die ganze Zone, dass du zurück bist, und dann kann nicht einmal Barock selbst dich noch retten. Sag uns die Wahrheit, und vielleicht kann Alana noch irgendwo einen letzten Funken Sympathie für dich in ihrem Herzen finden und bringt euch zu einem der Schächte. Lüg uns ein weiteres Mal an, und ich verspreche, bei allen Arthropoden der Welt, Turner, ich werde dich eigenhändig vor Kaynes Palast absetzen. Wir hatten genug Ärger mit dir für zwei Leben.«

Ganz offensichtlich war Kaja nicht die Erste, die gemischte Gefühle für Nathaniel Turner hegte. Liams Bruder schien ein Talent dafür zu besitzen, Menschen gleichzeitig für und gegen sich zu haben. Nur leider stand dieses Mal auch ihr eigenes Leben auf dem Spiel.

»Er sagt die Wahrheit«, platzte es heftiger aus ihr heraus als gewollt. »Wir sollten eigentlich gar nicht hier sein. Vermutlich hat Nate sein Leben aufs Spiel gesetzt, um euch zu warnen … und meins«, fügte sie mit Nachdruck und einem bösen Blick in seine Richtung hinzu. »Ihr müsst ihm sehr wichtig sein, wenn er unsere ganze Mission dafür aufs Spiel setzt.« Sie ließ ihn keine Sekunde aus den Augen.

Nate dankte ihr mit einem vorsichtigen Lächeln und schuldbewusster Miene. »Ihr solltet ihm besser zuhören und glauben.« Sie atmete tief ein und wieder aus. Alle Augen waren nach ihrem Ausbruch auf Kaja gerichtet.

»Du scheinst dein Händchen für Frauen nicht verloren zu haben.«

Alanas Tonfall allein reichte aus, um zu wissen, dass die beiden in einem früheren Leben mehr als nur Freunde gewesen waren. Einen winzigen Anflug von Eifersucht unterdrückte Kaja sofort. Nate war nur ein Freund, wenn überhaupt.

»Du bist eine Shawnee?«, wollte der dunkelhäutige Citizen von ihr wissen.

Kaja schüttelte den Kopf. »Ich bin Archianerin.«

Renata zog die Augenbrauen ungläubig nach oben, Alana schnappte erstaunt nach Luft. Der Mann zeigte sich überraschend wenig beeindruckt.

»Eine Archianerin, so, so. Ein weiter Weg, um Alanas Musik zu hören und Nathaniels Kämpfe zu kämpfen.«

»Das ist nicht Nathaniels Kampf«, erklärte sie mit fester Stimme. »Das ist auch mein Kampf und der meiner Freunde, und es sollte auch euer Kampf sein, falls ihr Menschen seid, die frei und ohne Unterdrückung leben wollen.«

»Freiheit, ein ungewöhnlicher Wunsch für eine Archianerin. Ich hatte in meinem Leben nicht oft Gelegenheit, Unterweltlern zu begegnen, die wenigen Male haben sie nie von Freiheit gesprochen.«

»Archianer ist nicht gleich Archianer, so wie Citizen nicht gleich Citizen ist, oder liege ich damit falsch?«

Ruben schmunzelte belustigt in sich hinein. »Dein Geschmack, was Frauen anbelangt, hat sich nicht geändert, Nathaniel. So viel steht fest.«

»Ich bin nicht seine Frau«, stellte Kaja empört klar.

»Sie ist die Freundin meines Bruders«, erklärte Nate und behielt dabei nicht Ruben, sondern Alana im Auge.

»Dein Bruder hat die Arche verlassen?« Die Musikerin schien Nathaniel gut genug zu kennen, um über seine Familie Bescheid zu wissen. Für einen Moment war ihre Feindseligkeit verschwunden, und Kaja glaubte, so etwas wie Mitgefühl zu spüren.

»Ja«, nickte Nate. »In den Archen wächst der Widerstand gegen den Rat. Kajas Vater ist Oberster Ratsherr der *Hope* und führender Entwickler, was das Holovit angeht. Wir wissen, dass die *Hope* und vermutlich auch die anderen Archen einen neuen Versuch zum *Total Upload* starten werden. Und zwar schon bald.«

»Das ist Irrsinn. Das war es schon beim ersten Anlauf. Sie werden alle Bürger in den Tod schicken.«

Nate nickte. »Wir glauben, dass die Regierungen genau das vorhaben. Es gibt einen Grund, warum eure Vorräte so groß sind wie noch nie. Warum die Trader so nervös sind. Die

Archen haben ihre Käufe zurückgefahren, sie haben schon bald keinen Bedarf mehr, Hunderttausende am Leben zu erhalten.«

»Ihr wollt uns weismachen, dass die Regierung der Archen ihr Volk vernichten will, um, ja … um was? Um allein in den Bunkern zu bleiben und über nichts zu herrschen? Das ist absurd.«

»Du hast recht, Alana, absurd … für Menschen, die ihr Leben mit Menschen verbracht haben. Für Menschen, die jeden Tag in einem Hologramm ausschließlich mit Avataren zu tun haben und vielleicht noch niemals einen Menschen zu Gesicht bekommen haben, mag es vielleicht wichtiger sein, diese Welt zu erhalten. Was macht es für einen Unterschied, ob sich hinter dem digitalen Archianer tatsächlich ein Körper aus Fleisch und Blut verbirgt, solange er im Holovit existiert. Für immer und immer und immer …«

Die Augen der jungen Frau weiteten sich vor Schreck. Langsam begriff sie, worauf Nate hinauswollte.

»Künstliche Intelligenz? Sie wollen die Menschen einfach ersetzen?«

»Mein Vater arbeitet seit Jahren am *Total Upload*«, erwiderte Kaja. »Ich glaube, er hat das Projekt niemals aufgegeben. Die Reproduktion der letzten Jahre war einzig darauf ausgelegt, Coder und Mathematiker zu produzieren, die das System auch in Zukunft am Leben erhalten werden. Darum wurde Nates Bruder ausgewählt, er ist ein Genie, was Coden anbelangt. Darum wurde auch meine Freundin Lora ausgewählt. Mit ihren Kindern planen meine Eltern eine kleine Elite, die über eine Welt aus Zahlen herrschen wird. Es würde mich nicht wundern, wenn sie dabei auf ihre eigene Unsterblichkeit hoffen.«

Erschüttert stellte Kaja fest, wie sehr der Wahnsinn ihrer

Eltern aus der Ferne betrachtet Sinn ergab. Und welche Monster sie in der Arche zurückgelassen hatte.

»Liam und ich sind gemeinsam mit einigen Darksurfern aus der *Hope* geflohen, um das zu verhindern. Die Outlaws haben uns aufgenommen und sich uns angeschlossen. Ihr solltet das auch tun, wenn ihr unschuldigen Menschen helfen wollt.«

»Kaja? Dein Name ist doch Kaja, richtig?«, wollte die Rothaarige wissen. »Ich glaube, du hast ein falsches Bild von uns. Wir sind keine Krieger wie die Outlaws, wir sind kein organisierter Widerstand wie eure Darksurfer. Wir sind einfache Bürger, die keine Chance haben, sich gegen dieses System zu wehren. Wir versuchen jeden Tag zu überleben, so gut es geht. Ja, manche von uns halten Kontakt nach draußen…« Ihr Blick streifte Nate, »… manche verbessern ihr Leben durch Traden. Und wir versuchen, den Sklaven in diesem Bezirk ein menschenwürdiges Leben zu ermöglichen, soweit das in unserer Macht steht. Aber mach dir keine Illusionen, die Zustände hier sind nicht besser als in den Archen. Kaynes Augen und Ohren sind überall, genauso seine Soldaten. Es braucht nicht viel, und du sitzt in der Todeszelle oder vor den Toren der Townships als Futter für die Arthropoden. Wer heute dein Freund ist, kann dich morgen schon verraten. Selbst Trader wie Elios und seine Leute, die ihr Geld mit verbotenem Handel verdienen, würden dich für ein paar Münzen an den nächsten Soldaten verraten. Hier kannst du niemandem trauen, nicht einmal den Menschen, die du liebst.«

Nate zuckte unter ihrem Seitenhieb zusammen, als hätte ihn eine Peitsche getroffen.

»Was auch immer ihr hier vorhabt, auf Hilfe hofft ihr vergebens. Das ist mein Rat an dich. Vertrau niemandem außer dir selbst.«

Was auch immer Nate oder jemand anderes Alana angetan hatte, die Wunde war lange nicht verheilt. Kaja, die nur zu gut wusste, wie es sich anfühlte, von seinen engsten Freunden verraten zu werden, hätte sie am liebsten in die Arme geschlossen. Doch bevor sie antworten konnte, kam der junge Schankmann durch die Hintertür aus dem Haus gerannt. Sein Gesichtsausdruck verhieß nichts Gutes.

»Ihr müsst verschwinden«, rief er und schnappte nach Luft. »Hier wird es gleich richtig ungemütlich. Alana, ich befürchte, Elios Schwärmerei für dich hat ein Ende. Dein Questral kam nicht gut bei ihm an. Er trommelt seine ganze Crew zusammen. Die werden hier keinen Stein auf dem anderen lassen, bevor sie die beiden hier gefunden haben.«

»Sei gedankt, Chayton. Geh zurück nach drinnen, halte den Betrieb am Laufen, solange es geht. Dein Sklaven-Status wird dich ausnahmsweise schützen«, befahl Renata. »Niemand wird sich groß für dich interessieren. Du weißt nichts, du hast keine Ahnung, was geschehen ist, außer einem Streit zwischen zwei Fremden. Verstanden?«

Der Sklave nickte und verschwand zurück in das Haus.

»Ihr habt ihn gehört«, mahnte sie Nate und Kaja. »Ihr müsst hier weg. Es wird nicht lange dauern, dann wimmelt es hier von Soldaten. Wenn euch die Trader nicht vorher den Hals umdrehen, dann landet ihr auf Kaynes Schoß, bevor die Sonne aufgegangen ist. Alana bringt euch zu einem Tunnel nach draußen, das ist alles, was wir für euch tun können.«

Nate schüttelte den Kopf. »Wir können noch nicht nach draußen, wir müssen in Zone 1.«

»Habt ihr den Verstand verloren?« Echte Angst war in Alanas Gesicht zu sehen. »Was wollt ihr dort?«

»Wir werden die Lifelines zu den Archen zerstören, das wird einen Aufstand in den Archen verursachen, sie werden gezwungen sein, ihre Tore zu öffnen, und wir werden die Archianer befreien. Zusammen mit den Archianern werden wir hierher zurückkehren und die Townships angreifen. Wir werden die gefangenen Outlaws und Sklaven befreien und Kayne Cole vernichten. Dazu jeden, der uns daran hindern will.«

Die drei Citizens starrten Nate sprachlos an. Der Wahnsinn ihres Vorhabens entging Kaja nicht. Sie war hin und hergerissen, lauthals zu lachen oder vor Angst zu erstarren. Ein paar Sekunden lang sprach niemand ein Wort, dann ertönte ein lautes Krachen aus dem Gebäude, in das Chayton eben zurückgekehrt war. Wütendes Geschrei folgte. Der stumme Austausch zwischen Ruben und den beiden Frauen dauerte nur einen Moment und war kaum zu erkennen.

»Alana, bring die beiden in Zone 1, verständige Barock, wenn nötig, aber versucht unentdeckt zu bleiben. Was auch immer du tun musst, um ihnen zu helfen, tu es. Lass dich nicht erwischen. Kehr zurück, so schnell du kannst.«

Alana nickte, ohne zu zögern.

Mit einem schnellen Blick über die Schulter verabschiedete sie sich stumm bei Renata.

»Folgt mir«, winkte sie Kaja und Nate zu sich und rannte durch die engen Gassen davon, weg von dem immer lauter werdenden Tumult in der Bar.

Die beiden Outlaws stürmten hinter ihr her, so schnell sie ihre Beine trugen. Selbst Kaja, der normalerweise schon nach wenigen Metern die Luft ausging, verhalfen Angst und das Training der letzten Tage zu neuer Kraft. Meter für Meter, Haus für Haus entfernten sie sich von der hell beleuchteten Amüsiermeile, bis sie schließlich in einem auf den ersten Blick unbewohnten Bereich der Zone angekommen waren. Hallen und Lagerhäuser hatten die Bars und Kneipen abgelöst, keine Menschenseele war zu sehen, nur ihre Schritte hallten durch die Straßen.

»Hier entlang«, flüsterte Alana und öffnete eine hinter losen Brettern versteckte Tür.

Kaja zwängte sich zwischen Alana und Nate durch die schmale Öffnung. Im Inneren des Gebäudes war es stockfinster.

»Gebt acht, dass ihr nirgendwo stolpert. Wer sich ein Bein bricht, muss hier leider sterben.«

Kaja war sich nicht sicher, ob die Citizen scherzte, und sie wollte es lieber nicht herausfinden. Von irgendwoher hatte sie plötzlich eine kleine Lampe gezaubert. Schritt für Schritt folgte Kaja dem Lichtkegel, bis sie am anderen Ende der Halle zwei von Planen verdeckte Maschinen erreichten. Mit einem Arm entfernte Alana die Schutzdecken und präsentierte zwei schwarze Motorräder, deren Lack im Licht der Lampe blitzte, als würden sie sich über den nächtlichen Besuch freuen.

»Erinnerst du dich?«, fragte sie Nate, und ihre gemeinsame Vergangenheit zauberte plötzlich ein freudiges Lächeln auf sein Gesicht.

»Wie könnte ich euch je vergessen?«

Einen Moment überlegte Kaja, ob er die beiden Maschinen, oder auch Alana damit meinte. Beinahe zärtlich strich er mit der Hand über das kalte Metall.

»Wir können nicht das Shuttle nehmen«, erklärte Alana. »Das Risiko einer Kontrolle ist viel zu hoch, nach dem, was ihr angerichtet habt. Die beiden hier haben zwar keine gültige Registrierung, aber wenn wir nicht die Hauptstraßen nehmen oder noch mehr Ärger machen, sollten wir es bis in Zone 1 damit schaffen. Ich nehme an, ihr beiden seid nicht allein unterwegs?«

»Wir haben uns in den Lüftungsschächten getrennt, Treffpunkt ist die Versorgungszentrale«, bestätigte Nate.

»Dann sollten wir keine Zeit verlieren. Der Rest eurer Crew war hoffentlich schlau genug, sich nicht in eine Tresenschlägerei verwickeln zu lassen. Kaja, du fährst mit Nate. Sollten wir irgendwo aufgehalten werden, seid ihr auf euch allein gestellt. Im Gegensatz zu euch will ich morgen früh wieder aufwachen.«

Ohne weiter Zeit oder Worte zu verschwenden, öffnete sie die Garage. Nate war auf das Fahrzeug gesprungen und reichte Kaja die Hand. Es war kaum ein Unterschied zu den Jets der Outlaws. Sie schlang die Arme um Nates Brust. Für einen Moment drückte er ihre Finger, dann startete er den Motor. Dicht hinter Alana schoss das Motorrad auf die Straße in die Nacht hinaus.

Die Townships rasten so schnell an Kaja vorbei, dass sie kaum etwas erkennen konnte. Noch nie in ihrem Leben, nicht einmal beim Ausbruch aus der Arche, hatte sie solche Todesangst verspürt wie in diesem Augenblick hinter Nate auf dem Motorrad. Die Lichter der Häuser und Siedlungen verwandelten sich in grelle Streifen. Mit grausamer Geschwindigkeit jagten Alana und Nate die Maschinen durch die Straßen. Für Kaja war es unvorstellbar, wie man dieses Gefühl vermissen konnte.

Weit über ihnen rauschten in regelmäßigen Abständen die Shuttles hin und her. Auf den Straßen wurde der Verkehr um sie herum dichter, je näher sie dem Zentrum der Townships kamen. Neben anderen Motorrädern waren hauptsächlich Autos und Busse unterwegs, wie Kaja sie aus Hologrammen kannte, die das Leben vor dem Blackout zeigten. Keines der Gefährte war annähernd so schnell unterwegs wie sie selbst. Geschickt, aber mit waghalsigen Manövern bahnten sie sich ihren Weg zwischen den anderen Fahrzeugen hindurch. Immer wieder waren in der Ferne Sirenen zu hören, aber nichts schien Alana genügend zu beunruhigen, um anzuhalten.

Je voller die Straßen wurden, desto näher kamen sie an ihr Ziel. Landwirtschaft und Industrie waren in den äußeren Zonen der Townships angesiedelt, die Verarbeitung und Versorgung im mittleren Bereich und das Zentrum blieb dem Staatsapparat und den reichsten Bürgern vorbehalten. Es konnte nicht mehr weit sein. Hoffentlich hatten die anderen ohne größere Zwischenfälle ihren Treffpunkt erreicht.

Vor ihnen bog Alana plötzlich scharf rechts zwischen zwei Gebäuden in eine kleine Seitenstraße. Nate folgte, für einen Moment lag ihre Maschine so schief in der Kurve, Kaja hätte mit der Hand den Boden berühren können. Ihre Finger krallten sich in das Letin ihres Fahrers, sein Rücken vibrierte. Lachte er sie etwa aus?

Nach ein paar Hundert Metern, die sie wie Pfeile durch die gefährlich enge Straße schossen, hielt Alana endlich an. Ihre roten Haare waren wild zerzaust, die Locken bildeten einen Feuerring um ihr Gesicht. Ihre Augen blitzten, und sie konnte ebenso wenig wie Nate leugnen, wie sehr sie die Todesfahrt genossen hatte. Sie parkten die Maschinen hinter einem großen Container. Nate streichelte ein letztes Mal über den noch warmen Motor, als würde er sich von einer guten Freundin verabschieden.

»Ich kann dir nicht versprechen, dass ich sie noch einmal nach Hause holen kann.« In Alanas Stimme lag echtes Mitgefühl.

»Schon gut«, antwortete Nate. »Wir hatten unsere Momente.«

»Ja, die hatten wir.«

Die beiden wechselten ein Lächeln, und Kaja fühlte sich plötzlich mehr als fehl am Platz.

»Kommt mit«, forderte Alana sie abrupt auf, als müsse sie sich selbst aus dem Moment befreien. »Wir müssen durch diese Hallen, von dort führt ein Evakuierungskanal unter den Aufbereitungsanlagen hindurch. Er reicht bis in die Zentrale. Ich hoffe, das ist der Weg, den auch eure Freunde nehmen. Es ist die einzige Möglichkeit, unbemerkt rein und wieder rauszukommen.«

»Woher weißt du das alles?«, wollte Nate wissen.

»Sagen wir mal so, du bist nicht der Einzige, der seine Verbindungen hat. Und jetzt los.«

Zu Fuß setzten sie ihren Weg fort. Sie durchquerten riesige Hallen, in denen in überdimensionalen Tanks die Grundstoffe für die Nutri-Konzentrate gelagert wurden. In der Stille hallten ihre Schritte beängstigend laut durch den Raum. Erst in der dritten Halle wurden sie von einem anderen Geräusch übertönt. Ein seltsam unangenehmes Rascheln war aus allen Tanks dieser Halle zu hören. Seltsam vertraut und doch völlig fremd spürte sie das Kratzen und Klacken bis unter ihre Haut.

»Was ist das?«, fragte sie Alana und unterdrückte einen Schauer.

»Das sind die Arthropoden-Tanks«, erklärte die Citizen ganz selbstverständlich und fügte Kajas entsetztem Gesichtsausdruck eine knappe Erklärung hinzu. »Die Nutri-Shots für die Archen bestehen beinahe zur Hälfte aus dem Eiweiß der Insekten. Unsere Harvester fangen sie draußen in der Wüste und kultivieren sie hier. Die Tiere aus der Landwirtschaft würden niemals für Citizens und Archianer ausreichen. Aber was spielt das für eine Rolle? Die Archianer wissen ja nicht, was man in ihre Körper pumpt, richtig?«

Ein kalter Schauer fuhr durch Kajas Körper. Es war nicht der Ekel vor den Kakerlaken in den Tanks, es war der Gedanke an Kruk, der sie zittern ließ. Davon hatte sie sich ihr ganzes Leben lang ernährt? Von Tieren, die in der Lage waren, Freundschaften zu führen, die ihr unter Umständen das Leben retten konnten? Es war unmenschlich, sie hier in Tanks zu halten und zu töten. Beinahe absurd, dass nun die Menschen, die von den Kakerlaken lebten, dasselbe Schicksal erwartete.

Sie rannten weiter, passierten noch drei, vier Hallen, die allesamt ähnlich aussahen, bis sie vor dem Ausgang des letzten Lagers anstelle der Tür ein Schott im Boden öffneten. Eine lange Leiter führte tief in den Boden, der Schacht ähnelte der Lüftungsanlage, die sie in Zone 10 verlassen hatten.

»Von hier müsst ihr allein weiter«, erklärte Alana reserviert. »Mehr kann ich nicht für euch tun. Ich wünschte …«

Bevor sie den Satz beenden konnte, wurde die Halle plötzlich in grelles Licht getaucht. Erschrocken schnellten alle drei Köpfe nach oben. Sie waren nicht mehr allein.

Am anderen Ende der Halle waren Schritte und Stimmen zu hören, viele Stimmen.

»Schnell, macht schon, rein mit euch«, fauchte Alana und schob Kaja in den Schacht.

»Und du?«, fragte Nate, Panik in der Stimme. »Was ist mit dir?«

»Ich komm klar, irgendwie«, antwortete Alana wenig überzeugend.

»Auf keinen Fall.« Nate packte sie am Arm und zerrte sie mit nach unten. »Ich hab mir genug vorzuwerfen, auch ohne deinen Tod auf dieser Liste. Du kommst mit uns, ob du willst oder nicht.«

Selbst Alana musste einsehen, dass Nate recht hatte. Nicht

einmal der mächtigste Questral würde sie aus dieser Situation noch retten können. Sie folgte den beiden Outlaws in den Tunnel und schloss den Deckel über ihnen.

»Hier entlang«, rief sie ihnen zu. »Beeilt euch, wenn ihr eure Freunde wiedersehen wollt.«

Unter der Erde setzten sie ihren Wettlauf gegen die Zeit fort. Hinter Alana rannten sie durch die Rettungsstollen. Die junge Frau war nicht zum ersten Mal hier. Zielsicher bog sie durch die Gänge, als hätte sie einen unsichtbaren Kompass im Kopf. Sie waren tief in das verborgene Labyrinth eingedrungen, als ihre Führerin unvermittelt vor einer der Leitern nach oben Halt machte.

»Wir sind da«, erklärte sie knapp. »Über uns befindet sich die Schaltzentrale, von der aus die Lifelines gesteuert werden. Wenn eure Freunde sich nicht in Schwierigkeiten gebracht haben, sind sie dort oben.«

Nate nickte. Ohne zu zögern, kletterte er die Leiter nach oben. Kaja folgte auf dem Fuß, und auch Alana schloss sich ihnen an. Er brauchte all seine Kraft, um die Luke zu öffnen. Quietschend setzte sich das Rad endlich in Bewegung. Wer auch immer dort oben wartete, wusste jetzt, dass er Gesellschaft bekommen würde. Nate drückte die Luke auf, und im selben Moment streckten sich zwei Arme nach ihm aus.

»Bei allen Göttern, da seid ihr endlich.« Erleichterung stand Damian ins Gesicht geschrieben. »Wir hatten befürchtet, ihr wärt in eine Patrouille geraten.«

»So etwas in der Art«, murmelte Nate und stieg nach oben. Die beiden Frauen folgten ihm.

»Kaja.« Liam war sofort an ihrer Seite und schloss sie einen Moment fest in die Arme. »Wo habt ihr gesteckt? Warum hat das so lange gedauert? Wer ist das?« Über ihre Schulter hatte er Alana erblickt. Auch die anderen Outlaws starrten sie fragend an. Zu Kajas Erleichterung hatten es alle acht geschafft, niemand fehlte.

»Das sollte ich besser euch fragen, meint ihr nicht?«, blaffte Alana die zehn Eindringlinge an. »Immerhin seid ihr es, die mein Zuhause vernichten wollt, und nicht umgekehrt.«

»Woher weiß sie das?« Damians Erleichterung über ihr Auftauchen wurde zu überraschter Wut. »Turner, wer ist diese Frau?«

»Eine …«, Nate zögerte merklich, »… eine Freundin. Ihr müsst euch keine Sorgen machen, sie ist auf unserer Seite.«

»So, bin ich das?« Alana zog eine Augenbraue hoch und schien nicht ganz überzeugt von ihrem Seitenwechsel zu sein.

»Wie auch immer.« Entnervt raufte Nate sich die Haare. »Wir sollten uns beeilen. Sieht ganz danach aus, als hätte man uns schon bemerkt. Könnte etwas ungemütlich werden.«

»Soldaten?« Elisa warf einen Blick über ihre Schulter. »Wo?«

»Noch ein paar Hallen entfernt, hoffe ich. Wir haben eine kleine Abkürzung genommen. Aber der Vorsprung ist nicht groß. Wenn ihr die Lifelines kappen wollt, dann müsst ihr da hoch.«

Alana zeigte auf eine Art Brücke, die mehrere Meter über dem Boden in die Halle reichte. Hinter breiten Glasfenstern flimmerten Hunderte kleine Lampen. Von dort oben ließ sich die ganze Halle überblicken. Zwei mannsbreite Rohre, geschützt von einem Mantel aus Stahl, die sich quer durch den Raum zogen und am Ende im Boden verschwanden. Darin befand sich Luft, Wasser und Nährlösung für die Arche.

»Also gut, worauf wartet ihr noch?« Damian klatschte in die Hände. »Liam, Sam, Elisa, ihr drei kappt den Zulauf hier unten. Richtet so viel Schaden an, wie ihr nur könnt. Die Dinger sollten sich so gut wie nicht mehr reparieren lassen. Akai, Jasper, ihr kommt mit mir nach oben, wir knipsen diesem Computer die Lichter aus. Ihr anderen haltet die Augen und Ohren auf. Arbeitet schnell und gründlich, noch einmal will ich an diesen Ort nicht zurückkommen müssen.«

Aus ihren Rucksäcken holten Liam und die anderen beiden ihre Laserschweißer. Jasper und Allison hatten sie eigens für diesen Zweck aus den Überresten alter Drohnen gebaut. Zischend und funkenschlagend bohrten sie sich in die Schutzhülle der Lifelines. Schon nach wenigen Sekunden waren erste Schnitte in den Rohren zu erkennen. Erleichtert atmete Kaja auf. Damian und seine Crew hatten gerade die Brücke erreicht, Kaja konnte ihre Umrisse durch das Glas erkennen, als mit einem lauten Knall die Tore zur Halle aufgestoßen wurden. Von allen Seiten waren laute Stimmen und gebrüllte Anweisungen zu hören.

»Dort hinten, da sind sie!«

»Ergreift sie!«

»Keiner darf entkommen.«

Im selben Moment brach das Chaos um Kaja herum los. Nate stieß sie zu Boden und feuerte mit seinem Revolver auf die Soldaten, die vom hinteren Teil des Raums auf sie zurannten. Eyola nahm die Seite in seinem Rücken in Beschuss. Fluchend hob Liam den Kopf, konzentrierte sich dann aber wieder auf seine Arbeit. Über ihr auf der Brücke konnte Kaja sehen, wie Damian wild gestikulierend Anweisungen nach unten gab. Etwas mehr als ein Drittel der Lämpchen leuchtete noch. Kaja zückte ihre eigene Waffe, doch bevor sie einen Schuss absetzen konnte, stieß Nate sie wieder zu Boden.

»Unten bleiben«, knurrte er. »Spar deine Munition, wir werden sie noch brauchen.«

Aus der Ferne hörte sie Damian brüllen. Zusammen mit Akai und Jasper kam er angerannt.

»Weg hier, wir müssen hier weg! Es sind viel zu viele. Die wussten, dass wir hier sind. Sie sind überall. Wir müssen hier raus, und zwar sofort!«

Jasper packte Allison am Arm und zerrte sie zu der Luke im Boden, die sie zurück in den Untergrund führen würde. Elisa stellte ihre Arbeit ein, um der Anweisung ihres Anführers Folge zu leisten.

»Nein«, brüllte Liam. »Wir sind noch nicht durch. Die Lines sind noch aktiv.«

»Liam, wir müssen hier weg!« Nate war zu seinem Bruder gelaufen und versuchte ihn von den Rohren wegzuzerren, doch Liam ließ sich den Laser nicht aus der Hand nehmen.

»Kaja, komm!« Alana zerrte sie vom Boden hoch. Alle Outlaws bis auf Nate, Liam und Sam rannten auf die Luke zu. Immer mehr Schüsse waren zu hören. Überall schlugen die Kugeln in Stein und Metall. Schützend hob sie die Arme nach oben, als hätte der dünne Anzug irgendeine Chance gegen die Waffen der Soldaten. Sie hatten die Luke beinahe erreicht, als Eyola neben ihr zusammensackte. Eine Kugel hatte sie mitten in die Stirn getroffen. Leblos stürzte sie zu Boden, ein Rinnsal Blut im Gesicht. Es gab nichts, was man für sie tun könnte. Schluchzend stolperte Kaja an Alanas Seite weiter.

Damian, Jasper und Akai feuerten verzweifelt aus dem Schutz der Deckelklappe, um ihnen den Weg freizuhalten. Lange würde ihre Munition nicht mehr reichen. Mit aller Macht wehrte sich Kaja gegen Alana, die sie in den Tunnel stoßen wollte. Sie konnte Liam und Nate hier nicht zurücklassen.

»Liam! Nate!« Ihr verzweifelter Schrei hallte durch den Raum und übertönte für einen Moment sogar die Explosionen der Kugeln. Endlich warfen die drei ihre Laser von sich. Sam war der Erste, der auf den rettenden Tunnel zurannte. Nate kämpfte immer noch mit seinem Bruder, der nicht mal, um sein eigenes Leben zu retten, aufgeben wollte. Die beiden brüllten aus Leibeskräften, kein Wort davon war über den Lärm hinweg zu verstehen. Plötzlich, als hätten sie einen Plan gefasst, ließ Nate Liam los. Wie aus einer Hand gesteuert drehten sie sich in Richtung der Rohre und feuerten nacheinander viermal das kostbare Laserfeuer aus ihrem Anzug auf die Lifelines.

Ein gigantischer Feuerball stob über die Rohre hinweg in alle Richtungen. Die sengende Hitze und Flammen im Rücken, rannten die beiden um ihr Leben. Rasend schnell näherte sich mit ihnen auch die tödlich rote Wand. Kaja und Alana, die Einzigen, die sich noch außerhalb der Luke befanden, beobachten wie erstarrt den Wettlauf gegen das Feuer. Kaja konnte die schreckliche Hitze auf dem Gesicht spüren. Die beiden Männer stürzten auf sie zu, Angst in den Mienen. Kaja streckte ihre Hand nach Liam aus, doch Alana stieß sie die Leiter nach unten in die Finsternis. Einen Augenblick später knallte Liam neben ihr auf den Boden, danach Nate, und im selben Moment schloss Alana die Luke über ihrem Kopf. Wie ein dumpfer Donner war das Rauschen der Flammen zu hören, die über ihren Köpfen durch die Halle brannten. Die Tunnel zitterten, Stein und Geröll löste sich von den Wänden, der Staub ließ sie alle husten, aber sie hatten es tatsächlich geschafft.

»Noch ist das hier nicht geschafft«, warnte Alana und trieb die beiden Turner-Brüder wieder auf die Beine. »Die werden einen Eingang finden. Und uns auch. Los, weiter, wir müssen hier raus.«

Hustend, den Staub aus den Augen wischend, rannten sie

hinter ihr her durch die Tunnel. Es war kaum vorzustellen, dass irgendjemand in der Halle diese Explosion überlebt hatte, aber andere Soldaten würden ihren toten Kameraden folgen. Alana hatte recht, die Jagd hatte gerade erst begonnen.

»Wie sollen wir hier rauskommen?«, wollte Allison wissen. »Die Shuttles können wir nicht benutzen. Dort oben wird man vermutlich überall nach uns suchen. Zu Fuß brauchen wir Stunden, wenn nicht Tage, um aus den Townships nach draußen zu gelangen. Bis dahin hat man sicher jedes Loch und jedes Lüftungsrohr verriegelt.«

»Mit Sicherheit«, bestätigte Alana trocken. »Darum müssen wir leider einen anderen Weg nehmen. Er wird uns vielleicht retten, aber gefallen wird er euch nicht. Los, kommt mit.«

Kaja fühlte sich, als hätte sie ihr Leben lang nichts anderes gemacht, als in dunklen Stollen um ihr Leben zu rennen. Wieder machten sie sich im Gänsemarsch auf, an immer gleichen Weggabelungen vorbei, wieder musste sie blind darauf vertrauen, dass der Weg sie nicht ins Verderben führen würde.

Es dauerte nicht lange, und in der Ferne war ein seltsam saugendes Geräusch zu vernehmen. Ein immer wiederkehrendes rhythmisches Schmatzen und Pumpen, das Kaja entfernt an ein schlagendes Herz erinnerte. Je weiter sie liefen, desto lauter wurde der Lärm, bis sie nach einer letzten Biegung plötzlich vor einem vertikal nach oben und unten verlaufendem Rohr standen.

»Ihr seid alle mit Sauerstoff ausgerüstet, richtig?«, wollte Alana wissen, und Kaja hatte plötzlich eine böse Vorahnung.

»Du willst nicht, dass wir in dieses Rohr klettern, oder?«

»Oh doch, genau das ist der Plan«, erklärte die junge Frau.

»Was ist das?« Kaja hatte so eine Ahnung, dass ihr die Antwort nicht gefallen würde.

»Das kann dir unser Freund Nathaniel erklären. Er hatte schon ein paarmal das Vergnügen, den Notausgang aus den Townships benutzen zu dürfen, nicht wahr, Turner?«

Der jüngere Turner verzog das Gesicht zu einer Grimasse.

»Auch in meinem Leben gibt es Dinge, die ich lieber vergessen würde.«

»Diese Anlage produziert Müll, viel Müll. So viel, dass er ständig und schnell entsorgt werden muss«, erklärte Alana, und Kajas Unbehagen wuchs mit jedem Wort. »Wie praktisch, dass wir so gut wie die letzten Bewohner dieses Planeten sind und dort draußen nichts mehr ist, was man noch weiter zerstören könnte. Die Erde ist sozusagen von selbst zur Müllhalde geworden. Alles, was die Townships loswerden wollen, wird durch diese Rohre nach draußen gesaugt.«

»Nach draußen? Du sprichst von den Deponien?« Damian legte die Stirn in Falten.

»Ja, es gibt rund um die äußeren Zonen acht davon. Je nach Auslastung verteilen die Sauger den Müll. Ich kann nicht sagen, wo wir rauskommen werden, aber das ist der einzige Weg von hier weg, der uns bleibt.«

»Werden wir es überleben?« Elisa war wie immer die pragmatischste von ihnen allen. Alana zuckte mit den Schultern.

»Mit dem Sauerstoff und dem Letin sollte das funktionieren. Den Beweis, dass es machbar ist, haben wir hier stehen.« Sie klopfte Nate auf die Schulter. »Ob alle an einem Stück rauskommen, wird man sehen. Blaue Flecken kann ich euch auf jeden Fall versprechen. Nate?«

»Schön wird es nicht«, antwortete Nate. »Aber Alana hat recht, wir haben keine Wahl.«

Wie um zu beweisen, dass er die Wahrheit sagte, war in der Ferne ein lautes Knallen zu vernehmen. Ein Schuss? Eine weitere Explosion? Keiner von ihnen wollte die Antwort herausfinden. Liam begann als Erster, seinen Atemschlauch an den Nasenflügeln zu fixieren. Der Rest tat es ihm nach.

»Was ist mit dir?«, fragte er Alana überraschend sanft. »Kommst du mit uns?«

Die Citizen dachte einen Moment angestrengt nach. Sie vermied es, Nate anzusehen, und fragte stattdessen seinen Bruder: »Das Mädchen meint, du willst die Menschheit von Kayne Cole befreien, ist das tatsächlich dein größenwahnsinniger Plan?«

Liam nickte. »Von Cole und allen anderen Tyrannen, die verhindern, dass diese Welt besser wird. Das mag größenwahnsinnig sein, aber wenn wir es nicht versuchen, werden wir es niemals schaffen. Und ...«, er blickte in die Runde, »... ich bin schon lange nicht mehr allein. Mein Größenwahn scheint ansteckend zu sein.« Ein vorsichtiges Lächeln umspielte seine Lippen. Kaja kannte dieses Lächeln, sie hatte ihm nie widerstehen können. Alana teilte dieses Los. Sie überlegte noch einen Moment, dann nickte sie.

»Coles Herrschaft muss zu Ende gehen. Ich werde mit euch kommen und euch helfen.«

Aus dem Ärmel ihres Hemds zog sie einen Sauerstoffschlauch und befestigte ihn in ihrem Gesicht. Die roten Locken band sie mit einem Stück Stoff im Nacken zusammen. Entschlossen trat sie an den Müllschacht und öffnete eine seitliche Klappe. Der Lärm wurde lauter, das saugende Geräusch klang unappetitlich nass, und ein widerlicher Gestank erfüllte plötzlich den Tunnel. Kajas Magen rebellierte heftig. »Wir sehen uns draußen, Outlaws«, rief sie und sprang in das Rohr. »Viel Glück.«

7

»Warum sind die Avatare immer noch nicht stabil?« Präsidentin Smiths Worte schnitten durch die Luft wie Messer.

Björn Andersson zuckte unwillkürlich zusammen. Seine Angst vor dieser Frau war lächerlich. Er war unersetzlich für sie, wichtiger als jeder andere Bürger in der Arche. Niemals würde sie ihm irgendetwas antun?

»Warum, Andersson?«

»Wir arbeiten daran, Mrs. Präsident, Tag und Nacht«, versuchte er, sie zu beschwichtigen. »Wir haben bereits gute Fortschritte erzielt. Sie erinnern sich, unsere ersten Holohumans sind inaktiv geworden, sobald der Ursprungskörper nicht mehr am Leben war; unsere vierte Generation überdauert mehrere Stunden ohne Quelle.«

»Ich will nicht mehrere Stunden, ich will für immer«, flüsterte sie.

Ein kalter Schauer lief über Anderssons Rücken. »Wir tun, was wir können.«

»Dann tun Sie noch mehr.«

»Wir werden mehr Probanden brauchen.«

»Nehmen Sie sich so viele wie nötig sind.«

»Woher?«

Mit einem Satz war sie von ihrem Schreibtisch aufgesprungen und schlug mit beiden Fäusten auf den breiten

Holztisch vor sich. Ihre Augen sprühten Funken vor Wut. Andersson fragte sich, ob dies eine Programmierung war, oder ob irgendwo in dem Bunker, weit entfernt in einem Aerobiose-Tank, tatsächlich bernsteinfarbene Augen Funken schlugen.

»Es ist mir egal, Gefangene, Verdächtige, Bürger, nehmen Sie jeden, der nicht dringend gebraucht wird. Tun Sie alles, was nötig ist, um mich von diesem Haufen Menschenfleisch zu befreien, bevor ich die Geduld verliere, verstanden?«

Andersson nickte. Er hatte verstanden. Alles, was nötig war. Es war an der Zeit, Lora Bonnet aus ihrem Paradies zu holen.

8

Zwischen Abfällen, übel riechender, öliger Flüssigkeit und Dingen, für die sie lieber keinen Namen finden wollte, schoss Kaja wie eine Kanonenkugel aus dem Abfallrohr der Townships. In hohem Bogen wurde sie in eine Grube voller Müll geschleudert. Neben ihr stürzten Liam und Nate, gefolgt von den übrigen Outlaws, in die Reste menschlicher Existenz. Trotz der Sauerstoffschläuche war der Gestank kaum zu ertragen. Würgend versuchte Kaja, sich aus dem glitschigen Morast freizukämpfen. Damian, dem der Weg aus dem tiefen Graben schon gelungen war, streckte ihr eine helfende Hand entgegen und zog sie auf festen Grund nach oben. Gemeinsam befreiten sie auch die anderen. Jasper rieb sich die Schulter, Akai hinkte, niemand schien ernstlich verletzt zu sein, lediglich der Schmerz über die verlorene Eyola stand allen ins Gesicht geschrieben.

»Es wird nicht lange dauern, und Cole wird Truppen nach draußen schicken. Hier sind wir nicht sicher.« Damian blickte sich um. Ein etwa sechs Meter breiter Graben voller Müll und Unrat zog sich halbkreisförmig um das transparente Kuppeldach der Townships. Von hier aus war weder in die eine noch in die andere Richtung ein Ende zu erkennen. »Wir müssen zu unseren Jets, bevor sie von einer Patrouille entdeckt werden. Ohne die Schlitten schaffen wir es niemals nach Beartooth zurück.«

»Wo sind wir hier?«, fragte Allison und hob die Hand gegen die aufgehende Sonne. »Wie weit ist es bis zu unserem Versteck? Könnt ihr das sagen?«

»Ein halber Tagesmarsch nach Osten«, schätzte Elisa. Ihre Miene war hart. »Je nachdem, wie lange unsere Suits durchhalten, vielleicht auch länger. Diese Viecher werden uns bei lebendigem Leib auffressen.« Angewidert klopfte sie kleine Insekten, winzige Kakerlaken und Würmer aus ihrer Kleidung. Sie alle waren mit Ungeziefer aus der Müllhalde übersät. Die kleinen Verwandten der mutierten Arthropoden waren zwar nicht so tödlich, wie Elisa behauptete, aber widerlich genug, um Kaja Gänsehaut zu bereiten.

»Dann sollten wir sofort los, oder nicht?« Fragend blickte Allison in die Runde.

»Wie können wir sicher sein, dass wir die Lines tatsächlich zerstört haben?«, wollte Liam wissen.

»Du hast die Explosion gesehen, oder nicht?« Elisa gab sich keine Mühe, ihre Ungeduld zu verbergen. »So leichtsinnig das auch war, ich denke nicht, dass dort drinnen noch ein Rohr an dem anderen hängt.«

»Aber die Zentralschaltung konntet ihr nicht deaktivieren, richtig? Ihr habt die Brücke vorher verlassen.«

»Wäre es dir lieber, wir wären dort oben draufgegangen?« Aus Ungeduld war offene Feindseligkeit geworden. Elisa machte ein paar Schritte auf Liam zu. »Reicht eine Tote am Tag nicht? Sobald die Soldaten eins und eins zusammengezählt haben, werden sie wissen, dass wir Outlaws eingebrochen sind. Es wird nicht mehr lange dauern, und sie kommen nach Beartooth. Ist es das, was du willst, Turner? Uns alle opfern, um deine Arche zu retten?«

»Ich will nur sichergehen, dass wir unsern Job erledigt haben. Jeder weitere Schritt hängt davon ab.«

»Dann geh zurück und sieh selbst nach, ich jedenfalls werde jetzt nach Hause gehen. Ihr anderen macht, was ihr für richtig haltet.«

»Elisa!«, blaffte Damian laut und hart. »Komm zurück. Noch sind wir ein Team. Niemand lässt den anderen im Stich.«

Widerstrebend hielt die Kriegerin inne.

»Wir können nicht zurück, das weißt du so gut wie wir alle. Aber Liam hat recht, es hat keinen Sinn, zu den Archen aufzubrechen, wenn die Lines noch intakt sind. Du ...« Er wandte sich an Alana. »Du bist eine Citizen. Kennst du einen Weg, wie wir herausfinden können, was da drinnen passiert?«

Alana dachte nach, schüttelte aber schnell den Kopf. »Einige der Wachen haben mich gesehen, sie werden mich wiedererkennen, ich kann nicht zurück. Mir fällt nichts ein, wie wir Kontakt aufnehmen könnten. Selbst die mutigsten Trader werden es in den kommenden Tagen nicht wagen, die Townships zu verlassen. Es tut mir leid, ich kann euch nicht helfen.«

»Das musst du auch nicht, Alana, es gibt einen anderen Weg.«

Alle Augen waren auf Nate gerichtet.

»Etwa einen Tagesmarsch nördlich von hier befindet sich eines der Lecks, an dem die Shawnees zapfen. Es gibt dort ein paar kleinere Gebirgsketten, unter denen die Rohre zwar versteckt, aber zugänglich sind. Den Weg kenne ich gut, dort können wir überprüfen, ob die Anlage in Betrieb ist. Wenn in diesen Rohren kein Saft mehr ist, dann sitzen auch die Archen auf dem Trockenen.«

»Kein schlechter Plan.« Liam kostete es einige Mühe, seinem Bruder zuzustimmen. »Eine andere Möglichkeit gibt es nicht. Bring uns dorthin.«

»Ihr Turners seid vollkommen übergeschnappt. Ein Tagesmarsch in den Norden? Das ist unmöglich. Wir müssten erst in diese Richtung«, Elisa streckte einen Arm nach Osten, »um unsere Ausrüstung zu holen, und dann wieder in die entgegengesetzte Richtung zu fahren, um dann nach Beartooth zurückzukehren. Nicht einmal ihr beide seid dumm genug, an diesen Irrsinn zu glauben. Keiner von uns würde das überleben. Wir haben nicht genug Nahrung, nicht genug Wasser, nicht genug Treibstoff. Und bis wir zurück sind, hat Cole vermutlich Beartooth überrannt. Vergesst es, ohne mich.«

»Dann eben ohne dich«, antwortete Liam kühl. »Wir müssen nicht alle zusammen zu den Lines. Wir werden uns aufteilen. Fahrt ihr zurück nach Beartooth, Nathaniel und ich werden nach Norden gehen und später zu euch stoßen, wenn wir sicher sind, dass die Leitungen tot sind.«

»Ich werde mit euch kommen«, erklärte Alana bestimmt. »Nördlich von hier sind einige Arthropoden-Nester, ohne mich habt ihr keine Chance, sie zu erkennen.«

»Das ist zu gefährlich«, protestierte Liam, aber Nate fiel ihm ins Wort. »Ohne sie ist es zu gefährlich, glaub mir, Bruder. Sie ist eine der besten Arthropoden-Jägerinnen der Townships, sie weiß, wovon sie spricht. Mir gefällt das ebenso wenig wie dir, aber wir brauchen sie.«

Liam zögerte einen Moment, dann nickte er. »Also gut. Alana, Nate und ich gehen nach Norden, die anderen zurück nach Beartooth. Dort aktiviert ihr die restlichen Truppen für den Sturm auf die Archen.«

»Ich werde nicht ohne dich gehen«, platzte es aus Kaja heraus. »Ich komme mit euch.«

Einen Atemzug lang lag die stumme Bitte, sie sollte sich in Sicherheit bringen, in Liams Blick, dann lächelte er und seine Züge wurden weich: »Mein Bruder, Alana, Kaja und ich werden nach Norden gehen.«

»Du willst wirklich gehen?«, fragte Nate beinahe scherzend. »Ich hätte eine bessere Idee.«

Vor den verblüfften Augen der Outlaws steckte er sich den Sauerstoffschlauch zurück in die Nase, und bevor ihn jemand daran hindern konnte, sprang er mit Anlauf zurück in die stinkende Grube. Als wäre er von allen guten Geistern verlassen, grub er sich zwischen zwei größeren Felsen einen Weg in den Unrat, bis er plötzlich selbst verschwunden war. Für einen Moment war Kaja überzeugt, der Müll hätte ihn einfach verschluckt. Wäre Alana nicht völlig entspannt geblieben, Kaja hätte sich in die Grube gestürzt, um ihn zu retten.

»Wo ist er hin?«, wollte Liam von der Citizen wissen.

Die zuckte lediglich mit den Schultern. »Dein Bruder ist ein Mann voller Geheimnisse.«

Gebannt starrten die Outlaws minutenlang auf die Stelle, an der Nate verschwunden war, bis sie das Motorengeräusch eines näherkommenden Jets hochschrecken ließ. Zwischen zwei unscheinbaren Felsen, einige Hundert Meter entfernt, schoss Nathaniel Turner auf einem Jet heran, einen zweiten im Schlepptau. Von einem Ohr bis zum anderen grinsend, kam er vor den völlig verdutzten Freunden zum Stehen.

»Du kannst natürlich auch zu Fuß gehen, Bruder«, lächelte er verschmitzt. »Aber mir war, als hättest du es eilig. Monsieur, Mesdames, Sie haben eine Kutsche bestellt.«

Trotz aller Gefahren und ihrer scheinbar hoffnungslosen Situation konnte selbst Liam sich in diesem Moment ein erleichtertes Lächeln nicht verkneifen. Wieder einmal war es Nate gelungen, etwas Sonne in die dunkelsten Momente zu bringen. Nur Elisa hatte die Lippen fest zusammengepresst und die Arme vor der Brust verschränkt. Kaja war sich nicht sicher, ob die Kriegerin auf ein Wiedersehen hoffte, als sie wortlos davonstapfte. Ihre Trennung war beschlossene Sache. Mit einer festen Umarmung verabschiedete sich Kaja von Allison.

»Wir sehen uns in Beartooth«, flüsterte sie der Heilerin ins Ohr.

»Passt auf euch auf. Sieh zu, dass Liam keine Dummheiten macht.«

Kaja nickte. Von Anfang an hatte Allison verstanden, warum Kaja Teil ihrer Mission war, obwohl sie weder zum Kampf noch zu größerer körperlicher Anstrengung in der Lage war. Ihre Anwesenheit erinnerte Liam Turner daran, dass es sich lohnte zu leben. Es war Kajas Aufgabe, dafür zu sorgen, dass er am Leben und bei Verstand blieb. Auch Jasper drückte sie für einen Moment an seine Brust, Sam wuschelte ihr durch die zerzausten dunklen Locken und rang sich ein verschmitztes Lächeln ab.

»Wenigstens musst du nicht zu Fuß durch diese Wüste stapfen. Ich hätte auch gern ein Taxi.«

Damian und Liam wechselten flüsternd letzte Anweisungen, als Kaja auf den zweiten Jet kletterte. Nate und Alana diskutierten, wer von ihnen beiden das Recht auf den Fahrersitz hatte. Es überraschte Kaja wenig, dass die energische Citizen sich schließlich durchsetzen konnte. Nates verstimmtes Gebrumme verstummte erst mit dem Dröhnen der Motoren. Einen Augenblick später waren sie unterwegs in die unbekannte Weite der Wüste, nicht mehr im Gepäck als die Hoffnung, ihre Freunde würden es unversehrt nach Beartooth schaffen.

Die Sonne stand mittlerweile hoch am Himmel und brannte gnadenlos auf die vier herab. Der heiße Wüstenwind peitschte ihnen ins Gesicht. Viele Stunden waren vergangen, seit sie in die Townships aufgebrochen waren, doch an eine

Pause war nicht zu denken. Dicht hinter Alana lenkte Liam den Jet zwischen Dünen und Felsen hindurch, immer genau ihrer Linie folgend. Mehrfach hatte sie Liam eingebläut, wie wichtig dies war, um nicht ungewollt in eines der Arthropoden-Nester zu steuern. Hier draußen versteckten die Tiere ihre Larven und verteidigten sie mit ihrem Leben. Keiner von ihnen wollte Bekanntschaft mit den gefräßigen, wütenden Muttertieren machen.

Irgendwann um die Mittagszeit, die Hitze war in den dunklen Letin-Anzügen kaum noch zu ertragen, erreichten sie endlich die Felskette, von der Liam gesprochen hatte. Sie parkten die Jets am Fuß zweier großer Felsen, und Kaja hoffte, auch ihre Freunde hatten ihre erste Etappe ohne Zwischenfälle hinter sich gebracht.

»Folgt mir, hier entlang«, befahl Nate.

Dicht hinter ihm kletterten sie über Stein und Geröll in einen engen Spalt zwischen den Felsen nach unten. Das Licht von draußen reichte gerade ein paar Meter, Liam war der Erste, der seine Taschenlampe zu Hilfe nahm und ihnen den Weg leuchtete. Der Lichtkegel tanzte über graue Felsen, feuchten Boden und moosige Wände. Hier unten, so nah an den Rohren, reichte die austretende Feuchtigkeit, um Vegetation zu ermöglichen. Bewundernd strich Kaja mit den Fingern über die winzigen grünen Pflanzenteppiche. Das Leben schien seinen Weg zu finden, egal, welche Hindernisse man ihm in den Weg räumte.

»Dort, Liam, das Licht, da hinten.« Nates Arm war ein paar Meter nach vorne gerichtet, Liam folgte mit der Lampe. Zwischen zwei Felsen waren die Fortsetzungen der Rohre aus den Townships zu sehen. Dickbäuchige Schlangen aus Stahl, unbeweglich und für das unwissende Auge nicht zu finden. Sie mussten nicht lange nach der Zapfstelle suchen. An beiden Rohren waren seitlich Dichtungen und Abflüsse angebracht, die sich über einfache Hebel öffnen und schließen ließen. An den Wänden und auf dem Boden lagen vergessen mehrere Transportschläuche herum. Wagen und ein paar Schubkarren umgekippt zwischen den Steinen ließen vermuten, dass dieser Ort lange nicht mehr besucht worden war. Von hier also hatten die Shawnees geerntet, was sie nicht von den Tradern kaufen konnten.

»Ich könnte einen Nutri-Shot gut vertragen, aber hoffen wir mal, dass es hier nichts zu holen gibt.«

Entschlossen trat Nate an eines der Rohre und stemmte sich mit einem energischen Ruck gegen den Hebel. Wasser schoss in einer spritzenden Fontäne aus dem Hahn. Es dauerte keine Sekunde, und Nate war von Kopf bis Fuß nass. Lauthals fluchend machte sich Liam an der zweiten Öffnung zu schaffen. Kaum hatte er das Ventil betätigt, plätscherte der goldgelbe Nektar der Nutri-Shots zwischen seinen Füßen auf den Boden.

Wütend ballte er die Fäuste und stieß einen gequälten Schrei aus. »Wir müssen wieder zurück.« Wie ein Tiger im Käfig rannte er von links nach rechts, als müsste er sich selbst davon abhalten, schnurstracks in die Townships zurückzukehren. »Wie weit reicht der Sprit in den Maschinen?«, wollte er von seinem Bruder wissen, der mit zerknirschter Miene das Wasser abgestellt hatte. Als Nate nicht antwortete, lief er zu Alana, packte sie an der Schulter und schüttelte sie. »Du musst uns zurückbringen. Wir müssen die Anlage zerstören, die Brücke, es war immer die Brücke, wir müssen sie zerstören.«

Alana, die sich gut hätte wehren können, ließ Liam gewähren. Voller Sorge blickte sie über seine Schulter zu Kaja. Es brauchte keine Erklärung, die Citizen würde sie nicht zurück in die Townships führen. Für ein paar Minuten herrschte bedrückte Stille. Nur das leise Glucksen des austretenden Nährkonzentrats war zu hören. Schließlich trat Kaja zu Liam, sie fasste sanft sein Kinn und zwang seinen Kopf nach oben. »Sieh mich an, Liam Turner.«

Er hob tatsächlich die Lider, sein Blick war müde. Unendliche Erschöpfung war darin zu erkennen. »Es ist vorbei, Kaja. Wir haben verloren. Wir haben sie im Stich gelassen. Ich habe versagt. Ich werde sie nie wiedersehen…«

Kaja zwang sich, nicht darüber nachzudenken, wen Liam damit meinte. Sie konzentrierte sich nur auf die Kraft zwischen ihnen beiden. »Wir haben erst versagt, wenn wir nichts mehr tun. Liam, hör mir zu. Denk mit mir nach. Die Lifelines sind aktiv. Die Archen werden immer noch versorgt. Unser Plan war, sie an der Quelle zu trennen und zu warten, bis der Strom versiegt. Was, wenn wir die andere Seite trennen? Wenn wir nicht die Quelle stoppen, sondern das Ziel vom Netz nehmen?«

Es dauerte einen Moment, bis die Erkenntnis ihrer Worte Liams Verstand erreichte. In seinen toten Augen sprühten plötzlich Funken. Mit beiden Händen umfasste er ihr Gesicht und küsste sie lange und innig. Erst Sekunden später löste er seine Lippen von ihren.

»Wir trennen die Archen von den Lifelines«, wiederholte er ihren Vorschlag.

»Ist das möglich?«, wollte Alana wissen. Auch in ihrer Stimme lag eine Spur Hoffnung.

»Dazu müssten wir in die Archen, vermute ich.« Nates Brauen waren fragend nach oben gezogen.

Liam nickte. »Ja, dazu müssen wir in die Archen. In die *Hope*. Wir kehren zurück nach Hause.«

9

Die Momente, in denen sie wusste, ob sie wach war oder träumte, waren selten geworden. Durst, Hunger und das unbeschreibliche Grauen um sie herum hatten schon lange den Kampf gegen gesunden Menschenverstand gewonnen. Schwarze Ohnmacht hüllte sie ein wie eine schützende Decke. Sandra wollte nicht mehr erwachen. Als sie nach Wochen, vielleicht Monaten, Smith Youngs Stimme vernahm, dauerte es lange, bis seine Worte in ihrem Kopf Sinn ergaben.

»In diesem Zustand können wir sie auf keinen Fall einloggen«, protestierte der alte Freund.

Eine fremde Männerstimme widersprach, doch Sandra verstand nur wenige Wortfetzen.

»Keine Alternative … lebendig … Darksurfer kennen sich aus im Holovit … was spricht dagegen?«

»Ihr Körper ist nicht stark genug«, konnte sie Smith hören. »Der Lifechip in ihrem Kopf ist nicht ihr eigener, es wäre absoluter Wahnsinn, einen Upload zu versuchen. Wir würden sie verlieren.«

»Vielleicht ist es genau dieser Lifechip, der einen Upload möglich macht?« Selbst in der Finsternis ihres Kopfs konnte Sandra die Gier in der Stimme des Fremden hören. Der Lifechip in ihrem Kopf, er gehörte nicht ihr, er gehörte Liam Turner. Erinnerungen bohrten sich wie schmerzende Pfeile in ihr Bewusstsein. Um seine Flucht aus der Arche zu vertuschen, hatte sie seinen Platz im *Parentes Paradisum* eingenommen, ihre eigene ID gegen seine getauscht. Seitdem trug sie Liams Erinnerungen, den Großteil seines Wissens in ihrem Kopf. Wer war dieser Mann, der bereit war, ihr Leben zu opfern, um an Liams Gedächtnis zu gelangen?

»Sie wird es nicht überleben«, argumentierte Smith weiter gegen den Fremden, der antwortete mit kalter Stimme:

»Das spielt keine Rolle. Sie ist eine verurteilte Darksurferin. Sie wird sterben, so oder so. Es ist einen Versuch wert, sie hochzuladen, aber sollten wir nicht an die Informationen kommen, die wir brauchen, werden wir den Chip entfernen und extern auslesen. Macht sie bereit für den Upload.«

Sandra ließ sich zurück in die Dunkelheit gleiten. Weit weg von dieser Welt, in der nur Angst und Schmerz auf sie warteten. Der Tod konnte nur Erlösung sein.

10

Sie hatten die Nutri-Shot-Reserven ihrer Anzüge bis zum Bersten gefüllt und so viel Wasser getrunken, wie ihr Magen irgendwie aufnehmen konnte, gegen die Erschöpfung der letzten Tage konnten aber selbst die Versorgungsleitungen der Townships keine Abhilfe leisten. Am Ende ihrer Kräfte kletterten die drei Outlaws aus den Höhlen.

»Es ist nicht mehr weit«, drängte Alana. »Nur noch ein paar Schritte, und wir haben die Jets …« Ihre Stimme brach plötzlich.

Kaja ahnte, dass dies kein gutes Zeichen sein konnte.

»Was um alles in der Welt ist mit unseren Jets geschehen?« Liam hatte als Erster neben Alana den Ausgang aus dem Felsenlabyrinth erreicht. Nate streckte eine Hand nach Kaja aus und half ihr, über die letzten Felsen zu klettern. Dann konnte auch sie sehen, was den anderen die Sprache verschlagen hatte: Eine dicke Schicht milchig-weißer Schleim bedeckte beide Fahrzeuge. Nur noch die Umrisse waren zu erkennen. Süßlicher Gestank, der an verfaultes Obst und Zersetzung erinnerte, wehte ihnen entgegen.

»Es tut mir leid«, entschuldigte sich Alana. »Ich hätte wissen müssen, dass es hier irgendwo ein Larvennest geben muss.«

»Larvennest?« Kaja hatte keine Ahnung, wovon die Citizen sprach.

»Das Verdunstungswasser, die Nutri-Lines, sie locken die Muttertiere an, die hier ihre Eier legen. Den Nährschleim produzieren sie für ihre Jungen, es ist die erste Nahrung, die sie aufnehmen. Der Geruch lockt die Jungtiere zu neuen Nahrungsquellen. An unseren Jets haften Tausende Düfte aus den Müllhalden der Townships. Für die Arthropoden-Mütter müssen sie riechen wie ein unglaubliches Festmahl. Kein Wunder, dass sie ihre Brut hierherlocken wollen.«

»Willst du damit sagen, dass hier gleich Tausende ausgehungerte, gefräßige Riesenlarven auftauchen werden?«

Liams Blick wanderte zwischen den Hügeln hin und her, als könnten die Tiere jeden Moment über sie herfallen.

»Ausgehungert sind sie vermutlich noch nicht. Der Nährschleim hält sie einige Zeit satt.« Niemand konnte über Alanas schlechten Scherz lachen.

»Wie sollen wir hier wegkommen? Die Jets sehen nicht so aus, als würde ein Waschgang ausreichen, um sie fahrtüchtig zu bekommen.«

Alana schüttelte den Kopf. »Der Nährschleim ist hochgradig säurehaltig. In ein paar Stunden ist von den Dingern nichts mehr übrig ... wenn sie nicht vorher von den Larven vertilgt wurden.«

»Die fressen das ganze Fahrzeug?«, fragte Liam ungläubig.

»Sie fressen alles.«

Einen Moment starrten alle vier betreten auf die schleimigen Haufen vor ihnen.

»Was mich zu meiner Frage zurückbringt. Wie, verdammt, kommen wir hier weg, bevor wir Larvenfutter werden?«

»Wir müssen ihre Mutter finden«, erklärte Alana, als wäre es das Selbstverständlichste der Welt.

»Was meinst du damit?« Liam blickte sie ratlos an.

»Ich meine: Wir müssen ihre Mutter finden«, wiederholte

Alana und betonte jedes Wort, als würde sie mit einer Gruppe Schwerhöriger sprechen. Ohne eine Antwort abzuwarten, streifte sie ihren Umhang ab. Aus einem Beutel, den sie versteckt zwischen ihren Schulterblättern befestigt hatte, holte sie ein Instrument. Ein länglicher, hölzerner Hohlkörper, etwa so lang wie Alanas Unterarm und ungefähr doppelt so breit. Dutzende Saiten waren darauf über dünne Stege aus Silber und Gold gespannt. Behutsam packte sie die Zither aus ihrer Tasche. Der Ton, in dem sie den anderen dabei Anweisungen erteilte, ließ keinen Zweifel daran, in welcher Gefahr sie sich gerade befanden.

»Hört mir zu. Wenn ihr lebend hier wegkommen wollt und wir auch nur den Hauch einer Chance haben sollen, nach Beartooth zu gelangen, dann macht ihr genau das, was ich euch sage. Keine Fragen, keine Alleingänge.« Ihr Blick bohrte sich abwechselnd in beide Turners. »Sobald ich den Questral angestimmt habe, gibt es kein Zurück. Ihr müsst mir einfach vertrauen.«

Alana legte sich den Umhang um die Schultern und klemmte die Zither in ihre Armbeuge. Aus einer ihrer Taschen zog sie ein kleines Mundstück, das für einen Moment golden in der Sonne blitzte, bevor es zwischen ihren Lippen verschwand.

»Bereit?«, nuschelte sie zwischen den Zähnen.

Keiner von ihnen war auch nur annähernd bereit, niemand wusste, was die Musikerin vorhatte. Aber Kaja hatte die Kraft des Questrals nicht vergessen. Mit den Zähnen riss sie ein Stück Stoff aus dem Umhang und biss es in vier Stücke. Zwei davon stopfte sie sich in die Ohren, die anderen beiden reichte sie an Liam weiter.

»Bereit«, antwortete Kaja mit fester Stimme.

Sie beobachtete, wie Liam schon bei den ersten Tönen der

Zither entgeistert die Augen aufriss. Sie alle spürten den Questral trotz ihres Schutzes in den Ohren bis in die Knochen. Die Melodie war völlig anders als das, was Alana in den Townships gespielt hatte, aber die Kraft war dieselbe. Bereits nach wenigen Minuten hatte Kaja das Gefühl, selbst der Sand um sie herum tanzte zu den Tönen, und die Staubkörner bewegten sich im Takt der Musik. Sie musste sich konzentrieren, um nicht selbst in den Bann der Zither zu geraten. Die Melodie war lockend, herausfordernd, als würde sich eine unsichtbare Hand nach Kaja ausstrecken. Dann begann Alana zu singen. Heller als der Grundton des Instruments. Worte, die Kaja nicht verstand, in einer Sprache, die sie nie gehört hatte, hallten verstärkt durch das Mundstück in die Ferne. Kaja wollte bei Alana sein, so nah es irgendwie ging, ihr folgen, wohin auch immer, an ihrer Seite bleiben für den Rest ihres Lebens. Wissend, dass es die Musik war, die diese Gefühle verursachte, konnte sie sich dagegen zur Wehr setzen. Die Sehnsucht aber verspürte sie dennoch.

Liam und Nate erging es nicht anders. Unbewusst waren sie alle drei näher an die junge Frau gerückt, ihre Körper berührten sich beinahe. Alle hatten die Augen auf Alana gerichtet, und es dauerte einen Moment, bis Kaja eine Bewegung zwischen den Felsen bemerkte.

Die Mutterkakerlake war riesengroß. Allein die Fühler, mit denen sie neugierig ihre Umgebung ertastete, mussten über vier Meter lang sein. Glänzende schwarze Augen, riesige Flecken im bernsteinfarbenen Panzer starrten sie an. Fixierten Alana. Der Kopf bewegte sich im Rhythmus der Musik hin und her. Der Arthropode war ebenso gefangen im Zauber des Questrals wie die Menschen. Sie hatte beide Vorderbeine angehoben und streckte sie zögernd nach der Quelle der Musik aus. Alana wich ein paar Schritte zurück, ohne die Zither abzusetzen, ohne den Gesang zu beenden. Das Tier folgte ihr. Die Schabe war mittlerweile so nahe, dass Kaja nur die Hand ausstrecken musste, um sie zu berühren. Der Panzer glänzte in der Sonne. Alle sechs Beine waren mit gigantischen Stacheln überzogen. Was auch immer Alana vorhatte, Kaja hoffte, dass ihre Musik nicht noch mehr von diesen Tieren anlocken würde. Mit einer Mischung aus Grauen und Faszination starrte Kaja auf das Wesen, das es geschafft hatte, sich an der Oberfläche zu behaupten, als plötzlich, ohne Vorwarnung, Alana mit Anlauf auf den Rücken der Schabe sprang. Für einen winzigen Moment, während sie ihren Aufprall abfederte, geriet die Musik ins Stocken. Die Schabe klackerte irritiert, ihre Fühler richteten sich sofort suchend auf Liam, Nate und Kaja aus, dann setzte der Questral wieder ein und mit ihm die Trance.

Neben ihr sprang Nathaniel mit einem Satz zu Alana. Auf dem spiegelglatten Panzer schlitterte er hinter ihr in den Nacken des Tiers. Im nächsten Moment packte Liam Kajas Hand, und gemeinsam rannten sie auf die Felsenkante zu. Mit aller Kraft, die noch in ihren Beinen war, stieß sie sich ab und prallte auf das Chitin. Ihre Finger suchten vergeblich nach Halt. Ihre Beine traten ins Leere, und sie rutschte immer weiter ab. Im letzten Moment packte Liam ihren Umhang und zog sie hinter sich nach oben. Nate, der den Arm seines Bruders eisern im Griff hatte, hievte sie auf den Rücken der Schabe. Alana veränderte ihre Melodie leicht; schaukelnd setzte sich der Arthropode in Bewegung.

Sie ist eine der besten Arthropoden-Jägerinnen, erinnerte sich Kaja plötzlich an Nates Worte. Und nun wusste Kaja auch, weshalb.

Der Zauber des Questrals brachte sie schnell und ohne Umwege voran. Auf dem Rücken der Kakerlake hatten die vier nichts zu befürchten. Sie waren sicher wie in Abrahams Schoß, solange die Musik nicht abriss. Wie lange Alana diese Anstrengung durchhalten würde, bereitete Kaja mit jeder Stunde mehr Sorge. Im Gegensatz zu den Outlaws hatte die Citizen keinen Anzug, der sie mit Nutri-Shots oder Wasser versorgte. Ihre Kleidung bestand zwar aus Letin und bot einigermaßen Schutz gegen die Hitze und Strahlung, aber mit jeder Minute wurde deutlich, wie schnell ihre Kräfte zur Neige gingen.

Mit ihren Umhängen versuchten sie, der Musikerin so gut es ging zusätzlichen Schatten zu spenden. Kaja tränkte den Stoff immer wieder mit Wasser aus den Reserveschläuchen und benetzte Alanas ausgetrocknete Lippen und das Gesicht. Sobald ihre Freundin mit dem Gesang pausierte oder aus dem Takt sprang, wurde das Tier unter ihnen unruhig. Es bedurfte keiner Warnung, um zu ahnen, was geschehen würde, wenn Alana nicht mehr singen konnte.

»Wie weit ist es noch bis nach Beartooth?«, wollte Kaja von den beiden Männern wissen.

Liam, der in der letzten Stunde immer häufiger seinen Kompass und den Sonnenstand geprüft hatte, kaute nervös auf den Lippen. »Vier, vielleicht fünf Stunden? Ich habe keine Ahnung, wie sie dieses Monster lenkt oder woher sie weiß, wohin wir müssen. Aber die Richtung stimmt.«

»Ich hoffe, sie hält so lange durch.« Kaja beobachtete Alana voller Sorge. Im selben Moment kippte die Frau nach vorne, ihr Gesang brach ab. Die Kakerlake zischte wütend. Suchend drehte sie den Kopf von links nach rechts, offensichtlich irritiert, warum sie nicht bei ihren Larven, sondern meilenweit entfernt in der Wüste war. Ein ohrenbetäubendes Kreischen folgte, als die Fühler die menschlichen Passagiere witterten.

»Alana.« Nate hatte die Citizen an den Schultern gepackt und rüttelte sie wach. »Alana, reiß dich zusammen. Du kannst uns jetzt nicht im Stich lassen.«

Leise, viel schwächer als vorher, nahm sie ihren Gesang wieder auf, und die Schabe beruhigte sich.

»Wir brauchen einen Plan B«, stellte Nate trocken fest, während das Tier seinen Weg nach Beartooth wieder aufnahm.

»Und wie soll der aussehen?« Allen dreien war klar, Alana würde es nicht schaffen. Fieberhaft überlegte Kaja, wie sie sich und die Citizen von dem Rücken der Schabe retten und nach Beartooth bringen konnten. »Sobald die Musik verstummt, wird sie uns auffressen.«

»Falls sie uns erwischt. Seht nur, da drüben.« Liams ausgestreckter Arm wies Richtung Westen. In der Ferne konnte Kaja am Horizont eine dunkle Welle aus schwarzen Punkten ausmachen, die rasend schnell näher kam. Im ersten Moment glaubte Kaja, ihren Augen nicht zu trauen. Es waren Hunderte Jets und motorisierte Schlitten, die direkt auf sie zusteuerten. Selbst aus der Ferne war schnell zu erkennen, dass es sich nicht um Soldaten aus den Townships handelte. Kein Fahrzeug glich dem anderen, und das Gleiche traf auf die Kleidung der Menschen zu. Es konnte sich nur um weitere Outlaws handeln.

Nate balancierte auf dem Rücken des Arthropoden und begann, wild zu winken.

»Hey, hier drüben, hier, wir brauchen eure Hilfe!«, brüllte er aus vollem Hals.

Die Rebellen hatten sie längst bemerkt. Ohne Furcht vor dem gigantischen Monster hielten sie weiterhin Kurs. Es dauerte nur wenige Minuten, und die ersten Motorjets umkreisten das Tier in weitem Bogen. Sie kamen keine Sekunde zu früh. Alanas Stimme war nur noch ein Krächzen, und während sie wie in Trance weiter die Saiten ihrer Zither spielte, brach der Gesang in regelmäßigen Abständen ab. Als wäre das nicht genug, schien die Sorge um ihre Brut die Kakerlakenmutter langsam, aber sicher dazu zu bringen, sich gegen den Questral zur Wehr zu setzen. Ihr gequältes Kreischen war weit über die Ebene hinweg zu hören. Einen Moment lang verspürte Kaja Mitleid für das Tier, dann holte das gefährliche Wanken des Panzers unter ihr sie in die tödliche Lage der Gegenwart zurück.

Die kreisenden Outlaws hatten ihre Notlage längst begriffen. Vier von ihnen brachten ihre Maschinen an der linken Flanke der Schabe in Position, während drei weitere in waghalsigen Manövern vor dem Tier Haken durch den Sand schlugen, um die Aufmerksamkeit auf sich zu ziehen. Über das Motorengebrüll und mit den Stofffetzen in den Ohren konnte Kaja kein Wort von dem verstehen, was man zu ihnen hochrief, aber die winkenden Armbewegungen ließen keinen Zweifel zu. Die Outlaws wollten, dass sie vom Rücken der Schabe auf die fahrenden Jets sprangen. Kajas Herz raste. Nicht in einer Million Jahre würde dieses Manöver gut ausgehen. Sie würden sich den Hals brechen, zwischen die scharfen Kufen der Jets geraten oder einfach von der Kakerlake zertrampelt und aufgefressen werden. Die Wahrscheinlichkeit, dass sie alle vier den Sprung überleben würden, war gleich null.

Selbst wenn die beiden Turner-Brüder ähnliche Gedanken hegten, ließen sie sich nichts davon anmerken. Während Nate Alana unter den Schultern packte und aus dem Nacken des Tiers zu sich hochzerrte, wies Liam Kaja den Jet zu, der der Schabe am nächsten war. Mit ausgestrecktem Finger forderte er sie auf, sich einfach nach unten fallen zu lassen. Kaja wusste, mit jeder Sekunde, die verging, würde sie mehr Mut verlieren. Sie schluckte ihre Angst, nahm zwei Schritte Anlauf und sprang von dem spiegelglatten Panzer ins Leere. Eine Sekunde, die sie wild mit den Armen rudernd nach unten stürzte, dann schlug sie hart gegen den Rebellenkrieger auf seinem Jet. Ein starker Arm griff nach ihr und hielt sie fest im Sitz, während das Fahrzeug außer Reichweite der stacheligen Beine raste.

Sie drehte den Kopf über die Schulter, um nach ihren Freunden Ausschau zu halten. Liam, der beinahe gleichzeitig mit ihr gesprungen war, saß ebenfalls sicher auf einem der Jets. In sicherer Entfernung des Questrals riss sich Kaja den Stoff aus den Ohren. Alanas Musik war nicht mehr zu hören, aber sie konnte sehen, wie die Frau immer noch ihr Instrument spielte. Die Schabe war kaum noch zu bändigen. Im selben Moment, den Nate gewählt hatte, um mit Alana im Arm abzuspringen, bäumte sie sich auf die Hinterbeine und kreischte, dass gleich mehrere der Rebellen die Hände an die Ohren schlagen mussten. Einer davon der Fahrer, dessen Jet Nate anvisiert hatte. Der Schlitten brach nach links weg, Alana und Nate stürzten in den Sand. Die Melodie verstummte. »Nein! Nate, Alana!« Kajas Rufe waren für niemanden zu hören, denn das befreite Tier hörte nicht mehr auf, suchende Rufe nach seinen Kindern auszustoßen. Verzweifelt drehte sich die Mutter im Kreis, streckte die Fühler in alle Himmelsrichtungen und trampelte dabei immer wieder über die Stelle, an der Kajas Freunde in den Sand gestürzt waren. Selbst den mutigen Jet-Piloten der Outlaws gelang es nicht, die Schabe in ihrer Suche zu unterbrechen. Plötzlich, als hätte sie eine Witterung aufgenommen, hielt sie inne. Für einen Moment war es in der Wüste totenstill. Selbst der Wind schien den Atem anzuhalten. Dann rannte die Kakerlake los, schneller, als der Questral sie getrieben hatte und ohne die Outlaws auch nur zu bemerken, machte sie sich auf den Weg zurück zu ihren Larven. Der Staub hatte sich noch nicht gelegt, da waren die ersten Fahrer bereits von ihren Schlitten gesprungen und zur Absturzstelle gerannt. Liam und Kaja folgten ihnen auf dem Fuß. Sie erreichten die zertrampelte Sandkuhle, als die Krieger zwei leblose Gestalten aus dem Gestein zerrten.

Kajas Herz setzte einen Schlag aus, sie kämpfte gegen die bodenlose Schwärze, die sie zu übermannen drohte. Nates Gesicht war voller Schmutz, das Letin am rechten Arm völlig zerrissen, eine blutige Wunde darunter zu sehen. Alana sah nicht viel besser aus. Ihre Haut war so blass, dass sie kaum vom Sand zu unterscheiden war, die roten Haare unter dem Staub kaum zu sehen. Kaja bahnte sich einen Weg zwischen den Outlaws hindurch, sie schlang ihre Arme um Nates Hals und begann bitterlich zu weinen. Hatte sie tatsächlich wieder einen Freund an diesen schrecklichen Kampf verloren?

Ein schwerer Arm erwiderte müde ihre Umarmung. »Ich wusste, du kannst mich mehr als nur ein bisschen leiden«, flüsterte Nate in ihr Ohr.

Kajas Erleichterung ließ sie selbst den schlechten Scherz ignorieren. Sie drückte dem Wiedererweckten einen tränensalzigen Kuss auf die Wange. Dann sprang sie hoch, um nach Alana zu sehen.

Die Citizen hatte den Sturz ebenfalls überlebt, in den Händen hielt sie die zerbrochene Zither, und ihr Gesichtsausdruck ließ darauf schließen, dass die junge Frau ihren kostbarsten Besitz verloren hatte. Ihre Lippen zitterten, sie kämpfte gegen die Tränen.

»Wir werden dir eine neue besorgen«, versprach Kaja und legte ihr tröstend die Hand auf die Schulter.

Ein Blick aus Alanas Augen reichte, und Kaja wusste, dass es für dieses Instrument keinen Ersatz geben würde. Trotzdem nickte Alana tapfer. »Ich gehe davon aus, ihr vier seid der Grund, warum man uns nach Beartooth gerufen hat?«

Eine drahtige kleine Frau war zu ihnen getreten, in der Hand hielt sie einen Speer, der sie um etwa einen halben Meter überragte. Ihre großen, mandelförmigen Augen und das faltenfreie Gesicht ließen sie jünger aussehen, als das graue Haar unter ihrer Kapuze vermuten ließ. »Und sie ist der Grund, warum es da draußen nur so wimmelt vor Citizen-Truppen.« Ihr Blick war auf Alana gerichtet. »Was die einzige Tochter von Kayne Cole mit einem Outlaw, zwei Archianern und einem Arthropoden mitten in der Wüste zu suchen hat, ist eine Geschichte für ruhigere Zeiten. Wenn ihr euer Kunststück nicht noch einmal aufführen wollt, dann würde ich vorschlagen, wir verschwinden von hier, bevor alle Kakerlaken und Soldaten dieser Wüste hinter uns her sind.«

Mit ihrem Speer gab sie das Zeichen zum Aufsetzen, und Hunderte von Rebellen starteten ihre Maschinen.

Sprachlos stand Kaja zwischen Alana und dem Heer der Outlaws. Ihren Mienen nach zu urteilen, hatten weder Liam noch Nate gewusst, was die Kriegerin so selbstverständlich eröffnet hatte. Alanas Vater war der Herrscher über die Townships. Und dennoch war sie an ihrer Seite in diesen Kampf gezogen? Sie schien mehr mit Kaja zu teilen als nur die Freundschaft zu den Turner-Brüdern.

11

Sandra öffnete die Augen. Im ersten Moment dachte sie tatsächlich, sie wäre tot und ihr Leiden hätte endlich ein Ende genommen. Sie verspürte keine Schmerzen, keinen Hunger und keinen Durst. Helles, warmes Licht war alles, was sie sehen konnte, und ihr Körper fühlte sich seltsam konturlos an. In tiefem Frieden mit sich und der Welt atmete sie aus. Mit der Luft, die durch ihre Nase zurück in ihren Körper strömte, traf sie die Erkenntnis wie ein Schlag ins Gesicht. Sie kannte diesen Geruch, diese Geräusche um sie herum, diesen Ort. Sie war nicht tot, sie war zurück im Holovit, sie war im *Parentes Paradisum.*

Langsam gewöhnten sich ihre Augen an das Sonnenlicht, sie hörte den Wind in den Bäumen rascheln, Vögel zwischen den Ästen zwitschern, irgendwo plätscherte ein Bach. Die perfekte Simulation friedlicher Idylle. Wie war sie hierhergekommen? Das Letzte, an das sie sich erinnern konnte, war Smiths Stimme. Aber was hatte er ihr gesagt? Ihr Kopf schmerzte beim Versuch, sich zu erinnern. Sie versuchte sich zu konzentrieren, aber da waren so viele Bilder, so viele schreckliche Erinnerungen. Ihre Mutter, schreiend vor Angst, tote Menschen, hirnlose Zombies mit weit aufgerissenen Mündern. Sie schlug die Hände vors Gesicht, schüttelte sich, um die Albträume loszuwerden. Sie musste sich beruhigen. Einatmen, ausatmen. Ihre Finger strichen durch die weichen

Grashalme auf dem Boden. Ein kleiner Käfer krabbelte an ihrem Bein entlang, und sie folgte seinem Weg mit ihrem Blick, ließ die Gedanken los, ihren eigenen Pfad finden.

Warum war sie hier? Was wollte Smith? An was sollte sie sich erinnern?

»Geh in den Wald, zurück zu unserer Hütte.« Seine Stimme war weit entfernt, nur ein Traum aus einer anderen Welt. »Finde den Weg …«

Welchen Weg? Der Käfer hatte Halt gemacht, drehte sich um die eigene Achse und krabbelte ihr Bein wieder hinunter. Sandra stupste ihn vorsichtig mit dem Finger an. Eine geniale Programmierung. Wie alles in dieser Welt.

»Finde den Weg«, hörte sie wieder Smiths Stimme in ihrem Kopf. »Finde die Hütte. Suche den Arcteryx.«

Der Arcteryx, das versteckte Hologramm im Holovit. Irgendwie musste es Smith und Victoria gelungen sein, einen Arcteryx in das *Parentes Paradisum* einzubauen. Einen Ort, an dem sie selbst im Holovit sicher vor den Augen des Rats waren. Und plötzlich wusste Sandra, wo sie war, woher sie diese Lichtung kannte. Sie war schon einmal hier gewesen, hier und doch nicht an dieser Stelle. In einem anderen Hologramm, einem Arcteryx, der als genaue Kopie des *Parentes Paradisum* dazu gedient hatte, die Anderssons auszuspionieren. In diesem Arcteryx war ein Backlog versteckt gewesen, sie war sich sicher, er würde auch hier auf sie warten. Der kleine Käfer hatte das Ende einer blauen Blüte erreicht und öffnete die zarten Flügel. Er erhob sich in den blauen Sommerhimmel, als Sandra losrannte, dem Lauf des Bachs hinterher in den Wald.

12

Die Freude darüber, ihre beiden Söhne lebendig in den Armen halten zu können, währte nur kurz. Annabelle Turner wusste, der letzte Kampf stand kurz bevor. Die besten Krieger aller Stämme und mit ihnen ihre Ammas hatten sich in Beartooth versammelt, um gemeinsam in die Schlacht zu ziehen.

Kinder, Alte, Verletzte, alle, die nicht kämpfen konnten, waren unterwegs in die geheimen Verstecke der Outlaws tief unter den Bergen. Kaja war zu spät gekommen, um sich noch von Freja und ihrer Mutter verabschieden zu können. Sie hoffte, sie würde das Mädchen in diesem Leben wiedersehen.

Die Nachricht, dass es nicht gelungen war, die Lifelines in den Townships zu kappen, hatte die versammelten Menschen hart getroffen. Beinahe ebenso hart war es für Liam gewesen, von ihrer Niederlage zu berichten.

Überraschenderweise war es Atsila, die Amma von Pisgah, die sie aus der Wüste gerettet hatte, die als Einzige wenig auf die veränderte Ausgangssituation gab.

»Wir haben uns dazu entschlossen, die Archen zu befreien und gemeinsam die Townships zu besiegen. Was macht es für einen Unterschied, ob die Lifelines in den Townships zerstört wurden oder nicht? Wenn die Menschen in den Bunkern erst einmal wissen, dass der Tod im Holovit auf sie wartet, werden sie uns nach draußen folgen. Vorausgesetzt …« Sie zögerte einen Moment und musterte Liam eindringlich. »Vorausgesetzt, du findest einen Weg, deine Botschaft zu verbreiten, und die Menschen glauben dir. Die Archen waren Jahrhunderte von der Außenwelt abgeschottet, wie willst du wieder hineinkommen? Nach eurer Flucht werden die Eingänge sicher streng bewacht.«

»Liam war nicht der Einzige, dem eine Flucht gelungen ist«, meldete sich seine Mutter zu Wort. »Mein Mann und ich sind vor vielen Jahren mit einigen wenigen Archianern entkommen. Unser Verschwinden blieb viele Tage unentdeckt, ich nehme an, unser Fluchtweg blieb es auch.«

Überrascht zog Liam die Brauen hoch. Offensichtlich hörte auch er die Details dieser Geschichte zum ersten Mal. »Auch wir sind damals über die Versorgungskanäle entkommen«, lächelte Annabelle. »Ich habe keinen Schritt vergessen. Mit unseren alten Plänen gelingt es euch sicher, zurück nach unten zu gelangen.«

»Bleibt die Frage, ob man dir glaubt.« Nate blickte skeptisch.

Die Stimmung zwischen den beiden Brüdern hatte sich seit ihrer Rückkehr verbessert, eine gewisse Spannung war aber immer noch zu spüren. Für den Moment hielten beide Seiten allerdings Waffenruhe.

»Was willst du erzählen? Hallo, ich bin Liam Turner, erinnert ihr euch, der Typ, der vor einem halben Jahr verschwunden ist. Ihr habt meinetwegen Freunde und Familie verloren, aber eigentlich ist es die Regierung, die schuld an dem Schlamassel ist, kommt, folgt mir nach draußen, da warten Riesenkakerlaken und noch mehr Krieg, aber wenigstens werdet ihr leben, oder ein paar von euch. So in etwa? Oder habe ich etwas vergessen?«

Sein Sarkasmus war nicht zu überhören. Und leider hatte

er nicht ganz unrecht. Würden die Archianer tatsächlich einem Auserwählten, einem geflohenen Auserwählten, einem Darksurfer und Staatsverräter Glauben schenken?

»Vermutlich nicht«, beantwortete Kaja die alles entscheidende Frage, die im Raum stand. »Aber es gibt jemanden, dem sie in jedem Fall glauben werden. Der Tochter des Obersten Ratsherrn und Ersten Coder der *Hope*, nämlich mir.«

Alle Augen waren auf Kaja gerichtet, und sie wusste, sie hatte die Outlaws überzeugt, noch bevor sie weitersprach. »Für mich gibt es keinen Grund, meine Familie zu verraten. Mein Leben aufs Spiel zu setzen, um das Erbe meiner Eltern zu zerstören. Ich habe alles zu verlieren und nichts zu gewinnen. Für mich gibt es nur eine Motivation, mich gegen die Arche und alle meine Freunde, ja mein ganzes Leben zu stellen: den Menschen die Wahrheit zu sagen.«

Sie war nie eine gute Rednerin gewesen, aber sie konnte sehen, wie ihre Worte die Outlaws beeindruckten. Und sie wusste, sie würde dies auch in der Arche wiederholen können.

»Bringt mich hinein. Irgendwie müssen wir einen Weg ins Holovit finden und ELSA in unsere Gewalt bringen, nur so können wir alle Archianer auf einmal erreichen. Wir kappen die Versorgung von innen, öffnen die Tore, und nicht einmal mein Vater, der Rat oder die Soldaten der Archen werden uns aufhalten können, das verspreche ich euch.«

»Ihr Archianer habt schon viel zu viel versprochen«, tönte eine Stimme aus der Menge. »Wir haben schon so viele Outlaws verloren, und es werden mehr und mehr!«

»Und es werden noch mehr werden, wenn wir hier und heute nicht zusammenstehen.« Alana hatte sich auf einen der Tische geschwungen, damit man sie von allen Seiten der großen Halle aus sehen konnte.

»Mein Name ist Alana Cole, ich bin eine Citizen, und mein Vater ist Kayne Cole, Citizen Number One.«

Ein ungläubiges Raunen ging durch die Menge, viele Gesichter verhärteten sich grimmig. Kaja wünschte, Alana hätte ihre Zither bei sich, um im Notfall einfach einen Questral anzustimmen. Aber die junge Frau mit den wilden roten Haaren zeigte keine Spur von Angst.

»Viele von euch haben bemerkt, dass die Geschäfte mit unseren Tradern in den letzten Monaten deutlich zurückgegangen sind. Die Strafen für illegalen Handel sind härter als je zuvor, jeder Kontakt nach draußen ist lebensgefährlich. Es war kaum mehr möglich, Nachrichten nach drinnen an Sklaven weiterzugeben, und langjährige Freundschaften sind bereits daran zerbrochen.« Ihr Blick streifte Nate, der schuldbewusst zu Boden starrte. »Mein Vater macht kein Geheimnis daraus, dass er die Outlaws ein für alle Mal auslöschen will. Aus den Zonen werden mehr und mehr Soldaten rekrutiert, und wer den Dienst an den Waffen aufnimmt, wird reich belohnt. Was noch schlimmer ist: Die Propaganda gegen die Rebellen verfehlt ihren Dienst nicht. In den Townships glauben viele Menschen tatsächlich, dass mein Vater sie gegen räuberische Banden und grausame Wüstenvölker schützt. Unsere Technik wäre längst fortgeschritten genug, um die Kuppeln zu öffnen. Die Wissenschaftler arbeiten seit Jahrzehnten an nachhaltigem Ackerbau und Energiegewinnung, die es erlauben würde, den Planeten genug zu schonen, damit er sich weiter erholen kann. Wir alle könnten wieder frei leben. Aber mein Vater wie auch der Rat würden viel von ihrer derzeitigen Allmacht verlieren. Aus diesem Grund setzt er alles daran, die Tore der Anlagen geschlossen zu halten. Solange die Bewohner sich dort in Sicherheit fühlen, wird sich nichts an seinem Status ändern. Wird es in den Townships weiterhin Unterdrückung und Sklaverei geben. Ihr Outlaws seid die letzten Völker, die daran etwas ändern können. Solltet ihr euch dagegen entscheiden, wird es nicht lange dauern, und ihr werdet alle vernichtet. Bald wird sich niemand mehr daran erinnern, dass es an der Oberfläche freie Menschen gab. Die Archen werden unterirdische Grüfte voller Leichen, das Holovit ein digitaler Spielplatz für Geisteskranke, die auf ewiges Leben hoffen. Ist das die Welt, in der ihr leben wollt, ist das die Zukunft, für die ihr sterben wollt?«

Die Erde hatte sich in einen Ort verwandelt, an dem Töchter sich gegen ihre Väter erheben, stellte Kaja traurig fest. Und sie rätselte, ob es diesen Moment brauchte, um die Menschen von der Wichtigkeit ihrer Sache zu überzeugen. Es gab niemanden unter den anwesenden Outlaws, der nicht von Alanas machtvollen Worten in Bann gezogen war. Es brauchte nicht mehr als ihrer beider Appelle, um die Zweifler zu überzeugen. Wie viele der Krieger tatsächlich an einen Sieg glaubten, wusste Kaja nicht, aber selbst der letzte Mann und die letzte Frau in Beartooth hatten begriffen, dass sie keine andere Wahl mehr hatten, als in den Kampf zu ziehen. Die Zeit im Untergrund war ein für alle Mal vorbei.

13

Wieder waren sie eine Vorhut von zehn Mann, die sich einen Tag vor der Rebellenarmee in Richtung *Hope of Tomorrow* auf den Weg machte. Sie hatten Eyola verloren, Allison als Unterstützung für die Heiler zurückgelassen, dafür Alana und Carl neu in ihrem Team, das sich bereits in den Townships bewährt hatte: Die vier Archianer, Samuel, Jasper, Liam und Kaja würden zurück in die Arche gehen, Damian und seine beiden Outlaw-Krieger, die Shawnees Nate und Akai und die Tochter des ersten Citizens. Repräsentanten der letzten Völker, die für und gegen ihre Abstammung in den Kampf zogen.

Es war Samuel, der sich von allen am meisten darüber freute, dass es nach Monaten unter der Erde nicht nur an die Oberfläche, sondern zurück in die Luft ging. Aus Monongahela waren neben fast dreihundert Kriegern auch fünf alte Drohnen mit nach Beartooth gelangt. Und mit ihnen wurde das Geheimnis um die verschlüsselten Botschaften in der Wüste gelüftet, die er und sein Co-Pilot Riley Harper über Jahre auf ihren Drohnenflügen aufgespürt hatten.

Die weit über die Wüste verstreuten Kleinfamilien der Monongahelas kommunizierten durch die Anordnung der Steine ihre Lagerplätze und Verstecke an vorbeiziehende Gruppen. Es hatte sich bei den Bildern, die die Drohnen zurück in die Archen brachten, also tatsächlich um Botschaften gehandelt, nur waren sie nie für die Darksurfer bestimmt gewesen. Mehr durch Zufall als Absicht hatten die Stämme Flugschiffe gefunden, die von Stürmen über den sandigen Dünen zum Absturz gebracht worden waren.

Die Flugschiffe waren trotz Wartung über die Jahre in keinem guten Zustand. Für Kaja war es ein echtes Wunder, dass die verbeulten, rostenden Flieger es überhaupt an einem Stück in die Luft und wieder auf den Boden geschafft und noch dazu die Insassen den Flug überlebt hatten. Doch Sams Augen glänzten bei ihrem Anblick wie bei einem Kind an Weihnachten. Nach so langer Zeit am Boden wäre der Pilot vermutlich in die Hölle selbst geflogen, nur um wieder hinter einem Steuerknüppel sitzen zu können.

Kaja, die wusste, was auf sie zukam, stieg mit gemischten Gefühlen in den Bauch der Drohne. Alana hingegen machte ein Gesicht, als würde sie selbst einen weiteren Ritt auf dem Arthropoden-Ungeheuer diesem Transportmittel vorziehen. Nate sprang mit leuchtenden Augen zu Samuel ins Cockpit. Liams Bruder würde selbst dem Weltuntergang adrenalinfördernde Abenteuer abgewinnen.

»Zurück nach Hause.« Kaja schnallte sich in einen der Passagiersitze neben Liam. »Wie geht es dir?« Die letzten Stunden vor ihrem Abflug hatten sie kaum Zeit für private Worte gefunden. Die Heiler hatten ihnen allen einen Schlaftrunk verabreicht, um sie zur dringend benötigten Ruhe zu zwingen. Als Kaja nach Stunden wieder erwacht war, waren die Vorbereitungen für den Aufbruch schon in vollem Gang und Liam sein altes, verschlossenes Selbst. Er zuckte mit den Schultern.

»Ich wünschte, ich müsste dir das nicht antun.« Zerknirscht griff er nach ihrer Hand.

Mit einer Entschuldigung hatte Kaja nicht gerechnet. Sie wusste nicht, wofür. Saßen sie nicht alle im gleichen Boot?

»Ich wünschte, wir müssten nicht an diesen Ort zurück«, flüsterte er, mehr zu sich selbst.

Das Starten der Drohne verhinderte alle tröstenden Worte, die Kaja auf der Seele brannten. An den Himmel gerichtet, in den sie aufstiegen, schickte sie die stumme Bitte, Liam Turner möge auf dieser Reise seinen Frieden mit dieser Welt machen.

14

Björn Andersson verspürte ein nervöses Kribbeln im Magen, als er zusammen mit dem medizinischen Personal die Embryonenstation betrat. Die Reaktionen seines biologischen Körpers überraschten ihn selbst nach so vielen Jahren. Im Gegensatz zu seinem Avatar konnte er sich nicht gegen die Aufregung in seinem System wehren. Jeder Nerv ließ ihn spüren, wie entscheidend dieser Moment für seine Karriere, ja, für sein Leben war.

»Hier entlang, Mr. Andersson«, wies ihn Dr. Weingarten, der Leiter der Reproduktion, an.

Gemeinsam marschierten sie durch einen schmalen Gang, entlang an unzähligen Gebärmutter-Kokons, deren Fruchtwasser den Raum in rötliches Licht tauchte. Die Embryonen waren beinahe vollständig gereift. Links und rechts von Andersson zuckten ihre winzigen Arme und Beine, durch die geschlossenen Lider schimmerten Augen, die das Licht der Welt vielleicht niemals erblicken würden. Wenigstens nicht im wörtlichen Sinn. Leben, dachte Andersson, um ihn herum schwamm pures Leben. So nah und so konzentriert, er hatte das Gefühl, es mit Händen greifen zu können. Und doch war es ihnen bisher nicht gelungen, diese Energie in letzter Instanz vom fleischlichen Gefäß zu trennen. Bisher. Denn würden seine und Lora Bonnets Berechnungen aufgehen, würde alles nach Plan verlaufen, dann war er nur noch wenige

Minuten von einem Durchbruch entfernt, der die Geschichte der Menschen neu schreiben würde.

Weingarten blieb vor einer Reihe mit fünf Säuglingen stehen.

»Das sind sie?«, fragte Andersson überflüssigerweise.

Der Arzt nickte. »Nummer 60, 89, 101, 102 und 367. Wir haben sie aufgrund ihrer Zellstruktur und DNA ausgewählt. Sie sind im oberen Drittel der B-Charge angesiedelt. Stark genug, um den Transfer zu überstehen, aber noch keine A-Kandidaten. Alles wie von Ihnen gewünscht.«

Andersson nickte. »Sie waren bereits eingeloggt?«

»Wie vorgesehen haben wir sie mit Vollendung der Reife gechippt und ins Holovit eingeloggt. Vor etwa vierundzwanzig Stunden wurden sie ihren Eltern übergeben. Es wäre nun an der Zeit, sie in die Aerobiose-Tanks zu überführen und die weitere Entwicklung in den Zellen zu begleiten. Diese Charge allerdings trägt bereits die neue Generation Lifechip und ist nun für den *Total Upload* vorgesehen.«

Anderssons Blick fiel auf einen hüfthohen schwarzen Container neben den Uteri. Die beiden medizinischen Assistenten standen bereit, die Embryonen darin zu entsorgen. So oder so, diese Säuglinge würden niemals einen Tank benötigen. Sie würden entweder als unsterblicher Code in seinem Universum leben oder mit ihren fleischlichen Teilen aus der Arche verschwinden. Sein Herz klopfte schneller, seine Hände wurden unangenehm feucht.

»Starten Sie den Upload«, befahl er mit heiserer Stimme.

15

Erik Cumberfield starrte auf das winzige Wesen in seinem Arm. Seine Tochter. Er konnte immer noch nicht fassen, dass er tatsächlich Vater war. Irgendwo dort draußen in der *Hope* war ein winziger Körper, der zum Teil aus seinen Zellen stammte. Das Wunder des Lebens. Noch nicht einmal vierundzwanzig Stunden war es her, seit man Lilly Cumberfield zum ersten Mal in das Holovit geladen hatte. Seitdem war nichts mehr wie zuvor.

Zum ersten Mal in seinem Leben ließen ihn die Gedanken an die Oberfläche nicht los. Würden sie irgendwann dorthin zurückkehren? Oder ihre Kinder oder die Kinder ihrer Kinder? Würde es irgendwann wieder Menschen geben, die ihre Partner frei wählen und sich körperlich nahe sein konnten? Er vermisste Gloria nach wie vor. Von ganzem Herzen wünschte er sich, dieses Glück wäre ihnen beiden vergönnt gewesen. Sie hatte ihm oft davon erzählt, wie sehr sie sich auf ihr Leben als Mutter freuen würde. Damals hatte er keine Vorstellung davon gehabt, wie sehr ein Kind alles verändern konnte. Jetzt, da er es wusste, hatte er mehr als nur Mitleid für das Mädchen, das er zurückgelassen hatte. Gleichzeitig veränderte sich sein Blick auf Helena mit jeder Sekunde, die sie seiner Tochter eine so wunderbare Mutter war. Noch vor wenigen Tagen hätte er viel darum gegeben, von ihr und dem ganzen Reproduktionszirkus befreit zu werden. Immer wieder waren seine Gedanken um Liam Turner gekreist, der Studienkollege und Auserwählte, der plötzlich verschwunden war. Hatte er sich als erster Mensch in der *Hope* tatsächlich gegen eine Familie entschieden? Hätte er doch nur gewusst, was ihm entgehen würde, er wäre sicher geblieben. Eriks Blick wanderte von seiner schlafenden Tochter zu ihrer schlafenden Mutter. Zusammengerollt lag Helena in ihrem gemeinsamen Bett, das sie diese Nacht zum ersten Mal geteilt hatten. Ihre dunklen Haare waren die gleichen, die sich auf Lillys Kopf kräuselten. Liebevoll strich er seiner Tochter über die Stirn. Im selben Moment öffnete sie die Augen. Ein glasiger Blick, noch leer und doch voller Weisheit, große dunkle Seen, in denen er sich stundenlang verlieren konnte.

Plötzlich, für den Bruchteil einer Sekunde, für ein menschliches Auge kaum zu sehen, blitzte es in den Augen des Kinds, einen Moment lang erschienen beide Augäpfel von einem grellen weißen Licht durchflutet, dann war alles wie zuvor. Irritiert blickte Erik an die Decke, ob sich vielleicht eine Lampe in Lillys Augen gespiegelt hatte, aber nichts war zu sehen. Das Mädchen schmatzte mit dem zahnlosen Mund und schlief wieder ein. Vorsichtig legte ihr Vater es zurück in die Wiege und gähnte. Tatsächlich waren auch Väter nicht vor eingebildeter Sorge um ihr Kind gefeit.

16

Alana fixierte den Boden zu ihren Füßen. Kaum vorstellbar, dass unter dem dünnen Metall nur noch Luft war. Nie zuvor war sie weiter von ihrem Zuhause entfernt gewesen als in diesem Moment, und doch fühlte sie sich mehr zu Hause als je zuvor. Lag es an ihrer plötzlichen Freiheit? An diesen Menschen, nicht Freunde, aber Verbündete? Oder an Nate?

Sie konnte seine Anwesenheit neben sich spüren, ohne ihn zu berühren. Es war ein schönes Gefühl, ihn an ihrer Seite zu wissen. Sie hatte ihn sehr vermisst.

Ob er ihr übelnehmen würde, dass sie ihm die Wahrheit ihrer Herkunft verschwiegen hatte? In all der Zeit ihrer heimlichen Treffen hatten sie nie von ihren Familien gesprochen oder viel über ihr Leben erzählt. Aber sie hatten auch keine Zeit mit Reden verschwendet.

Bei der Erinnerung huschte ein Lächeln über ihr Gesicht. Für einen kurzen Moment verspürte sie das sehnsüchtige Verlangen, ein letztes Mal zurückzukehren zu diesen Stunden, die sie nackt und eng umschlungen über Renatas Bar in ihrem kleinen Zimmer verbracht hatten, wann immer Nate in den Townships aufgetaucht war. Wie einen Schatten der Vergangenheit konnte sie das wilde Begehren, das sie damals verbunden hatte, tief in ihrem Körper spüren. Aber diese Zeiten waren lange vorbei. Und Nates Liebe gehörte offensichtlich einer anderen Frau.

Kaja Andersson, dieses auf den ersten Blick schüchterne Mädchen, in der eine unendliche Kraft schlummerte, die Alana gleichermaßen anzog und abschreckte. Würde Kaja Andersson die Kunst des Questral-Gesangs beherrschen, ihre Musik wäre vermutlich stärker als Alanas. Der Verlust ihrer Zither schmerzte mehr als der verlorene Liebhaber. Das Instrument hatte ihrer Mutter gehört. Es war alles, was von ihr geblieben war. Ihr Instrument und ihr Talent, das in Alana weiterlebte, so wenigstens erzählten Renata und Ruben. Die Geliebte Kayne Coles hatte sich das Leben genommen, bevor Alana geboren war. In der Gunst des Herrschers zu stehen, ein so schreckliches Los, dass sie der Meinung gewesen war, sie müsste sich und das unschuldige Leben in ihrem Körper davor bewahren. Coles Ärzte hatten Alanas Leben gerettet, das ihrer Mutter nicht. Alana, die seit ihrer Kindheit zwischen den Welten der Townships wandelte, hatte die Geschichte ihrer Geburt von Renata erfahren. Renata, das Bindeglied in die Unterwelt der Townships und Freundin ihrer Mutter. Seit diesem Tag wusste Alana, irgendwann würde sie sich an Cole rächen, für alles, was er ihrer Mutter und den vielen anderen Outlaws angetan hatte. Nun war der Zeitpunkt gekommen. Die Drohne kippte hart zur Seite und setzte zum Landeanflug an. Sie hatten ihr Ziel erreicht.

17

ELSA-NEWSFEED DER *HOPE OF TOMORROW*

> *Die Tore zum Paradies werden geöffnet – ein neues Leben für alle: Das* Paradisum Omnis!

Nur noch wenige Stunden bis zum Relaunch des Holovits. Andersson Creations hat in Absprache mit dem Rat an diesem Morgen die offizielle Freigabe für die neueste Version ihrer Hologramme bestätigt. Was bisher den Reproduktionskandidaten aus dem *Parentes Paradisum* vorbehalten war, wird in nur noch vierundzwanzig Stunden jedem Mann und jeder Frau in allen Archen zur Verfügung stehen. Wie die Berichterstattung der letzten Monate gezeigt hat, handelt es sich nicht nur um eine verbesserte Version der bisher bekannten Portale, es wartet eine völlig neue Welt auf uns. Five-Senses-Erfahrung, so beschreiben es die ersten Bewohner, eine Welt, die es mit allem aufnehmen kann, was die Erdoberfläche je geboten hat und so viel mehr. Und als ob das noch nicht genug wäre, haben die Präsidenten der drei Archen beschlossen, diese Features ihren Bürgern zukünftig völlig kostenfrei zur Verfügung zu stellen. Andersson Creations wird ab dem heutigen Tag kein privates Unternehmen mehr sein, sondern eine staatliche Institution bilden. Alle Kosten für die Wartung unseres neuen Holovits entfallen auf die Staatskasse. Upgrades, Anpassungen, LogIns und alles, was das digitale Leben bisher exklusiv und kostspielig gemacht hat, kann zukünftig über ELSA von jeder Privatperson gratis angefordert werden.

Was müssen Sie tun, um Teil dieser wunderbaren Welt zu werden? Rein gar nichts.

In den nächsten zwölf Stunden wird ein technisch notwendiger Reboot vorbereitet. Zu diesem Zweck werden heute um Mitternacht alle Systeme für etwa zwei Stunden abgeschaltet. Sie werden aus dem Holovit ausgeloggt und anschließend über Ihren Lifechips wieder in das neue System eingeloggt. Ihr täglicher Nutri-Shot wird ein leichtes Sedativ enthalten, sodass Sie von der Neukoppelung nichts mitbekommen werden.

Verbringen Sie einen letzten Tag in den Hologrammen Ihrer Wahl, denn ab morgen wird nichts mehr so sein wie zuvor. Es wird viel besser. Willkommen im *Paradisum Omnis.*

Bei Fragen zum technischen Ablauf, Bedenken zu Ihrer körperlichen Verfassung oder Hinweisen sonstiger Art kontaktieren Sie bitte Ihre ELSA mit Referenz zu diesem Feed.

Die Archen und ELSA wünschen einen angenehmen LogIn.

18

Wir müssen so viele wie möglich ausloggen. Wie viel Platz habt ihr noch in den Datenarchiven?« Magdalena Scarpa stand die Sorge ins Gesicht geschrieben. Eine Stunde war vergangen, seit ELSA die niederschmetternden Neuigkeiten verbreitet hatte. Während im Großteil der *Hope* die vermeintliche Wunderwelt gefeiert wurde, hatte sie den letzten inneren Kreis der Darksurfer einberufen. Zu viel Zeit war bereits verstrichen, aber es wurde immer schwieriger, sichere Orte im Holovit zu coden. Das Auge des Rats war überall. Vor allem, seit Andersson uneingeschränkte Macht und Ressourcen zur Verfügung standen. Sie hatten nur wenige Minuten, bevor man ihr Hologramm entdecken würde.

»Wie stellst du dir das vor, Magdalena?«, wollte ein junger Mann, Marc Levie, von ihr wissen. »Jeder LogOut wird auffallen. Die Ansage war eindeutig, alle Archianer werden hochgeladen. Ich weiß nicht einmal, ob wir es schaffen, uns rechtzeitig aus dem System zu ziehen. Wir hätten viel früher anfangen sollen, unsere Leute zu löschen.«

Magdalena zuckte bei dem Wort zusammen. Selbst wenn löschen in diesem Zusammenhang bedeutete, die IDs der Personen aus dem System zu entfernen, um die Körper zu retten, erinnerte es sie an das, was dem Rest der Archianer nun bevorstand. An den Tod ihres geliebten Mannes Matteo.

»Wir hatten unsere Hoffnung auf Liam gesetzt«, erklärte die letzte Anführerin der Darksurfer. »Wir dachten, wir hätten mehr Zeit.«

»Die haben wir aber nicht«, mischte sich Drohnenpilot Riley Harper ein. »Und wir können nicht einfach sehenden Auges in den Tod spazieren. Wir müssen uns zur Wehr setzen. Wir haben nichts mehr zu verlieren. Ich schlage vor, wir loggen uns aus, ein paar Stunden sollte das noch möglich sein, und versuchen, über den Hangar nach draußen zu gelangen.«

»Selbstmord«, erklärte Victoria Silver nüchtern. Allein ihre Anwesenheit bei diesem Treffen beschrieb die Härte der Situation. Seit Young und Silver Teil von Andersson Creations waren, hatte es kaum eine Möglichkeit gegeben, Kontakt aufzunehmen. An der Loyalität ihrer Freunde aber hatte Magdalena nie gezweifelt. Zu Recht, wie dieser LogIn bewies. »Vier von euch stehen immer noch auf der Beobachtungsliste, wir konnten nichts dagegen unternehmen. Wenn ihr euch gleichzeitig ausloggt, werden sofort alle Wachstationen alarmiert. Ihr kommt niemals aus den Tanks, geschweige denn bis nach oben zum Hangar. Außerdem, wer von euch kann eine Drohne fliegen? Riley und ... niemand. Und selbst du, Riley, würdest nicht nach draußen kommen. Seit Liams Exit sind die Sicherheitsvorkehrungen strenger als je zuvor. Ihr wärt alle tot, bevor das neue Holovit live geht.«

»Wenn wir es nicht versuchen, dann sind wir es ein paar Stunden später«, antwortete Riley wütend. »Du als neue Auserwählte kannst dir das ja ganz entspannt ansehen.«

Victorias Gesicht wurde plötzlich blass vor Entsetzen, ihre Augen funkelten wütend.

»Riley, wie kannst du so etwas auch nur denken, ich ...« Direkt neben ihr flirrte für eine Sekunde die Luft und kündigte einen LogIn an. Timothee Flanik, ein junger Techniker, den sie nach Jasper Woolfs Flucht rekrutiert hatten, erschien wild mit den Armen winkend in ihrer Mitte.

»Sie sind hier«, rief er aufgeregt, seine Stimme überschlug sich mehrfach. »Sie sind hier, ich hab sie versteckt, unten, in den Schächten, sie sind zurück.«

Eine Welle der Erleichterung ging spürbar durch alle Anwesenden. Magdalena machte sich keine Illusionen, sie waren lange noch nicht gerettet, aber vielleicht hatten sie in diesem Kampf nun den Hauch einer Chance. Liam Turner war zurückgekommen.

19

Irgendwo in diesem Bunker waren ihr Vater und ihre Mutter. Irgendwo in diesem Bunker war Lora. Nervös blickte Kaja sich zwischen den dicken Rohren tief unter der Arche um, als würde ihre Familie schon hinter der nächsten Ecke auf sie warten. Würden sie sich wiedersehen? Was sollte sie ihnen sagen? Es war nicht viel mehr als ein halbes Jahr vergangen, seit sie diesen Ort verlassen hatte, und doch kam es ihr vor, als läge mehr als ein Leben dazwischen. Dies war nicht mehr ihre Heimat, war es nie gewesen. Das wusste sie heute. Dies war nichts anderes als eine tödliche Illusion. Eine Illusion, in die sie freiwillig zurückgekehrt waren.

Bisher war alles nach Plan verlaufen, verdächtig nach Plan. Samuel hatte die Drohne unweit der *Hope* sicher nach unten gebracht, direkt an den Einstieg in die Versorgungstunnel, wie ihn Annabelle Turner beschrieben hatte. Unbemerkt waren die zehn zurück in die Arche gelangt. Bis auf Liam, in dessen Körper sich kein Lifechip mehr befand, trugen die Archianer wieder ihre Störer. Ohne das kleine Metallplättchen hinter ihrem Ohr würde sich ihre ELSA sofort mit den Systemen des Holovits verbinden und Kajas Anwesenheit verraten. Der unangenehme Druck ließ sie einen Hauch von Sicherheit verspüren.

Als hätte er nur auf sie gewartet, waren sie in einem der Maschinenräume auf einen jungen Mann gestoßen, der ihnen glaubwürdig versichert hatte, er sei ein Darksurfer und könne sie zu ihren alten Freunden bringen. Timothee Flanik hatte nicht nur Liam, sondern auch Jasper mit solcher Ehrfurcht behandelt, es bestand kein Zweifel, dass diese beiden Männer seine Helden waren. Mit dem Versprechen, einen sicheren LogIn zu suchen und die Darksurfer über ihre Ankunft zu informieren, hatte er sie hier unten zurückgelassen.

»Können wir ihm vertrauen?«, fragte Alana, nachdem sie etwas mehr als eine halbe Stunde so gut wie schweigend gewartet hatten. »Er ist beinahe noch ein Kind.«

»Er gehörte zum vielversprechendsten Nachwuchs in meinem Team«, erklärte Jasper. »Ich behaupte, es gibt in diesem Bunker nicht viele, denen wir vertrauen sollten. Flanik scheint mir eine gute Wette zu sein …«

Kajas Blick fand Liams. Unausgesprochen standen dieselben Fragen zwischen ihnen. Was würde dort oben auf sie warten? Wer würde am Ende dieser Nacht ihr Freund sein, wer ihr Feind?

20

Irgendwie war es Smith und Victoria tatsächlich gelungen, einen Arcteryx in diesem Holovit-Paradies zu verstecken. Sandra war dem Flusslauf gefolgt und hatte tatsächlich den verlassenen Hof erreicht, den sie aus der Kopie kannte. Bis ins letzte Detail glichen sich die beiden Hologramme. Mittlerweile war ihre Erinnerung klar, sie wusste, Smith hatte sie absichtlich hierhergeschickt. Was sie nicht wusste, war, was er damit bezweckte. Es musste etwa ein halber Tag verstrichen sein, und nichts war geschehen. Allein in der Hütte wartete sie auf ... ja, auf was?

Hier verspürte sie weder Müdigkeit noch Hunger noch Durst, was nichts über den Zustand ihres Echtkörpers in der *Hope* aussagen musste. Immerhin, sie war noch am Leben. Oder war sie das? Hatte man sie am Ende bereits in den *Total Upload* geschickt und ihren hirntoten biologischen Rest in eine Zelle geworfen?

Realität und Albtraum vermischten sich zu einer schrecklichen Wahnvorstellung, die stechende Schmerzen in ihrem Kopf auslöste. Sie schlug die Hände vors Gesicht und unterdrückte einen frustrierten Schrei.

»Sandra?«

Es war Smith selbst, der plötzlich im Türrahmen der kleinen Hütte stand. Er war der erste Freund, den sie seit Monaten zu Gesicht bekam. Realität oder nicht, die Tränen rannen ihr in heißen Strömen über die Wangen. Sie stürzte auf ihn zu und schlang die Arme um seinen Hals. Schluchzend presste sie sich an seinen Körper. Alle Qualen, der Schmerz und die Einsamkeit brachen mit einem Mal aus ihr heraus.

Smith hielt sie fest im Arm und flüsterte beruhigend auf sie ein. Als wäre sie ein kleines Kind, strich er ihr sanft über den Kopf, versprach ihr, dass ihr Leiden endlich vorbei sei.

»Sie sind zurück«, waren die ersten Worte aus seinem Mund, die tatsächlich in ihrem Kopf ankamen. »Sandra, verstehst du, was ich sage? Liam, Kaja, Sam, Jasper, sie sind zurück. Und sie haben Hilfe mitgebracht. Victoria hat es mir vor ein paar Minuten mitgeteilt.«

Für einen kurzen Moment griff die Angst mit eiskalter Hand nach ihr. War dies ein weiteres Folterhologramm, ein letzter Versuch, ihr Informationen über die Darksurfer zu entlocken? Misstrauisch hob sie den Kopf. Sie konnte die Hoffnung in Smiths Augen sehen, spürte seine Aufregung durch ihre eigene Haut. Und plötzlich war ihr egal, ob dies ein weiterer Trick des Rats war. Sie wollte, sie musste glauben, wenigstens für einen Moment, dass Liam tatsächlich zurückgekehrt war. Dass er sie nicht vergessen hatte, sondern monatelang alles getan hatte, um sie zu retten.

»Was können wir tun?«, fragte sie mit zitternder Stimme.

21

Lora Bonnet verließ das Holovit nur selten und sehr ungern. Nicht einmal ihre alte Freundin Kaja Andersson wusste, dass die junge Coderin an schrecklicher Klaustrophobie litt. Sie hasste diese Welt, in der sie mit ihrem Körper gefangen war. Die abgestandene Luft, die Dunkelheit, ihren Körper, der schon nach wenigen Schritten außerhalb des Tanks müde wurde und schneller alterte, als es ihr lieb war.

Diesen letzten Freigang aber hätte sie sich um nichts in der Welt nehmen lassen. Heute würde sie zum ersten und letzten Mal ihr Kind sehen, bevor es um Mitternacht zusammen mit den anderen Bewohnern der Arche in das neue Holovit geladen werden würde.

Der Großteil der Menschen würde den *Total Upload* nicht überleben, das wusste sie mittlerweile. Das war tragisch, sie verspürte einen Anflug von Mitleid, doch die Wissenschaftlerin in ihr wusste, der Schritt war notwendig, um den Rest der Menschen, etwas mehr als zehn Prozent in jeder Arche, zu erhalten. Ein tragbares Opfer für den Fortbestand einer ganzen Rasse, für die Zukunft ihrer Kinder. Für die Unsterblichkeit.

Sie selbst war Teil der Brückengeneration, die letzten Menschen, die weiter in ihren Tanks verbleiben würden. Ihre Avatare würden zwischen den KIs existieren, bis sie eines natürlichen Todes sterben und sie das Schicksal der restlichen Archianer etwas verzögert teilen würden. Am Ende zahlte Lora denselben Preis. Auch sie konnte den Tod nicht aufhalten, wenigstens nicht für sich.

Die ersten fünf Kinder, die den von Lora entwickelten Chip getragen hatten, waren bereits hochgeladen. Ihre Körper, die nur als Sprungbrett in die digitale Welt fungiert hatten, längst entsorgt. Die künstliche Intelligenz in ihrem Kopf würde sie zu den Erwachsenen heranreifen lassen, die sie in einem analogen Leben geworden wären, mit dem einzigen Unterschied, dass sie nun nur noch als Code existierten. Unzerstörbar, unsterblich und unantastbar für alles, was an der Oberfläche geschah. Diese Kinder brauchten keine Nahrung, kein Wasser, keine Luft, alles, was sie brauchten, war das Hologramm. Sie würden leben, lernen, lachen und lieben. Es erfüllte Lora mit unermesslichem Stolz, zu was ihr Code mittlerweile in der Lage war, und er lernte mit jeder Entscheidung dazu. Er würde sich reproduzieren, ihre Kinder würden Kinder bekommen. Nichts würde sich von einem regulären Menschenleben unterscheiden.

Bis auf die Tatsache, dass jedes Ende und jeder Anfang frei wählbar war.

Der junge Arzt, der schweigend vor ihr hergelaufen war, öffnete eine Tür. Hunderte Tanks, etwa einen Meter hoch, jeder mit einem Säugling darin, reihten sich an den Wänden bis unter die Decke. Die Zukunft, sie war hier unten, die letzte Generation Erbgut. Aus diesen Kindern würde sich alles Weitere entwickeln. Sie folgte dem Mann und blieb schließlich vor einem der Tanks stehen. Vorsichtig, als wäre es kein Panzerglas, sondern tatsächlich eine organische Membran, presste sie ihre flache Hand gegen das Glas. Als würde es ihre Berührung spüren, drehte sich das Baby darin um die eigene Achse und blickte sie mit geschlossenen Augen an, ein

Lächeln huschte über das winzige Gesicht. Ohne dass es einer Erklärung bedurfte, wusste Lora, dass es ihr Tank war. Ihr Kind. Liam Turners Sohn.

22

In seinem ganzen Leben hatte Riley Harper keine solche Freude verspürt wie in dem Moment, in dem er Samuel Crowe wieder in die Arme schloss.

»Du bist ein richtiger Romantiker geworden, alter Freund«, scherzte der andere Pilot, als er sich aus der bärigen Umarmung befreite. In seinen Augen stand dieselbe Freude, die auch Riley erfüllte. »Ich habe schon befürchtet, wir müssten diesen letzten Ritt ohne euch machen. Ihr seid gerade noch rechtzeitig gekommen.«

»Wie ist die Lage? Was ist dort oben los?«, wollte Liam von ihm wissen.

»Liam Turner.« Harper klopfte dem Freund fest auf die Schulter. »Ich wusste, du wirst uns nicht im Stich lassen.« Neugierig musterte er die Fremden, die seine Freunde mit in die Arche gebracht hatten. Krieger, stellte er erleichtert fest, aber die Begrüßung musste warten, sie hatten wenig Zeit.

»Vor ein paar Stunden kam die Meldung über ELSA, dass schon heute Nacht der *Total Upload* für alle drei Archen stattfinden soll.«

Kaja und eine junge rothaarige Frau schnappten erschrocken nach Luft. Ein junger Mann legte seine Hand beruhigend auf Kajas Schulter. Irgendetwas an ihm kam Riley seltsam bekannt vor.

»In den letzten Monaten wurden immer wieder Archianer

hochgeladen. Manche freiwillig, neugierige Verrückte, oder Familien, die bei ihren Auserwählten sein wollten, aber auch Häftlinge, Verbrecher… Darksurfer und jeder, den man als solchen gebrandmarkt hat. Keiner von ihnen hat es geschafft, auch wenn ELSA andere Nachrichten verbreitet. Die Avatare scheinen zu funktionieren. Andersson Creations hat ganz offensichtlich eine neue KI gelauncht, mit der die Uploader im Holovit laufen. Ihr Entscheidungsrepertoire reicht, um die Archianer für die Dauer der Übertragung zu täuschen. Smith und Victoria kennen die Wahrheit. Sie arbeiten immer noch mit deinen Eltern, Kaja. Es ist nicht leicht für die beiden, untätig dabei zuzusehen, wie all diese Menschen sterben, aber es war unsere einzige Chance, die letzten Monate hier unten zu überleben und an Insider-Informationen zu gelangen. Auch wenn Andersson sich selbst vor den eigenen Teams größte Mühe gibt, die Wahrheit geheim zu halten, bekommen die beiden viel mit. Es sind die Lifechips, die nicht in der Lage sind, den Code der KI zu speichern. Die Kapazitäten der aktuellen Generation reichen nicht aus, um die künstliche Intelligenz in vollem Maße lernen zu lassen. Jeder, der hochgeladen wird, ist im Grunde nur noch ein Abziehbild, eine Ansammlung von alten Entscheidungsmustern, die immer wieder neu abgespult werden. Was in den Körpern bleibt, weiß niemand. Diejenigen, die Glück haben, sterben sofort…«

»Und die anderen?«, frage Sam leise.

Riley zuckte mit den Schultern.

»Wir hören die Schreie aus den Zellen«, antwortete Timothee und blickte zu Boden. »Kaum jemand von uns will noch freiwillig die Technik auf den Gefängnisebenen betreuen. Sie klingen wie Tiere, da ist nichts Menschliches mehr. Und sie werden immer mehr…«

»Aber es kommt noch schlimmer…« Riley zögerte. Er hätte

viel dafür gegeben, nicht derjenige zu sein, der Liam Turner diese Nachricht überbringen musste. »Eure Freundin, Bonnets Tochter, sie hat einen neuen Chip entwickelt. Angeblich soll damit ein *Total Upload* möglich sein. Sie behauptet, ihre KI auf diesem Chip würde den kompletten Datensatz eines Menschen ins Holovit überspielen und ihn dort tatsächlich weiterleben lassen ...«

»Das ist völliger Irrsinn, sie hat den Verstand verloren.« Turners Reaktion war wie zu erwarten. »Wir müssen sie aufhalten.«

»Das versucht Victoria seit Monaten. Sie ist Teil des geheimen Projekts innerhalb von Andersson Creations. Ihr ist völlig klar, dass die KI, selbst wenn sie einen Charakter abbildet, nicht den Menschen ersetzen kann, denn der Mensch wird dennoch sterben. Aber viele der Coder, selbst die intelligentesten, wollen Bonnet glauben, und Andersson hält schützend seine Hand über alles, was sie macht.«

»Aber kaum jemand wird einen Chip-Tausch überleben«, warf Liam wütend ein. »Sieh doch, was mit Matteo geschehen ist.« Instinktiv wanderte seine Hand zur Narbe an seinem Hals. Er selbst hatte den Eingriff nur mit Mühe überlebt.

»Ich denke, hier musst du das niemandem erklären«, antwortete Riley vorsichtig. »Allerdings ist ein Chiptausch auch nicht das, was sie vorhat. Selbst Lora Bonnet weiß, dass sie viele potenzielle Uploader verlieren würde, bevor ihre Kopie hochgeladen ist.«

»Was dann?«, bohrte Turner.

In seinen Augen konnte Riley erkennen, dass er die Antwort bereits wusste. Offensichtlich musste er sie aus einem anderen Mund bestätigt haben.

»Was dann?«, rief der junge Mann so laut, dass sein Echo von den Wänden zurückprallte. »Was dann?«

»Sie hat sie den Kindern der Auserwählten einsetzen lassen, Liam. Die Ersten von ihnen sind bereits hochgeladen.«

Riley Harper senkte den Blick, der Schmerz in Liams Gesicht war nicht zu ertragen.

23

Riley und Timothee sind unterwegs, sie werden versuchen, alle irgendwie für ein Treffen an diesen Ort zu bringen.« Smith sprach so schnell, dass es Sandra kaum möglich war, ihm zu folgen. Aufregung und Zeitnot machten keinen guten Redner. »Ohne Lifechip können wir Liam nicht einloggen, er muss in der Arche bleiben und von dort helfen. Im Moment bleibt nur zu hoffen, dass unsere Freunde einen Plan haben, einen, der besser ist als das, was wir haben.«

24

Ich hoffe, ihr habt einen Plan, der besser ist als das, was wir haben, und ich hoffe, ihr seid nicht allein.« Riley wartete vergeblich auf eine Antwort von Liam. Der junge Archianer kämpfte gegen einen Schmerz, der sich nicht einfach besiegen ließ.

»In wenigen Stunden wird die Armee der Rebellen vor den Toren der Arche Aufstellung nehmen«, erklärte ein hünenhafter Mann mit einer Stimme, die es gewohnt war, Befehle zu erteilen. »Ich bin Damian Albrecht, ein Krieger der Beartooth Outlaws. Unsere Völker sind gekommen, um euch zu befreien und mit euch gemeinsam die Menschen an die Oberfläche zu führen. Aber dafür brauchen wir eure Hilfe.«

»Was können wir tun?« Riley wusste, die Zeit für Erklärungen würde kommen. Jetzt ging es darum zu handeln.

»Eure Archen werden von oberirdischen Anbaugebieten einer Stadtanlage versorgt, nur aus diesem Grund könnt ihr hier unten in den Tanks überleben. Wir werden diese Leitungen kappen. Ist das geschehen, wird das Leben in der Arche nicht mehr möglich sein.«

Riley schluckte, nickte aber.

»Jasper und ich wissen, wonach wir suchen müssen«, unterbrach Sam den fremden Rebellen. »Gib uns Timothee, und wir werden mit den Outlaws zusammen die Lifelines zerstören. Es wird mit aller Wahrscheinlichkeit einen Alarm geben, sobald dies geschehen ist. Der Schaden, den wir anrichten, wird so groß sein, dass selbst unsere Präsidentin keine andere Möglichkeit hat, als die Tore zu öffnen, um Luft in die Arche zu lassen.«

Riley musterte seinen alten Freund skeptisch. »Und falls nicht? Was, wenn sie alle hier unten ersticken lässt?«

»Dann werden die Archianer sich selbst befreien«, antwortete Kaja Andersson.

Riley musterte das Mädchen. Wie sehr sie sich verändert hatte in den Monaten seit ihrem letzten Treffen. In ihren Augen blitzten wilder Kampfgeist und Entschlossenheit. Die Frau, die jetzt vor ihm stand, hatte nichts mehr mit der schüchternen Ratstochter von damals zu tun.

»Bringt mich zurück ins Holovit. Was auch immer Smith und Victoria anstellen müssen, um mir für einen Moment ELSA zu überlassen, sie sollen es tun. Ich werde zur Arche sprechen und ihnen die Wahrheit sagen. Jeder hier unten kennt mich, alle wissen, dass ich entführt worden bin. Viele, ich hoffe, sehr viele werden mir glauben. In der Überzahl wird es uns gelingen, die Tore zu öffnen. Niemand wird sich gegen uns stellen können.«

Riley zweifelte keine Sekunde daran, dass die Menschen ihr glauben würden, in ihren Worten lag die Macht der Wahrheit. Zum ersten Mal seit Monaten verspürte er einen Hauch von Hoffnung. Vielleicht hatten sie tatsächlich eine Chance das zu erreichen, woran er nicht mehr geglaubt hatte: ein Leben in Freiheit.

25

Alana rannte hinter den Outlaws und Archianern durch die Bunkeranlage, erleichtert, dass ihre einzige Aufgabe darin bestand, ein paar Rohre zu zerstören. Diese Welt, von der die Archianer sprachen, machte ihr Angst. Nichts davon war real, nichts greifbar. Vielleicht lag es daran, dass sie ihr Leben auf und nicht unter der Erde verbracht hatte, dass sie die Verbindung zu diesem Planeten, so krank er auch war, nie verloren hatte, aber nicht einmal, um ihr Leben zu retten, hätte sie sich jemals in das Holovit gewagt. An diesen Ort, wo selbst das Leben nur eine Illusion war. Wo nichts Bestand hatte, außer Zahlen. Wo die Logik über Gefühlen stand. Sie hoffte, Kaja würde es von diesem Ort zurück in ihre Welt schaffen. Sie hatte die junge Frau, die ihr so ähnlich war und doch so anders, mittlerweile fest ins Herz geschlossen.

»Hier, hier müssen wir nach unten«, flüsterte der junge Archianer und öffnete einen tiefen Schacht, über den eine schmale Leiter zu weiteren Ebenen in den Boden hineinführte. »Es gibt keine Verbindung über die Fahrstühle, was dafür spricht, dass wir außerhalb des Systems und der offiziellen Pläne unterwegs sind.«

Sam schüttelte ungläubig den Kopf. »Jahrelang habe ich hier unten gearbeitet, ich kenne diesen Bunker besser als jeder andere. Ich habe tatsächlich nie infrage gestellt, ob sich in den Lüftungen vielleicht noch andere Ebenen verbergen könnten. Was war ich für ein Dummkopf.« Beschämt rieb er sich die Augen.

»Es gibt keine Unterlagen, auf denen irgendetwas zu sehen ist.« Der junge Techniker versuchte ihn zu beruhigen. »Ich bin mir sicher, nicht einmal Wilmer weiß davon, dass es weitere Ebenen gibt.«

»Egal, wer davon weiß und wer nicht«, unterbrach Damian. »Finden wir raus, ob wir richtig sind.«

Nacheinander kletterten sie in den Schacht. Meter für Meter führte die Leiter nach unten. Die Luft wurde zunehmend schlechter, und Alana hatte das Gefühl, die Tonnen aus Stein und Eisen über ihr auf den eigenen Schultern zu spüren. Erst nach Minuten des Kletterns erreichten sie wieder festen Boden. Timothee leuchtete mit einer kleinen Taschenlampe den Weg, nirgendwo waren Deckenleuchten angebracht. Im Gänsemarsch folgten sie dem Techniker durch einen schmalen Gang bis zu einer weiteren dicken Eisentür. Samuel und Damian drückten sie mit vereinten Kräften auf. Noch bevor Alana die Lifelines sah, roch sie den süßlichen Geruch der Nutri-Shots. Erleichtert atmete sie auf. Im realen Teil dieser Welt hatten sie ihr Ziel erreicht. Gemeinsam begannen sie, ihren Sprengsatz in Position zu bringen.

26

Den ganzen Weg bis zur Krankenstation hatte Liam ihre Hand nicht losgelassen. Als wollte er sich beständig ihrer Gegenwart versichern. Sie wusste genau, was in ihm vorging. Auch Kaja hatte Angst vor der bevorstehenden Trennung. Nur diesmal würde sie in das *Parentes Paradisum* gehen, und er war gezwungen zu warten.

Glücklicherweise war es dem Rat nicht gelungen, die Darksurfer zu zerstören. Ganz im Gegenteil, je mehr Unschuldige man verurteilt hatte, desto schneller wuchs die Zahl der Menschen, die sich den Kämpfern im Untergrund anschlossen. Es waren lange noch nicht genug, um gegen die Soldaten der Archen eine Chance zu haben. Aber das Netzwerk aus Augen, Ohren und Sympathisanten reichte, um Riley, Nate, Liam und Kaja an eines der sicheren Verstecke auf der Krankenstation der *Hope* zu bringen. Abgesehen von den Reproduktionshallen, die unter strenger Bewachung des Rats standen, waren die Ärzte allesamt Freunde und Kollegen von Sandras Mutter, Dr. Rebecca Goldstein. Die Nachricht über den Tod von Liams Ziehmutter hatte ihn ebenso getroffen wie die grausame Inhaftierung ihrer Tochter. Liam hatte sich, aber auch seinen Freunden nie verziehen, dass man Sandra an seiner Stelle in das *Parentes Paradisum* geschickt hatte. Auch wenn sie seinen Platz freiwillig eingenommen hatte, er würde sich für den Rest seiner Tage die Schuld dafür geben.

Wie viele geliebte Menschen würden sie noch an diese sinnlose Sache verlieren? Wie hatte sie jemals mit Lora befreundet sein können, deren Wahn offenbar noch größer war als der ihres Vaters?

»Da seid ihr endlich, wir haben schon auf euch gewartet.« Zwei junge Ärzte empfingen sie am Eingang der Krankenstation. Sie hatten ein fahrbares Krankenbett und mehrere weiße Kittel mitgebracht. »Hier zieht die über. Riley, du legst dich auf die Bahre. Die Überwachung hier unten ist auf ein Minimum runtergefahren, aber man weiß nie, wann irgendjemand in die Reproduktion will oder ein Wachwechsel stattfindet.«

Kajas Herz klopfte ihr bis zum Hals, während sie in die Verkleidung schlüpfte. Hier oben kamen die Erinnerungen viel schneller und intensiver zurück als unten in den Technikebenen. Das letzte Mal, als sie hier war, hatte sie nicht nur um Liams Leben gebangt, sie hatte auch ihr eigenes zurückgelassen. Ihr Auge huschte über die leeren Aerobiose-Tanks an den Wänden der medizinischen Halle. Plötzlich war sie sich nicht mehr sicher, ob sie zu einem LogIn imstande war.

Sie erreichten den Operationssaal ohne Zwischenfälle. Kaum hatten sich die Türen hinter ihnen geschlossen, sprang Riley von der Liege. Einer der beiden Ärzte verriegelte die Tür, der andere öffnete einen der vier Tanks. Nate, der bisher wortlos alles verfolgt hatte, griff plötzlich nach Liams Arm. »Ihr wird da drinnen aber nichts geschehen, oder? Solange wir hier ihren Körper bewachen, ist sie sicher?«

Die beiden Brüder wechselten besorgte Blicke, nach einer Weile nickte Liam. »Niemand im Holovit kann ihrem Körper Schaden zufügen.« Was er nicht sagte, war, dass ihr Körper hier draußen hilflos ausgeliefert war. Sobald der Rat im Holovit von ihrer Anwesenheit erfahren würde, würden die Soldaten der *Hope* jede Zelle auf den Kopf stellen, um sie zu finden. Zwei Ärzte, ein Archianer und zwei Turners wären nicht genug, um sie vor einer Festnahme zu bewahren.

»Mach dir keine Sorgen, Nate«, log sie mit fester Stimme. »In diesem Tank bin ich besser geschützt als irgendwo sonst.«

Einer der Ärzte half ihr aus dem Mantel und reichte ihr einen Aerobiose-Suit. Vor den Augen der anderen wechselte sie die Kleidung. Erst als sie Nates starrenden Blick und seine roten Wangen bemerkte, fiel ihr ein, dass der an der Oberfläche geborene Outlaw einen völlig anderen Blick auf Nacktheit haben musste als die Archianer. Seine Verlegenheit sprang auf sie über. Hastig, mit heißen Ohren, zog sie den Suit bis zum Hals zu, Nate drehte sich von ihr weg. Liam, der von dem unangenehmen Moment nichts mitbekommen hatte, reichte ihr die Hand, um ihr in den Tank zu helfen.

»Ich wünschte, ich könnte mit dir kommen.« Er presste ihre Finger gegen seine Lippen.

»Ich weiß«, flüsterte Kaja und unterdrückte den Kloß in ihrem Hals.

»Wir werden uns bald wiedersehen.«

»Ich weiß.«

Riley und die beiden Ärzte konnten ihnen nicht mehr Zweisamkeit zugestehen. »Kaja, wir verkabeln dich, dann entfernen wir den Störer«, erklärte einer der Männer die nächsten Schritte. »Über diesen Tank loggen wir dich direkt in den Arcteryx. Smith wartet dort auf dich. Solange du dich in dem Backlog aufhältst, wird kein System der *Hope* dich entdecken. Dort bist du sicher vor den Crawlern des Rats. Wir arbeiten gerade an einem Kommunikationskanal, den wir über den ELSA-Feed einspielen, sobald du bereit bist, live zu gehen. Das Ganze wird aus der Zentrale von Andersson Creations gesteuert. Sobald das Ding läuft, hast du nicht viel Zeit, irgendein Techniker wird dich früher oder später kappen.

Wir hoffen, später … im Idealfall sogar über einen Blackout, dann müssten wir nur noch die Notfallgeneratoren abschalten, und die Schotts können manuell geöffnet werden. Während wir hier sprechen, sind alle Darksurfer alarmiert worden und nehmen die ihnen zugeteilten Posten ein. Soweit klar?«

Kaja nickte. In Gedanken wiederholte sie die einzelnen Schritte, um nichts zu vergessen.

»Es ist wichtig, dass du dich möglichst kurzfasst. Wir wissen nicht, wie schnell der Rat reagieren kann und wie lange unsere Posten ELSA in ihrer Kontrolle haben. Du musst die Wahrheit über das Vorhaben deines Vaters berichten, aber es muss Zeit bleiben, den Archianern Anweisung zu geben, was sie zu tun haben. Sie müssen sich ausloggen, so schnell es geht, und ihre Zellen verlassen, bevor es zu einem Shutdown kommt. Erkläre ihnen, dass sie sich unverzüglich über die Lastenaufzüge nach oben in den Hangar begeben sollen. Sie dürfen keine Zeit verlieren, niemand soll versuchen, jemanden aus einer Zelle zu holen. Wir werden alles so weit deaktivieren, bis auf die Notbeleuchtung, ihr müssen die Menschen folgen, um nach draußen zu gelangen.«

»Die Wahrheit über das Holovit«, murmelte Kaja. »Ausloggen, der Beleuchtung folgen. Niemanden retten. Was ist mit den Kindern?«

»Die werden mit ihren Eltern nach oben gehen, nehme ich an.« Riley runzelte irritiert die Stirn.

»Nicht diese Kinder«, korrigierte Kaja. »Die Embryonen auf der Reproduktionsstation, was ist mit ihnen?«

Das schmerzhafte Zucken in Liams Gesicht entging Kaja nicht. Ein Schatten dunkler Vorahnung, sie schob alle Gedanken daran schnell zur Seite.

»Wir werden eine Lösung finden«, versprach Riley.

Er log, doch es gab nichts, was Kaja dagegen unternehmen

konnte. Sie alle wussten, dass es unmöglich war, Hunderte gereifte Säuglinge aus den Uteri zu bergen. Sollten die Menschen diesen Tag überstehen, würde es neue Kinder geben. Ungechippt und frei, die letzte Generation Archianer war der Preis, den sie zahlen mussten. Ein letztes Mal suchte sie Liams Blick, doch der wich ihr aus. Nate schenkte ihr ein aufmunterndes Lächeln, aber auch in seinem Gesicht waren Anspannung und Sorge zu sehen.

»Ich bin bereit«, erklärte Kaja und überließ sich den geschickten Händen der Mediziner.

27

Wir haben zwei Stunden, bis die Dinger hier in die Luft gehen.« Damian stellte den Timer des Sprengsatzes scharf. Sie hatten all ihre Munition taktisch an den beiden Rohren verteilt, um den größtmöglichen Schaden anzurichten.

»Ich bin nicht der Experte, was die Stabilität dieses Bunkers anbelangt, aber wir haben hier ein ordentliches Feuerwerk vorbereitet. Wir sollten weit, weit oben sein, wenn es in die Luft geht.«

»Direkt über uns sind die Gefangenen untergebracht«, erinnerte Timothee die Outlaws an ihre zweite Aufgabe. »Wir sind hier, um Menschen zu retten, nicht, um sie zu töten.«

»Dann lasst uns keine Zeit verlieren«, antwortete Elisa und packte ihr letztes Werkzeug zusammen. »Wir öffnen die Zellen, und dann nichts wie raus hier. Auf den Wohnebenen sollten alle in Sicherheit sein und den Weg nach draußen finden.«

Gesammelt traten sie den Rückweg an, zurück durch die Tunnel, den Schacht nach oben, durch die Versorgungshalle, bis sie an einen Aufzugschacht gelangten.

»Ich muss euch warnen ...« Der Archianer hielt sie vor dem Aufzug zurück. »Dort oben verabschieden wir uns von unserer Tarnkappe. Ab dieser Ebene sind überall Kameras und Soldaten, und wir brauchen Schlüsselcodes für alle Türen. Mein Code ist unser Hall-Pass, aber gegen die Wachen wird uns das nicht viel helfen. Selbst wenn sie Jasper und Sam nicht erkennen… Ihr, wie soll ich es sagen, ihr seht alle verdächtig exotisch aus. Die Hälfte von euch hat keinen Lifechip.«

»Dafür haben wir das hier…« Damian schlug seinen Mantel zurück und präsentierte mehrere Schusswaffen, zwei lange Klingen links und rechts an seinem Gürtel und einige Wurfsterne. »Ihr mögt die Experten sein, was digitale Welten anbelangt, wir sind besser darin, in dieser Welt am Leben zu bleiben. Lasst die Wachen unsere Sorge sein.« Alana schmunzelte, Galgenhumor jedenfalls schien zu den größten Talenten der Outlaws zu gehören.

Der Lastenaufzug hätte gut und gern vierzig bis fünfzig Personen Platz geboten. Zusammen mit dem Archianer stiegen die Rebellen ein. Trotz der lockeren Worte waren alle Mienen wie versteinert, als sich die Kabine in Bewegung setzte. Die Fahrt dauerte nur wenige Sekunden, dann hielt die Kabine mit einem Ruck, und die Türen öffneten sich. Zwischen den Outlaws, die sich an beiden Seiten gegen die Stahlwände des Fahrstuhls pressten, verließ der junge Archianer den Transporter.

»Halt«, ertönte eine harsche Männerstimme in einiger Entfernung. »Wer bist du, was machst du hier?«

»Timothee Flanik, Technik. Einer der Fahrstühle macht Probleme. Ich wurde geschickt, um das zu überprüfen.«

Timothee hob eine Hand zum Gruß nach oben, die zweite, in seinem Rücken versteckt, spreizte zwei Finger ab. Zwei Wachen.

Alana atmete erleichtert auf.

»Dann beeilt euch besser«, wies die zweite Stimme Timothee an. »Oder hat sich zu euch Offlinern noch nicht durchgesprochen, dass für heute Abend ein totaler LogIn ansteht? Niemand, der keine Sondererlaubnis hat, darf sich hier unten oder auf den Gängen befinden. Anordnung der Präsidentin selbst.«

Der Techniker nickte. »Ich weiß, ich weiß, bis dahin haben wir längst erledigt, wofür wir hier sind.«

Im selben Moment drehten sich Damian und Elisa aus dem toten Winkel der Fahrstuhltüren und feuerten mit ihren Waffen auf die nichts ahnenden Wachen. Es brauchte nur zwei gezielte Schüsse, und die beiden Soldaten stürzten leblos zu Boden. Timothee rannte zu den Leichen und klemmte jedem der beiden ein kleines Silberstück, den Störer, hinters Ohr, um ihnen ein kurzes Zeitfenster zu verschaffen, bis man den Tod der beiden Männer bemerken würde.

Kaum hatte er seine Aufgabe erledigt, tippte er einen langen Zahlencode in ein kleines Display neben der Tür. Ein grünes Licht blinkte, und mit einem leisen Zischen öffneten sich die Schotten. Das unmenschliche Gebrüll, das ihnen im selben Moment entgegenschlug, ging durch Mark und Bein. Entsetzt machte Alana einen Schritt zurück. Ihr Atem stockte. Was auch immer dort auf sie wartete, sie war sich nicht sicher, ob man es aus den Zellen befreien sollte.

28

Kaja öffnete die Augen und erstarrte. Sie war auf vieles gefasst gewesen, aber Sandra hatte nicht dazugehört. Ein ganzes Leben und mehr lag zwischen ihrer letzten Begegnung und heute, und nichts hatte sich verändert. Die Darksurferin konnte ihre Eifersucht auf Kaja und die Liebesbeziehung mit Liam immer noch nicht verbergen. Die größere Sache, der sie sich beide verschrieben hatten und die sie auch in diesem Augenblick zu Verbündeten machte, trug nur noch mehr zu der Spannung zwischen den beiden bei.

»Kaja, wie wunderbar, dich wiederzusehen. Gott sei Dank geht es euch gut.« Smith schloss sie fest in die Arme. Falls er die Feindseligkeit spürte, ignorierte er sie bewusst.

»Kaja«, begrüßte Sandra sie knapp. »Danke, dass ihr gekommen seid.«

»Wir haben dir zu danken«, antwortete Kaja, der völlig klar war, in welche Gefahr sie die junge Frau mit ihrer Flucht gebracht hatten. Sie konnte nur ahnen, was Sandra in der Zwischenzeit durch die Hände ihres Vaters erleiden musste. »Gott sei Dank bist du am Leben.«

»Bin ich das?«

Kaja runzelte irritiert die Stirn, doch Smith brachte Sandra mit einem Blick zum Schweigen.

»Was ist da draußen los, Kaja? Was habt ihr vor?«, wollte er von ihr wissen.

Mit knappen Worten erklärte Kaja den beiden den Plan der Rebellen, die Leitungen zu kappen und die Öffnung der Schotts zu erzwingen. Der Schmerz und die Erleichterung, die zu gleichen Teilen über Sandras Gesicht huschten, als sie Liam erwähnte, entging ihr dabei nicht.

»Ich brauche eine Verbindung zu ELSA«, schloss sie ihren Bericht. »So schnell wie möglich, so stabil wie nötig, um den Menschen in der Arche die Wahrheit über den anstehenden Upload zu erzählen. Nur wenn es uns gelingt, genügend Archianer auf unsere Seite zu bringen, haben wir eine Chance gegen die Soldaten des Rats.«

Smith nickte, er hatte den Auftrag verstanden. »Das sollte möglich sein. Ich werde ein paar Minuten brauchen und Victoria informieren müssen. Sie ist in der Zentrale von Andersson Creations. Ihr bewegt euch nicht weg von hier, was auch geschieht. Ihr wartet im Arcteryx, bis ich wieder hier bin, verstanden?«

Mit einem Flirren im Hologramm verschwand Smith Young aus dem Backlog. Kaja war mit Sandra allein. Einige Minuten schwiegen die beiden Frauen, keine wagte es, die andere anzusehen.

»Er hat das nicht gewollt«, erklärte Kaja schließlich zaghaft. »Er ist schier ausgeflippt bei dem Gedanken, dass du seinen Platz eingenommen hast. Er hat keine Sekunde aufgehört, über deine Rettung nachzudenken.«

Sandras blondes Haar hing wie ein schützender Vorhang vor ihrem Gesicht. Die Träne, die in ihre Handfläche fiel, entging Kaja nicht.

»Sag ihm, ich habe es gern getan«, schluchzte sie leise. »Ich habe es für ihn getan und für uns alle. Er braucht sich keine Vorwürfe zu machen, er hätte an meiner Stelle genauso gehandelt.«

»Das wirst du ihm selbst sagen, wenn wir hier raus sind«, protestierte Kaja heftig.

Sandra schüttelte den Kopf. Sie lachte bitter auf. »Kaja, ich werde Liam nie mehr wiedersehen. Mein Körper ist so gut wie tot. Du hast keine Ahnung, was ich in den letzten Monaten durchgemacht habe. Außerhalb des Tanks werde ich nicht lange überleben. Und Liam wird das Holovit ohne Chip nie mehr betreten. Unser Abschied war für immer.«

Es dauerte einen Moment, bis die Worte der anderen Frau ihre ganze Bedeutung entfaltet hatten. Stumm verließ Kaja ihren Platz neben der Tür und ließ sich an Sandras Seite zu Boden gleiten. Schulter an Schulter warteten die beiden Frauen auf Smiths Rückkehr.

29

Bringt mich da rein.«

Die vier Männer starrten Liam ungläubig an.

»Bringt mich da rein, jetzt sofort!«

»Liam, das ist unmöglich ...« Auf Rileys Gesicht machte sich Panik breit.

»Ist es nicht.« Mit zwei Schritten war er bei einem der jungen Ärzte und packte ihn an seinem Kittel. »Ihr chippt hier unten die Embryos, nicht wahr?«

Der völlig überrumpelte Mann nickte.

»Gut, dann habt ihr hier sicher noch ein paar Lifechips. Ich will, dass ihr mir einen setzt.«

»Liam, ich habe keine Ahnung, was du vorhast, aber...«

»Genau, du hast keine Ahnung, was ich vorhabe«, unterbrach er seinen Bruder. »Halt dich da raus, Nate, das hier ist meine Welt.«

»Liam, überleg bitte, was du von uns verlangst«, protestierte Riley weiter. »Du würdest das nicht überleben. Wir brauchen dich hier.«

»Ihr braucht mich da drinnen.« Er ignorierte seinen alten Freund und wandte sich wieder dem Mediziner zu. »Werde ich sterben? Wenn ihr mich chippt? Werde ich sterben?«

Unsicher blickte der Mann zu seinem Kollegen, dann schüttelte er vorsichtig den Kopf. »Die neue Generation der Chips ist viel verträglicher als die alte. Es braucht keine Operation mehr, um sie zu implantieren. Wir konnten sie bei den Embryonen einfach spritzen, es gab keine Verluste.« Liam glaubte, tatsächlich so etwas wie Stolz in der Stimme des Mannes zu hören, aber in diesem Moment war ihm alles egal. Und wenn er Anna Smith persönlich um einen LogIn bitten hätte müssen. Er musste zurück in das *Paradisum* und seine Familie finden.

»Holt mir einen Chip, bringt mich da rein. Riley, du musst mir vertrauen. Ich habe euch nie im Stich gelassen. Ich würde dich nicht bitten, wenn es nicht lebenswichtig wäre.« Die Lüge kam ihm überraschend leicht über die Lippen. Erleichtert sah er den Darksurfer nicken.

»Also gut, du bist der Boss. Holt ihm einen Chip, wir loggen ihn ein.«

Während einer der Ärzte die Kammer verließ, um die benötigte Hardware zu besorgen, stieg Liam in einen Aerobiose-Suit. Sein Bruder beobachtete ihn skeptisch, doch Nathaniel konnte nicht ahnen, was Liam zurück in das Hologramm rief. Sein Blick fiel auf Kajas reglosen Körper hinter der Glaswand ihres Tanks. Seine Freundin setzte gerade ihr Leben aufs Spiel, um sie alle zu retten. Sie hatte keinen Gedanken an ihre Familie verschwendet. Für einen Moment war sein schlechtes Gewissen stärker als die unsichtbare Macht, die nach ihm rief. Die Tür öffnete sich, und der Arzt kam zurück, in seinen Händen eine kleine Glasphiole, in der Liams Eintrittskarte ins Holovit schwamm. Seine Entscheidung war gefallen. Er konnte diesen Ort nicht vernichten, ohne vorher mit seiner Auserwählten Lora Bonnet gesprochen zu haben.

»Lasst es uns zu Ende bringen«, forderte er die beiden Ärzte auf.

30

Björn Andersson genoss das zufriedene Lächeln seiner Präsidentin, als würde er in echtem Sonnenlicht baden. Es gelang nicht jeden Tag, Anna Smith zufriedenzustellen. Diesmal aber hatten sie all ihre Wünsche erfüllen können. Wie viel er dabei Lora Bonnet zu verdanken hatte, wusste nur er selbst.

»Alle drei Archen sind bereit für den *Total Upload*«, bestätigte er ein letztes Mal mit stolzgeschwellter Brust. »Vor wenigen Minuten hat uns die Information erreicht, dass auch in der *Rescue* und der *Homeland* die Embryonen gechippt und zum Transfer bereit sind. In acht Stunden wird die neue Generation hochgeladen, in zwölf Stunden folgen alle übrigen IDs. Morgen Mittag befinden sich alle Bürger und Bürgerinnen der Archen als Code im *Paradisum Omnis*.«

»Gute Arbeit«, lobte die Präsidentin und faltete ihre makellosen Finger vor sich auf dem Schreibtisch. »Ich habe mir die Liste der Brückengeneration angesehen, es waren ein, zwei Namen darauf, mit denen ich nicht gerechnet habe.«

Anderssons Herzschlag beschleunigte sich. Er hatte gehofft, ihr Vertrauen zu ihm wäre groß genug, sich die Liste nicht anzusehen. Ein Fehler. Anna Smith vertraute niemandem.

»Es sind nur drei Namen, die meine Teams nachträglich hinzugefügt haben«, versuchte er eine Rechtfertigung.

»Ihre Teams?« Fragend zog sie eine Augenbraue nach oben. »… oder Sie selbst?«

»Jean Luc und Marie Bonnet sind die Eltern meiner wichtigsten Coderin und die Großeltern des Turner-Embryos. Es war Lora Bonnets größter Wunsch, sie vom *Total Upload* zu befreien. Vor dem Hintergrund, dass sie maßgeblich an der Entwicklung der neuen Lifechips mitgewirkt hat, ist das nicht ein kleiner Preis für ihre Loyalität?«

»Die beiden Bonnets haben sich jahrelang für den Exit eingesetzt …«

»Das ist viele Jahre her, ich selbst bürge für die Bonnets. Nur dank Jean Luc ist uns im letzten Jahr ein Schlag gegen die Darksurfer gelungen.«

»Und Sie bürgen auch für Ihre eigene Frau?« Die Stimme der Präsidentin hatte mit einem Mal einen messerscharfen Ton.

Andersson wurde bleich. Dass man Agnes nicht auf die Liste gesetzt hatte, hatte er ihr bisher verschwiegen. Er hatte bereits seine Tochter verloren, er konnte nicht auch noch seine Frau verlieren.

»Nun gut.« Die erste Frau der *Hope* lehnte sich in ihrem Sessel zurück und musterte Andersson mit einem beinahe spöttischen Lächeln. »Sehen Sie es als Zeichen meiner Dankbarkeit und Wertschätzung. Die Namen bleiben auf der Liste, die Bonnets und Ihre Frau werden nicht hochgeladen. Aber Andersson …« Ihr Kopf schnellte nach vorne, ihre Hand, schneller als eine Schlange zubeißen konnte, packte seinen Arm. »… versuchen Sie so etwas nicht noch einmal mit mir. Jeder ist ersetzbar, auch Sie.«

Andersson nickte stumm, Angstschweiß auf der Stirn.

»Und jetzt lassen Sie mich allein, wir sehen uns in einer neuen Welt.«

31

Mir gefällt das ganz und gar nicht«, murmelte Riley mit Blick auf die beiden Tanks, in denen Liam und Kaja Seite an Seite scheinbar schliefen. Nur das Zucken ihrer Augenlider verriet, dass sie in einer anderen Welt wach waren.

»Wir sollten uns auf das Schlimmste gefasst machen.«

Der junge Outlaw legte besorgt die Stirn in Falten. »Was ist das Schlimmste?«

»Schwierig zu sagen.« Er zuckte mit den Schultern. »Aber wenn die da drinnen in Schwierigkeiten kommen, dann müssen wir den Stecker ziehen. Nur ein totaler Energieausfall bringt das Holovit zum Einsturz und loggt dann automatisch jeden Surfer aus. Eine andere Möglichkeit, lebend an die beiden ranzukommen, haben wir von hier aus nicht.«

»Von hier aus …«, wiederholte Liams Bruder. »Von wo aus steuert man dieses Holovit?«

»Die Energiezufuhr befindet sich auf den unteren Ebenen, die wir gerade verlassen haben. Es kann sein, dass eure Explosion ausreicht, um alles zu zerstören, aber die Serveranlage befindet sich in einem zusätzlich geschützten, kaum zugänglichen Teil des Bunkers. Haben wir Pech, bleibt das Hologramm online.«

»Was schlägst du vor?«

»Wir können im Moment hier nichts tun, außer abzuwarten. Die beiden sind in guten Händen. Wir sollten zurück,

Jasper und Timothee finden und dem verflixten Ding den Saft abdrehen, sobald Kaja ihre Botschaft losgeworden ist.«

»Wir sollen sie hier allein zurücklassen?« Nathaniel Turner war deutlich anzusehen, wie wenig er von dieser Idee hielt. Mit großer Sorge musterte er Kaja Andersson und seinen Bruder. »Ich weiß nicht … Was, wenn sie aufwachen, oder wenn irgendjemand hier eindringt und ihnen etwas antun will? Sie wären völlig ungeschützt.«

»Wir werden nicht von ihrer Seite weichen«, versuchte Phil den Krieger zu beruhigen.

Riley wusste, auf die beiden Ärzte war Verlass. Sie würden alles in ihrer Macht Stehende tun, um andere Darksurfer zu schützen. Allerdings – Kämpfer waren sie keine. Nate hatte nicht unrecht. Würden die Soldaten des Rats hierher gelangen, die beiden hätten keine Chance.

»Ich gehe allein«, beschloss er, ohne lange nachzudenken. Vielleicht war es tatsächlich besser, wenigstens einen bewaffneten Mann zum Schutz ihrer wichtigsten Verbündeten zurückzulassen. »Ihr verlasst diesen Raum nur, wenn es um das Leben dieser beiden geht.« Mit ausgestrecktem Finger zeigte er auf Liam und Kaja. »Verriegelt hinter mir die Türen, lasst niemanden herein, dem ihr nicht bis in die Zehenspitzen vertraut. Sobald ihr Kajas Botschaft gehört habt, werden die beiden sich ausloggen, und ihr verschwindet von hier, verstanden?«

Outlaw und Archianer nickten. Riley schickte ein Stoßgebet zum Himmel, dann rannte er los. Nach all den Jahren würde er endlich die Gelegenheit bekommen, dieser verdammten Lüge den Strom abzustellen. Ein breites Grinsen erschien auf seinem Gesicht.

32

Liam öffnete die Augen genau an dem Ort, den er für den LogIn angepeilt hatte. Er betrachtete seine Hände, Arme, Beine, Füße – alles war, wie es sein sollte. Der neue Chip in seinem Nacken funktionierte perfekt. Liam konnte nicht umhin, einen gewissen Stolz zu empfinden. Entscheidende Hinweise für die Entwicklung der neuen Generation hatte Lora von ihm erhalten. Nächtelang hatten sich ihre Gespräche um die Theorie ihrer künstlichen Intelligenz gedreht, mangels anderer Themen. So sehr er ihren bestechend logischen und ambitionierten Ansatz bewundert hatte, ihre Beweggründe hatte er immer aufs Schwerste verurteilt. Und tatsächlich hatte er lange nicht glauben wollen, dass seine Auserwählte sich zur praktischen Umsetzung durchringen würde. Bis zum Schluss hatte er darauf gehofft, Lora Bonnet würde zur Besinnung kommen. Nun war es seine Aufgabe, diesen Irrsinn zu stoppen. Ein Teil der Schuld, dass es überhaupt so weit hatte kommen können, traf ihn selbst, aber es gab noch andere Gründe.

Sein Blick wanderte durch die Wohnung, die er mit Lora geteilt hatte, als er Gefangener im *Parentes Paradisum* gewesen war. Alles war immer noch genau so, wie er es zurückgelassen hatte. Ein weitläufiger Wohnbereich, ausgestattet mit allem Luxus, den man sich im Holovit für Geld programmieren lassen konnte. Luxus, mit dem man die ahnungslosen

Archianer nun in den Upload, in den Tod lockte. Durch die geöffneten Fenster strömte ein warmer Wind in die Wohnung, die weißen Vorhänge wiegten sich sanft hin und her. Es roch nach Sommer, nach frischen Blumen. Vögel zwitscherten freundlich und gut gelaunt draußen vor dem Fenster auf dem Balkon. Ein winziger Teil in Liam entspannte sich, und seine Wut, die ihn vor dem LogIn beinahe aufgefressen hätte, war kaum noch zu spüren. Von einer unerklärlichen Macht gezogen, wanderte er weiter durch sein ehemaliges Zuhause, den langen Flur entlang, vorbei an den weiteren Zimmern, bis er plötzlich in dem Schlafzimmer angelangt war, das er mit Lora Bonnet geteilt hatte. An diesen Ort, an dem er beinahe jede Nacht von Kaja Andersson geträumt hatte, hatte es ihn seit seiner Befreiung zurückgezogen. Der Grund, den niemand, nicht einmal Kaja selbst kannte, stand neben dem großen, einladenden Bett unter dem Fenster. Ein Kinderbett. Eine Wiege, über die ein Baldachin aus Spitze gespannt war. Liams Herzschlag setzte für einen Moment aus. Vergessen war das Holovit, der anstehende Genozid, alle Welten über- und unterirdisch. Es gab nur noch ihn und diese winzige Krippe, in der sein Kind liegen musste. Wie in Trance trat er an das Bettchen. Mit zitternden Fingern zog er den Vorhang zur Seite. Es war leer. Eine weiche Wolldecke, ein Stofftier und ein Mulltuch waren alles, was sich darin befand. Enttäuscht stützte Liam sich auf das Bettgestell. Was hatte er erwartet?

»Denkst du wirklich, ich würde es dir so einfach machen?« Ihre Stimme fuhr ihm durch Mark und Bein. Langsam, als könnte er diesen Moment irgendwie verhindern, drehte er sich um. Im Eingang zu ihrem Schlafzimmer stand Lora Bonnet. Sie war wunderschön. Ihr Avatar ist wunderschön, korrigierte er seine eigene Wahrnehmung. Ihre Augen blitzten, ein spöttisches Lächeln umspielte ihre Lippen. Sie liebte nichts so sehr wie die Herausforderung. In diesem einen Punkt waren sie sich sehr ähnlich.

»Wo ist es?«, wollte er mit einem Blick auf die leere Wiege von ihr wissen.

»Ach Turner, du hast dich wirklich nicht verändert«, seufzte sie. Geschmeidig wie eine Katze kam sie auf ihn zu.

»Hast du denn immer noch keine Manieren gelernt? Aber was will man auch anderes erwarten? Ein halbes Jahr dort oben mit den Wilden? Man kann froh sein, dass du die menschliche Sprache noch beherrschst.«

»Wo ist mein Kind?«, knurrte Liam, und seine Wut war plötzlich wieder zurück. Er ballte seine Hände zu Fäusten. Kämpfte gegen den Wunsch, sie zu packen und die Antworten auf seine Frage mit Gewalt aus ihr herauszuschütteln.

»Unser Kind, Turner, unser Kind«, korrigierte sie ihn, und lächelte noch etwas mehr. Dieser Moment schien ihr unglaubliche Freude zu bereiten. »Unser Kind ist an einem sicheren Ort, sicher vor unerwarteten Eindringlingen und Menschen, die ihm etwas Böses wollen. Du musst dir keine Sorgen machen, es wird ihm nichts geschehen.«

»Lora, ich warne dich, die Zeit für Spielchen ist vorbei.«

»Weißt du, Liam, was immer schon dein Problem war? Du nimmst alles viel zu ernst. Dieses Leben, dein Leben, das Leben der anderen. Du glaubst, das alles hätte einen Sinn. Wir alle hätten eine Bestimmung. Gut und böse, richtig oder falsch, das sind nur Wörter, deren Bedeutung sich Menschen ausgedacht haben, um andere Menschen zu kontrollieren. Was bedeutet schon richtig oder falsch? Wer bestimmt, ob du gut oder böse bist? Spielchen? Das ganze Leben ist nur ein Spiel, hast du das immer noch nicht verstanden? Und dieses Spielchen hat gerade erst begonnen.«

»Du bist völlig übergeschnappt, Lora.«

»Nein, Liam, *du* bist völlig übergeschnappt.« Mit einem Mal war jedes Lächeln aus ihrem Gesicht verschwunden, ihre Stimme knallte wie ein Peitschenhieb durch den Raum. »Wir hatten alles, du und ich, alles, was man sich nur wünschen kann, und sogar noch mehr. Wir waren auserwählt, nicht nur, um ein Kind zu bekommen, sondern um die Zukunft zu gestalten. Du und ich, wir hätten das alles hier gemeinsam erschaffen können, gemeinsam verbessern. Mit dir zusammen hätte ich die perfekte KI entwickelt, mit dir zusammen wäre es gelungen, alle Menschen zu transferieren, wir hätten unsterblich werden können.«

Enttäuschung und Verbitterung waren in ihrer Stimme zu hören, aber in ihren Augen blitzte der Wahnsinn. Instinktiv machte Liam einen Schritt von ihr weg. Konnte es sein, dass Lora ihre eigenen Worte tatsächlich glaubte?

»Das hier ist kein Spiel, Lora, es geht um Menschleben, um Hunderte von Kindern, die in der Arche auf ein neues Leben warten. Ein Leben, das an der Oberfläche stattfinden kann. Ich habe es mit eigenen Augen gesehen. Es gibt Menschen dort oben, echte Menschen aus Fleisch und Blut. Man hat uns all die Jahre belogen, wir sind hier unten nicht sicher, ganz im Gegenteil, wir sind Gefangene. Wir könnten nach draußen, du und ich und unser Kind.«

Sie schüttelte den Kopf, als wollte sie sich gegen seine Worte wehren.

»Was ist das für ein Leben, Liam? Ist es so wie hier? Sieh dich um, dieser Luxus, diese Fülle an Möglichkeiten, hast du das dort oben auch? Wir mögen nicht unsterblich sein, noch nicht. Aber wir leben hundertfünfzig, vielleicht zweihundert Jahre, wir haben die beste medizinische Versorgung, die man sich nur vorstellen kann. Was bleibt davon an der Oberfläche? Welches Alter wirst du erreichen? Siebzig? Achtzig? Falls dich nicht vorher ein einfaches Virus, ein Fieber oder eine Verletzung umbringen. Und was ist mit den Townships? Wird Kayne Cole so einfach akzeptieren, dass es neue Völker an der Oberfläche gibt?«

»Du weißt von Cole? Von den Townships?« Liam blickte sie verblüfft an.

Sie lächelte mitleidig. »Ich weiß so viel mehr, als du denkst. Ich gehöre zu den wichtigsten Menschen in dieser Arche. Zu den mächtigsten und einflussreichsten, ich bestimme die Zukunft. Und du hättest das auch haben können. Du kannst das immer noch haben. Meine Macht ist groß genug, ich kann mit der Präsidentin sprechen, ich kann dich begnadigen lassen. Zusammen können wir so viel mehr erreichen, für uns, für unser Kind …« Sie streckte die Hand nach ihm aus. Zögernd, als wäre sie ein schüchternes, verliebtes Mädchen, griff sie nach seinen Fingern, ihre Wangen färbten sich rot. »Wir könnten eine Familie sein. Du, ich und unser Sohn.«

33

Die beiden Frauen hielten sich immer noch schweigend an den Händen, als Smith sich wieder einloggte.

»Gute Nachrichten und schlechte«, informierte er die beiden hastig. »Victoria ist davon überzeugt, dass sie sich in ELSA einhacken und eine stabile Verbindung aufrechterhalten kann. Allerdings«, er kaute nervös auf seiner Unterlippe, »wird sie nicht lange anhalten. ELSA hat einen eingebauten Schutzmechanismus, der sie davor bewahrt, unautorisierte Inhalte zu verbreiten. Kluge Köpfe, die sie entworfen haben. Sie wird schnell erkennen, dass du ein trojanisches Pferd bist, Kaja. Dann wird sie sich selbst deaktivieren. Und wir werden zudem nicht vertuschen können, von wo aus der Hack stattgefunden hat. Der einzige autorisierte Zugang, den wir so schnell nutzen können, läuft über Andersson Creations. Wir haben nicht genug Zeit, einen ausgefeilten Loop zu konstruieren.«

»Das bedeutet, wir lassen die Deckung fallen?«, wollte Sandra wissen.

Smith nickte. »Wenn wir damit raus sind, wird es nicht lange dauern, und Andersson Creations ist als Quellcode identifiziert, selbst Björn Andersson wird dann eins und eins zusammenzählen und wissen, dass wir ihn seit Monaten an der Nase herumführen. Es könnte ziemlich ungemütlich werden für Victoria.«

Kaja schluckte einen Kloß hinunter. Noch mehr Freunde, die sie in große Gefahr brachte.

»Und da ist noch eine Sache ...« Smith zögerte, gab sich aber einen Ruck. »Du musst hier raus, Kaja. Solange du hier im Arcteryx sitzt, bist du vor ELSA geschützt, kannst aber auch nicht über sie kommunizieren. Wir müssen dich ins offizielle Holovit bringen. Ich wünschte, ich könnte das selbst machen, aber ich muss Victoria von hier aus unterstützen. Wir brauchen eine Verbindung zu den restlichen Darksurfern.«

»Ich werde mit ihr gehen«, bot Sandra sofort an, und Kaja verspürte eine tiefe Dankbarkeit für die alte Rivalin. Smith betrachtete sie einen Moment nachdenklich. »Du weißt, was das bedeutet, Sandra. Sie werden dich finden. Ich kann nicht versprechen, dass wir dich ein zweites Mal retten können. Dein Körper ist in einem der Tanks auf der Versuchsstation der Anderssons; im Moment gehen alle davon aus, dass du den Upload nicht überlebt hast. Das war unsere einzige Chance, dich am Leben zu halten. Solange du hier bist, wird niemand auf dich aufmerksam, mit etwas Glück wird sich niemand an dich erinnern, und wir können dich nach draußen schaffen, sobald das Chaos losbricht. Wenn du jetzt den Arcteryx verlässt, wird ELSA dich finden. Noch tappen dort draußen alle im Dunkeln, was hier in der Arche vor sich geht. Man wird Ärzte, vielleicht Soldaten schicken, um deinen Tank zu holen ...«

Ein Schatten der Angst huschte über Sandras Gesicht, aber sie blieb entschlossen. »Ihr habt mich nicht allein gelassen, ich werde Kaja nicht allein lassen. Ich gehe mit ihr.«

»Wie ihr wollt. Wir warten auf Victorias Zeichen, dann loggt ihr euch ins *Paradisum* ein. Kaja, du gibst deiner ELSA eine einfache Anweisung zur Übertragung an die gesamte Arche, und dann Vorhang auf. Let the show begin.«

34

Nathaniel Turner beobachtete den Körper seines Bruders. Liam sah nicht aus, als hätte er einen angenehmen Traum. Hinter den geschlossenen Lidern zuckten die Augäpfel wild hin und her. Die Hände an seiner Seite waren zu festen Fäusten verkrampft. Schweiß trat auf seine Stirn.

»Was ist mit ihm los?«, wollte er von den beiden Ärzten wissen.

»Irgendetwas im Holovit verursacht ihm großen Stress«, antwortete einer der beiden Mediziner. Besorgt kontrollierte er ein weiteres Mal die Vitalwerte auf dem Glasdeckel des Tanks.

»Kann man das abstellen?«

»Nein, alles, was im Holovit geschieht, fühlt sich für Liam real an, sein Echtkörper reagiert auf Emotionen, Berührungen, Schmerz, als würde es ihm tatsächlich zustoßen. Ich könnte ihm ein Beruhigungsmittel verabreichen, aber das würde ihn betäuben, und mit Blick auf die nächsten Stunden, würde ich nicht empfehlen, ihn zu sedieren. Was auch immer er da drin vorhat, er muss allein durch.«

Nate gefiel die Antwort ganz und gar nicht. Warum um Himmels willen hatten sie seinen unberechenbaren Bruder dahin zurückkehren lassen? Sein Blick fiel auf Kaja. Auch ihr Gesicht wirkte angespannt, aber nicht halb so stark wie das seines Bruders. Frustriert marschierte er in dem kleinen

Raum auf und ab. Noch nie hatte er sich so nutzlos gefühlt wie in diesem Bunker, in dem nichts so zu sein schien, wie es war.

35

Wir sind so weit«, erklärte Smith plötzlich. Die Nachricht war direkt über seinen Chip eingetroffen. »Victoria hat es geschafft. Es geht los.«

Er umarmte beide Frauen ein letztes Mal, ein halb erzwungenes Lächeln im Gesicht. »Viel Glück für uns alle. Wir sehen uns an der Oberfläche.«

Kaja konnte nicht darüber nachdenken, wen sie am Ende dieses Tages wiedersehen würde und wen nicht. Das Einzige, was jetzt zählte, war die Aufgabe, die vor ihr lag. Sie musste die richtigen Worte finden, um möglichst viele Archianer zur Revolte gegen den Rat zu bewegen. Nichts leichter als das. Sie griff nach Sandras Hand und gab den abgesprochenen Code für den LogIn an ihren Chip.

Im selben Moment, als sie im *Paradisum* einloggten, fuhr ein elektrisches Kribbeln durch ihr Handgelenk. Erschrocken ließ sie Sandras Hand fallen und fasste mit den Fingern an ihre Haut.

Liam? Entgeistert blickte sie sich auf der grünen Wiese um, auf der sie gelandet waren. Der digitale Link, mit dem Liam vor über sechs Monaten ihre beiden Avatare verbunden hatte, war aktiv geworden. Was hatte das zu bedeuten? War es Sandras Anwesenheit im Holovit, die den Link zum Leben erweckt hatte? Immerhin trug sie Liams Lifechip in ihrem Körper, oder war Liam tatsächlich hier irgendwo eingeloggt?

Doch wie sollte das möglich sein? Er trug als Einziger keinen Chip mehr in seinem Körper, er konnte gar nicht im Holovit sein.

»Was ist mit dir?«, wollte Sandra besorgt wissen. »Du siehst aus, als hättest du einen Geist gesehen?«

»Nichts, alles in Ordnung«, log Kaja. Es gab keinen Grund, Sandra zu beunruhigen. Die Erklärung musste Liams Lifechip im Körper der anderen Frau sein. »Ich bin bereit.«

Sie atmete tief ein und wieder aus, versuchte, die Nervosität in ihrem Körper unter Kontrolle zu halten. In einem früheren Leben hätte ihre ELSA Kaja sofort beruhigende Medikamente angeboten, doch diese Zeiten waren vorbei. Kaja war auf sich allein gestellt. Nun lag es an ihr, die Menschen vor dem Upload zu bewahren.

»ELSA, starte ein Live-Audio an alle Bewohner der *Hope of Tomorrow.*«

Der Befehl fühlte sich ungewohnt an, nach den vielen Monaten ohne digitale Präsenz in ihrem Kopf erschrak sie beinahe, als ein leises Klingeln die Aktivierung des Chips ankündigte.

»Live-Audio gestartet. Kaja Andersson an die *Hope of Tomorrow*«, bestätigte die altbekannte Frauenstimme die Ausführung ihres Kommandos. Kaja Andersson war live.

36

Mein Sohn?« Die Worte aus seinem Mund klangen wie von einem Fremden. In seinem Kopf überschlugen sich die Gedanken. Er hatte ein Kind, einen Sohn. Irgendwo in dieser Arche war sein Körper, irgendwo in diesem Hologramm war sein Geist – oder vielleicht nicht?

»Levi Turner«, strahlte Lora, als hätte sie ihm eben die wunderbarsten Neuigkeiten seines Lebens überbracht. »Ich dachte, das wäre eine gute Idee, Liam, Lora und Levi. Findest du nicht? Und du warst ja leider nicht bei uns, um einen Namen auszusuchen.« Schmollend schürzte sie die Lippen.

Liam wurde plötzlich schwindelig. Er stützte sich an der leeren Wiege seines Sohns ab, um nicht den Boden unter den Füßen zu verlieren. Sein ganzer Körper kribbelte, als würden Ameisen über seine Haut laufen. Für den Bruchteil einer Sekunde sah er Kajas Gesicht vor Augen, dann war da wieder dieses gesichtslose Kind, das plötzlich einen Namen hatte. Levi.

»Ist er …« Die Frage wollte Liam nicht über die Lippen kommen, so sehr er sich auch bemühte.

»Gechippt?«, beendete seine Auserwählte den Satz für ihn. »Selbstverständlich ist er gechippt. Wie sollte er sonst ins Holovit gelangen?«

Mit einem Satz war Liam bei der Mutter seines Kinds und packte sie an beiden Schultern.

»Du wirst unser Kind nicht in diesen Wahnsinn hochladen.« Er hatte jeden Rest Selbstbeherrschung verloren. Die Angst, seinen Sohn zu verlieren, bevor er ihn je in den Armen halten konnte, drohte ihn zu verschlingen.

Lora lachte, als hätte er sich einen Spaß erlaubt. »Aber Liam, nur dafür ist er doch geboren. Er und seine Generation werden die Ersten sein, die in diese Welt umsiedeln. Sie werden die Könige, ja, die Götter dieses Paradieses sein, es gibt keine Grenzen für diese Kinder, sie können alle alles sein, was sie wollen, und sie werden für immer leben.«

Liam schnappte nach Luft, erschrocken stieß er Lora von sich. »Was hast du getan?«, flüsterte er und wollte die Antwort gar nicht hören.

»Was ich getan habe? Ich habe unserem Kind die Zukunft ermöglicht, die es verdient hat. Ihm und Hunderten, Tausenden, Abertausenden anderen Kindern. Für sie gibt es keine Auserwählten mehr, sie sind alle auserwählt, keine Geburtenrestriktionen, keine billigen Hologramme, die einem vor Augen führen, was man nicht mehr hat. Für sie gibt es nur die unendliche Freiheit, alles zu erleben, was diese Welt je geboten hat. Sie brauchen keinen Körper, kein Fleisch, das sie irgendwann im Stich lässt und verfault, bevor man das Leben ganz ausgekostet hat. Sie leben in ihren Entscheidungen in ihrem Erbgut, lernen, denken, fühlen, entwickeln sich weiter. Sie brauchen keine Hülle mehr. Sie sind hier, und sie sind frei.«

Liam schlug die Hände vors Gesicht. Es konnte nicht wahr sein. In keiner Welt, die er sich vorstellen konnte, war eine Mutter in der Lage, ihr Kind zu ermorden. »Du lügst«, flüsterte er. Es klang wie eine flehende Bitte. »Du lügst!«, brüllte er sie an. »Das kannst du nicht tun, ich werde es nicht zulassen.«

Lora schüttelte den Kopf, sie lächelte sanft. »Liebster, es ist längst geschehen. Du hast es bereits zugelassen.« Ihre Stimme wurde bitter. »Es war deine Entscheidung, uns zu verlassen. Du warst es, der sich gegen uns entschieden hat. Du hast dich für ein anderes Leben, eine andere Frau entschieden. Geht es Kaja gut? Ist sie all das, was du dir erhofft hast? All das, was ich nie sein konnte?« Ihre Worte waren voller Hohn. »Jeden Preis würdest du bezahlen, um bei ihr zu sein, das hast du mir immer wieder gesagt. Jeden Preis. Nun, du hast bekommen, was du wolltest. Und ich auch. Du hast die Frau bekommen, die du liebst. Ich habe das Kind, das all meiner Arbeit und Forschung einen Sinn gibt. Wir sollten beide glücklich sein, findest du nicht?«

»Bist du glücklich?«, fragte er. Resigniert hob er den Kopf und blickte sie an. Er fühlte, wie all seine Wut, ja, selbst der Wille zu leben aus ihm wichen.

»Ich könnte es sein«, antwortete Lora zögernd. »Es fehlt nicht viel. Ein Partner, ein Mann, ein Vater, der mit mir an dieser Sache weiterarbeitet. Du könntest hier mit deinem Kind leben. Sehen, wie es wächst, wie es lernt, wie es unsere Talente weiterträgt ...«

»Es ist nicht mein Kind. Es ist ein Code, eine Zahlenfolge, mehr nicht. Unseren Sohn hast du getötet, Lora.«

»Bist du dir sicher? Bist du sicher, dass dies nicht unser Sohn ist?«

Eine Sekunde flirrte die Luft, dann lag in den Armen seiner Auserwählten ein winziges, in Tücher gewickeltes Baby. Zwei rosafarbene, rundliche Beine strampelten in der Luft, leises, glückliches Glucksen war zu hören, und Liam Turners Welt hörte auf, sich zu drehen.

37

ELSA-Newsfeed der *Hope of Tomorrow*

Bürger und Bürgerinnen der Archen,

dies ist keine ELSA-Nachricht. Ich wiederhole, dies ist KEINE ELSA-Nachricht. Wenn ihr den morgigen Tag erleben wollt, hört mir zu: Mein Name ist Kaja Andersson, ich bin die Tochter des obersten Ratsherrn der *Hope*, ich bin Archianerin, Outlaw und Auserwählte. Auserwählt, euch zu retten, bevor es zu spät ist. Auserwählt, euch die Wahrheit zu sagen. Auserwählt, die Lügen unserer Regierung endlich aufzudecken. Die Lügen, die uns seit Jahrhunderten unter der Erde gefangen halten, obwohl das Leben an der Oberfläche längst möglich ist. Ich war dort oben, ich habe es mit eigenen Augen gesehen. Ich habe die Siedlungen der Menschen gesehen, ich habe gesehen, woher unsere Versorgung wirklich stammt.

Die Archen sind kein Schutzbunker, die Archen sind ein Gefängnis. Wir alle sind Gefangene, um unserer Regierung Macht zu verleihen, um dieses System, das es nicht mehr braucht, aufrechtzuerhalten. Wir sind die Statisten für das Leben unserer Herrscher. Und damit das bis ans Ende aller Tage so bleibt, ist unsere Präsidentin, ist unser Rat, ist mein eigener Vater bereit, uns alle zu töten. Der bevorstehende

Upload ist kein Geschenk des Rats, kein Privileg für die Archianer, sondern eine Falle, eine digitale Gruft, in der wir begraben werden sollen. In der ihr nur noch digitale Erinnerungen seid.

Unsere Vorräte gehen zur Neige, Energie, Wasser, Nahrung, Luft, das alles wird nicht mehr lange für uns ausreichen. Nur wenige Auserwählte werden diese Nacht überleben. Der Rest wird morgen nicht mehr aufwachen. Keiner von euch wird das *Paradisum Omnis* jemals erleben, wer sich einloggt, wird sterben.

Es ist kaum vorstellbar, dass Menschen in der Lage sind, sich so etwas anzutun. Es ist für mich noch weniger vorstellbar, dass es meine Familie, meine Eltern sind, die diesen Plan erdacht haben. Aber ich werde nicht tatenlos zusehen, wie dieser Völkermord geschieht. Ich bin zurückgekommen, um euch den Weg in die Freiheit zu zeigen, denn es gibt ihn. Der Weg nach oben ist nicht mehr versperrt. Rettet euch und rettet die anderen, loggt euch aus. Verlasst eure Tanks, lebt.

In wenigen Minuten werden sich die Schotts an den Hangar-Stationen öffnen, vor den Toren der Arche wartet eine Armee der Rebellen, die gekommen ist, um zu helfen. Sie werden euch von hier wegbringen, in sichere Unterkünfte, sie werden euch das geben, was wir alle verdient haben. Ein Leben in Freiheit. Ein Leben an der Sonne. Nehmt eure Freunde, Familie und Kinder, lasst dieses Grab zurück. Auch wenn eure Angst groß ist. Die Schrecken hier unten sind schlimmer als alles, was dort oben wartet. Diese Nachricht ist die erste und letzte Wahrheit, die jemals über ELSA zu euch gelangt. Und sie ist eure einzige Chance. Nehmt sie wahr oder loggt euch in den Tod.

Ich bin Kaja Andersson, Tochter der Arche, und ich entscheide mich für die Freiheit.

38

Noch nie in seinem Leben hatte Nate solche Erleichterung verspürt, wie in dem Moment, in dem Kaja Andersson ihre Augen aufschlug. Es dauerte ein paar Sekunden, bis ihr Körper begriff, wo sie war. Dann lächelte sie vorsichtig und öffnete den Deckel ihres Tanks.

»Es ist geschafft, wir …« Ihre Augen weiteten sich vor Entsetzen, als sie Liam, immer noch schlafend, im Tank neben sich entdeckte. Mit einem Satz war sie aus ihrem heraus. Sie stürzte zu ihrem Freund und schlug die Hände gegen den gläsernen Deckel.

»Warum ist er da drin?«, fuhr sie die beiden Ärzte an. Nates Anwesenheit schien sie einfach vergessen zu haben.

»Er … ähm … er wollte sich unbedingt einloggen«, stammelte einer der beiden Männer. »Wir dachten, er sei bei dir.«

Kaja schüttelte den Kopf. »Wie ist das überhaupt möglich? Er hat keinen Lifechip mehr.«

»Wir haben ihm einen neuen Chip gesetzt«, erklärte der andere Mediziner.

»Ihr habt was? Wie konntet ihr das tun? Das war es also …« Sie griff mit den Fingern um ihr Handgelenk und rieb die Haut darunter. Nate konnte sehen, wie sie angestrengt nachdachte. »Ich habe mich nicht geirrt, er war es tatsächlich«, flüsterte sie kaum hörbar.

»Kaja, wenn er nicht bei dir war, wo ist er dann?« Nate versuchte, sich seine wachsende Sorge nicht anmerken zu lassen. Sie mussten hier verschwinden, mit oder ohne seinen Bruder. Die Freundin seines Bruders dachte angestrengt nach, aber es dauerte nur einen Moment, bis die Erkenntnis in ihren Augen zu sehen war. Wo auch immer sie Liam vermutete, es gefiel ihr ganz und gar nicht. Abrupt drehte sie sich wieder zu dem Tank um, der Nate mehr und mehr an einen Sarg erinnerte, und schlug mit den Fäusten gegen das Glas.

»Wie konntest du?«, wollte sie von dem weit entfernten Archianer wissen. Dann wandte sie sich an die Mediziner. »Ich werde reingehen und ihn holen«, teilte sie knapp mit und kletterte zurück in ihren Tank.

»Er hat eine neue ID«, protestierte der Arzt. »Du wirst ihn niemals finden, wir haben keine Zeit mehr, Kaja, die Sprengsätze können jeden Moment zünden. Wir müssen nach oben. Es wird jede Hand gebraucht.«

»Dann geht.« Sie befestigte selbst die Kabel an ihrem Anzug. »Helft den anderen, bringt die Menschen nach draußen. Ich werde Liam holen, und wir kommen nach, so schnell es geht.«

»Wo willst du anfangen zu suchen? Er könnte überall sein.«

»Keine Sorge, ich weiß, wo er ist. Ich werde ihn finden und da rausbringen.« Fest entschlossen zog sie den Deckel zu. Selbst Nate wusste, dass es keinen Sinn hatte, ihr diesen Wahnsinn auszureden. Aber unter keinen Umständen würde er sie hier unten allein lassen. Er würde an ihrer Seite bleiben, selbst wenn das zu bedeuten hatte, dass er in dieser Gruft begraben würde. Sollte Liam sie im Stich lassen, er würde das nicht tun.

39

An Alanas Händen klebte Blut, so viel Blut, dass sie ihr Leben lang nicht vergessen würde, was hier unten geschehen war. Sie hatten die Körper der upgeloadeten Archianer nicht retten können. Es waren zu viele, so viele, so viele … und ihr Zustand hatte rein gar nichts mehr mit Menschen zu tun. Die Geschichten, die man den Citizens ein Leben lang über die Zombies unter der Erde erzählt hatte, sie waren keine Ammenmärchen mehr, sie waren Wirklichkeit geworden.

Ihre Tränen waren irgendwann versiegt. Ihre Arme schmerzten von den vielen Kehlen, die sie durchgeschnitten hatte, um die Leidenden endlich von ihren Qualen zu erlösen. Aber der Schmerz in ihren Muskeln war nichts im Vergleich zu den Schrecken, die sie in ihrer Erinnerung mit nach draußen trug. Niemals würde sie den Moment vergessen, als der letzte Schrei verstummt war. Der letzte Gefangene getötet. Totenstille hatte die Zellen erfüllt, nur ihr eigener schwerer Atem und das leise Gewimmer der wenigen Archianer, die noch bei Sinnen in ihren Zellen saßen, war zu hören. Zusammen mit knapp zwanzig verurteilten Darksurfern, denen das Schicksal des Uploads erspart geblieben war, waren sie nun auf dem Weg nach oben. Mit Akai und den Befreiten hatte Timothee den direkten Weg nach draußen eingeschlagen, um die Rebellen, die hoffentlich bereits Position bezogen hatten, zu Hilfe zu holen. Ihre Aufgabe war es nun, die ausgeloggten Archianer ebenfalls sicher durch das Labyrinth der Bunkeranlage an die Oberfläche zu führen.

Kaja Anderssons Botschaft war angekommen, das bekamen sie zu spüren, kaum dass sie die erste Ebene der Wohnzellen erreicht hatten. Überall hatten sich ausgeloggte Archianer aus ihren Zellen befreit, um herauszufinden, was es mit der Botschaft der Ratstochter auf sich hatte. Unter anderen Umständen hätte der Anblick der orientierungslos herumtorkelnden Menschen Alana vielleicht amüsiert. Das Ganze erinnerte erschreckend an einen feuchtfröhlichen Abend in Renatas Bar. Wissend, warum diese Menschen kaum in der Lage waren, ihre Körper zu kontrollieren, beobachtete sie das Schauspiel mit Grauen.

Die meisten Archianer waren offensichtlich so lange im Holovit eingeloggt gewesen, dass sie kaum ihre Stimme benutzen, geschweige denn ihre Muskeln kontrollieren konnten. Wären nicht die angsterfüllten, aber klaren Blicke gewesen, der Unterschied zu den hirntoten Zombies wäre nicht groß gewesen. Alana, Damien und die anderen taten ihr Bestes, die Menschen zu beruhigen, versuchten, ihnen in kurzen, knappen Worten zu erklären, dass Kaja die Wahrheit gesagt hatte und sie die Arche schnellstmöglich verlassen mussten, aber es waren zu viele. Hunderte, Tausende, die sich in den Gängen versammelten, und es wurden immer mehr. Die wenigen Outlaws hatten keine Chance, und ihr blutverschmierter Aufzug trug nicht dazu bei, Vertrauen zu erwecken. Ganz im Gegenteil. Panisch rannten die Menschen vor ihnen davon, soweit ihre Beine dazu in der Lage waren.

»Was sollen wir tun?«, brüllte Alana über die Köpfe der Archianer hinweg.

Damian, der ihr am nächsten war, schüttelte ratlos den

Kopf. »Sie nach oben jagen? Die Menschen habe solche Angst vor uns, wir dürfen keine Massenpanik verursachen …«

Bevor Damian weitersprechen konnte, erloschen die Deckenlampen in allen Fluren. Für einen kurzen Moment herrschte vollkommene Finsternis, dann sprangen rote Notleuchten zu ihren Füßen an.

»Archianer, wir haben einen totalen Blackout, folgt den Lampen nach oben zum Hangar. Bewahrt Ruhe, es wird euch nichts geschehen. Helft jedem, der Schwierigkeiten hat, seinen Körper zu kontrollieren, bleibt nicht stehen, kehrt nicht um, folgt dem Licht nach oben.«

Es war die Stimme des Drohnenpiloten Riley Harper, die aus der Lautsprecheranlage der Arche ruhig und bestimmt Anweisungen erteilte. Zu Alanas großer Überraschung leisteten die Menschen seinen Worten Folge. Vielleicht war die Bedrohung durch einen Blackout eine gelernte Gefahr? Aber ganz egal, Hauptsache, die Menschen setzten sich in Bewegung. Gemeinsam mit den anderen Outlaws folgten sie ihnen durch die Flure, während Rileys Stimme sie immer wieder zum Verlassen der Arche aufforderte.

40

ELSA-MESSENGER

Entschlüsselte Code-Nachricht
Von: 4893.54532.1 // Anna Smith// Präsidentin der Hope of Tomorrow
An: 345.6543.3446 // Kayne Cole// Citizen 1

Cole, dies ist ein Notruf. Die Archen wurden überfallen. Die Rebellen sind in die *Hope*, *Rescue* und *Homeland* eingedrungen und haben unsere Systeme gekapert. Der Angriff auf unschuldige Bürger hat bereits begonnen. In dieser Minute schreiben wir Tausende Tote, und es nimmt kein Ende. Dem Regierungsapparat ist es gerade noch gelungen, sich in Schutzräumen zu verschanzen. Wir brauchen deine Hilfe, egal, zu welchem Preis. Die Archen bitten dich, unverzüglich Truppen zu entsenden, um die Outlaws zu stoppen und zu vernichten. Unser aller Leben steht auf dem Spiel. Wir zählen auf dich als Verbündeten. Rette uns.

ANNA SMITH

41

Kaja spürte das vertraute Kitzeln an ihrem Handgelenk, kaum dass sie das *Parentes Paradisum* erreicht hatte. Diesmal wusste sie, es war keine Täuschung. Warum auch immer der Link selbst mit einer neuen ID funktionierte, er wollte sie zu Liam führen. Es gab nur einen Ort, an dem er sein konnte. So schnell sie ihre Avatar-Beine trugen, rannte sie auf die Wohngebäude der Auserwählten zu.

42

Ein letztes Mal strich er über die Wange seiner schlafenden Frau. Ihr Echtkörper hatte immer noch verblüffend viel Ähnlichkeit mit ihrem Avatar. Agnes Andersson war immer schon die schönste Frau auf diesem Planeten gewesen, sie würde es für immer bleiben. Ein schmaler Strich, frisch geklammert, nur noch eine dünne rote Linie, war an ihrem Hals zu sehen, wo Andersson den alten Lifechip gegen einen neuen getauscht hatte. Was auch immer diese Nacht für ihn bringen würde, es würde einen Ort geben, an dem die Liebe seines Lebens für immer auf ihn warten würde. Er drückte ihr einen letzten Kuss auf die Lippen, schloss den Deckel ihres Tanks und startete den Upload ins Holovit.

Die Zellen aller Ratsmitglieder, wie die der Präsidentin und ihrer engsten Vertrauten, waren seit der Flucht seiner Tochter in einem abgeschotteten Sicherheitstrakt untergebracht. Mit dem Übergriff auf ELSA hatten sich alle Schotts geschlossen. Niemand würde zu ihnen vordringen können, wenn er nicht bereit war, die Arche selbst zu zerstören. An diesem Ort waren sie sicher. Die Brückengeneration, wie das neue Holovit. Nur einige Meter weiter, in einer eigens angelegten Halle, standen die Server, auf denen ihr neues Zuhause gespeichert war. Sie hatten nicht zu früh gehandelt, die Kinder der Auserwählten waren bereits hochgeladen. Sollte dort draußen das Chaos ausbrechen, sollten doch alle Verräter dieses Paradies verlassen. In wenigen Minuten würde er die Verbindung zum Rest der Arche kappen. Wer sich bis dahin nicht eingeloggt hatte, würde nie mehr eintreten können, wer sich im Holovit 2.0 befand, würde für immer darin bleiben.

»Wir sehen uns bald«, verabschiedete er sich von seiner Frau. Ein letztes Mal wollte er mit seinem Team alle Systeme kontrollieren, bevor er Anna Smith ihre neue Welt übergeben würde.

43

Riley war zufrieden, so zufrieden, wie man nur sein konnte. Auf den Monitoren im Herzen der Arche konnte er sehen, wie sich unzählige Menschen auf den Weg an die Oberfläche machten. Es waren Tausende, Zigtausende, und sein Herz schlug vor Freude schneller. Er wusste, ihm blieb nicht mehr viel Zeit. Wollte er den Hangar vor der Detonation direkt unter seinen Füßen erreichen, musste er sich auf den Weg machen. Doch jedes Mal, wenn er seinen Posten aufgeben wollte, fand er einen neuen Tunnel, in dem die Masse ins Stocken geriet. Mit den immer gleichen Worten trieb er sie weiter und weiter. Noch ein paar Minuten, beschloss er, dann würde auch er als letzter Outlaw das untergehende Schiff verlassen.

44

Es hatte eine Zeit in ihrem Leben gegeben, da war Lora Bonnet wie eine Schwester für sie gewesen. Niemals hätte Kaja geglaubt, dass die Freundin zur Feindin werden würde. Aber es war nichts anderes als unverhohlener Hass, der ihr aus Loras Gesicht entgegenschlug. Für den Bruchteil einer Sekunde wünschte sich Kaja, sie könnte einfach zu ihr gehen und sie in die Arme schließen. Vergessen, was geschehen war, und zu dem zurückkehren, was sie einst verband.

Dann aber fiel ihr Blick auf Liam, der sie erschrocken und schuldbewusst ansah. Im selben Moment begann ein Baby zu weinen.

Kajas Kopf drohte zu explodieren, all ihre Vermutungen waren endlich bestätigt. Plötzlich ergab alles einen Sinn, und doch wollte ihr Verstand nichts davon wahrhaben. In all den Monaten hatte Liam nicht über seine Zeit als Auserwählter im *Parentes Paradisum* gesprochen. Wie ein dunkler Schatten aber waren die Erinnerungen sein ständiger Begleiter gewesen und hatten mehr als einmal Kajas schlimmste Befürchtungen größer werden lassen. Hier und jetzt konnte sie die Augen nicht länger vor der Wahrheit verschließen. Konnte ebenso wenig wie Liam selbst vergessen, was geschehen war. Ihre beste Freundin und ihr Geliebter waren Eltern eines gemeinsamen Kinds. Sie konnte sich nicht bewegen, ihr Körper war eingefroren, sie fand keine Worte für das, was in ihr vorging.

»Kaja…« Liams Stimme brach ab. Zögernd machte er einen Schritt auf sie zu.

Im selben Moment schluchzte das Kind in Loras Armen, und sein Kopf schnellte herum. Hin- und hergerissen zwischen den beiden Frauen stand ihm die pure Verzweiflung ins Gesicht geschrieben.

»Kaja, ich hätte es mir denken können.« Schützend wiegte Lora das Kind in ihrem Arm. »Du wirst niemals aufhören, das zu wollen, was ich habe. Du würdest bis ans Ende aller Welten rennen, um mein Leben zu stehlen, richtig? Was willst du? Hast du nicht schon genug kaputtgemacht?«

Als würde sie ihre Vergangenheit im Schnelltempo ein zweites Mal erleben, zogen Bilder aus ihrer Kindheit an Kajas geistigem Auge vorbei. Lora, mit der sie im Meer geschwommen war, zwei lachende Mädchen, die gemeinsam die Tierwelt des Dschungels bewundert hatten, zwei Teenager, die ihre Avatare verunstaltet hatten und sich lachend auf ihren Betten gewälzt hatten. Zwei junge Frauen, die gemeinsam die Universität der *Hope* besucht hatten. Lora, die in jeder Unterrichtsstunde brillierte und mit ihren mutigen Ideen jeden Professor beeindruckte. Kaja, die sich mit ihren Träumen von Freiheit immer mehr als Außenseiterin gefühlt hatte. Sie konnte sehen, wann und wo ihre Wege sich getrennt hatten. Wie Lora immer mehr zu der Tochter geworden war, die sich Björn Andersson gewünscht hatte. Sich ihre Welten mehr und mehr voneinander entfernt hatten. Bis zu dem Tag der Verkündung, an dem Lora zusammen mit Liam in das Hologramm ihres Vaters eingeloggt wurde. Der Tag, an dem Lora ihr die Liebe ihres Lebens genommen hatte.

»Hast du es gewusst?«, fragte sie leise, die Antwort bereits ahnend. »Hast du gewusst, dass Liam der Vater deines Kinds werden wird?«

Lora lächelte verschmitzt. Ganz so, als würde Kaja nach nicht mehr als einem guten Taschenspielertrick fragen. »Ich denke, unter alten Freunden gibt es nichts zu verheimlichen. Der ganze Sinn dieser Verpaarung ist es, exzellentes Genmaterial zu generieren, aus dem neue Talente entstehen. Es gibt in der ganzen Arche keine besseren Coder als Liam und mich. Unser Kind wird eines Tages Großes vollbringen, jeder Algorithmus hätte das erkennen müssen.«

»Der Algorithmus hat uns nicht ausgewählt?« Sprachlos starrte Liam die junge Frau an.

»In der Beta-Version«, flüchtete sich Lora in eine Entschuldigung. »Aber das kann auch ein Rechenfehler gewesen sein. Wir haben das Ergebnis lediglich korrigiert.«

»Ihr habt das Ergebnis gefälscht«, presste Liam hervor. »Du hast mir mein Leben gestohlen, Lora.«

»Ich habe dir ein Leben geschenkt, Liam. Und du kannst uns so oft verraten und verlassen, wie du willst, es wird nichts daran ändern, dass dieser Junge unser Talent in sich trägt. Eine Hälfte von mir, die andere von dir.«

»Das ist kein Leben mehr, Lora, das ist eine Projektion, ein Avatar.«

»Ach ja?«, fragte Lora und schlug die Decke vom Kopf des Kinds zurück. Dunkler Flaum bedeckte den kleinen Kopf, blaue Augen blickten sich suchend im Raum um. Die rundlichen Arme streckten sich nach seinem Vater aus.

»Es ist nur ein Code.«

Kaja konnte die Zerrissenheit in Liams Stimme hören. Den Schmerz in seinen Augen sehen, die er nicht von dem winzigen rosa Säugling ließ. Sie spürte, er wollte Lora glauben, mehr, als er sich selbst glauben wollte. Sie konnte spüren, wie ihn das Kind magisch anzog, wie er ihr immer mehr entglitt.

»Liam, wir können nicht hierbleiben.« Es war ein verzweifelter Versuch, ihn an seine Aufgabe an der Oberfläche zu erinnern. Ihn zur Besinnung zu bringen. »Dort draußen brauchen unsere Freunde deine Hilfe.«

»Freunde?«, fauchte Lora. »Was sind das für Freunde, die dich von hier weggebracht haben, an einen Ort, an dem all dein Können niemandem nutzt? Mag sein, dass es nicht richtig war, dich gegen den Algorithmus auszuwählen, aber die Gründe waren gut. Du bist die Zukunft der Menschen hier unten. Sieh doch, was wir geschaffen haben, wie weit wir gekommen sind, was noch alles möglich ist.«

Liam schüttelte den Kopf. »Die Zeit der Archen ist vorbei, Lora. Wir haben das echte Leben gesehen, dort oben, wir haben gelebt. Die Kinder sind tot, es gibt nichts, was mich hier halten kann. Dort draußen ist alles, was ich noch habe.«

Kaja atmete erleichtert auf. Mit zwei schnellen Schritten war sie an Liams Seite. Sie griff nach seiner Hand, und ihre Finger schlossen sich warm und fest um seine. »Wir gehen, Lora. Was immer du willst, du kannst es haben. Meinen Vater, meine Mutter, die Arche, das Holovit. Es gehört dir. Ich wollte niemals das, was du willst. Ich würde niemals etwas gegen seinen Willen an mich reißen. Wir gehen, und du kannst uns auch dieses Mal nicht aufhalten.«

Lora ignorierte Kajas Worte. »Diesmal ist es deine Entscheidung, Liam«, wandte sie sich stattdessen an den Vater ihres Kindes. »Ich kann dich nicht zwingen, bei uns zu bleiben, ich werde dich nicht zwingen. Aber ich will, dass du einmal, nur für einen Moment, deinen Sohn im Arm hältst. Du magst nicht glauben, dass er real ist. Auch dagegen kann ich nichts tun. Dann nimm ihn, sieh ihm in die Augen, ein einziges Mal. Tu es nicht für mich. Tu es für dich und für ihn.«

Sie streckte ihm das eingewickelte Kind entgegen. Liam löste sich aus Kajas Griff, wie unter Trance schritt er zu seiner

Auserwählten und nahm das kleine Bündel aus ihren Händen an sich.

Kaja hielt den Atem an. Was auch immer geschah, sie konnte nichts mehr tun.

Die Zeit blieb stehen, Liam hielt seinen Sohn fest an die Brust gedrückt. Kaja wusste, sie würde dieses Bild ein Leben lang nicht vergessen. Ein nackter Arm streckte sich aus den Tüchern und berührte das Gesicht ihres Geliebten. Vorsichtig, zärtlich, wie sie ihn nie erlebt hatte, drückte er sein Gesicht gegen die Stirn des Kinds. Seine Schultern zitterten. Kaja konnte den Blick nicht abwenden, sie war erfüllt von einer unglaublichen Sehnsucht, diesen Moment mit ihm teilen zu können, und fühlte sich gleichzeitig Lichtjahre von ihm entfernt. Irgendwann, Sekunden, Minuten, vielleicht Stunden später hob Liam den Kopf, einen Moment waren seine Augen ins Leere gerichtet, als bräuchte er Zeit, um den Weg in diese Welt zurückzufinden. Wortlos reichte er Lora sein Kind zurück. Er blickte zu Kaja, in seinem vorsichtigen Lächeln waren tausend Gefühle zu sehen, sie würden alle davon gemeinsam ertragen. Erleichtert streckte sie die Hand nach ihm aus. Liam schloss sie fest in seine Arme, seine Lippen fanden ihre für einen Kuss, der ihr Herz schneller schlagen ließ. Sie wusste, an seinen Gefühlen für sie hatte sich nichts geändert. Die Zukunft gehörte ihnen.

»LogOut«, flüsterte er in ihr Ohr, und sie gab ELSA den Befehl.

45

Kaja erwachte in der Hölle. Der Gestank von verschmortem Plastik war das Erste, was sie wahrnahm. Durch die gesplitterte Scheibe ihres Tanks quollen dunkle Schwaden, beißender Rauch füllte ihre Lunge nach den ersten Atemzügen. Hustend versuchte sie sich aus der Verankerung des Tanks zu befreien, als plötzlich zwei starke Arme nach ihr griffen. Mit Nates Hilfe gelang es ihr, durch das zerbrochene Glas zu steigen. Überall herrschte Chaos. Regale waren umgestürzt, ebenso einer der leeren Biose-Tanks, der sich quer vor dem Eingang zum OP verkantet hatte. Verzweifelt mühten sich die beiden Ärzte, ihn zu bewegen. Tief unter ihr kämpfte die Arche gegen die Wunde, die der Sprengkörper der Outlaws gerissen hatte. Ob der Bunker einstürzen würde, war schwer zu sagen, aber dass sie hier unten in Lebensgefahr schwebten, stand außer Frage. Sie mussten hier weg, und zwar sofort. Auf Nates Arm gestützt, stolperte Kaja zu Liams Tank. Der Deckel war unversehrt und … geschlossen. Kaja rieb sich die Augen, als würde ihre eigene Wahrnehmung sie täuschen. Mit einem Ärmel wischte sie den Staub und Dreck vom Glas. Aber sie hatte sich nicht geirrt. Liam war nicht aufgewacht – falsch, er war nicht ausgeloggt. Sie starrte auf ihren schlafenden Partner, als könne sie ihn mit purer Willenskraft wecken. Seit ihrem LogOut waren bereits Minuten vergangen, warum war er nicht bei ihr?

Weil er sich nicht ausgeloggt hat, flüsterte eine leise Stimme in ihrem Kopf. Aber das konnte nicht sein. Er konnte sie nicht verlassen haben. Er durfte sie nicht verlassen. Sein Kuss brannte noch immer auf ihren Lippen, seine Worte klangen in ihrem Ohr: »LogOut.«

Ein Abschied?

»Kaja, wir müssen hier raus.« Nate hatte sie am Arm gepackt und zerrte sie in Richtung Ausgang. »Wir können nicht länger auf ihn warten. Er muss allein klarkommen.«

»Nein, nein.« Sie versuchte, sich aus seinem Griff zu befreien. Es konnte nicht sein. Irgendetwas war schiefgelaufen. Lora, der Chip, es musste ein technischer Fehler gewesen sein. Niemals würde Liam sie verraten. Der pure Wille, ihn zu retten, verlieh ihr ungeahnte Kräfte. Sie riss sich von Nate los und rannte zu ihrem Tank zurück. Sie würde eben noch einmal in den Tank und in das Holovit zurück, sie hatte ihn einmal gerettet, sie würde es wieder tun.

Ihr Tank war zerstört, kleine Flammen schlugen ihr aus den elektrischen Verbindungen entgegen, Flüssigkeit war aus den Versorgungsbatterien ausgetreten, und überall lagen Scherben. Diese Maschine würde sie nirgendwo mehr einloggen. Hastig sah sie sich im Raum um, doch alle Tanks bis auf den, in dem Liam selbst lag, waren beschädigt oder umgekippt.

»Ich muss einen Tank finden.« Ihre Stimme klang gehetzt. »Ich muss irgendwo einen anderen Tank finden«, brüllte sie aus vollem Hals.

Einer der Ärzte hob kurz den Kopf und schüttelte ihn verneinend, dann stemmte er sich wieder gegen den Tank. Nate eilte ihm zu Hilfe, gemeinsam gelang es den dreien, das schwere Gerät einen halben Meter zu bewegen, genug, um sich nacheinander aus dem OP-Saal in die Freiheit zu retten.

Kajas Finger schlossen sich um den Griff auf Liams Tank. Ihre Knöchel traten weiß unter der Haut hervor. Sie würde ihn niemals zurücklassen, eher würde sie hier unten sterben.

»Kaja, du siehst doch, was hier los ist«, flehte Nate verzweifelt und packte sie wieder am Arm. »Er wird nicht aufwachen, er ist da dringeblieben, wir können nichts mehr für ihn tun. Wir müssen hier raus, sonst werden wir alle sterben. Die Explosion muss die Sauerstoffleitung schlimmer erwischt haben als gedacht, dieser ganze Bunker wird uns um die Ohren fliegen.«

Ihre Hände krallten sich noch fester um den Griff, als würde sie Liam selbst in den Armen halten. »Ich werde ihn nicht verlassen«, hustete sie. Ihr Hals kratzte, das Feuer breitete sich rasend schnell aus, der Rauch wurde immer mehr. »Geh, Nate, geh nach oben. Ich bleibe hier.«

Ihre Augen tränten, für einen Moment verschwamm die Welt vor ihrem Gesicht, schwankend stützte sie sich gegen das glatte Glas des Tanks. Zwischen ihren Tränen konnte sie sehen, wie die beiden Ärzte weit entfernt etwas brüllten, aber sie hörte nicht, was. Ihre Ohren dröhnten, bittere Galle stieg in ihr hoch. Plötzlich wurde ihr übel. Sie schloss müde die Augen, nur für einen winzigen Moment. »Kaja«, hörte sie Nate nach ihr rufen, oder war es Liam? Sie öffnete die Augen, sah verschwommen eine Gestalt, die sie an den Schultern festhielt, damit sie nicht zu Boden stürzte. »Kaja, Kaja, bleib bei mir, du darfst nicht einschlafen, Kaja. Ich verspreche dir, alles wird gut. Kaja!«

»Liam«, flüsterte sie leise, dann konnte sie die Augen nicht mehr offen halten.

46

Vor ihren Augen brannte ihr Zuhause. Dunkle Rauchschwaden stiegen aus der Erde hoch, als hätte sich ein wütender Vulkan dazu entschlossen, sein Innerstes nach oben zu spucken. Aber es war keine glühende Lava, es waren Tausende Menschen, die aus den Schotts in ihre Richtung rannten. Tränen liefen über Allisons Wangen, sie hatten es tatsächlich geschafft. Die Archen waren frei. Um sie herum standen die Heiler der Outlaws, flankiert von einem Heer an Kriegern, bereit, diesen Menschen, die noch niemals an der Oberfläche gewesen waren, Hilfe und Schutz zu bieten. Es war nur eine Vorhut, die ersten Rebellen, die mit Schiffen und Drohnen die Arche erreicht hatten, der Rest war auf dem Weg. Die Rettung war nah.

Allison war nicht die Einzige, der der Anblick der Archianer die Tränen in die Augen trieb. Rena, die ihre Hand fest umschlossen hielt, aber auch andere Outlaws kämpften sichtlich mit ihren Gefühlen. Kaum einer der Geretteten konnte seinen Körper wirklich kontrollieren. Sich gegenseitig stützend, stolpernd oder sogar kriechend bewegten sich die Massen auf sie zu. Immer wieder spähte Allison, ob sie unter den vielen Menschen ein bekanntes Gesicht sehen würde. Aber es waren einfach zu viele.

»Komm«, riss Rena sie endlich aus ihrer Versteinerung. »Dein Volk braucht unsere Hilfe.«

Sie rannten los, den Verletzten entgegen. Sie konnte nur hoffen, dass ihre Freunde unter den Geretteten waren.

47

Nathaniel Turner rannte um sein Leben. Die Frau seines Bruders auf den Schultern, die Flammen des Feuers im Nacken. Er wusste, Kaja würde ihm niemals verzeihen, dass er Liam zurückgelassen hatte. Er selbst würde sich den Tod seines Bruders niemals verzeihen. Und sie würde ihn für immer hassen. Doch wenn das der Preis sein sollte, den er für ihr Leben zahlen musste, dann zahlte er ihn gern.

Ihr lebloser Körper war eine schwere Last, doch er wurde nicht langsamer. Dicht hinter den beiden Ärzten erreichte er die Lastenzüge. Die Flammen hatten den rettenden Schacht beinahe erreicht. Schützend schlossen sich die meterdicken Stahltüren, und für einen Moment war es totenstill. Nate konnte sehen, wie die beiden Archianer erleichtert aufatmeten, als sich die Kapsel ruckend in Bewegung setzte. Keiner von ihnen sprach ein Wort, alle hatten die Köpfe in den Nacken gelegt und starrten an die Decke, ganz so, als könnten sie durch das Metall erkennen, ob der Weg nach oben frei war.

Die Luft war schlecht, jeder Atemzug schnitt wie ein scharfes Messer in Nates Hals und brannte in seiner Lunge. Hustend stützte er sich gegen die Wand, während der Fahrstuhl unheilvoll ruckend und unendlich langsam höher stieg. Er durfte Kaja nicht ablegen, seine Kraft würde nicht reichen, um sie noch einmal hochzuheben.

»Wie weit noch?«, wollte er von den beiden Medizinern wissen. Doch keiner von ihnen konnte seine Frage beantworten. Die Lichter der Anzeige blinkten völlig willkürlich und sprangen zwischen den Etagen-Nummern hin und her. Das Ächzen der Stahlseile ließ sie immer wieder angespannte Blicke wechseln. Plötzlich fuhr ein harter Ruck durch den Aufzug, Nate verlor das Gleichgewicht und stürzte zu Boden. Sein Körper dämpfte den Sturz der ohnmächtigen Frau. Im selben Moment öffneten sich die Türen, und der Weg in den Hangar war frei.

Das Chaos und die Zerstörung hier oben waren nicht besser als im Herzen der Arche. Verletzte und Flüchtende rannten zwischen den brennenden Drohnen nach draußen, einige versuchten, sich von Helfern zu befreien, um wieder zurück in die Arche zu laufen. Die Namen der Verlorenen, die sie retten wollten, klangen von ihren Lippen und den Wänden der Halle wider. Die Erinnerungen an den Angriff der Citizens auf Shawnee waren plötzlich wieder in Nates Kopf. Dieselben Schreie, voller Verzweiflung und Angst, Feuer, Rauch und Soldaten, die versuchten, den letzten Flüchtenden den Weg zu versperren. Aber im Gegensatz zu dem Angriff, der seinen Vater das Leben gekostet hatte, waren die Schergen des Rats machtlos gegen die Massen an Menschen. Die Wenigen, die überhaupt den Mut aufbrachten, sich den Archianern in den Weg zu stellen, wurden einfach überrannt. Nichts und niemand konnte die so lange Gefangenen noch aufhalten. Sie hatten gesiegt.

Alles, was Nate beim Anblick des Hangars empfand, war Grauen. Dieser Tag hatte nicht nur das Leben seines Bruders gefordert, überall lagen tote Menschen. Einige trugen schwere Verletzungen, ob von Soldaten oder dem einstürzenden Gebäude, andere hatten der körperlichen Anstrengung nach all den Jahren offensichtlich nicht standhalten können. Die Leichen waren zu viele, um sie zählen zu können. Für einen Moment war Nate nicht in der Lage, sich zu bewegen. Wie eingefroren starrte er auf die schrecklichen Bilder. Dann packte ihn einer der beiden Mediziner am Arm.

»Wir sind nicht so weit gekommen, um hier zu sterben, Outlaw. Los komm, wir müssen hier raus.«

Es kostete seinen Körper die letzten Reserven, aber irgendwie schaffte er es, hinter den beiden herzulaufen. Die Augen fest auf die offen stehenden Flügeltore des Hangars gerichtet, konzentrierte er sich nur noch auf das Sonnenlicht, das von draußen in die Arche fiel. Er spürte weder seinen eigenen noch Kajas Körper, alles, was ihn vorwärtstrieb, war der pure Wille zu überleben.

Das donnernde Grollen zu seinen Füßen wurde lauter und lauter, während ihn die Kräfte schnell verließen. Die Arche, die allen Katastrophen der letzten Jahrhunderte getrotzt hatte, schien ebenfalls am Ende ihrer Kraft zu sein. Mit einem Mal zitterten die Wände, und der Boden unter Nates Füßen begann zu schwanken. Ohrenbetäubendes Krachen ließ ihn herumfahren und hätte ihn beinahe ein zweites Mal vor Schreck erstarren lassen. Der Fahrstuhl, in dem er eben noch gestanden hatte, war in die Tiefe gestürzt, und mit ihm der halbe Hangar. Ein riesengroßer Krater hatte Menschen, Drohnen und Erde verschluckt und breitete sich rasend schnell aus. Liam und die beiden Ärzte rannten, so schnell sie ihre Beine trugen. Vorbei an gestürzten Menschen, denen sie nicht mehr helfen konnten, vorbei an toten Soldaten und Archianern, die in wenigen Sekunden hier ihr Grab finden würden. Vorbei an den letzten Drohnen auf dem Hangar und an den Stahltüren, durch die Schotts hindurch in die rettende Wüste.

Erst als er sich sicher war, weit genug von der Arche entfernt zu sein, hundert Meter von den Schotts, blieb Nate stehen. Zwischen Gruppen von Menschen, die alle aus der Entfernung den Untergang des Bunkers beobachteten, legte er seine kostbare Fracht in den Sand und stürzte zu Boden. Kaja hatte die Augen immer noch geschlossen, fast, als würde sie diesen Albtraum verschlafen wollen. Aber ihr Atem ging ruhig und regelmäßig. Nate atmete beruhigt auf, sie würde leben. Aber würde sie leben wollen?

Vierter Teil

Das Ende – Der Anfang

1

Kaja Andersson kam langsam zur Besinnung. Ein schrecklicher Albtraum hatte sie geweckt. Aus irgendeinem Grund war sie in die Arche zurückgekehrt. In den Welten des Holovits hatte sie nach etwas gesucht, etwas, das ihr unendlich wichtig war. Das ihr mehr bedeutete als ihr eigenes Leben. Sie hatte es gefunden, aber immer, wenn sie die Hände danach ausgestreckt hatte, war es ihr entglitten, weiter und weiter weg, bis es nicht mehr zu sehen war. Was hatte sie gesucht? Warum war es ihr so wichtig?

»Liam!« Keuchend schlug sie die Augen auf. Der Schmerz in ihrem Körper war nichts im Vergleich zu dem, was ihr Herz verspürte, mit jeder Sekunde, in der die Erinnerung zurückkam. »Liam.« Mit zitternden Fingern umfasste sie ihr Handgelenk, doch sie spürte nichts. Die Verbindung zu Liam und zu seinem Avatar war für immer verloren. Liam war für immer verloren. Wo war sie? Was war geschehen?

Das Rauschen in ihren Ohren wurde langsam leiser, stattdessen konnte sie Stimmen hören, viele Stimmen: Menschen, die aufgeregt miteinander diskutierten, Lachen und Stimmen voller Freude. Gegen die Schmerzen in ihrem Körper stemmte sie sich vom Boden hoch. Um sie herum waren Tausende Menschen, Archianer in Biose-Suits, Outlaws in ihren Umhängen, die den Befreiten Wasser und Nahrung anboten. Noch nie zuvor hatte Kaja so viele Menschen an einem Ort gesehen. Sie waren alle echt, sie waren alle frei, und es waren mehr, als sie zählen konnte. Doch ihre Gedanken waren nur bei dem einen, der nicht hier war. Liam.

Ein Bild in ihrem Kopf, und ihr Herz sprang in tausend Stücke. »LogOut«, sie konnte seine Stimme immer noch in ihrem Kopf hören.

»Kaja?«

Ihr Name kam zögernd über Nates Lippen, so vorsichtig, als wäre er nicht sicher, ob sie es überhaupt war. Langsam drehte sie sich zu ihm um. Die vertrauten Augen im fremden Gesicht quälten sie mehr als je zuvor. Wut und Verzweiflung drohten sie zu übermannen. Sie kämpfte mit aller Macht gegen den Drang auf ihn einzuprügeln. Warum hatte er sie nicht sterben lassen? Warum hatte er ihr das Letzte genommen, was ihr von Liam geblieben war, seinen Körper?

»Was nun?«, fragte sie leise und ohne Hoffnung. »Was nun?«

»Die Zukunft«, antwortete Nathaniel Turner. Er griff nach ihrer Hand, und aus irgendeinem Grund war die Berührung tröstlich. »Die Zukunft«, wiederholte Liams Bruder seine Worte, und ein vorsichtiges Lächeln trat in sein Gesicht.

2

Liam betrachtete die Frau, die sein Leben zerstört hatte, und den glucksenden Säugling in ihren Armen. Die Welt um sie herum flirrte. Für den Bruchteil einer Sekunde fiel das Holovit aus, ihm wurde schwarz vor Augen, dann waren Lora und sein Kind, sein Sohn, wieder zurück, und mit ihnen die paradiesische Welt, in der sie gefangen waren. Gefangen, soweit die Rechner den Untergang der Arche unbeschadet überstehen würden. Wenn nicht, dann würde ihn das gleiche Schicksal ereilen, das auch seinen Körper erwartete. Da draußen in der brennenden Arche.

»Und was nun?«, fragte er den Avatar der jungen Frau.

»Die Zukunft«, strahlte sie und legte ihm sein Kind in die Arme.